DU MÊME AUTEUR

Aux Éditions Gallimard

PLONGER, 2013. Grand Prix du roman de l'Académie française, prix Renaudot des lycéens (Folio n° 5885, 2015 et Écoutez lire, 2019).

CROIRE AU MERVEILLEUX, 2017. Prix Récamier du roman et prix littéraire des Rotary clubs de langue française (Folio n° 6576 et Écoutez lire, 2019).

Aux Éditions Plon

DÉSAGRÉGÉ(E), 2000 (Pocket, 2003). Prix La Rochefoucauld.

INTERDIT À TOUTE FEMME ET À TOUTE FEMELLE, 2002 (Pocket, 2004).

GÉNÉRATION SPONTANÉE, 2004 (Pocket, 2005). Prix de la Vocation.

BIRMANE, 2007 (Pocket, 2008). Prix Interallié.

Aux Éditions Flammarion

CIELS D'ORAGE, avec Enki Bilal, 2011 (Pocket, 2014).

Aux Éditions de l'Observatoire

LA MINUTE ANTIQUE. QUAND LES GRECS ET LES ROMAINS NOUS RACONTENT NOTRE ÉPOQUE, 2019 (Pluriel, 2020).

Aux Éditions Stock

NUIT ESPAGNOLE, avec Adel Abdessemed, 2019 (Folio n° 6977, 2021).

Aux Éditions Casterman

SUBLIME CHAOS, avec Enki Bilal, 2022.

TROUVER REFUGE

CHRISTOPHE ONO-DIT-BIOT

TROUVER REFUGE

roman

nrf

GALLIMARD

Pour Alma, qui me rappelle ce qu'est le feu.
Pour Hector, qui connaît l'endroit secret.

Je vous ai mené par la main au travers des naufrages.

FÉNELON,
Les aventures de Télémaque

Ce n'est pas beau à voir. Difficile, pourtant, de décrocher les yeux du spectacle. Car c'en est un pour les enfants qui l'ont attrapé et jeté là, sur le dur. L'animal se traîne, lançant ses tentacules sur la surface écrasée de soleil, s'y agrippant de ses ventouses. Sa grosse tête molle et trop lourde, poisseuse, verdâtre, laisse sur le sol brûlant une trace humide, aussitôt évaporée. Ses siphons s'ouvrent et se referment comme la bouche d'un vieillard qui souffle, qui souffre. Sans grâce et sans beauté, mais avec une détermination qui force le respect, il se propulse vers la seule issue possible, rassemblant ce qui lui reste d'instinct vital. On a l'impression de le voir luire dans ses yeux jaunes, barrés d'un trait noir.

Enfin, ses longs bras trouvent, comme à tâtons, l'anneau de métal, puis la corde qui retient la barque. Ils s'y enroulent, mobilisant leurs dernières forces pour faire venir la tête qui, sans son poids, fait basculer tout le corps dans l'eau. Il y a un bruit humide, celui de l'impact, quelques ronds liquides, ensuite plus rien à part une forme fluide, rapide, fuyant sous la surface l'attention des hommes. Et la violence dont ils sont capables.

Ce poulpe, c'est moi, se dit l'homme.

Il saisit la main de sa fille, traverse la passerelle avec elle le plus calmement possible et ne respire normalement, au milieu des hommes en noir abîmés dans leur prière, que lorsque le bateau a mis une centaine de mètres entre eux et le quai écrasé de soleil. À présent, ils sont inatteignables. Ou presque.

PARTIE I

LES JOURS D'AVANT

Il ferma la porte et regagna la plage avec la bouteille d'eau. Sa femme ôta le bouchon à étrier et fit boire leur petite fille, avant de boire à son tour. Il suivit des yeux la ligne que dessinaient son front et son nez, sa bouche, son menton et son cou : un paysage qu'il ne s'était jamais lassé d'embrasser. Elle essuya ensuite ses lèvres avec son index – elle faisait cela, c'était *son* geste, il l'aimait. Il but lui aussi et posa la bouteille, vide, sur le sable, pensant à la chanson de Police, *Message in a Bottle*, que fredonnait son père quand lui n'était qu'un enfant. Il ne savait pas alors qu'il penserait à cette chanson aujourd'hui même, et qu'il la fredonnerait, lancinante peut-être, mais lui rappelant comme à tant d'autres avant lui qu'il n'était pas le seul à se sentir seul... Peut-être proposerait-il à sa fille d'écrire un message à glisser dans la bouteille. Un SOS. Mais à envoyer à qui ? Il ne voulait pas être trouvé. Il ne fallait pas être trouvé. Ils étaient seuls mais seuls à trois, donc pas seuls. Il s'allongea près de sa femme, son bassin contre le sien, caressa sa peau brune et déjà chaude de soleil. Il ferma les yeux.

« Papa, regarde ! Je fais le flamant rose. »

Il les rouvrit aussitôt.

La petite, pieds nus dans le sable mouillé, se dressait en équilibre à la lisière de l'eau sur une seule jambe, l'autre repliée. Avec ses mains, elle mimait un long bec qui claque.

« Bravo Irène ! dit-il.

— Non, pas Irène ! Je suis un flamant !

— Bravo, flamant Irène ! »

Le soleil caressait la plage et les épidermes. Et il valait mieux que le soleil caresse un peu ce matin. Qu'il y ait un peu de lumière, un peu de beau et d'espoir, un peu de bleu et d'or dans cet endroit du monde qui devait être à la hauteur de son nom : Ouranopolis, la « Ville du Ciel ». La porte d'entrée vers la Sainte Montagne, territoire interdit aux femmes – et aux femelles précisaient les textes – depuis presque mille ans. L'homme y était venu trente ans auparavant. Cherchant alors un éblouissement, un signe, quelque chose qu'il n'avait pas en magasin et qui réchaufferait son cœur froid.

Il y a trente ans. Il avait vingt ans. Il ignorait alors qu'il reviendrait au même endroit, mais avec sous ses doigts l'arrondi de l'épaule d'une femme qu'il aimait, et sous ses yeux le corps gracieux d'un enfant. Le leur.

Il les avait mis en danger. Il ne se le pardonnait pas.

*

En arrivant en voiture au petit matin, quelques jours auparavant, la silhouette du bateau à quai l'avait catapulté dans le passé. Parce qu'il avait vu, peints sur sa proue, les deux mots *Axion estin*. Les premiers mots d'un hymne byzantin à la Vierge, « Il est digne de te célébrer », qui baptisaient le bateau ainsi qu'une précieuse icône gardée entre les vieilles pierres d'une église millénaire, là-bas, dans cette Sainte Montagne qu'on n'atteignait que par la mer, et que par ce bateau. Ce n'était pas une île, pourtant. Mais l'accès terrestre à ce territoire sacré était barré par une épaisse forêt depuis des « temps immémoriaux », disait-on, comme s'il y avait des époques inaccessibles à la mémoire.

À l'époque, le bateau s'appelait déjà *Axion estin.* Était-ce le même, qui, grâce aux pouvoirs divins de l'endroit, avait accédé à une forme d'éternité ? Ou tous les bateaux en partance pour la Sainte Montagne se transmettaient-ils ce nom, le vieux laissant sa place au jeune, afin que la continuité soit assurée comme dans ces anciennes familles où l'aîné porte le prénom du père ? Il regarda sa fille et l'azur de ses yeux tirant sur le gris acier qui brillaient dans le soleil. Puis sa femme, si brune par contraste : Mina. Elle se redressa et s'assit un instant à la manière d'une danseuse qui s'échauffe – elle l'avait été, jeune – écartant les cuisses, genoux pliés ouverts vers l'extérieur, les plantes de pied l'une contre l'autre, ses mains enserrant ses chevilles.

Il resta allongé sur le côté tandis que Mina marchait en direction de l'enfant qui, toute à son imitation du flamant rose, contemplait les vagues en s'efforçant de ne pas tomber. La mère lui donna un baiser et l'échassier redevint petite fille. Elle la prit dans ses bras et plongea son visage dans ses cheveux. Du blé fraîchement coupé, pensa-t-il. Un parfum jaune, si différent de celui de sa mère. Un parfum de soleil.

Ces images de bonheur reviendraient-elles ?

Sacha se jura que oui.

*

Cela faisait une semaine qu'ils étaient là. Une maison grecque toute simple, inhabitée la plupart du temps, que leur prêtait D., professeure à Athènes, avec laquelle Mina avait sympathisé il y a quelques années et qui leur avait proposé de venir quand ils le voulaient. Un cube blanc niché dans une forêt d'oliviers qui dégringolaient en vagues vertes vers la mer.

Sortir de Paris avait été une expérience démente. Leurs phares trouaient la nuit, leur redonnant une perspective, le goût perdu de la liberté. L'autoroute était vide, ou presque. Les contrôles s'étaient multipliés avec l'apparition des nouvelles maladies, les guerres de moins en moins lointaines et l'afflux de « populations allogènes non désirées », selon la phraséologie gouvernementale. Quelques camions, c'est tout, approvisionnant la capitale ou la quittant chargés de vivres pour le reste de l'Europe. Ou du moins ce qu'il en restait. Les réverbères faisaient des taches blanches sur le ruban d'asphalte et dans les flots noirs du grand fleuve que la route longeait. Hautes tours et pavillons dormaient avec leurs habitants à poings fermés, comme après une longue cuite dont on a peur de sortir.

Le défilé de plus en plus rapide des pointillés du marquage au sol, avalé par le véhicule, leur donnait l'impression d'aller à contresens, de remonter le courant. Il pensa aux saumons et à leur fantastique épopée naturelle, quittant l'océan où ils vivaient pour revenir, à la force des nageoires, à l'endroit précis de la rivière où ils étaient nés pour déposer leurs œufs en sécurité dans l'eau douce. Eux aussi la cherchaient, l'eau douce. Mais leur œuf avait déjà éclos.

« Irène dort ? » demanda-t-il.

Mina hocha la tête.

Parfois, des ours se postaient au sommet des cascades pour attraper au vol les saumons qui s'élançaient pour passer l'obstacle. Il ne voulut pas penser aux ours qui les attendraient peut-être et se concentra sur la route. Ils *traçaient*, comme on dit, mais sans laisser de trace. Personne, en principe, ne savait où ils allaient. Sauf D., mais D. était loin... Les notes de jazz dansaient dans l'habitacle avec les molécules du parfum des deux êtres qu'il aimait le plus au monde.

Ils rouleraient ainsi pendant des heures, se relayant au volant afin de pouvoir dormir et s'abandonner à la vitesse autant qu'à la confiance qu'ils avaient l'un en l'autre. Ils évitaient les grands axes et les aires d'autoroute équipées de caméras, éclusaient les thermos de café pour tenir, traversaient des forêts embrumées loin des points de passage officiels entre les États européens.

Mina tourna la tête. Leur œuf éclos – Irène, sept ans – somnolait, sa tête sur la bande de polyester de sa ceinture de sécurité. À côté d'elle, sa « boîte à histoires », turquoise avec de gros boutons jaunes. L'appareil, de la taille d'un transistor, en contenait quarante-huit. Les parents eux, n'essayaient plus de s'en raconter. Ils ne disaient rien. Ils se sauvaient, et jamais le double sens du mot n'avait été aussi vrai. Parfois – souvent – la main de l'un se posait sur la cuisse de l'autre, et réciproquement.

Sacha imaginait, vu de très haut, et de plus en plus haut, dans un gigantesque dézoom, leur véhicule, escorté par les deux pinceaux lumineux des phares, s'éloigner du nœud de vipères de la capitale, pour n'être plus qu'un point étincelant dans l'obscurité.

On croit les choses impossibles jusqu'à ce qu'elles se produisent.

*

Au petit matin, la vue de la péninsule qu'un roi antique avait percée il y a plus de vingt-cinq siècles pour y faire passer sa flotte, isolant ce territoire pour la première fois du reste du monde, avait rasséréné Sacha. Tout comme les infinies nuances de bleu de chaque côté de la terre, le canal ayant été comblé depuis longtemps, et plus encore la relative invisibilité de la maison, éloignée d'Ouranopolis et ses pèlerins. La Sainte Montagne en tolérait certains. À condition qu'ils montrent patte blanche.

La clef, les avait prévenus D., les attendait sous une pierre plate, à gauche de la porte. D. ne venait jamais et la maison était toujours à la disposition des amis, tout comme le vieux break Volvo dans le garage. « Ici, on sera bien », avait dit Sacha en déchargeant dans la cuisine les sacs tirés du coffre. Il s'amusa de la quantité de choses qu'ils avaient achetées. Un empilement de boîtes de conserve, petits pois et feuilles de vigne, une montagne de tomates et de fruits juteux. Des vivres pour tenir un siège. Ou de longues vacances ? C'est le scénario qu'ils avaient vendu à Irène. La petite découvrait sa chambre avec des cris de ravissement. Grand sourire à leur attention dévoilant ses dents du bonheur... Il posa les mains sur les hanches de sa femme, l'attira vers lui et l'embrassa doucement en savourant la pulpe de ses lèvres. C'était toujours ça de pris.

« Oui, ici, on sera bien », redit-il pour s'en persuader. Elle sourit.

C'était son idée à elle. Tout était souvent son idée à elle. Même si cette idée-là était venue, pour une fois, de ses souvenirs à lui. De ses confidences, même.

*

Un sanctuaire... Il lui en avait tellement parlé, de ce territoire interdit aux femmes et aux femelles depuis le Moyen Âge et où elle était censée ne jamais pouvoir poser un pied : la Sainte Montagne, appelée aussi le mont Athos. Une presqu'île de trois cents kilomètres carrés, deux fois plus longue que large, cernée par les vagues de la Méditerranée et terminée par un promontoire coiffé de neige. Semés sur ses flancs et sa croupe, une vingtaine de monastères composaient un quasi-État uni autour de la règle de l'*abaton*, autrement dit du « lieu pur », « auquel on n'accède pas ». Un principe d'inviolabilité remontant à l'empereur de Byzance qui avait offert, au XIe siècle, ce territoire aux moines afin de se racheter de ses péchés. L'ancienne règle prévalait toujours dans cette théocratie orthodoxe devenue de plus en plus autonome avec le temps, où les lois du monde ne s'appliquaient plus. On y changeait de nom pour y disparaître en tant qu'homme et renaître à l'état d'ange. Ainsi se voyaient les moines : des anges, c'est-à-dire des êtres sans désir, ayant renoncé à leur corps et à leurs pulsions, uniquement tournés vers la lumière de Dieu comme des héliotropes vers le soleil.

Sacha avait fait leur connaissance il y a trente ans. Il en gardait une émotion intacte, et quelques liens amicaux. Mina le savait. Et quand ils avaient évoqué entre eux, à

Paris, le fait qu'il faudrait peut-être un jour se préparer à partir, elle lui avait désigné la photo qui ne quittait jamais son bureau et qui le montrait, jeune et souriant, cheveux au vent sur le pont d'un bateau au milieu de ces silhouettes noires et barbues, intimidantes. Elle lui avait dit, comme on lance une idée un peu folle :

« Après tout, avec son obsession des racines chrétiennes, c'est sans doute le seul endroit qu'il sera obligé de respecter. On pourrait y être en sécurité. »

En effet, la Sainte Montagne avait survécu à tout. Aux Croisés, aux pirates, et même aux Turcs : un endroit où l'on prononce autant de fois le nom de Dieu mérite d'être protégé, avaient décrété les sultans ottomans. Les guerres, les révolutions, les crises économiques : tout était passé sans effleurer la péninsule sacrée, ou presque.

Des années après, Sacha était donc de retour ici. Il était là pour demander asile, comme on disait au Moyen Âge en empoignant l'anneau fixé au seuil des cathédrales. Là où s'arrêtait la justice des hommes.

*

Il avait fait les démarches depuis Paris, après que Mina avait lancé cette idée qu'il avait saisie au vol et examinée à tête reposée. C'était sans doute la meilleure s'ils devaient se faire oublier. L'époque les inquiétait sérieusement, surtout depuis l'élection à la tête du pays de celui qui se faisait surnommer « Papa ». Bien sûr, ce n'était qu'une possibilité mais il était toujours utile d'assurer leurs arrières, et sans perdre de temps car les formalités étaient longues. Il pressentait que cette folie pouvait avoir un sens. Qui penserait à cet endroit ? Probablement personne.

Sacha avait expédié au « Bureau des pèlerins », depuis l'adresse anonyme d'un cybercafé, une copie de leurs pièces d'identité. Légèrement trafiquées, ou plus exactement masculinisées concernant Mina et Irène. Il mentait, certes, mais avait-il le choix ? Et surtout, commettait-il une faute ? Pas si l'on considérait, à juste titre, que la Sainte Montagne dépendait d'une autorité qui dépassait celle des hommes et de leur paperasserie. Et puis, s'il fallait sauver sa famille, tous les moyens étaient bons.

Avec un scanner, on se débrouillait très bien. Et même s'ils s'étaient vraisemblablement modernisés depuis son premier séjour, les employés du Bureau n'y verraient que du feu. Ce qui leur importait, c'était davantage la motivation spirituelle des rares visiteurs qu'ils acceptaient. Et là-dessus, Sacha était prévenu. Il rédigea la lettre de motivation, cruciale, et n'eut pas à se forcer. Il avait gardé d'intenses souvenirs de cette expérience radicale, et un intérêt sincère pour les particularités de ce monde clos. Il prit sa plus belle plume pour convaincre son interlocuteur invisible, démontrant sa connaissance de la foi orthodoxe et convoquant son éblouissement de jeunesse. Il mentionna, aussi, deux ou trois noms qui, là-bas, avaient du poids, et contacta Syméon. Par lettre, postée à son ermitage. Cela faisait tant d'années. Même avec son ami il préféra rester dans le vague, et se contenter de dire qu'il avait fait une demande pour trois laissez-passer dont un pour un enfant, et qu'il avait besoin de lui. Mais Syméon était-il encore sur l'Athos ? Ils n'avaient pas communiqué depuis dix ans. Sa réponse lui mit du baume au cœur. À l'intérieur d'une enveloppe frappée d'un hexaptère, un ange à six ailes de feu, le moine lui faisait savoir qu'il se réjouissait de recevoir un signe de lui et qu'il appuierait la requête. Une dérogation était en effet nécessaire pour l'enfant, la péninsule sacrée n'étant pas seulement interdite aux femmes et aux femelles, mais aussi aux « imberbes », comme le spécifiait la bulle impériale byzantine qui en avait fixé les règles, toujours en vigueur. Syméon lui transmettait aussi un numéro de téléphone. Un fixe, à l'ancienne. Il prierait pour eux. Ils en auraient besoin, pensa Sacha.

*

C'est le cœur inquiet qu'il se rendit, le lendemain de leur arrivée à Ouranopolis, au Bureau des pèlerins. Certains d'entre eux, leur sac à dos à terre, prenaient un dernier café à l'ombre des treilles. À leur côté, leurs femmes, qui rejoindraient ensuite le centre de thalassothérapie local pour occuper ces quelques jours de séparation, histoire de sculpter leur corps ou de le réveiller sous quelques caresses expertes pendant que leurs hommes expiaient leurs fautes. Excité par les parfums de la mer Égée qui se rappelaient à son souvenir, Sacha plongea dans le passé. Il n'y avait pas, alors, de centre de thalasso à Ouranopolis. Et dans sa vie, pas de femme, pas de petite fille. Seule la tour byzantine, dressée au XIIe siècle sur le sable scintillant de la plage, était toujours campée sur ses pierres couleur caramel, comme il y a trente ans et comme elle le serait encore dans trente autres, pour prévenir la Ville du Ciel des attaques de pirates. Ceux-ci avaient juste changé de nature.

Une fois hors du vieux break Volvo de D. – Sacha préférait ne pas utiliser leur voiture, au cas où elle aurait été signalée –, il enfonça la casquette sur sa tête et prit soin de bien regarder autour de lui. Rien à signaler pour le moment. Derrière son pupitre, le type le considéra à peine. Il avait autre chose à faire : suivre un match de foot sur un écran de télévision. L'employé pivota sur son fauteuil, fouilla derrière lui dans une liasse de documents, et tendit à son interlocuteur les papiers retenus par un trombone. Sacha remercia et sortit sans s'attarder.

C'est seulement dans la rue qu'il vérifia chaque *diamonitirion.* Ainsi nommait-on les laissez-passer aux allures de parchemin qui vous donnaient le droit de pénétrer sur le territoire sacré. Il y avait les trois autorisations et il respira, soulagé. Syméon avait bien travaillé. La solennité des caractères byzantins, le sceau avec l'aigle à deux têtes le rassurèrent. Plus que l'effigie de la Vierge, au centre du document. Celle-ci flottait, voilée de bleu, sur un nuage au-dessus d'une montagne verte baignée d'écume figurant symboliquement le mont Athos. C'était elle la patronne, ici, et de manière si absolue qu'on appelait l'endroit « Le Jardin de la Mère de Dieu ». Elle n'y acceptait aucune autre représentante de son sexe, si tant est qu'on puisse parler de sexe à propos de la Vierge. Tolérerait-elle Mina et Irène ? On la disait jalouse. Il ne rit pas de cette superstition. La singularité du lieu le contaminait.

*

Sur le port, les policiers avaient ouvert les barrières et les camions s'ébranlaient, chargés de caisses, vers le ventre du car-ferry qui assurait la liaison vers l'Athos. Les moines et les civils suivaient à pied. Ouvriers, étudiants, repris de justice... Une faune composite aux identités vagues : sur la Sainte Montagne, tout le monde avait la possibilité de se réinventer. Pouvait-il y avoir parmi eux des hommes de Papa, qui les auraient suivis depuis Paris ? Et si on l'arrêtait, là, si près du but ? Sacha baissa encore un peu la visière de sa casquette et s'en voulut de s'inquiéter, avant de se souvenir d'une autre chanson. Celle-là, ce n'est pas son père mais lui, Sacha, qui l'écoutait autrefois : « *Just because you're paranoid / Don't mean they're not after you.* » « Ce n'est pas parce que vous êtes paranoïaques qu'ils ne sont pas sur vos traces. » Trois ans après, le chanteur s'était tiré une balle dans la tête.

Dans une épicerie qui vendait des icônes et des vêtements monastiques, il acheta, en cash, deux téléphones jetables, de ces anciens modèles qu'on traçait moins bien que les téléphones dits « intelligents ». En France, Papa les avait fait interdire et ils étaient devenus difficiles à trouver. Il y en avait un pour lui, un pour Mina.

*

« On ne peut pas le voir d'ici ?

— Le mont Athos ? Non, mais il est à notre gauche, le long de la côte. Au bout de la péninsule, à une trentaine de kilomètres. »

Il venait de rentrer du bourg. Il lui montra les laissez-passer.

« C'est bien, dit-elle.

— Tu verras, là-bas c'est sublime. »

Sub limes. Au-delà des limites.

C'était l'heure bénie du café. La petite dormait dans sa chambre. Sur la terrasse, devant la mer, le vent chaud jouait dans les cheveux de la femme. Une mèche glissa sur son regard résolu. Le vit-il, un instant, se brouiller sous l'effet de la tristesse ? Il la sentait, parfois, si lointaine. Devenue ombre, elle si solaire. Ses index balayèrent ses paupières, y chassant des embryons de larmes. Ils s'étaient juré de ne jamais prononcer le mot « peur ».

Il caressa son avant-bras, où jouait le fin serpent d'or qu'il lui avait offert à la naissance d'Irène.

« Ici on est en sécurité, dit-il.

— Là-bas, Irène le sera encore plus », ajouta-t-elle en plongeant dans les siens ses yeux vert sombre, plus clairs sur les bords de l'iris. Sous l'œil gauche, une fine cicatrice cisaillait sa pommette. Horizontale. Incurvée sur les bords comme un minuscule sourire. Sacha n'avait jamais réussi à en obtenir l'explication. « L'enfance », se contentait-elle de dire quand il lui demandait. Il ne demandait plus. Il imaginait plein de choses.

Il reprit :

« Irène, et nous. Nous trois, Mina. »

Il posa sa main sur la sienne. Elle la retira.

Elle recule, s'agaça-t-il. Depuis qu'on est arrivés, elle recule.

Il lui rappela que c'était son idée.

« Pour vous deux...

— Ce n'est pas ce que tu as dit quand on s'en est parlé. On avait dit "ensemble". »

Elle lui caressa la joue et d'une voix douce, mais ferme, demandant à être écoutée, et même obéie :

« S'il devait se passer quelque chose, Sacha, il faudrait de toute façon que tu l'emmènes. J'aimerais que tu me le promettes.

— Je ne partirai pas sans toi. Syméon nous planquera.

— Tu ne l'as pas vu depuis trente ans...

— J'ai confiance. Il m'a répondu aussitôt. Il nous aidera. Il l'a déjà fait, d'ailleurs : nous avons les autorisations, je te rappelle...

— Il me sera difficile de passer pour un homme.

— On a déjà parlé de ça, Mina. D'autres l'ont fait.

— Il y a si longtemps... Et puis tu sais ce qu'on disait, à Byzance : "Le moine doit être comme le sel qui, sorti de l'eau, s'évanouit au contact dissolvant de l'eau. Sorti de la femme, le moine se perd au contact de la femme." Je m'en voudrais de les dissoudre...

— Certaines ne se sont pas arrêtées à ça... »

Il en connaissait la liste par cœur.

« Autres temps, je te dis... Moins sécuritaires. Il n'y a qu'à l'âge d'Irène qu'on peut s'arranger avec les apparences.

— À ton âge aussi. Tu peux porter un masque. Tu peux te bander les seins... »

Elle leva un sourcil.

« Tu crois ça ? »

Elle inspira profondément et il les regarda gonfler sa robe de lin. Ses « seins de ouf », comme il l'avait entendu dire une fois par ses étudiants de première année, alors qu'il s'était introduit dans l'amphi où elle donnait l'un de ses cours. Sacha aimait le faire de temps en temps – les portiers de la Sorbonne le connaissaient bien et le laissaient passer – et il retrouvait avec émotion la fresque néoclassique avec ses muses éthérées et les bancs de bois où ils avaient tous deux été étudiants, assistant notamment aux cours de la mère de Mina. Mina était la plus jeune, deux ans d'avance. Elle admirait sa mère qu'elle avait toujours voulu égaler. Sacha pouvait certifier que c'était chose faite. Quant à lui, il sortait désormais avec la prof. Une prof à l'allure folle et pas du tout éthérée lorsqu'elle traversait la cour pavée de la fac, si vivante et si physique sous le regard des statues de grands hommes pétrifiés dans des poses pensives, et dans des tenues qu'elle choisissait toujours avec soin. Pour Mina, l'élégance était une politesse aussi décisive que la rigueur qu'elle mettait dans ses cours. Sacha l'aurait bien vue en allégorie de l'enseignement, incarnant à merveille l'une de ses devises : *Mens sana in corpore sano.*

Du reste, ses étudiants l'adoraient. Cela s'entendait à la fin des cours et dans les cafés où ils s'attablaient, bruyants, enthousiastes, cheveux et hormones en bataille. Fantasme sorbonnicole parlant aux yeux et aux oreilles, Mina faisait tout autant parler. Professionnelle, ne cherchant jamais la connivence avec son jeune public, passionnée et donc souvent passionnante comme devait l'être la défunte Hypatie d'Alexandrie à laquelle elle avait consacré sa thèse. Mina enseignait l'histoire en général et en particulier l'époque byzantine et la Renaissance, ce temps où la lumière avait été rallumée dans une époque obscure. Ses étudiants, stimulés par sa voix claire et affirmée, faisaient-ils le lien avec celle qu'ils traversaient ?

Seins de ouf ? Il ne fallait pas exagérer, se dit Sacha. Ils n'étaient pas petits, c'est vrai, mais surtout ils contrastaient avec la finesse de ses membres et de sa taille. Mina lui avait confié combien, adolescente, ils l'avaient complexée. Comme ses hanches, qu'elle trouvait trop larges, mais que Sacha, lui, aimait comme elles étaient.

Il eut soudain très envie d'elle. De tenir entre ses mains l'intégralité de ce corps enseignant. Une petite demi-heure... Plus, ce ne serait pas possible avec la petite qui dormait et se réveillait souvent sans prévenir. Ils se regardèrent et se comprirent. Était-ce ce que l'on appelle la complicité ?

Ils passèrent devant la chambre d'Irène, entrouvrirent la porte, la contemplèrent avec tendresse, écoutèrent un instant sa respiration régulière et, rassurés, gravirent l'escalier de bois blanc.

Sacha ferma la porte à clef. Mina laissa glisser sa robe à ses pieds pour se tenir nue, debout, devant lui, en pleine lumière. Il en fit autant, sans gêne ni précipitation, le sang affluant là où il fallait, et heureux de voir que ses veines et ses nerfs répondaient à l'appel de la nudité de son épouse. Mina était la terre où désormais il s'ancrait. Quand elle le voulait bien. Elle était aussi le ciel où il aimait lire son avenir : une constellation de grains de beauté dessinait en effet un W sur sa hanche gauche. À l'envers, c'était un M. Vu de côté un E ou un B incomplet. Il l'avait lu dans tous les sens. Il repensa à sa phrase, « Il me sera difficile de passer pour un homme », et ne put s'empêcher de lui donner raison. Mais sans le lui dire. Mina s'allongea sur le dos et écarta les cuisses, ouverte à lui, et il entra là où il se sentait vraiment à sa place, là où mouraient enfin ses inquiétudes. Au comble de la douceur, au cœur de Mina dont les jambes lisses, à présent, se refermaient en se croisant sur ses reins. Ça lui avait manqué.

*

Une certaine intimidation naît parfois avec le temps entre les corps. Censés se connaître à la perfection, ils deviennent soudain empruntés, maladroits, comme si le désir n'exultait jamais mieux que dans l'inconscience des premiers jours. Mina pouvait paralyser Sacha, mais ce n'était pas le cas à présent. La prescience du danger, sans doute, qui faisait qu'il ne se posait plus de question, tout comme elle, du moins le pensait-il. Ils firent l'amour comme on nage, se délectant de leurs caresses fluides et des parfums salés qui maintenaient leur excitation au degré nécessaire.

Comme on nage, ou plutôt comme on plonge sous la surface, où tout est plus beau et plus intense. Contrôlant leur respiration, attentifs à la moindre sensation, au moindre signal émis par leurs corps qui, dans la profondeur de leur plaisir, subissaient des pressions de plus en plus agréables.

Comme on plonge, ou plutôt comme on se noie, avec le cœur qui cogne et l'esprit qui défaille, avant de retrouver la vie, rivés l'un à l'autre, ayant triomphé de cette mort passagère.

*

Un cri les tira de leur torpeur. C'était leur fille. Sacha se dégagea de la jungle de leurs membres et descendit l'escalier en trombe. Les autres, déjà ? Non. Juste un scorpion dans la salle de bains pavée de galets ronds, qui avait terrifié Irène alors qu'elle faisait pipi. Il porta la petite entre les bras de sa mère et se chargea de l'animal, capturé à l'aide d'un verre et d'une soucoupe glissée délicatement sous lui, toutes pinces dehors et l'abdomen menaçant. Le danger se dompte, comme la peur. Il observa un instant l'arachnide admirable de précision dans sa carapace de samouraï miniature, imaginant la piqûre et les effets destructeurs qu'elle aurait pu avoir, puis il lui rendit sa liberté parmi les arbres odorants. Les aiguilles de pin chauffées par le soleil craquaient sous ses pieds. Il marcha, nu, jusqu'à la plage et abandonna à l'eau transparente son corps encore plein des parfums de sa femme. Il fit quelques brasses, les yeux ouverts, attentif aux formes des coquillages et aux étoiles qui tapissaient le sable clair. Pour un peu, il se serait déclaré heureux.

*

Il y a quelques semaines, pourtant, il avait été prêt à tuer.

Mina n'était pas rentrée, et n'avait pas donné de nouvelles pour expliquer son absence.

Elle ne répondait pas. Et Sacha tombait directement sur sa messagerie.

Lorsqu'il avait enfin réussi à la joindre, deux heures plus tard, elle avait juste dit : « Je suis en bas. Je monte. »

Elle avait les traits tirés. La mine très pâle sous ses cheveux ramenés en chignon. Presque aussi pâle que le vert de son pull-over, son préféré, qui d'ordinaire faisait si bien ressortir son teint. Elle lui avait demandé un verre de vin et s'était assise sur le canapé comme une automate. Raide. Les traits marqués, jouant nerveusement avec le serpent d'or de son poignet.

Mina avait avalé une gorgée, puis une autre. Sans parler. À la troisième, elle avait semblé reprendre un peu de vie, un peu de couleur.

Ils ne l'avaient pas torturée. Pas même battue. Ils avaient juste ri. Ri, et menacé.

Il fallait qu'elle « fasse attention ».

Ils étaient venus à la fac. En plein milieu de son cours.

Ils ne l'avaient pas vraiment perturbé. Ils s'étaient juste assis tout au fond de l'amphi, au dernier rang, habillés de noir, impeccables, au look assez cool, même, et en baskets. À peine plus vieux que ses étudiants.

Mais quand elle parlait, ils ricanaient.

Mina avait néanmoins poursuivi, impassible. Tenant bon sous leur regard et leurs mimiques animales.

Elle faisait cours, précisément, sur sa chère Hypatie et sa redécouverte à la Renaissance. Grâce à elle, ses étudiants voyageaient dans l'Alexandrie antique. Capitale intellectuelle du monde d'alors, légendaire par son phare et sa bibliothèque contenant, disait-on, tout le savoir humain. Mina leur avait montré, sur l'écran qui équipait l'amphithéâtre, la grande fresque de Raphaël qu'on appelle *L'école d'Athènes* où l'on voit Hypatie juste derrière Pythagore, étincelante de beauté et enveloppée dans le manteau blanc des philosophes. « Oubliée aujourd'hui, mais à l'époque immensément célèbre et surpassant, disait-on, tous les esprits de son temps. Philosophe, mais aussi astronome, mathématicienne et enseignante, surtout, passionnée par le désir de transmettre comme son père l'avait été avant elle, donnant à sa fille bien-aimée ce nom prédestiné, Hypatie, du grec *hypatos,* "vers le plus haut". Immensément célèbre, mais immensément gênante pour les esprits obscurs et fanatiques. Il y en a à toutes les époques... »

Ici, Mina avait ménagé une pause, et avait raconté à ses élèves la mort atroce d'Hypatie. Attaquée dans la rue, en 415, par les hommes de main de l'évêque Cyrille, entraînée dans une église, déshabillée de force et écorchée jusqu'à ce que mort s'ensuive avec des coquilles d'huître ou des tessons de poterie, on ne savait pas exactement, en grec le mot voulait dire les deux. Son corps avait ensuite été découpé en morceaux et brûlé pour qu'il n'en reste rien...

« Hypatie a été torturée et assassinée pour avoir osé transmettre ce que d'autres ne voulaient pas voir transmis : une certaine idée de la connaissance et de la liberté. Je vous remercie », avait conclu Mina. Un grand silence s'était fait dans l'amphi. Les étudiants avaient rassemblé leurs affaires, certains étaient descendus des gradins pour la saluer, et puis ils avaient tous quitté la salle.

C'est alors qu'ils lui étaient tombés dessus. D'abord intimidés par elle, et se décidant enfin. Un seul parlait, le plus âgé.

L'histoire qu'elle enseignait n'était pas l'histoire qu'il fallait enseigner. Il y avait eu de nouvelles consignes, est-ce qu'elle n'était pas au courant qu'il fallait changer son logiciel ?

Mina avait haussé les épaules :

« La Renaissance, c'est la Renaissance. Même si je sais que c'est une période lointaine, encore plus aujourd'hui.

— La Renaissance, c'est une histoire de point de vue, avait rétorqué le plus âgé. Avec votre cours, vous offensez des gens. »

L'offense : c'était le mot à la mode. Il était apparu dans le paysage sous l'action de minorités qui s'en servaient pour dénoncer les attaques qu'elles subissaient de la part de la majorité, et avait été récupéré par la majorité qui se sentait elle aussi défiée dans son mode de vie et de pensée. Le retour de balancier avait été violent.

« Je parle des assassins d'une femme de savoir, avait répondu Mina. J'offense qui ?

— On vous a à l'œil. Et on l'a à l'œil lui aussi.

— Qui, lui ?

— Ton mari. »

Ce tutoiement soudain. Comme une gifle. Parti de la bouche méprisante du plus jeune, profil en lame. Le plus âgé avait repris :

« Qu'il fasse gaffe, s'il veut pas qu'on lui fasse comme à Hypatie. »

Et ils avaient disparu en ricanant encore.

Sacha s'était amusé de l'expression *à l'œil* : manger *à l'œil*, baiser *à l'œil*.

« Personne ne m'aura à l'œil, avait-il dit. J'ai mon prix. Il faut le mettre. »

Mais sa femme ne voulait pas qu'il fanfaronne, ce soir-là. Il le comprit et serra longtemps ses mains dans les siennes.

Elle avait allumé une cigarette, une de ses cigarettes toutes fines qu'elle fumait rarement. Le simple fait d'en porter une à ses lèvres pouvait être interprété avec certitude comme un signal de forte tension, rare chez ce bloc de volonté et de courage.

Sacha avait considéré l'anneau de platine qui barrait son annulaire.

Sa femme.

« Pourquoi tu ne m'as pas appelé ?

— J'avais besoin de marcher. Je me sentais salie. »

Il avait encaissé avec colère. Contre eux et contre lui. C'était sa faute.

*

Quand les premiers signes étaient apparus, personne n'avait voulu les voir.

Le vieux rêve d'un projet européen humaniste commençait pourtant déjà à partir en lambeaux. C'était bien avant l'élection de Papa. On était alors en 2023. Sacha avait eu l'occasion de le dire dans une émission : Europe était le nom d'une princesse phénicienne kidnappée, violée sur une plage et abandonnée. Cette histoire de communauté européenne avait donc débuté sous de très mauvais auspices. Le paradoxe, c'est qu'élection après élection, le camp anti-européen avait fini par faire l'Europe, revue et corrigée en une forteresse abritant un jardin qu'il fallait préserver des barbares qui voulaient le saccager. Une deuxième Rome, ou plutôt une deuxième Byzance – car elle serait chrétienne – qui, elle, ne tomberait pas.

Le camp anti-européen en parlait tout le temps, de l'Europe. Et année après année il en dévoyait le sens, appelant de ses vœux un continent bunker constitué de nations fortes capables de faire pièce à une Amérique désormais autocentrée, une Chine et une Russie sûres de leur supériorité morale et militaire, pour ne pas parler d'une Afrique revancharde vis-à-vis de l'Occident. Assez du droit-de-l'hommisme déraciné qui nous affaiblissait : les guerres n'appartenaient plus au passé. D'ailleurs, n'était-ce pas un signe que l'Europe ait adopté le drapeau bleu, couleur de la Vierge, avec douze étoiles renvoyant évidemment à la couronne de Marie dans l'Apocalypse de Jean ? « Un signe grandiose apparut dans le ciel : une Femme, sur la tête une couronne de douze étoiles », avait cité l'un des hommes de « Papa », qu'on commençait juste à découvrir. L'Europe était chrétienne et il s'agissait de s'en rendre compte : ce drapeau, après l'avoir conspué, les anti-Européens se l'étaient accaparé. Une association d'États forts, voilà ce qu'il nous fallait !

Quelques foyers d'étrangers avaient brûlé. Cela arrivait. Ces gens-là après tout étaient bien imprévoyants. Ils avaient dû faire un feu dans leurs gourbis pour se chauffer, comme dans le désert d'où ils venaient ? Bien sûr que les images étaient dures, particulièrement celle de cette femme hurlant à la fenêtre, son bébé dans les bras, avant de disparaître avec lui dans les flammes, happée par une vague de feu... Mais pouvait-on vraiment en vouloir aux pompiers d'être arrivés si tard, avec tout ce qu'il y avait à faire dans ce pays, et ces voitures qui brûlaient sans arrêt en banlieue et désormais en centre-ville ? Et puis ça avait été une discothèque gay, mais que voulez-vous, avec ces jouisseurs drogués, l'accident n'était jamais loin... Et puis les locaux d'une maison d'édition ouvertement féministe, avec tous leurs stocks. Et puis, et puis... c'était une bibliothèque de quartier qui avait pris feu. Puis deux, puis dix. Mais bon, le vieux papier, faut bien que ça finisse par cramer. On rachèterait d'autres livres, et puis au moins, comme ça, les virus qui se nichaient entre leurs vieilles pages avaient été éliminés. À la télévision, les éditorialistes avaient toujours une explication, comme s'ils ne voulaient pas voir, ou comme si l'époque avait déjà changé. C'était « des choses qui arrivent ». Et à l'échelle des catastrophes du monde, les nouvelles tensions entre la Chine et les États-Unis, le pacte signé entre la Russie et la Turquie, et le terrorisme toujours à l'œuvre, « niché dans les replis de la société », c'était « de la roupie de sansonnet » comme l'avait dit un commentateur porté sur les expressions désuètes. Une expression revenait : « Il n'y a pas mort d'homme. » La femme et son bébé étaient pourtant bien morts, et sous les yeux de tous. Négligeable ? Il y en eut une nouvelle, de mort.

*

Elle fut d'abord symbolique. Un professeur d'université, jusque-là célèbre, admiré, aimé même, pour sa culture et sa pondération, un des derniers intellectuels qui avaient encore le courage d'affronter le climat délétère, s'était fait tailler en pièces sur un plateau. Qu'avait-il osé dire ? Que la haine « des élites », comme on le disait, allait trop loin, qu'on en avait besoin, d'« élites », que c'était même la tradition et l'honneur du pays, et que cette façon de chercher des boucs émissaires à la crise était indigne de son histoire, indigne de l'Histoire tout court, dont nous devrions nous souvenir. Qu'à la crise économique et politique s'ajoutait une crise morale et... Le vieux professeur, blême d'émotion, s'était arrêté pour faire référence à un grand écrivain d'il y a deux siècles : « Qu'est-ce que la douleur physique près de la douleur morale ! »

Son principal adversaire, sur le plateau, était un jeune cadre de « La Famille », comme se faisait appeler le parti d'Alexandre S., alias « Papa », et dont la mise en orbite, on le sentait, était imminente. Le jeune homme, en costume élégant, avait d'abord ricané. C'était devenu la mimique de l'époque, le ricanement : cela évitait d'avoir à argumenter et puis, tous vos amis comprenaient immédiatement. Malsaine connivence devenue exercice obligé.

Se départissant de son sourire en coin, alors que le professeur assénait une autre citation, assez belle, d'ailleurs

– « Pour pouvoir se donner, il faut encore s'appartenir » – et complétée par l'observation que le pays, précisément, ne s'appartenait plus, le jeune cadre de La Famille avait brusquement émis un soupir d'exaspération qui avait saisi le plateau. Et lâché une rafale de phrases qui l'avait plongé dans le silence : « Vous savez, on en a assez, de vos leçons, vous les professeurs ! En fait, on ne veut plus de professeurs ! On n'a plus l'âge d'avoir des professeurs ! Alors fermez-la, s'il vous plaît. » L'animateur, sentant que le vent avait tourné, n'avait rien osé dire, détournant le regard que cherchait le professeur. Le napalm des réseaux sociaux avait fait le reste. « Fermez-la, s'il vous plaît », simplifié en *#fermezla*, était devenu le slogan à la mode, son hashtag triomphant.

Le désir d'un « vrai chef » dominait depuis longtemps les sondages. Et comme les citoyens les plus raisonnables désertaient les isoloirs, Papa, ainsi qu'on l'appelait affectueusement, avait remporté les élections présidentielles de 2027 en faisant passer avec une maestria remarquable, comme dans de nombreux pays européens, le message suivant : le temps était venu de la réappropriation du pays par des gens qui l'aimaient vraiment. Qui lui voulaient du « bien ». Et qui en recevraient, symétriquement, autant de lui. Les autres ? Qu'ils la ferment. Et s'ils ne comprenaient pas, tant pis pour eux.

Le vieux professeur, moqué à la télévision et achevé par les réseaux, avait voulu réagir. En publiant un long texte dans la presse (ou ce qu'il en restait). Le soir de la publication, vaguement soutenue par l'opposition (ou ce qu'il en restait), alors qu'il rentrait chez lui dans un quartier jusque-là tranquille, quelques excités avaient voulu lui « faire les poches », selon les mots du président de l'université où enseignait le professeur. Et malheureusement, « au lieu de céder », le vieux professeur avait voulu se défendre... Qu'on se rassure, « ses jours n'étaient pas en danger ».

« Aucun rapport avec son opposition à La Famille ? avait demandé le journaliste qui l'interviewait à la radio.

— Aucun rapport. Il s'agissait de simples délinquants, il y en a encore trop dans ce pays », avait conclu le président de cette université, la plus célèbre, multiséculaire, du pays.

C'était peut-être, après tout, sans rapport.

Mais le professeur n'avait plus jamais reparlé à la télévision : il s'était suicidé. Les réseaux avaient évoqué des « problèmes » avec un de ses élèves. Et après un bref répit, la chasse aux représentants de l'« élitisme », auquel on ajoutait l'adjectif « mondialiste », bref à ces gens qui n'aimaient pas leur pays, avait pu commencer.

*

Pouvait-on parler d'une dictature ? Non. D'un régime autoritaire ? Oui, mais d'une autorité plébiscitée par les citoyens, rassurés par cette « tyrannie douce », comme l'avait dit un certain Tocqueville il y a des siècles. Et les gens en redemandaient. En apparence, ils étaient libres. Les restaurants et les cafés étaient ouverts et l'on circulait à sa guise, du moins quand on n'était pas étranger, et à condition d'avoir son ordiphone en poche. Car on devait pouvoir vous joindre à tout moment, *c'était pour votre bien.* L'application obligatoirement téléchargeable avait été conçue pendant la dernière vague d'épidémie.

Les gens ne s'en plaignaient pas puisque c'était *pour leur bien.*

« Il faut parfois moins de liberté pour préserver la liberté », avait énoncé Papa. Une phrase qui avait sidéré Sacha, mais qui était passée toute seule. Dans un monde instable, il fallait mieux qu'un capitaine : un protecteur. « L'homme est un loup pour l'homme », disait encore Papa, citant Hobbes sans le préciser, « mais l'État est son berger ».

La crise sanitaire puis la crise économique qui avait suivi les nouveaux conflits aux portes de l'Europe avaient donné des ailes à la peur, et tué dans l'œuf les manifestations pour l'égalité des droits, des peaux, des cultures. « Tout le monde demande des droits : je demande des devoirs », ajoutait Papa. On avait applaudi. Quoi de choquant ? L'heure était à la prudence, à l'autocensure. Pourquoi faire des vagues ou remettre en cause le rempart que nous offrait l'État ?

Un nouveau mouvement de femmes était né, baptisé SEMEN. En latin, « la semence ». Elles multipliaient les actions coups-de-poing, seins nus et triomphants, mais d'une chair gonflée de lait où s'abouchaient les bébés avec lequel elles manifestaient. Parfois, même, deux bébés, un sur chaque sein, à l'image de la fondatrice du mouvement, Blanche Blanchard, une ancienne monitrice d'auto-école aux biceps et à la gorge impressionnants, mère de six enfants, devenue youtubeuse star sous le nom de Génitrix. Les SEMEN, natalistes et « familialistes », ciblaient les lieux restés rétifs à cette tyrannie douce. Dernièrement, un théâtre qui donnait une pièce sur le désir adultère et une galerie d'art où performait une artiste conceptuelle. Elle dévorait une banane de toutes les manières possibles, y compris les plus suggestives, et avait intitulé son œuvre : *Y a pas de mal à ça.* La galerie avait reçu la visite, ou plutôt le déferlement des SEMEN, dûment relayée dans les médias nationaux et sur les réseaux. Il faut dire que cela faisait de belles images, cette marée maternelle, morale et lactée, qui criait, en chœur : « Assez d'offenses ! »

L'idée même de culture ne voulait plus rien dire. Sauf quand on parlait des légumes. Certains artistes reconnus, écœurés par la situation, avaient migré dans les pays voisins. Qui eux-mêmes étaient en voie de « papaïsation » comme l'avait un jour déclaré Sacha, s'attirant encore une fois des seaux de haine, pour ne pas dire autre chose, sur les réseaux.

*

Oui, ces cinq dernières années tout s'était délité à une vitesse incroyable. Sacha ne reconnaissait plus le pays dans lequel il avait grandi. Celui qui célébrait la lecture des grands textes, l'esprit critique, l'engagement ou la beauté. Il semblait avoir été balayé par une immense coulée de boue. Mais une boue confortable, qui tenait chaud, et dans laquelle certains organismes prospéraient avec gourmandise. Ceux qui piétinaient le mieux le sens de l'honneur et de la cohérence, et qui n'étaient jamais contre un reniement s'il était nécessaire à leur survie ou à leur profit. Dire le contraire de ce qu'on avait dit la veille était la preuve d'une grande faculté d'adaptation. La vérité n'existait pas. Il n'y avait que des perceptions. Et les plus virales, les mieux martelées triomphaient dans un monde de rumeurs où plus personne ne partageait le même réel, chacun ayant désormais, plus ou moins, le sien.

Pour réussir son ascension, Papa s'était d'ailleurs appuyé sur une solide armée numérique, et gare à celles et ceux qui dénonçaient des « fake news » ! Papa l'assurait : il s'agissait, bien au contraire, de « sphères sécurisées », de réseaux communautaires dans lesquels les citoyens « véritablement éveillés » pouvaient avoir accès à la « véritable information ». « Un ciel pur préservé de la pollution médiatique », disait-il de ces bulles de réalité alternative où ses soutiens, de plus en plus nombreux, se rassuraient et fortifiaient leurs croyances en restant entre eux, dans un monde parallèle, rêvé, où ils étaient des victimes qui allaient enfin reprendre leur destin, et leur pays, en main. Papa avait d'ailleurs été l'un des premiers à investir le métavers. Il y avait gagné une image branchée auprès des jeunes, en y organisant des événements où il déployait sa vision du monde conservatrice mais technophile.

Les salauds fascinaient à nouveau l'époque. Et quand ils se faisaient prendre la main dans le pot de confiture, ils se contentaient de la lécher, sans rougir. Mais sans oublier d'intimider ceux qui oseraient s'élever contre eux. Le culte de la force était de retour. On ne l'appelait pas « force », d'ailleurs, mais « liberté ».

*

Sacha regardait sa fille, ses yeux bleu-gris et ses dents du bonheur avec, parfois, un léger effroi. Un gros doute, du moins, sur l'éducation qu'il lui donnait.

Il venait de lui lire, comme il le faisait toujours quand il rentrait tôt, quelques pages de son livre de mythologie grecque, rituel qu'elle adorait autant que l'ouvrage. Ils en étaient aux douze travaux d'Héraclès et plus précisément au cinquième, celui des écuries d'Augias. Augias, qui avait promis en échange du nettoyage de donner une partie de ses bêtes à Héraclès, refusait de tenir parole. Pourquoi payer Héraclès puisque les fleuves, détournés par le héros, avaient fait tout le travail ? Irène était indignée. Et encore plus quand Eurysthée, celui qui lui imposait toutes ces épreuves insensées, refusa de valider celle-ci et lui en donna une plus difficile encore à accomplir...

« C'est dégueulasse !

— On dit "dégoûtant" », la reprit son père, bien embêté quand même pour expliquer à sa fille pourquoi la parole donnée au héros avait été ainsi foulée aux pieds. Et pourquoi Héraclès acceptait la sentence... « Ne t'inquiète pas, finit-il par dire à sa fille en fermant le livre, ça va bien se terminer. » Et de fait, cela se terminait bien, Héraclès épousant la déesse de la jeunesse, ce qui est une sacrée chance quand on doit vivre éternellement. Hélas dans la vraie vie, celle où l'on n'épousait pas la déesse de la jeunesse, ce n'était pas les plus valeureux et les plus honnêtes qui gagnaient, on le voyait tous les jours. Papa en était l'exemple criant.

Alors ce même soir, au lit avec Mina, après s'être abruti d'actualités sur son « téléphone intelligent » – comme on appelait aussi l'ordiphone – et avoir découvert sur son moteur de recherche préféré que la section « culture » avait été remplacée par « divertissement », il demanda à son épouse :

« Pourquoi on n'apprendrait pas à Irène à devenir une saloperie ? »

Mina posa son livre sur ses cuisses laissées nues par sa nuisette.

« Qu'est-ce que tu racontes, Sacha ? »

Il continua :

« Bah, regarde le monde actuel... Franchement, au lieu de lui apprendre à tenir ses promesses, à aimer son prochain, on devrait plutôt lui apprendre à le baiser, non ?

— À le baiser ?

— Oui, lui apprendre à ne pas forcément faire ce qu'elle a dit, pour être moins prévisible, et mieux atteindre ses objectifs... À mentir avec intelligence pour tromper ses interlocuteurs, à dire du mal des gens qui la gênent pour les salir et les griller aux yeux des autres. À être une dure, quoi. Rusée et impitoyable. On dirait que c'est ça en ce moment, qui permet de réussir, non ? »

Mina fronça les sourcils. Il poursuivit :

« Au lieu de ça, nous, on l'emmène voir les *Nymphéas* de Monet, on lui parle de *Guernica* ou bien de Carpaccio, dont le nom n'évoque plus qu'un plat de viande crue. On lui récite des poèmes d'Apollinaire qui ne sont même pas assez courts pour être twittés et, cerise sur le gâteau, on lui fait lire des livres, alors que ça a quand même l'air de ne plus intéresser grand monde, et qu'elle va bientôt se retrouver sans personne à qui en parler... Alors oui, je me demande s'il ne vaudrait pas mieux arrêter, et utiliser ce temps précieux pour éduquer vraiment notre fille à survivre dans le nouveau monde qui se dessine, et qui se fout bien de l'humanisme ou de nos hiérarchies esthétiques et morales...

— C'est une vraie question », répondit Mina en replongeant dans son essai sur la grande peste du XIVe siècle.

Mais le lendemain, au petit déjeuner – Irène dormait encore –, Mina dévisagea longuement Sacha en portant à ses lèvres une tasse de thé. Après en avoir bu une gorgée, et essuyé ses lèvres avec son index, elle la reposa sur la table de la cuisine, sans un mot. Puis, plantant ses yeux dans les siens, elle lui dit, calmement, mais d'un calme glacial :

« J'ai repensé à ce que tu disais hier... »

Merde, pensa-t-il.

Trop tard.

« Tes interrogations sur l'éducation d'Irène, reprit-elle... Tu veux que je te rassure, c'est ça ? Que je te confirme que tu es un bon père ? Que tu l'éduques bien ? Que l'époque est malade et que tu lui donnes les anti-corps qu'il faut, c'est ça ? »

Il aurait dû dire oui.

« Au contraire, Mina. Je suis en train de comprendre que j'ai peut-être tort. Que ce que je crois bon pour Irène est peut-être, au fond, mauvais pour elle.

— Sérieusement ?

— Sérieusement.

— Alors c'est toi qui es mauvais pour elle. »

Il encaissa le coup mais elle en porta aussitôt un autre.

« Mauvais, ou seulement très con.

— Mina, t'es pas obligée...

— Si, je suis obligée. Parce que tu me fais peur quand tu dis des choses pareilles. Si tu n'y crois plus, les autres n'y croiront pas pour toi... »

Elle semblait triste. Vraiment triste. Elle posa quand même sa main sur sa joue :

« *Guernica* nous rappelle que dans le chaos il reste toujours quelqu'un pour allumer une petite flamme, quelqu'un qui ne veut pas que la liberté meure, ça ne suffit pas, ça, pour en parler à Irène ?

— OK Mina... j'ai été con. »

C'était trop tard. Mina était lancée, et quand Mina était lancée, on avait du mal à l'arrêter. En plus, elle avait dû avoir toute la nuit pour y penser.

« Et si tu l'emmènes voir les *Nymphéas*, c'est parce que tu les aimes, non ? Est-ce que ça ne te suffit pas, de simplement partager ça avec elle ? Tu te souviens de comment elle était devant la toile ? De son silence, elle qui est tellement pipelette ? Et de tous les dessins qu'elle a faits après ? »

Sacha se souvenait. Parce que lui aussi, cela lui avait fait un choc de la revoir, cette immensité bleu et vert, qui vous absorbait dans ses infinies nuances, et que Monet avait peinte après une guerre qui avait mis le feu à l'Europe. Ah, il y en avait des morts, sous cette eau trop calme !

« Et les livres ? continua Mina, Il faudrait arrêter de les lui lire, les livres qu'on aime ? Tu as vu combien elle est émouvante quand elle déchiffre, de plus en plus vite, en plus... »

Bien sûr qu'il l'avait vue, et la voyait encore. L'entendait, aussi, le son de sa voix libérant d'autres sons qui étaient des noms, des verbes, des actions, des images, des couleurs, des parfums, et qui l'emplissait de joie quand il avait le bonheur d'assister au spectacle : sa fille lisant tout haut. Comme s'il surprenait un oiseau sauvage en pleine tentative d'envol...

« Et puis comment oses-tu douter des livres, toi qui en écris ?

— Enfin, ce n'est pas vraiment ce que j'appelle des livres...

— Tu as raison. Un jour tu t'y mettras. »

Et bim. Celle-là aussi il dut l'encaisser. Et cette autre, lorsqu'elle lui rappela ce qu'il avait dit un jour dans une émission :

« Comment tu disais déjà ? "Lire, c'est faire la guerre et l'amour même quand tu n'as pas l'âge, éprouver le deuil quand tout le monde est vivant et la joie même quand ton cœur est sec, t'évader d'un bagne pour te venger, te percer les yeux pour accéder à une autre forme de vue, chasser une baleine parce que le renoncement te tuerait, danser sur des volcans..."

— Ça va Mina, t'enflamme pas...

— Mais c'est toi qui t'enflammais ! Et elles sont passées où, tes flammes ? Faire d'Irène un être vide, cynique, mort à l'intérieur ? Une "saloperie" comme tu disais ? Je t'interdis de recommencer, Sacha. »

Elle l'embrassa tendrement.

« Tu sais que tu es dans le vrai, que ce qu'il faut lui enseigner, c'est la beauté, la lumière, la grâce, l'ouverture au monde, parce que ça rend plus fort, tout simplement. Plus fort, car plus heureux. Aie confiance, bordel. Transmets comme on t'a transmis, c'est le sens de la vie. »

Elle s'arrêta deux secondes et pointa son doigt sur sa poitrine, là, sous le pectoral gauche, à l'endroit du cœur, en déclarant solennellement : « "J'ai songé à rechercher la clef du festin ancien, où je reprendrais peut-être appétit."

— Rimbaud, *Une saison en enfer*, répondit-il.

— Oui, une saison en enfer. Et on y va un peu plus chaque jour, Sacha. Alors bats-toi. S'il te plaît, bats-toi. »

C'était aussi pour des phrases comme ça qu'il aimait Mina. « Mina ma louve », disait-il. Des phrases qui faisaient mal, mais au début seulement. Ensuite, la douleur passait et le rendait plus fort. Avec elle, il avait l'impression de pouvoir se remettre en selle au lieu de laisser le cheval à l'écurie. Il repensa à celles d'Augias. Pour un peu, il aurait été capable d'essayer de les nettoyer.

*

Et c'est à ce moment-là, sans doute encore soumis aux effets galvanisants des phrases de Mina, qu'il avait dérapé. Et mis en danger sa famille. Sur un plateau de télé.

Dans la vie, il faudrait toujours éviter les plateaux, comme de façon générale tout ce qui est plat. Mais c'était le plateau où il officiait trois fois par semaine.

Car Sacha était « philosophe ». Et même « philosophe et écrivain ». Ainsi le présentait-on dans cette émission tournée dans une lumière artificielle, cet aquarium sans eau où, parmi les gros poissons médiatiques du moment, il était censé apporter, comme une sorte de baudroie des abysses (ce poisson doté d'un appendice ridicule mais lumineux au-dessus de la gueule), « un éclairage historique et civilisationnel sur l'actualité ». Oui, c'est comme ça que le boulot lui avait été avantageusement proposé par le patron de la chaîne, il y a des années, trop d'années.

Comment ça se passait concrètement? On lui distribuait vers quatorze heures les grands sujets du jour et, quatre heures plus tard, il devait jongler avec en direct, sous les caméras et les yeux de centaines de milliers de spectateurs que lui ne voyait pas. Cela allait des manifestations de chauffeurs de taxi aux virus préhistoriques en voie de réveil dans le permafrost sibérien, et de la quête d'immortalité du nouveau roi de la Silicon Valley aux dernières annonces politiques de Papa. Moins une baudroie des abysses, en fait, qu'une otarie au Marineland, avec un micro entre les nageoires. Une otarie chargée non seulement d'amuser les téléspectateurs, mais aussi de les instruire. Et il aimait bien ça, Sacha, instruire, car il fallait que lui aussi s'instruise avant, et sa curiosité n'avait pas de limites. C'était même l'une des rares choses qui ne s'était pas érodée chez lui, avec son amour pour Mina.

Après ses longues études, exigeantes mais éclectiques, Sacha avait en effet choisi la voix médiatique parce que, disait-il sans trop y croire quand on lui en demandait la raison, histoire de sortir une formule, l'époque exigeait que « le philosophe retourne dans l'agora ».

Plus facile, sans doute, que d'explorer le ciel des idées et de s'y enfoncer pour écrire un vrai livre, forger de nouveaux concepts, et contribuer à l'histoire de la philosophie au lieu de la commenter... Plus facile, aussi, que d'écrire un roman. Pas seulement parce qu'il aurait fallu se mettre au marathon au lieu d'enchaîner les sprints, mais parce qu'il avait un problème avec le roman : trop proche de la vraie vie tout en prétendant qu'il n'avait rien de commun avec elle, que tout était affaire d'« imagination », de « fiction ». « Fiction », savait Sacha, venait d'un mot latin qui signifiait « feindre », et les ruses ne tiennent jamais longtemps. Trop dangereux à cause de ça, le roman. Pour soi et pour les autres.

Mina ne cessait de lui dire, pourtant : « Tu perds ton temps à théoriser. À trouver les raisons de reculer pour mieux éviter de sauter. Écris, merde ! Sors de toi-même, ou plutôt plonges-y. » Il fallait bien gagner sa vie, pourtant, même si la télé ne payait plus tant que ça parce que tout le monde en faisait. Mais le salaire de prof de Mina ne suffisait pas à faire bouillir la marmite dans une ville comme Paris.

« Platon de plateau », l'avait-on surnommé un jour dans un magazine. Cela ne l'avait pas blessé : il n'était pas loin de penser la même chose de lui. S'il avait continué l'archéologie, au moins, au lieu d'opter pour les lettres et la philo... Il serait peut-être alors en train d'explorer l'épave d'un galion espagnol ou de s'émouvoir dans le désert du Hoggar, devant les restes noirs et charbonneux d'un foyer paléolithique en se disant qu'il y a quatre cent mille ans on avait fait du feu ici même, et qu'auprès de ce feu on s'était peut-être aimé ?

Trop tard, et Sacha étanchait sa soif de romanesque en donnant un coup de main aux scénaristes d'une série télévisuelle – « Les séries sont les romans d'aujourd'hui », disait-il à Mina qui répliquait : « Tu es bête de dire ça » – basée sur l'invasion de l'Angleterre par les Normands de Guillaume le Conquérant en 1066. Basée seulement, car les faits historiques avaient été plongés, à la demande de la production, dans un bain d'heroic fantasy sans laquelle on ne touchait pas les adolescents indispensables à la constitution de la « fan base » qui en ferait le succès, donc les audiences, donc la pérennité. On avait ajouté à l'histoire une sorcière lubrique et développé considérablement le rôle du nain. Un nain bien présent dans la tapisserie de Bayeux (qui racontait cette histoire et prêtait ses codes graphiques à l'entraînant générique), mais un nain non lubrique, cette fois, afin de ne pas stigmatiser la communauté des « personnes de petite taille » qui pourrait raisonnablement se sentir offensée par ce cliché, quand bien même il était attesté dans les sagas scandinaves. Pour les sorcières, en revanche, on pouvait se lâcher sur la lubricité, aucune sorcière n'allait venir se plaindre d'avoir été discriminée. Enfin, pour le moment.

Sacha était une sorte de conseiller, chargé de « valider scientifiquement » au sein d'un « collège d'experts » les propositions des scénaristes emmenés par leur tout-puissant showrunner allemand. Markus raffolait de citations de « grands penseurs », comme il disait, et Sacha devait l'alimenter à la demande. Machiavel était particulièrement prisé de Markus, et pas grave si ce n'était pas tout à fait d'époque. Entendre Guillaume le Conquérant citer une phrase du *Prince* (« On fait la guerre quand on veut, on la termine quand on peut »), même cinq cents ans avant que cette phrase soit écrite, cela faisait quand même son petit effet sur le spectateur. Et puis, pas grave, qui lisait encore Machiavel ?

Sacha avait aussi pour mission de débloquer l'imaginaire des scénaristes quand ils séchaient. Il jouait ainsi le rôle d'un viagra dramaturgique, puisant sans se gêner dans l'Histoire où il n'y avait qu'à se servir. Tout était là car tout s'était déjà produit, la faute à l'être humain qui ne changeait pas : il aimait le pouvoir, le conquérir et le conserver, et était prêt à presque tout pour ça. Il avait peur de la maladie et de la mort, qu'il tentait d'oublier dans les jeux et le sexe (qui pouvait être une forme de jeu) ou encore dans la religion (qui pouvait être une forme de sexe, sans chair mais avec une grande possibilité d'extase). À partir de là, c'était peu ou prou les mêmes histoires qui formaient ce qu'on appelle l'Histoire. Seuls changeaient les costumes et les armes : l'ordiphone avait remplacé le poignard, mais il faisait aussi mal.

Dans cette grande pêche à l'Histoire, Sacha adorait impliquer sa femme, dont les connaissances non seulement le sidéraient mais décuplaient l'admiration qu'il avait pour elle.

Ainsi, un soir :

« Markus veut qu'une partie de la flotte normande aille s'écraser sur les récifs...

— Il a raison, ça fera de belles images.

— Je lui ai parlé d'Hydna. Tu te souviens, la plongeuse antique qui en pleine guerre entre les Grecs et les Perses avait sectionné sous l'eau les amarres de la flotte ennemie ?

— Oui, l'ancêtre des commandos de marine.

— Markus a adoré l'idée de transposer l'histoire dans la Manche et de lancer une nouvelle héroïne – y a trop de mecs dans la série – mais il veut la mettre sur un bûcher...

— Comme une sorcière ?

— Oui, ça marche bien les sorcières.

— Mais là, c'est plutôt une sirène... Une sirène qui brûle : l'image est saisissante. Il a de bonnes idées, ton Markus. Mais il la fait mourir si vite ?

— Non, elle va être sauvée. Mais comment elle passe de plongeuse héroïque à accusée de sorcellerie, je ne vois pas... »

Mina avait réfléchi puis dit :

« Plutarque.

— OK, plus tard.

— Non, je disais Plutarque. Il me semble qu'il y a un texte de lui sur le danger pour les filles de plonger dans la mer parce qu'elles pourraient y perdre leur virginité.

— Quel rapport ?

— Rapport, peut-être, à la pression de l'eau qui crevait les tympans des pêcheurs d'éponges, et donc pourquoi pas un hymen...

— Ou aux nombreuses créatures mythologiques qui peuplaient les eaux antiques, et qui pouvaient aussi être alléchées par un jeune corps féminin s'aventurant dans leurs abysses...

— Peut-être...

— Tu permets que je demande à l'oracle ? »

C'est comme ça que Sacha surnommait son ordiphone. Chaque recherche qu'il y faisait était en effet comme pour tout le monde enregistrée et passée au tamis d'intelligences artificielles qui finiraient par connaître mieux que lui ce qui vraiment l'intéressait – ce soir, les rapports entre apnée et virginité – et ce qui l'attendait, peut-être.

« Trouvé ! dit-il triomphalement. “Les filles peuvent plonger dans la mer sans que leur virginité en souffre aucune atteinte.” Mais c'est de Pausanias.

— Au temps pour moi, dit Mina.

— Tu plaisantes ? Tu es géniale, et je crois qu'on tient le truc. “Les filles peuvent plonger dans la mer sans que leur virginité en souffre aucune atteinte”, c'est bien la preuve qu'on s'inquiétait de leur pureté. Bref, on pourrait imaginer que la fille tranche les amarres de la flotte de Guillaume, revient au village en héroïne, mais qu'un amoureux éconduit, un vieux barbon, l'accuse d'avoir perdu son honneur, demande à ce qu'on vérifie, et comme elle refuse, zou ! au bûcher !

— Mais tu la sauves, n'est-ce pas ?

— Elle est sauvée, et là c'est toi qui me sauves. Ils vont grave adorer. »

*

Que dire à celles et ceux qui s'étonneraient du genre de conversations – un peu perchées, peut-être – qu'ils avaient ? Que c'était leur vie, tout simplement, et qu'elle était belle à cause, en partie, de ces conversations. Qu'ils s'étaient juré de ne jamais se faire ensevelir sous les soucis du quotidien, ou du moins de ne jamais laisser ces soucis prendre le pas sur ce qui était pour eux l'essentiel, ces conversations qui reflétaient leur monde intérieur, bourrées de références à des choses qui apparemment n'avaient plus cours en leur époque, mais qui les reliaient à la longue chaîne des êtres humains qui avaient vécu avant eux, en d'autres temps, en d'autres lieux... Et ils avaient plaisir à cela, Mina et Sacha, tout comme d'autres couples pouvaient avoir plaisir à se raconter, le soir, avec un bon verre de vin, leur journée de travail (c'était d'ailleurs un peu ça), à jogger ensemble le week-end, ou à échafauder des projets de vacances. Ils le faisaient aussi, mais ce qu'ils aimaient par-dessus tout, depuis qu'ils s'étaient rencontrés, c'était parler ensemble de ce qu'ils aimaient, ou aimeraient faire :

– lire dans les étoiles avec leur fille le nom des constellations, qui passionnaient Mina depuis l'enfance ;

– retrouver le nom de la vieille chanson italienne des années 70 entendue par Mina dans un couloir du métro, chantée par un vieux monsieur aveugle, pour pouvoir la fredonner à leur tour ;

– regarder, au Havre, la silhouette des cargos qui glissent sur l'horizon comme des baleines d'acier ;

– fermer les yeux dans le soleil devant un bon café,

dehors, vers dix heures du matin, où l'on veut, mais du soleil !

– initier Mina, que le mysticisme de son compagnon ne laissait pas d'intriguer, aux pratiques de jeûne des Pères du désert que Sacha avait testées lors de son séjour sur le mont Athos ;

– se jurer de réussir à marcher un jour, ensemble, sur le toit en escalier de la villa Malaparte, à Capri, qui servait à Brigitte Bardot de transat géant dans *Le mépris*;

– se répéter l'explication scientifique des incisives légèrement écartées dans la bouche d'Irène, défaut qui lui aurait valu, si elle avait été plus âgée, les attentions des recruteurs de mannequins cherchant l'effet Bardot, mais qui, au temps des guerres napoléoniennes, si elle avait été un garçon, lui aurait valu d'être jugée inapte au combat car ne pouvant déchirer convenablement les cartouches avec les dents.

Bref, ce qu'on appelait jadis la culture, au sens large, et qui pour eux, comme le sel, le poivre ou le safran, relevait le goût de la vie, et faisait ressembler la leur à un vaste cabinet de curiosités dont il fallait préserver l'existence et l'intégrité en dépit des flots invasifs de l'actualité qu'ils suivaient scrupuleusement et sur laquelle ils exerçaient comme ils le pouvaient leur raison pour ne pas s'y laisser dissoudre.

Sacha et Mina n'étaient pas pour autant des esprits abstraits, mais ils ne concevaient pas la vie sans poésie, c'est tout. Ni sans désir. L'étendue du savoir de Mina avait en effet chez Sacha des effets physiques immédiats. Il trouvait Mina belle, certes, mais la vraie cause de son attirance était la vivacité de son esprit et de sa conversation. Il avait récemment appris qu'il existait un nom pour les gens comme lui : les « sapiosexuels ».

*

Voilà, donc, ce que faisait Sacha dans la vie : caution de sérieux, alibi intellectuel. *Hastings*, c'était le nom de la série, marchait fort sur les plateformes et cela risquait donc de continuer. D'autant que parmi les fans de la série il fallait compter Papa, qui avait fait savoir publiquement qu'elle « magnifiait le sentiment européen » (ah oui, l'invasion d'un autre pays ?) et qu'elle « donnait le goût de l'héroïsme à nos jeunes ». Sacha s'était demandé si Papa savait qu'il faisait partie du « collège d'experts » de la série et s'il lui envoyait un message. Ça l'agaçait, ils avaient été amis autrefois. Il avait décidé de ne plus y penser.

Sacha n'était payé que symboliquement par rapport aux scénaristes, mais ça leur permettait, avec ses chroniques à la télé et le salaire d'enseignante de Mina, de vivre très correctement. Même s'il continuait à trouver injuste de gagner autant que sa femme étant donné la responsabilité qu'elle avait sur les épaules. Vraiment, la noble tâche de former les esprits et de préparer l'avenir n'était pas suffisamment rémunérée dans ce pays.

Pour occuper le temps qui lui restait, mais surtout pour avoir l'impression d'avoir une vie un tant soit peu intellectuelle, Sacha rédigeait avec cœur les textes de son podcast « La vie est bonne », en hommage à la « bonne vie » prônée par les Anciens, qu'un éditeur adaptait ensuite en livres. Des produits dérivés, loin des projets de vrais livres dont parlait Mina, des livres qui ne dériveraient de rien d'autre que d'une envie de créer. Cette envie ne s'était pas concrétisée, non sans faire ressentir à Sacha de temps en temps une douleur lancinante, comme celle que certains amputés ressentent encore dans une jambe qui n'existe plus. Car avec « La vie est bonne », il ne faisait encore que jouer le rôle de commentateur de l'actualité, le supplément d'âme dynamique et pédago, loin du pur écrivain inventeur de mondes qu'il ne serait jamais. Oh, il n'était pas inintéressant, Sacha, il pouvait même être passionnant, évoquant l'époque que nous traversions à l'aune d'Épicure, de Hegel ou du Prix Nobel de la paix 2027 Elon Musk, tirant ses exemples de la physique quantique ou de la gymnastique antique, soulignant l'importance du bien-être mais aussi du bien-avoir, et éreintant la dégringolade de l'esprit critique et le panurgisme ambiant.

Il pouvait même parfois être offensif, en s'autorisant quelques allusions, de-ci, de-là, à la politique autoritaire de Papa. Pas trop. Mais quelques-unes quand même, ce que plus beaucoup de gens n'osaient faire. Parce que si le Platon de plateau acceptait de vivre dans un relatif confort en monnayant son savoir et en attendant des jours meilleurs, plus libres, s'il acceptait de ne pas prendre des risques inutiles à cause de Mina et d'Irène (sans elles, quelle valeur avait sa vie ?), il ne voulait pas pour autant collaborer avec l'État. Tout sauf ça. Il ne croyait pas si bien dire.

*

C'était le lendemain du jour où Mina lui avait remonté les bretelles. Il avait encore *Guernica* et les *Nymphéas* plein la tête. « Bats-toi », avait-elle dit, et il avait retenu la leçon. En vertu de ses anciens liens avec Papa, que tout le monde ou presque ignorait, Sacha s'était toujours senti, d'une certaine manière, protégé.

Après l'agression du professeur, qu'il admirait profondément, il s'était même cru en capacité de prendre la défense, sans qu'il y ait trop de casse, de ce qui restait de liberté de pensée dans ce pays. Après tout, Sacha n'était pas un opposant politique, mais un philosophe. Autant dire un bouffon. Le mal nécessaire pour tout gouvernement, la preuve apportée au peuple qu'on était encore en démocratie. D'ailleurs, en France, les livres n'étaient pas brûlés, ni interdits, rappelait souvent Papa. Juste piétinés médiatiquement par de grosses voix complices, tapant à longueur d'éditos, d'émissions, de blogs ou de posts sur les « bobos » et les « zélites déconnectées »... Déconnectées de quoi, au fait ? De la « vraie vie », de ce dont les gens avaient vraiment « besoin », répondaient, pourfendant les élites, les zélotes de Papa...

Or, ce jour-là, pensant passionnément à Mina et à son intégrité d'enseignante, voulant être digne d'elle, Sacha s'était senti autorisé à rappeler à celles et ceux qui l'écoutaient les règles du jeu : dans l'Histoire, chaque fois qu'il y avait de l'obscurité, il y avait aussi des gens pour allumer la lumière. Grandiloquent ? Un peu.

*

Il aurait fallu, sans doute, être plus subtil. Manipuler l'ironie, par exemple, cette insulte déguisée en compliment.

L'émission du jour tournait autour des « populations allogènes », comme on appelait désormais les migrants qui n'avaient jamais fait aussi peur avec leur religion conquérante et leur culture qui menaçait la nôtre. C'était le message scandé par le ministre de l'Intérieur et des Cultes présent sur le plateau, jeune et fringant – Papa ne s'entourait que de ministres jeunes et fringants, cosmétiques, qui rendaient tout presque acceptable. Il avait rappelé la nécessité absolue de préserver notre « modèle culturel », et par la loi s'il le fallait. On avait fait l'effort d'accueillir, il y a quelques années, un gros « flux » de réfugiés de guerre qui étaient pourtant « culturellement proches de nous », alors ces « flux d'Égyptiens et de Soudanais » non, ça n'allait pas être possible, n'en déplaise à quelques « intellectuels déconnectés ». Papa, qui connaissait la situation, et comprenait la « tragédie qu'enduraient ces misérables », avait raison de dire aux Français « sans hypocrisie » que la différence n'était « pas forcément une vertu ». Bien sûr, le ministre ne disait pas « Papa », mais simplement « notre président ».

Et c'est là que la phrase avait échappé à Sacha. Une phrase toute simple, au fond très anodine. Sauf pour lui et pour Papa. Seuls eux deux savaient ce qu'elle recouvrait. Était-ce la suffisance du jeune ministre, la bonne foi qu'il affectait, le mot « flux » pour désigner des êtres humains, ou celui de « misérables » qui lui rappelait Hugo et le courage de l'écrivain ? Était-ce la simple mention de l'Égypte ? Une foule de souvenirs avaient afflué depuis sa mémoire et s'étaient compactés dans son lobe frontal en cette toute petite phrase, qui n'était presque qu'une observation. Elle était passée de son cerveau à son larynx pour venir s'écraser comme une vague sur la digue de ses dents, puis celle de ses lèvres, mais le souvenir de la discussion avec Mina avait tout emporté. Et il avait finalement été incapable de retenir la petite phrase :

« Papa n'a pas toujours été comme ça...

— Que voulez-vous dire ? » avait demandé JPL, l'animateur, ôtant ses lunettes comme chaque fois qu'il sentait qu'on était devant *un moment de télévision.* Il en profitait alors toujours pour regarder la caméra braquée sur lui, ce qui équivalait à regarder dans les yeux les téléspectateurs qui l'adoraient. Sacha s'était arrêté là, lui signifiant d'un geste de la main qu'il n'avait rien à ajouter, mais c'était déjà trop tard. Le silence était tombé sur le plateau, peut-être cinq secondes, mais c'est long, cinq secondes sous le feu des caméras. On attendait que Sacha précise. Même le ministre le regardait avec attention, cherchant à lire quelque chose sur son visage. Que sous-entendait Sacha ? Que savait donc Sacha ? JPL, professionnel, n'insista pas. Retrouvant le sourire narquois posé comme une limace sur son maquillage crémeux, il reprit le fil de l'émission mais le message avait certainement déjà été reçu cinq sur cinq en haut lieu. Sacha sentit une boule se former dans son ventre, mais trouva la force de ne pas le laisser paraître. Il savait pourtant qu'il venait de franchir la ligne rouge.

Après l'émission, alors que Sacha se démaquillait seul avec une lingette dont le parfum lui rappelait toujours sa petite enfance, JPL lui était tombé dessus.

« C'était quoi ces insinuations, Sacha ?

— Qui te dit que j'insinue quoi que ce soit ?

— J'ai reçu des appels. Papa n'a pas apprécié ton intervention.

— Parce que t'es lié à Papa, maintenant ?

— Moins que toi visiblement. Mais c'était dans mon émission, et son entourage me l'a fait comprendre. On me reproche de n'avoir pas assez insisté. Ils veulent que tu t'expliques sur ce que tu sous-entends.

— Mais sans le faire entendre, je suppose...

— Je te laisse supposer. Je ne veux rien savoir. Mais tu vas le faire demain parce que je n'ai pas envie de perdre mon émission. Et tout ce qui va avec, tu vois... »

D'un geste, il fit comprendre à son assistante Michela qu'il arrivait. Il vivait avec elle, c'était de notoriété publique depuis qu'un magazine l'avait interviewé la semaine précédente : « une idylle torride ».

« Je vois, dit Sacha.

— Non, tu ne vois pas, lui dit JPL. Parce que tu n'as jamais voulu en profiter.

— D'une idylle torride ? »

Il sourit. L'autre le prit mal.

« Par exemple. Mais notre notoriété exige quelques compromis. Tu devrais être plus philosophe, sans vouloir te faire offense. Les temps sont durs, tu le sais, et je n'ai pas envie de finir dans un tonneau comme l'autre dingue, là, celui dont tu nous parlais l'autre jour après le discours de la ministre de la Santé... Comment il s'appelait, déjà, le mec qui se branlait en public, en disant que ce serait tellement pratique si on pouvait apaiser comme ça son estomac chaque fois qu'on a faim ?

— Diogène.

— Oui, Diogène. Je n'ai pas envie de finir comme Diogène. Je prends ce qu'il y a encore à prendre. Tu m'as regardé ? Avec mes cheveux qui se barrent et mon bide qui pousse, je préfère que ce soit Michela qui me branle, tu vois...

— Je ne préfère pas voir... »

Sacha n'avait qu'une envie : rentrer chez lui raconter une histoire à sa fille. Il appuya du pied sur le mécanisme d'ouverture de la poubelle et y laissa tomber la lingette maculée de fond de teint.

« Excuse-moi Jean-Pierre, lui dit-il en souriant avec lassitude, mais moi j'y retourne, dans mon tonneau. J'y serai demain aussi, d'ailleurs. Et après-demain.

— Tu ne viendras pas, donc ?

— Tu as bien compris, JP. Ne t'en fais pas pour ton émission : je ne serai plus là et ça passera. Embrasse Michela pour moi. »

L'autre hocha la tête, probablement rassuré. Il ajouta néanmoins, et cela paraissait sincère :

« Fais gaffe à toi quand même. Je t'aime bien, tu sais. »

Une fois dans la rue, Sacha libéra le taxi qui l'attendait devant le studio et rentra à pied. Il avait besoin de réfléchir. Il culpabilisait. Qu'est-ce qui lui avait pris, nom de Dieu, de faire le malin aussi balourdement ? Une pulsion... Il s'en voulait. Il avait pris des risques. Mais fallait-il toujours se taire ?

Sacha savait des choses, et Papa le savait. Sacha était le témoin de la vie d'avant, position particulière, confortable ou inconfortable selon qu'il ferait attention ou non. On pouvait même parler, entre eux, d'une sorte de paix armée. Que Sacha avait peut-être rompue en évoquant – certes, par omission, encore heureux – une période de sa vie que Papa préférait oublier car cela remontait au temps où il n'était pas Papa. Où il était même le contraire de Papa. Au temps où ils étaient, Sacha et lui, jeunes et étudiants, branchés sur la même longueur d'onde, rêvant de voyages et de conquêtes. De beauté. De liberté. D'ouverture à l'autre.

Ensuite, ils avaient rêvé très différemment...

Allons, il ne fallait pas trop s'inquiéter... Comme il l'avait affirmé à Jean-Pierre, ça passerait. Il avait été évasif, après tout. C'était entre Papa et lui. Et puis, « Bats-toi », avait dit Mina. Un peu de courage. Il repensa à Diogène, que l'animateur avait mentionné. Diogène avait raison. N'être esclave de rien. D'aucune richesse. D'aucune laisse. Diogène disait ce qu'il voulait : il marchait dans les rues d'Athènes une lampe à la main qu'il braquait sur ses concitoyens avec ces mots : « Je cherche un homme », et en passant aussitôt son chemin comme si, des hommes dignes de ce nom, il n'y en avait plus. Et il avait osé lancer à Alexandre le Grand, l'homme le plus puissant de son temps qui avait demandé à rencontrer le rebelle, cette phrase sans appel : « Ôte-toi de mon soleil. »

Mais Diogène n'avait ni femme, ni enfant. Aucun moyen de faire pression sur lui. Parce qu'il n'aimait personne. Ce qui n'était pas le cas de Sacha.

À la maison, Mina, qui ne regardait pas la télé, l'interrogea :

« Qu'est-ce qui s'est passé, Sacha ? J'ai reçu des appels de copines... Tu t'en es pris à lui, il paraît ?

— Un peu. Une simple allusion.

— Et ?

— Visiblement il n'a pas aimé. »

Il n'en dit pas plus. Il ne voulait pas l'inquiéter. Il ajouta juste :

« Je n'y retourne plus. Je vais avoir plus de temps pour voir Irène. »

Mina le regarda gravement et posa sa main sur sa joue. Sa paume était douce. Il ferma les yeux.

*

Après l'émission, il reçut des menaces. D'abord sur les réseaux sociaux où on se déchaînait contre lui pour avoir semé le doute sur la cohérence politique de Papa. *Papa n'a pas toujours été comme ça...* Qui était-il, pour se permettre d'insinuer qu'il aurait retourné sa veste ? Des boucles de messages tordus. Des photomontages glauques, appelant la merde, le sang, la fin des « filozozofes », de la « médiacrassie ». Le lot habituel. On prend sur soi, on tient. Et puis il y avait eu des appels étranges, avec au bout du fil une simple respiration, presque du silence. On sait que c'est fait pour déstabiliser, alors on tient encore. Il fallait être philosophe puisque c'est ainsi, après tout, qu'on le présentait... Oui, tenir bon dans l'agora. Ça allait finir par passer, pensait-il.

L'incident de la fac arriva quelques jours après.

Et après l'incident de la fac, celui de l'anniversaire d'Irène.

*

Il était allé la conduire à l'école, sa main dans la sienne, un peu en avance, les neuf enveloppes frappées d'arcs-en-ciel et de cœurs serrées dans la poche de sa veste. Pourquoi ça s'arrête un jour, d'envoyer des cœurs à ceux qu'on aime ? Arrivé devant l'école, il avait tendu à sa fille les invitations. Comme les vexations venaient bien assez tôt dans la vie, la maîtresse ne tenait pas à ce qu'elles soient distribuées dans la classe. Ceux qui n'étaient pas invités n'avaient pas à apprendre devant tout le monde que leur présence n'était pas souhaitée. Alors Irène, concentrée, cherchait des yeux devant l'école les copains, les copines, et fondait sur eux dans sa robe à fleurs dès qu'elle les apercevait. Avait-il perçu une gêne chez les parents, moins souriants que d'habitude avec sa fille ? Une fois les invitations distribuées, ils s'étaient tous les deux engouffrés dans l'école. Postée à l'orée de la salle de classe pour accueillir ses élèves, l'institutrice, semblait-il, n'arrivait pas à soutenir le regard de Sacha. « Tout va bien avec Irène ? demanda-t-il. — Tout va bien, oui. » Puis elle s'était tournée vers un autre parent. Il décida de ne pas y accorder d'importance. Mais quand, en sortant, il proposa un café rapide au père de Vanessa, un avocat qui, d'ordinaire, lui en proposait un tout le temps, et l'entendit répondre qu'il était « à la bourre » alors qu'il serait encore là à bavarder vingt minutes plus tard, comme Sacha le nota depuis l'intérieur du café, alors il se dit que quelque chose clochait. Et qu'il aurait, peut-être, bientôt, vraiment besoin d'un avocat.

Le samedi de l'anniversaire arriva. Irène avait préparé un dessin pour chacun de ses invités, faisant observer à son père que « ce n'est pas parce que c'est mon anniversaire qu'ils doivent être privés de cadeau ». Ils avaient décoré l'appartement avec des ballons et des guirlandes et avaient même eu recours aux services de la mythique fée Clochette : Inès, la baby-sitter d'Irène, était parfaite dans sa robe pailletée louée chez « Le duc déguise », même portée avec ses baskets défoncées. Ils attendaient une dizaine d'enfants. Une heure après l'heure à laquelle était censée commencer la fête, deux d'entre eux seulement étaient arrivés et Irène commença à s'inquiéter. Sacha et Mina appelèrent les parents des autres. Ils échouèrent sur des répondeurs ou une explication désolée : Tania était malade, Pavel ne se sentait pas bien et « désolés », ils n'avaient pas eu le temps de prévenir.

L'un des parents, l'avocat « à la bourre », prit la peine d'aller un peu plus loin : « Il paraît que c'est dangereux maintenant de venir chez toi. » Et comme Sacha demandait des explications, il répondit : « On ne veut pas d'ennuis.

— Rappelle-moi quel métier tu fais ? » ironisa Sacha.

L'autre raccrocha. À dix-sept heures, l'heure de souffler les bougies, il n'y avait toujours que deux gamines. Les parents des autres s'étaient visiblement donné le mot.

Comprenant que personne d'autre ne viendrait pour elle, Irène avait laissé filer quelques larmes avant d'être consolée par ses deux copines. Et l'énergie d'Inès avait réussi à faire s'achever l'après-midi en apothéose avec un festival de jeux – des grands classiques colin-maillard et balle aux prisonniers à d'autres de son invention comme le « saute-pangolin » – et un défilé de mode auquel Mina et Sacha avaient été sommés de participer afin de remplacer les absents. Le tout copieusement arrosé du prosecco que Sacha comptait offrir aux parents quand ils viendraient récupérer leur progéniture, et qu'il tenait à écluser comme cela avait été prévu.

Bref, une énorme fiesta, les gamines pliées en quatre, et les adultes aussi. « Ça s'est bien passé ? » avaient demandé, assez élégants pour ne faire aucun commentaire sur la situation, les parents d'une des gamines (ceux de l'autre avaient envoyé la nounou). « Comme vous le voyez », avait répondu Mina, encore maquillée en tigresse, et désignant l'état apocalyptique de l'appartement. « Un verre de prosecco ? »

Inès était restée et la fête s'était prolongée en dîner autour d'un énorme plat de pâtes au mojo verde, une sauce à la coriandre des Canaries dont Inès était originaire. Irène en raffolait. « Mon meilleur anniversaire ! », lança-t-elle, et ça semblait sincère. La résilience des enfants... Inès ne partit qu'à vingt-trois heures, rouge dans sa tenue verte, après avoir poussé un petit cri en regardant sa montre.

« Félix va se demander ce que je fabrique.

— Tu as fabriqué des souvenirs à une enfant », répondit Sacha, reconnaissant.

Elle lui sourit et enfila sa veste. Par-dessus sa robe de fée.

« Tu ne te changes pas ? demanda Mina.

— Pourquoi Félix n'aurait-il pas droit lui aussi à une fée ? » répondit-elle, des étincelles dans les yeux.

Inès s'éclipsa.

Mais leur bonne humeur fut douchée par des coups à la porte.

C'était Inès, à nouveau.

« Je peux rester là dix minutes ? »

La fée en baskets était toute pâle...

« Je viens d'appeler Félix. Il va venir me chercher en scoot. »

Après avoir marqué une pause, elle ajouta :

« Il y a des gens, en bas. Juste devant la porte. Assez chelou...

— Qu'est-ce que tu veux dire ?

— Dans une grosse voiture. Stationnés devant la porte. Ils m'ont regardée bizarrement. »

Sacha alla voir par la fenêtre. Des voitures garées, oui, il y en avait, comme de gros squales endormis sous la lumière blanchâtre des réverbères. Mais rien de « chelou ». Inès se faisait des idées.

« Il arrive quand, Félix ? » demanda-t-il.

— Dans dix minutes.

— Je descendrai avec toi. »

Il remarqua qu'elle tremblait.

« Tu t'inquiètes ?

— J'sais pas... »

Elle s'arrêta puis reprit :

« Est-ce que ça peut être lié à ce qu'on dit de vous sur les réseaux ?

— Qu'est-ce qu'on dit de moi sur les réseaux ?

— Que vous critiquez trop Papa...

— Et tu en penses quoi, toi ?

— Que c'est vrai. Mais que vous avez raison de le faire. »

Le portable d'Inès bipa. Ils descendirent tous les deux dans le hall de l'immeuble. Sacha actionna la lourde porte de verre et de métal. Et ne remarqua rien de particulier en dehors du scooter qui, près du trottoir, ronronnait doucement, phare allumé. Il dit au revoir à Inès, qui rejoignit le jeune homme casqué, se casqua elle aussi prestement, et grimpa derrière lui, ses bras autour de sa taille. Ils disparurent, rapides et amoureux.

C'est alors qu'il les vit. Surgissant de la gauche, dans une voiture noire qui sembla doucement glisser jusqu'à lui et s'arrêta à son niveau. Ils avaient dû attendre, guettant le moment propice. La vitre coulissa, théâtrale. Il faut croire qu'ils aimaient ça, le théâtre. Ce fut juste un bras qu'il aperçut, sortant de l'habitacle, et mimant, tendu vers lui, comme s'il le mettait en joue, le bout des doigts serrés dans un geste enfantin et glacial, un pistolet dont on arme le chien et dont on actionne la détente.

La voiture démarra en trombe.

*

Sacha raconta la scène à Mina, sans la minimiser, parce qu'il avait besoin de son sentiment là-dessus. Ça commençait à faire beaucoup.

Ils décidèrent cependant de garder leur calme, persuadés que ce n'était que de l'intimidation. Le pire n'est jamais prévisible.

Et puis arriva le jeudi suivant.

*

Le jeudi, Mina allait toujours chercher Irène à l'école. Quand le temps était clément, elle lui donnait son goûter au parc. Et ce jeudi-là, très ensoleillé, était mieux qu'une journée clémente. Après son pain au chocolat, l'enfant était allée s'amuser sur l'aire de jeux. Sa mère s'était assise sur un banc, heureuse de regarder sa fille glisser sur les toboggans et grimper avec agilité dans les multiples cages à écureuils tandis qu'elle-même profitait des rayons du soleil. Il y avait énormément de gamins dans le parc. Irène courut avec certains d'entre eux vers le « dragon », une imposante structure dans laquelle les gamins s'engouffraient avant d'être recrachés par le toboggan géant qui figurait la langue du monstre.

Irène réapparut, et recommença.

Plusieurs fois.

Mina lui fit un signe de la main. Son sourire était incroyable de lumière. Une vraie bombe de chaleur. Elle regarda sa montre. Encore dix minutes et il faudrait qu'elles y aillent. Faire quelques courses pour le dîner.

Lui donner son bain. Mina se sentait bien. Elle se dit que Sacha et elle s'étaient trop inquiétés, et que ça passerait. Il fallait tenir bon, c'est tout.

Elle sortit un paquet de copies. Commença à les corriger. C'était pas mal, encourageant. Les première année avaient visiblement aimé le cours sur Hypatie, n'en déplaise aux trois connards qui avaient voulu leur faire peur.

Quand elle leva la tête, ce fut pour chercher des yeux Irène. Elle ne la trouva pas. Elle consulta à nouveau sa montre. Les dix minutes, pas plus, s'étaient écoulées. Mina se leva et se dirigea vers le dragon pour aller vérifier si Irène n'était pas à l'intérieur. Elle attendit un certain temps à la sortie de la gueule du monstre. Pas plus. Irène était sans doute passée à un autre jeu. Mina se dirigea vers la tyrolienne, que sa fille aimait beaucoup. Pas d'Irène non plus. Ni dans le train en bois où les plus petits se cachaient. Elle retourna vers le dragon. Toujours pas d'Irène. Mina commença à paniquer. Elle refit un tour, marchant plus vite. Demanda à d'autres mamans si elles avaient vu une petite fille blonde avec des dents du bonheur. « Non madame, désolée. » Son cœur battait de plus en plus vite. Elle cria son prénom. Plusieurs fois. De plus en plus fort. On la regardait comme une folle, mais elle s'en foutait. Le parc était entouré d'une clôture. Irène ne pouvait quand même pas être sortie toute seule ? Mina refit un tour, hagarde entre les cages à écureuils. Elle alla demander à l'entrée, aux gardiens, s'ils l'avaient vue. « Madame, il y a des dizaines d'enfants ici ! » Elle repensa aux menaces. Sur elle à la fac. Sur Sacha depuis son imprudence. Elle voulut quand même l'appeler, même si cela ne servait à rien. Tomba sur son répondeur. La tête lui tournait. « Vous êtes toute pâle, madame. » On la fit asseoir. On lui donna de l'eau.

Elle entendit alors :

« Maman ! »

Irène marchait vers elle. À la main, une énorme barbe à papa.

Sa mère la serra contre elle.

« Tu me fais mal maman...

— Mais tu étais où ?

— Avec une dame très gentille. »

Elle la sermonna. On ne suivait pas les inconnus.

Irène la regarda, étonnée :

« Mais elle te connaît, maman. Elle m'a dit qu'il ne fallait pas te déranger parce que tu corrigeais tes copies et que tu lui avais demandé de me surveiller dix minutes. Elle connaît papa, aussi. Et même notre adresse... »

À la maison, ils ne se concertèrent pas longtemps. Il fallait faire vite. Toucher à Irène, maintenant ? Ils décidèrent de partir la nuit même, sans prévenir personne, à part D. qu'ils appelleraient sur la route, depuis une station-service, quand ils seraient loin. Ils laissèrent en effet leurs deux portables dans l'appartement.

« Marre d'être fliquée pour mon bien. On les emmerde », jura Mina.

Ils étaient peut-être paranoïaques. Il se pouvait aussi qu'ils ne le soient pas. « On ne l'est pas », décréta Sacha qui s'était projeté ces derniers mois dans cette éventualité, et qui savait exactement ce qu'il avait à faire.

Il fourra dans son sac le cash qu'il avait mis de côté pour ne pas laisser de trace dans un distributeur, glissa une clef USB noire, devenue très précieuse, au fond de la poche de son jean, contre sa cuisse, et sortit de sa cachette une enveloppe de papier kraft, tout aussi précieuse, qu'il glissa dans la poche de sa veste, contre son cœur.

« On les emmerde », répéta-t-il pour s'encourager.

Et il ferma la porte.

*

« J'ai pied là ?

— Non ma chérie », répondit Sacha en ajoutant pour lui-même : « Et en ce moment, aucun de nous, d'ailleurs. »

Ils avaient nagé au large et revenaient, les parents et la petite, accrochée au cou de son père. Du regard, ils pouvaient embrasser toute la crique, et voir que leur cube blanc n'était cerné que par les pins et les oliviers courbés par le vent. À gauche, une ancienne maison de pêcheurs, inhabitée. Devant elle, un ponton où une antique barque tanguait sur l'eau. Elle prenait des teintes vertes.

Ils s'y propulsèrent en quelques brasses et se hissèrent sur la jetée de bois. Sur leur peau, les gouttelettes affrontèrent les rayons du soleil. Une caresse brûlante qui ne laisserait d'elles que quelques cristaux salés. La petite, assise plus loin, les jambes dans l'eau, regardait les poissons glisser sous ses pieds.

« Et si on s'accordait trop d'importance ? dit Mina. Et s'ils nous oubliaient ? »

Sacha repensa à la voiture noire. Le souvenir de la main mimant l'arme l'aurait fait frissonner s'il n'avait pas fait si chaud.

« Peut-être. Mais il faut quand même se préparer.

— Je ne le sens pas, Sacha. »

Pour la motiver, il lui raconta alors l'histoire de ces femmes qui avaient bravé l'*abaton*. Depuis la fille de l'empereur Théodose en 382 à la princesse russe Tatiana Nikita en 1905, sans parler de la Miss Europe Aliki Diplarakou en 1929 et de la journaliste française Maryse Choisy en 1931. Déguisée en marin, celle-ci avait même rapporté de la Sainte Montagne un reportage.

« Mais rien depuis 1931..., fit remarquer Mina.

— Si, une certaine Malvina Karali, une Grecque, en 1990. Et je ne compte pas celles qui y ont trouvé refuge pendant la Seconde Guerre mondiale et la guerre civile... Le mont Athos a toujours protégé les fugitifs. Tiens, même Karadžić, le criminel de guerre, s'est caché dans un de ses monastères quand il était recherché par le tribunal de La Haye...

— Ça donne envie, commenta-t-elle.

— OK, mauvais exemple. Oublie Karadžić. Je pourrais te parler de la guerre d'indépendance contre le pouvoir ottoman, et comment la Sainte Montagne a abrité les combattants de la cause philhellène, qui luttaient pour une Grèce libre. Dans certains monastères il y a sur les murs des gravures où on les voit, avec leurs cheveux longs et leurs moustaches, leurs jupes plissées barrées de cartouchières, leurs poignards courbes et leurs longs pistolets...

— Ne fais pas l'enfant, Sacha... »

Sur le fond, la remarque ne le blessait pas. Mais il répliqua, pourtant :

« C'était ton idée, Mina.

— Oui, au cas où...

— Au cas où quoi ?

— Au cas où les hommes de Papa arriveraient jusqu'ici...
— Si c'est le cas, il faudra bien se décider à embarquer.
— Oui, il le faudra. Mais je ne vais pas me déguiser, c'est grotesque.
— Plus c'est gros plus ça passe.
— Tu sais que c'est une citation de Goebbels ? »
« C'est qui Goebbels ? »
Irène était revenue près d'eux sans qu'ils s'en aperçoivent.
« Quelqu'un de pas bien, répondit son père.
— Comme le Roi des Glaces dans *Adventure Time*?
— Le Roi des Glaces ne fait qu'enlever des princesses, dit sa mère.
— Ne banalise pas le mal, lui dit Sacha.
— Tu es con.
— Mais je t'aime. »
Ils se laissèrent glisser dans l'eau, la petite accrochée aux épaules de Sacha. Quand ils furent arrivés sur le rivage et qu'Irène s'absorba dans la recherche de quelques coquillages, Mina entraîna Sacha et lui rappela :
« Je veux que tu me le promettes... S'il arrive quelque chose, et que je ne peux pas partir, tu pars avec elle.
— Tu sais bien que je ne pourrai pas.
— Je te demande de le faire pour elle. Et de me le promettre.
— Je ne peux pas te promettre ça, Mina.
— Si tu peux. Rien ne compte plus que notre fille. »
Cette fois, il ne répondit pas.

En pleine nuit, dans l'obscurité de leur chambre ouverte aux vents marins, alors qu'étendu sur le dos Sacha contemplait les étoiles par la fenêtre qui trouait le toit, incapable de trouver le sommeil malgré une longue partie de plaisir rendu douloureux par la sensation de plus en plus aiguë qu'il pouvait désormais perdre sa femme, Mina posa sa main sur son torse, au niveau de son cœur, sembla vouloir vérifier qu'il battait et fit descendre ses doigts le long de son ventre :

« Alors, tu me le promets ? »

Il resta silencieux et pensa à Diogène. À deux, c'est vrai que c'était mieux. Il voulut la prendre dans ses bras. Elle le repoussa doucement et prononça cette simple phrase qui résonnerait longtemps en lui :

« On ne peut jamais tout sauver, Sacha. »

*

C'est elle qui coupa les cheveux à Irène. Sur la terrasse, face à la mer. Les mèches tombaient comme des plumes pour composer à ses pieds une sorte de nid blond. La petite avait protesté au début, mais effrayée par la solennité de ses parents, elle n'avait pas insisté. Elle reposa quand même la question :

« Pourquoi ?

— C'est au cas où on partirait chez les anges, répondit son père. Les anges ne veulent pas voir de filles, alors il ne faudra rien leur dire. »

Irène avait objecté – elle objectait déjà beaucoup – que sur un tableau qu'ils avaient vu un jour ensemble dans un musée, un ange aux plumes multicolores se présentait pourtant à une dame, et qu'on appelait cela l'Annonciation. Sacha avait souri, traversé par la beauté du souvenir, et le souvenir de la beauté.

« Tu as raison, mais les anges qu'on va voir, nous, ils

n'ont pas le droit de se présenter aux dames. Ni les dames de se présenter à eux. »

Mina lui tendit le miroir. Elle lui avait déjà ôté sa robe et l'avait remplacée par un short en jean et un tee-shirt bleu électrique *Adventure Time* – le titre lui paraissait de circonstance. On y voyait les héros Finn et Jake avec le fameux Roi des Glaces et la Princesse Chewing-Gum.

« Je ressemble à un garçon maintenant, bougonna-t-elle.

— Ou à Jean Seberg, répliqua son père.

— C'est qui ?

— Une fille avec les cheveux courts », dit son père.

Elle le regarda sans comprendre. La mère reprit le contrôle de la situation avec un sourire.

« Si tu ressembles à un garçon, alors c'est parfait. C'est le but. Il faudra que tu écoutes bien ton père. Tu ne devras jamais dire que tu es une fille. »

Irène tourna ses yeux bleu-gris vers sa mère, comprit qu'elle était sérieuse, et acquiesça. Ils avaient attendu pour lui expliquer, mais maintenant, le départ pouvait arriver à tout moment. Sacha n'aimait pas le ton de Mina. Comme si elle s'excluait du scénario.

Il empoigna les ciseaux et se tourna vers elle :

« Et pour toi on fait comment ? »

Elle lui prit les ciseaux des mains et taillada sa chevelure. Une longue mèche tomba. Puis une autre. Le sacrifice le rassura : elle n'avait donc pas l'intention de mettre fin à leur petite trinité.

Le nid blond fut recouvert de plumes noires. Sacha pensa au *Lac des cygnes,* qu'ils avaient vu tous les trois. « Seule la promesse d'un amour éternel pourra la délivrer de son sort... » La petite regardait sa mère bouche bée.

« Sont-ils assez courts ? » lança Mina à son mari.

On voyait davantage la petite cicatrice qui zébrait le haut de sa joue.

« Plus que nos jours, j'espère », répondit-il en lui souriant.

Il vérifia, du plat de la main, que la clef USB était toujours dans sa poche. C'était leur assurance-vie.

PARTIE II

LES JOURS SUIVANTS

Premier jour : Tu sauveras les corps

Ma conviction est que nous ne pouvons plus avoir raisonnablement l'espoir de tout sauver, mais que nous pouvons nous proposer au moins de sauver les corps, pour que l'avenir demeure possible.

ALBERT CAMUS

SACHA, MINA ET IRÈNE

Ils sont désormais en fuite depuis une semaine. On a sans doute cherché à les joindre mais ils ne sont plus là pour personne. Trois fugitifs face à la presqu'île des saints hommes.

On vit bien, sans téléphone intelligent.

Leurs provisions se raréfient. Il faut se résigner à retourner à Ouranopolis acheter le nécessaire. Sacha veut y aller seul, mais Mina s'inquiétera trop, lui dit-elle. Alors elle vient. Avec la petite. C'est risqué, croit-il. Elle hausse les épaules : « Rester toutes les deux seules l'est aussi. »

Elle a les traits tirés, ce matin. Ils montent dans le break de D., chacun avec leur téléphone et connaissant par cœur le numéro de l'autre. On ne sait jamais. Il faudra se limiter à des SMS. Les plus allusifs possibles. Irène a voulu prendre son appareil photo, glissé avec sa trousse Superlicorne, son jeu Super Rhino – tellement de choses sont « super », dans l'enfance – dans son sac à dos bleu en plastique transparent frappé d'un arc-en-ciel. Elle ajoute son cahier de dessin et son livre chéri de mythologie grecque. Elle voudrait prendre aussi sa boîte à histoires.

« Tu n'as pas besoin de prendre tout ça. On va juste faire quelques courses », dit sa mère.

Si elle avait su.

De son côté, Sacha divise le cash en deux tas. Un pour Mina, un pour lui. Se faire voler est toujours possible, deux endroits pour ranger l'argent valent mieux qu'un. Il glisse sa moitié au fond de son sac à dos, dans lequel il a rangé les laissez-passer pour le mont Athos, l'enveloppe de papier kraft et le cahier dont il remplit les pages pour Irène. Un livre à un seul exemplaire, rien que pour elle. Contenant quelques souvenirs qu'il veut partager. Son « Miroir de la princesse », comme il l'appelle. « Pour quand elle sera grande. » Mina a tressailli quand il lui a raconté le projet. C'était avant les menaces. Bien avant.

« Je trouve ça morbide.

— Pourquoi ?

— Tu ferais mieux de lui dire toutes ces choses, si elles te paraissent importantes, au lieu de les lui écrire pour plus tard...

— Je le fais aussi. Mais je trouve ça beau, que ça soit dans un cahier. Qu'elle puisse le transmettre, aussi, à ses enfants...

— En fait, ce n'est pas seulement morbide, c'est narcissique. Pour que ton souvenir perdure, c'est ça ? De génération en génération ?

— Tu ne comprends pas, Mina. Mais pas grave... »

Lui, non plus, ne comprenait pas tout : notamment qu'elle pouvait s'inquiéter pour lui.

*

Sacha et Mina ne sont plus toujours sur la même longueur d'onde. Parfois, elle semble le fuir dans un silence sur lequel il a cessé de la questionner, n'obtenant pas de réponse.

Morbide ? Si elle savait... Sacha a toujours envisagé sa mort sereinement car il n'a pas peur d'elle. Il a vécu tant de belles choses qu'il peut remercier la vie même si elle s'arrête aujourd'hui. Non, il n'a pas peur de la mort. Ce qui l'angoisse, c'est juste que le temps manque. Il a tant de choses à dire à sa fille. Alors il prend les devants. Certains parents ouvrent à leurs enfants des comptes en banque. Avec ce cahier, c'est un peu ce qu'il fait : mais c'est un compte en banque de souvenirs. Il s'y consacre avec soin. Il colle des photos, des images de tableaux. Pourvu qu'il ait le temps. Sa marche s'est tellement accélérée ces jours-ci. Dans le rétroviseur du break, il regarde sa fille, juchée sur son rehausseur, attacher toute seule sa ceinture.

Il regarde aussi sa femme, avec ses cheveux si courts, qui non seulement lui vont à merveille mais dégagent ses oreilles, aujourd'hui lestées des boucles en forme de croix byzantines, en pierres rouges et vertes, qu'il lui a offertes à Ravenne lors de leur premier voyage ensemble, en Italie. Il y a si longtemps. Un soir, à Venise, Campo Santa Margherita, Mina ivre de spritz s'était arrêtée à l'entrée d'une ruelle. « Calle de mezo de la vida », lisait-on sur la plaque. « Une rue de la moitié de la vie ? » Piquée par la curiosité, elle allait s'y engouffrer quand, saisi par une inhabituelle superstition, Sacha l'avait arrêtée dans son élan.

« Non. Mina.

— Quoi ?

— Trop tôt. Je ne veux pas enclencher le compte à rebours.

— Le temps n'est qu'une vue de l'esprit, Sacha mon chat. »

Elle l'avait embrassé avec fougue contre un mur lépreux.

Aujourd'hui, il la regarde avec la même intensité. Mina s'est faite belle, se dit-il. Après tout, ils sont de sortie. On dirait que la vie normale reprend.

Sacha met le contact et le véhicule s'élance, laissant derrière eux leur cube blanc et ses oliviers qui dégringolent toujours en vagues vertes vers la mer.

*

R.A.S. dans la Ville du Ciel. L'*Axion estin* est à quai. Il quittera son mouillage vers midi et atteindra la Sainte Montagne en quelques heures.

Mina et Sacha se séparent. Franchement, tout va bien. À l'épicerie du coin, Sacha achète de bonnes grosses tomates juteuses, sucrées comme ils les aiment, des aubergines mauves à la peau rebondie, de la feta, deux pastèques, des raisins et du miel de thym. À la caisse, il sort le cash, récupère la monnaie qu'il glisse dans la poche de son jean où il sent la bosse rassurante de la clef USB contre sa cuisse.

Il charge la voiture et, dans la rue, appelle Syméon avec son téléphone jetable. Par chance, celui-ci répond tout de suite. Entendre la voix du moine, qui n'est qu'à une vingtaine de kilomètres de lui, mais lui parle depuis un autre monde, un autre temps, le trouble. La voix n'a pas changé. Sa douceur, sa chaleur lui sont familières. Il lui semble qu'ils se sont quittés la veille.

« Je te rappellerai pour te dire quand on sera prêts à embarquer. En attendant on reste ici », lui dit-il.

Il retrouve Mina et Irène devant la vitrine de l'une des innombrables boutiques d'icônes, d'encens et de chapelets qui, ici, se portent en bracelets fins, noirs, parfois ornés de perles de couleur. Irène insiste pour en porter un. Elle s'étonne de leur circonférence, encore plus petite que celle de ses poignets. Il faut forcer pour les enfiler, lui dit le vendeur, qui lui montre comment faire, et la prévient qu'ensuite elle ne pourra plus l'enlever, sauf à le trancher.

« Maintenant je suis prisonnière, dit-elle à ses parents.

— Prisonnier », la reprend son père.

Il achète, lui, une carte du mont Athos et une dizaine de *pasteli*, ces barres de graines de sésame au miel et aux amandes dont il raffole, et qui sont très énergisantes. C'est là qu'il les a goûtées pour la première fois.

« Prends aussi une lampe de poche, lui dit Mina, on pourrait en avoir besoin. Et une gourde. »

Il est heureux de la voir accepter enfin un éventuel départ, et fourre les achats dans son sac à dos. Le vendeur offre à Irène une minuscule fiole de myrrhe. Elle la débouche pour en humer les effluves. Ravissement.

« Ça sent comme ça, le paradis ? » demande-t-elle.

Ses parents sourient.

Oui, tout va pour le mieux dans la Ville du Ciel. Près du port, femmes et hommes, épouses et maris, mères et fils, partagent un dernier moment en terrasse avant de se quitter.

« Est-ce que tu crois qu'on peut oser aller prendre un café ? demande Mina quand ils sortent de la boutique.

— Oh oui, un café ! » s'enchante la petite.

Sacha fait semblant de lui faire les gros yeux et dit à sa femme :

« Oui, je crois qu'on peut oser. »

Ils choisissent la taverne la plus proche de l'eau. La haute silhouette du bateau leur fait face. Sacha et Mina posent leurs téléphones sur la table de bois, commandent deux cafés frappés et un jus d'abricot pour Irène. Ils sirotent leurs boissons en regardant les gamins du cru faire la bombe depuis le quai, avec de grands cris. Irène les observe avec envie.

Est-ce l'âge, ou le commencement de la sagesse ? Cela fait un certain temps, maintenant, que Sacha ne se demande plus à quoi devrait ressembler la vie. La vie c'est ça : prendre un café en contemplant la mer, une main sur l'avant-bras de la femme qu'on aime et, sous les yeux, se diffusant jusqu'au plus profond de son âme, le sourire gourmand de la fille qu'elle vous a donnée.

« Je peux aller voir ? » demande Irène en désignant le quai où s'amusent les jeunes Grecs.

Sacha lui donne la permission. Elle avance vers eux d'un pas déterminé, son sac à dos sur les épaules. Qu'est-ce qu'il aime ses petits mollets ronds et énergiques...

« Regarde, ta fille... », glisse-t-il à Mina. Ce n'est pas tant une invitation qu'un remerciement qu'il lui adresse. Mais Mina ne répond pas. Elle semble retirée en elle. Il remarque une larme briller sur sa joue, alors il attire son corps vers lui et la recouvre d'un baiser.

« À quoi tu penses ? » demande-t-il.

Elle sort de son sac son paquet de cigarettes.

« C'est maintenant moi qui ai peur pour elle. Dans quel monde elle va vivre ?

— Le monde changera, mon amour...

— Si tu le dis. J'ai fait un rêve atroce cette nuit, poursuit-elle après avoir allumé la cigarette dont le bout rougeoie un instant. Il y avait un grand trou, une fosse énorme, avec d'immenses échelles y conduisant, et au fond de minuscules prisonniers, dans la boue, avec sur la tête des paniers d'osier chargés de boue, et gravissant les échelles. Leurs corps maigres, très maigres. Beaucoup de douleur. Et... » Elle s'arrête. « Et en uniforme, tout autour de la fosse, hurlant et les mettant en joue, des gardiens cruels. Des Chinois...

— Tout va bien, si c'est des Chinois... »

Elle sourit à travers de nouvelles larmes.

« Tu es belle avec tes cheveux courts.

— Tu veux dire : *avec des cheveux courts, tu es belle ?*

— Ne fais pas l'idiote. »

Elle aspire une longue bouffée de tabac, exhale lentement la fumée et dit d'une voix calme mais résolue.

« Il faut vraiment que tu la protèges, Sacha... Tu me l'as promis, n'oublie pas. »

Il se souvient parfaitement du moment.

« Pas sans toi, Mina. »

Elle ne répond pas. À nouveau, son visage est triste.

« Comment on a pu laisser faire ça ? » dit-elle.

Il comprend qu'elle parle de Papa et se repasse mentalement le film politique des dernières semaines. La possible recriminalisation de l'avortement au nom du « droit de tous à la vie ». La lacération, dans un musée d'art contemporain, d'un tableau représentant un sexe de femme noire, variation sur *L'origine du monde* de Courbet. L'auteur du vandalisme, un représentant de la « Ligue du bon goût », n'a été condamné qu'à une amende symbolique, et le tableau a été retiré de l'exposition pour être restauré mais il n'a plus réapparu. Enfin, un référendum est à l'étude pour étudier le rétablissement de la peine de mort pour « certains crimes » qui restent à définir, et il est soutenu par une majorité des citoyens, au nom du « droit de l'État à exercer sa violence légitime ».

« Tu m'en veux, Mina ? »

Elle secoue la tête.

« Non.

— Pourtant c'est à cause de moi, si on en est là.

— Non, c'est à cause de lui. »

Il serre Mina dans ses bras. Respire son parfum brun. Il s'en veut de la tenir à l'écart. Il aimerait la rassurer. Aussi sort-il de la poche de son jeans la clef USB et la pose sur la table.

« Rassure-toi. On a ça », dit-il.

Elle attrape le petit objet rectangulaire, lisse et noir, bourré de données, et le fait jouer entre ses doigts.

« Qu'est-ce que c'est ?

— Notre bouclier.

— Qu'est-ce qu'il y a dedans ? »

Il secoue la tête.

« Ça t'exposerait.

— Parce que tu crois que je ne le suis pas déjà suffisamment, exposée ? »

Devant eux, à vingt mètres, moines et pèlerins commencent à embarquer. Certains adieux sont déchirants. Le spectacle des femmes, des mères et des filles restant sur le rivage tandis que les maris, les fils et les pères prennent la mer, le fait un moment rêvasser, comme une scène un peu mythique. La sirène mugit et le ramène à Mina. Il y a peut-être urgence à la mettre dans la confidence.

« Je vais tout te raconter, Mina. Mais tu sais, c'est une histoire ancienne...

— J'ai tout mon temps. »

Sacha vérifie que personne ne les écoute, quand, soudain, Mina se fige.

« Va chercher Irène », dit-elle.

L'inquiétude se lit sur son visage.

« Qu'est-ce qui se passe ? »

Elle se retourne doucement, plisse les yeux comme pour voir plus distinctement.

« Va chercher Irène, s'il te plaît. »

Sacha empoigne son sac à dos et se dirige vers le quai. La petite semble interdite, immobile devant un spectacle qu'il n'arrive pas à bien distinguer. Lorsqu'il arrive à sa hauteur, elle glisse sa main dans la sienne, comme pour se rassurer : c'est un poulpe, que les gamins ont sorti de la mer, et qui rampe, avec effort, les tentacules en bataille, luisant et vulnérable sur la pierre brûlante du quai. Il essaie de regagner l'eau, sa liberté. L'émotion gagne Sacha : ce n'est pas beau à voir, mais la détermination de l'animal à ne pas se laisser condamner force le respect. Il se tourne vers sa femme et c'est alors qu'il les voit : deux jeunes hommes. Qui se dirigent vers la place qu'il occupait avec Mina il y a quelques minutes. Ils sont précédés par le patron de la taverne qui leur désigne du doigt l'endroit précis où ils étaient assis. Et à cet endroit, où aurait dû se trouver Mina, il n'y a plus personne.

Sa femme a disparu.

Son téléphone jetable bipe. Il l'extrait de sa poche et lit le message :

Emmène-la et partez.

C'est comme si la terre s'ouvrait sous ses pieds. Les deux hommes parcourent la terrasse. Des limiers qui furètent. Sacha ajuste sa casquette et avise le bateau et la passerelle, devant eux. Il se tourne une dernière fois vers la taverne. D'où lui écrit Mina ? Il est paralysé par l'hésitation. La sirène mugit à nouveau. Son cœur bat à tout rompre. Un autre message s'annonce par une vibration dans sa main :

Partez !

Sacha jette un ultime regard aux enfants et au poulpe qui, enfin, parvient à rejoindre l'eau où il plonge. Il saisit la main de sa fille et se dirige avec elle vers la passerelle. Ils ont tout juste le temps de la traverser avant qu'on ne la retire.

« On fait quoi papa ? demande Irène, paniquée.

— Ne t'inquiète pas », lui dit-il en s'enfonçant avec elle dans le ventre du bateau.

SACHA ET IRÈNE

Sacha pose son sac à l'intérieur et prend place avec sa fille sur une banquette en similicuir. Le ciel explose de bleu par les hublots sales. Partout, des hommes en robe noire, aux cheveux longs, au visage mangé de barbe, une croix d'argent sur la poitrine, en sautoir, sur laquelle jouent les rayons du soleil. Plus impressionnant encore : l'un d'eux, très vieux, barbe blanche épanouie, tenant comme une hallebarde une croix de bois immense, à la hampe travaillée en spirale. Irène ouvre de grands yeux, muette de stupéfaction. « Mais de tous les ordres d'initiés, le plus élevé est la sainte légion des moines. » Saint Denys l'Aréopagite... se rappelle Sacha. Tout lui revient. La Sainte Montagne, dernier fragment de Byzance, le seul qui a survécu à sa chute. Bloqué sur le calendrier julien, à rebours du reste du monde calé sur le calendrier grégorien. Sacha et Irène ont donc, techniquement, treize jours de retard sur Mina...

L'enfant est la cible des regards. Sacha sent les battements de son cœur accélérer. Il pianote sur son téléphone, à l'attention de Mina : « Tout va bien ? » Il regarde sa fille, ses cheveux courts, ses traits fins, son tee-shirt de garçon. Les garçons aussi, à cet âge, ont les traits fins. Qu'est-ce qui peut la trahir ? On ne la scrute, se persuade-t-il, qu'à cause de sa jeunesse. Irène détonne dans le paysage. Même lui, à côté d'eux, il paraît jeune.

« Où est maman ? » lui demande-t-elle, comme si elle avait lu par-dessus son épaule.

Irène, petite reine. Une douleur lui traverse le thorax. Ne pas paniquer. Il avale sa salive.

« Ne te fais pas de souci. Elle nous attend... »

Et, parce qu'elle ne paraît pas encore rassurée :

« C'est un petit voyage qu'on fait tous les deux. Et là où nous allons, maman n'a pas le droit de venir.

— La Sainte Montagne, dont vous avez parlé tous les deux ?

— Oui, la Sainte Montagne.

— Et pourquoi on y va quand même, si elle ne peut pas venir ?

— Parce que... Parce que c'est très beau et que j'ai envie de te montrer. »

Elle regarde autour d'elle. Il perçoit encore de l'appréhension dans ses yeux bleus.

« Et eux ce sont des moines ?

— Oui, il y en a deux mille. De tous les pays du monde. Des Grecs, des Russes, des Bulgares, des Chypriotes, des Serbes... Ils vivent, tu verras, dans des châteaux forts qu'on appelle des monastères, entourés de peintures magnifiques et de livres précieux.

— Seulement des hommes ?

— Oui, seulement des hommes.

— Pourquoi ?

— Parce que la Vierge, la mère de Dieu, qui protège

cet endroit, est très jalouse. Et c'est pour ça que maman ne peut pas venir. »

Elle semble songeuse.

« Ils sont tous ses amoureux ?

— Oui, on peut dire ça.

— Mais moi je suis trop petite pour qu'ils soient mes amoureux, donc j'ai le droit ?

— C'est un peu plus compliqué que ça. Je t'ai dit, on ne doit pas dire que tu es une petite fille. »

Il lui parle des monastères. Au nombre de vingt. Interdits aux femmes, mais aussi, la jalousie de la Vierge ne connaissant pas de limites, à toute femelle, de quelque espèce qu'elle soit. Seules les abeilles et quelques chattes y sont tolérées. Des chattes, pour chasser les souris.

« Donc il y a aussi des souris femelles ?

— Oui. Et des poules, car on se sert de leurs œufs pour la peinture.

— Une petite fille, c'est une femelle ?

— Non. Mais les petites filles aussi sont interdites...

— Et pourquoi ? »

Pour ne pas l'inquiéter davantage, il n'ose pas lui dire que tous les enfants, en fait, sont interdits. Sauf dérogation spéciale pour les enfants mâles. Celle qu'il a réussi à obtenir. Grâce à Syméon.

« Parce que, quand elles grandissent, elles deviennent des femmes... »

L'explication semble convenir à Irène.

« Ils ne sont pas très beaux, de toute façon.

— Qu'est-ce qui te fait dire ça ? »

Le regard d'Irène parcourt l'assemblée, tout juste éclairée par le métal des croix et la blancheur variée des peaux, des barbes et des cheveux.

« On dirait des pères Noël, mais qui font peur.

— Ils sont très gentils. »

Elle se serre contre lui.

« Oui mais quand même ils font peur.

— Il ne faut pas avoir peur. Ils ne font que chanter et peindre. Prier aussi. Je t'expliquerai ce que c'est. Certains font très bien la cuisine aussi, tu verras. »

Elle verra peut-être, mais cela ne suffit pas à l'arrêter.

« Quand tu es venu, avant, tu voulais être moine ?

— Non... »

Les images ressurgissent, intactes. Non, il ne voulait pas être moine et heureusement : y penser à ce moment précis, avec sa fille, est émouvant.

« Je cherchais quelque chose.

— Quelque chose quoi ? »

Il s'amuse de l'expression.

« Si je te dis une lumière, une flamme, un mystère, ça ne va pas te parler ? »

L'enfant secoue la tête.

« Non.

— C'est bien ce qui me semblait. Tu comprendras, peut-être, quand on sera là-bas.

— On va dormir où ? »

Ce pragmatisme des enfants...

« Chez quelqu'un que je connais. Il s'appelle Syméon.

— C'est ton ami ?

— J'espère ! »

Et, comme elle est intriguée par sa réponse :

« Tu sais, je l'ai connu il y a très longtemps, et je ne l'ai pas revu depuis... Mais il a toujours été très gentil avec moi.

— Il est moine ?

— Oui, il est moine.

— Avec une barbe, comme eux ?
— Avec une très grosse barbe !
— C'est un ange, lui aussi ?
— Il essaie d'être un ange, comme tous les moines sur ce bateau.
— Des anges avec des barbes, c'est bizarre. »

La barbe... Pas un petit sujet. Est-elle la marque de la sainteté ou celle du péché ? Toute une littérature religieuse a été produite à ce sujet. Il en fut même question lors du grand schisme de 1054, quand les églises d'Orient et d'Occident se sont séparées. Depuis, le clergé chrétien d'Occident est glabre, celui d'Orient poilu, et la Sainte Montagne est restée sur la même ligne qu'un certain Euthyme le Grand qui, au VIe siècle, interdisait l'entrée de son monastère, dans le désert de Judée, aux garçons « avec des visages de femelle »... Il regarde celui d'Irène, à la peau si douce, cerné par toutes ces joues velues.

« Et en plus ils n'ont pas d'ailes, reprend-elle...
— Si, ils en ont, sur leur habit. Tu verras celui de Syméon... Tu pourras lui poser toutes les questions que tu veux... »

Il bâille. C'est la tension qui s'en va. Un peu... L'écran de son portable est muet. Aucune nouvelle de Mina. Son estomac se serre. Des images désagréables se forment dans son esprit, qu'il se force à dissiper. Il regarde Irène. Elle a débouché sa fiole de myrrhe et en dépose une goutte à l'intérieur de ses poignets. Sacha appelle Syméon. Les anges n'ont pas seulement une barbe. Ils ont aussi, désormais, le téléphone.

*

Bien calée contre lui, l'enfant, qui s'est endormie, lui tient chaud. Il a pu parler à son ami et le prévenir qu'ils arrivaient : Syméon sera là. Sacha se sent enfin à peu près bien, sur cette banquette, dans le grondement régulier du moteur. Les rayons du soleil ne se contentent pas de faire scintiller l'argent et l'or des croix, mais viennent aussi caresser leurs épaules. Il s'assoupit à son tour, assommé par la fatigue nerveuse. Il rêve de Mina. C'est un bon rêve.

Quand il ouvre les yeux, il met un certain temps à comprendre où il est. Il regarde sa fille, toujours surpris par la grâce de son visage rond au menton volontaire. Elle ouvre les yeux à son tour.

« Viens, lui dit-il, on va regarder la mer. Il y aura peut-être des dauphins. »

Ils sortent au grand air et se postent à la poupe. Les mouettes se défient à l'art du plongeon dans les deux bleus très profonds du ciel et de la mer. Dans la brume de chaleur, ils semblent se confondre.

Les hélices du ferry tracent leur sillon aux remous blancs. L'aigle noir à deux têtes du drapeau byzantin se contorsionne sous le vent. Accoudés au bastingage, des passagers contemplent la haute silhouette de l'Athos, encore lointaine, mais qui offre déjà à la vue ses flancs verts et son sommet coiffé de nuages. Des moines, des pèlerins, des ouvriers employés par les monastères et qui sait, peut-être d'autres fugitifs en quête d'un lieu où être sains et saufs.

« Tu la vois, maintenant..., dit Sacha solennellement. La Sainte Montagne...

— Oui, papa. »

Ils se taisent. Sacha ferme les yeux sous la caresse du vent.

« Papa ?

— Oui, ma loutre ? »

C'est l'animal préféré de sa fille. Elle lui a consacré le tout premier exposé oral de sa vie, en moyenne section de maternelle. Il se souvient encore des informations capitales qu'ils avaient glanées sur elle lors de la préparation à la maison, notamment le drôle de nom de son habitat, la « catiche ».

« Ça veut dire quoi, sainte ?

— Ça veut dire qu'elle est protégée. Qu'on ne peut pas lui faire de mal. »

— Pourquoi on ferait du mal à une montagne ?

— On fait du mal à tout.

— Tu as raison, papa. On fait bien du mal à l'océan... Les tortues mangent des sacs en plastique qu'elles prennent pour des méduses et elles s'étouffent... »

Irène fait une drôle de moue, bouleversée par ce qu'elle vient de dire et les images que ses propres mots ont suscitées dans son cerveau. Il a cru qu'ils allaient en rester là, mais non, le bombardement de questions ne fait que commencer. C'est l'âge, et c'est émouvant, cette soif de connaissance à étancher, cette ouverture au monde, cette absence de préjugés, surtout quand on pense que la plupart des adultes n'en ont plus rien à foutre de rien, à part d'eux-mêmes. Ça fait longtemps que Sacha rêve de parvenir à se rendre complètement disponible pour elle. C'est gagné.

« Et comment on la protège, la montagne, contre le mal ?

— Ce sont les moines qui s'en chargent. Ils prient, et par leurs prières ils donnent à la montagne un manteau de protection contre les méchants. Un manteau de bonté, en fait, qui les chasse...

— Ah, c'est trop satisfaisant !

— Satisfaisant ? »

Les expressions de sa fille...

« Oui, ça veut dire que c'est bien, quoi... Et ça veut dire quoi, prier ? »

Le moment est venu, semble-t-il, de réparer les lacunes de l'éducation qu'il lui a donnée. Elle connaît la mythologie grecque mais rien ou presque du christianisme. C'est sa faute. Il s'est toujours méfié de la sanctification des victimes chère à cette religion, et de sa conception de la gloire trouvée dans le consentement à être une victime. Mais maintenant qu'il est, lui aussi, une victime ?

« Ça veut dire appeler quelqu'un très fort pour qu'il te protège. Toi, et tous ceux que tu aimes. Et ce quelqu'un est très fort, lui aussi. Les moines, et pas seulement les moines, plein de gens, en fait, l'appellent "Dieu".

— Ah je crois que je me souviens. Ma copine Zoé m'en a parlé. C'est le truc qu'on fait avec les mains serrées sous le menton ?

— Oui, c'est ça.

— Et Dieu, il vit vraiment dans le ciel ?

— En fait il vit un peu partout, donc aussi dans le ciel.

— Comme Zeus, alors ?

— Oui, comme Zeus.

— Ils sont amis ?

— Je ne crois pas.

— Zoé m'a dit qu'il accueillait les morts qui ont été gentils. Mamie Silex est avec lui ? »

« Mamie Silex ». Sa grand-mère. La mère de Mina. La grande professeure d'archéologie que Sacha a eue à la fac, grâce à laquelle il a d'ailleurs rencontré Mina. Il adorait cette prof. Il pense encore à ses yeux gris-bleu de louve. Irène en a hérité. Mina est louve sans en avoir besoin. Sa mère était spécialiste du paléolithique, elle est morte broyée dans sa voiture par un trente-trois tonnes sur une route littorale. Depuis ce jour Mina tique quand on évoque devant elle les compressions de César.

« Oui, elle est forcément avec lui.

— Mais s'il accueille tous les gens qui ont été gentils, il doit y avoir du monde dans le ciel... Les nuages sont assez solides ?

— Les morts ne pèsent rien. C'est seulement leur esprit qui est là-haut.

— Un peu comme de la fumée ? Elle sort de toi quand tu meurs ? »

Il sourit.

« Et nous, là-bas, on pourra prier ? reprend-elle.

— C'est pas impossible...

— Alors je vais m'entraîner. »

Irène se met à genoux sur le sol de métal peint en vert, et joint ses mains sous son menton en fermant les yeux. Deux moines, la silhouette agrandie par le cylindre de feutre noir qui leur sert de couvre-chef, se retournent et la considèrent en souriant. Le plus âgé, visage très maigre, nez d'oiseau de proie, portant sur sa soutane un gilet de laine effrangé, est impressionnant. Il semble avoir mille ans et se penche vers son voisin, plus jeune, à la barbe clairsemée, et lui murmure quelques paroles à l'oreille. Le jeune se fait son interprète.

« Quel âge à votre fils ? »

En entendant le mot « fils », Sacha se rassure.

« Sept ans.

— Tu t'appelles comment ? »

Le jeune moine, cette fois-ci, s'adresse directement à l'enfant, qui réfléchit avant de répondre :

« Irénée. »

Élan de fierté pour sa fille. Le test est réussi.

« Première fois à la Montagne ?

— Non, dit la petite qui ne quitte pas du regard le vieux moine au profil d'aigle. Je suis déjà allée au ski. »

Le jeune moine regarde Sacha, perplexe.

« La montagne dont il te parle, c'est la Sainte Montagne, Irénée. »

La petite rougit et baisse les yeux.

« Désolée, papa.

— Orthodoxe ? reprend le jeune moine.

— Pas encore », dit Sacha.

La réponse semble le satisfaire. Il rapporte le tout à l'oreille de son vieux collègue, qui doit être son père spirituel. Les yeux de l'ancien se plissent alors, comme pour mieux voir la petite fille, avant d'allonger le bras dans sa direction. Et de poser sa main sur sa tête. Elle ne bouge plus, les deux billes bleues de ses yeux fixées sur le vieillard. Il dit alors quelques mots inintelligibles, semble la bénir puis plonge la main dans son gilet. Quand il la ressort, quelques cailloux d'un brun clair reposent dans sa paume.

« De l'encens, dit son père. Il te l'offre. Prends... Ça sent très bon. »

Irène avance sa minuscule main vers celle, large et parcheminée, du vieux moine, et saisit l'une des pierres qu'elle porte à ses narines. « Mmmmmmm », fait-elle. Le vieillard semble amusé et lui fait signe de s'approcher. Il verse cette fois tout le contenu de sa paume dans celle de la petite fille. « Merci », dit-elle en leur souriant, fière de son trésor.

Les deux moines les saluent de la tête et retournent à leur contemplation.

Le père prend sa fille par l'épaule et se penche vers elle.

« Je te félicite Irène, tu as bien répondu. »

Elle a gardé la paume ouverte. Il la lui ferme.

« Garde-le précieusement. On le fera brûler chez Syméon, et tu verras alors, le parfum qu'il répand... C'est un parfum qu'ils offrent à Dieu.

— Mais ils me l'ont offert à moi ?

— Parce que tu es une petite déesse... »

Pas de dauphins. Mais de la myrrhe et de l'encens. Il ne lui manque plus que l'or, pense-t-il. Le voici, avec l'apparition, enfin, des monastères. Sacha en a, trente ans après, une nouvelle fois le souffle coupé.

*

Le premier monastère est sous leurs yeux. Au fond d'une baie calme comme un lac, à l'eau cristalline, dressé sur ses hautes murailles. De véritables remparts, renforcés par des arches et percés de mâchicoulis, au sommet desquels se déploie une enfilade de bâtisses peintes en bleu ciel ou rose pâle, lestées de balcons de bois maintenus au-dessus du vide par de puissants madriers. Leurs toits de lauze, d'où fusent de longues cheminées de pierre, étincellent sous le soleil. Derrière, la silhouette d'une église aux dômes trapus protégée par une tour crénelée. Une rangée de cyprès lui fait une défense supplémentaire : des flammes vertes, ondulant dans la brise. La forteresse semble échappée des pages d'un conte de fées. Devant l'immense porte, logée dans un avant-poste fortifié, deux colonnes s'élèvent avec, sur chacune, un archange sculpté dans le métal, ailes repliées. Sacha révèle son nom à Irène qui le répète : Dochiariou. Elle extrait son appareil photo de son sac et le programme en mode vidéo. Son père est fasciné, un peu désolé aussi de s'apercevoir encore une fois que, pour la génération de sa fille, rien n'existe vraiment s'il n'est vu à travers un écran, et si le souvenir n'est pas capturé électroniquement. Mais il se rassure en l'écoutant déclamer à son appareil, en un genre de voix off : « Voici le premier monastère de la Montagne qui est Sainte. Il y en a vingt. Ils sont protégés par une cape de bonté faite par les prières des moines. Ils ressemblent à des pères Noël tristes mais comme lui ils font des cadeaux. »

Sacha ne veut qu'un seul cadeau. Un mot de Mina. Il vérifie. Pas de réponse. Toujours pas de réponse.

Le deuxième monastère surgit : derrière les rangs soignés d'un potager jouxtant la mer, avec son donjon au large toit pointu et ses murs qui prennent dans la lumière une teinte biscuit, troués de fenêtres en ogive surmontées de nouvelles bâtisses, il en impose encore plus que le précédent. D'architecture plus massive, construit sur deux niveaux, il émane de lui un calme impérial, renforcé par la falaise sur laquelle il s'appuie pour jeter vers le ciel les coupoles de son église. À nouveau, l'enfant répète après lui : « Xenofontos ». Sacha connaît par cœur leur ordre d'apparition, et sait que celui qui vient ensuite sera le clou du spectacle. Il s'en régale, pour Irène, à l'avance.

Il la laisse à sa contemplation. Se dirige vers l'intérieur du ferry où un bar d'un autre âge vend quelques friandises et ce qu'il faut pour se désaltérer. Il lui faut un café. L'employé, dans une vieille livrée blanche, lui tend un gobelet en carton empli du breuvage dont il attend un coup de fouet. Il achète aussi un soda pour la petite, se souvenant de l'âpreté des conditions de vie dans certains monastères et parce qu'il a, bêtement, envie de lui faire plaisir.

Depuis la lourde porte aux coins ovales qui mène à la coursive, il regarde sa fille, sage et silencieuse dans son short et son tee-shirt *Adventure Time*, photographiant la mer et le vol piaillant des mouettes. Il sent vivre en lui l'amour qu'il a pour elle, autant que sa rage envers ceux qui les menacent. Il porte son café à ses lèvres, soudain soucieux. Il vient de réaliser qu'il n'a aucun vêtement de rechange pour elle... Il la rejoint et lui tend son soda et une barre de *pasteli*, qu'elle mange avec gourmandise, jusqu'à ce qu'il lui demande de s'arrêter juste avant la dernière bouchée. « Regarde », dit-il. Il prend entre ses doigts le morceau qui reste, et tend le bras par-dessus le bastingage. Une mouette passe et emporte le butin. Il l'a vu faire cent fois. Pas Irène, qui bat des mains.

La brume s'est dissipée. Et c'est dans une clarté bleue que jaillit, soudain, l'or promis. Un flamboiement d'or. Celui des croix immenses, soutenues par des haubans, qui coiffent les innombrables bulbes verts du troisième monastère. Aghios Panteleimon, le monastère russe. Un air de Kremlin qui appelle la neige et la glace, mais auquel ne répond que la tiédeur des flots méditerranéens. Il n'a pas l'air de trop mal s'en porter, ce morceau de Sainte Russie qui donne l'impression d'avoir été déposé là, depuis la steppe, par une main invisible. Irène ne dit mot, bouche bée devant l'apparition.

Aghios Panteleimon s'est agrandi depuis la dernière fois. De nouveaux bâtiments plongent dans l'eau comme des palais vénitiens. En plus austères. En plus puissants. Le bateau s'approche de la digue et abat sur elle sa porte passerelle. Un camion s'ébranle, suivi par plusieurs moines, étrange corps expéditionnaire lancé à l'assaut de l'éternité. L'enfant ne perd pas une miette du spectacle. Sacha est heureux de le lui offrir.

*

Les monastères se succèdent. Châteaux forts de la foi. Depuis l'avènement de Papa, et de tous les Papas d'Europe, l'endroit a repris de la puissance. Les jeunes gens y affluent, aimantés vers lui par la crise économique, les discours sur la fin du monde, les maladies et la violence à l'œuvre dans le monde dit normal. Comme si servir Dieu ou fuir les hommes, c'était un peu la même chose, le paradis en plus.

À l'arrière du ferry, sous l'aigle de Byzance volant toujours autour de son mât, la petite est plongée dans son livre de mythologie quand le port de la Sainte Montagne, Dafni, s'annonce par ses toits, ses véhicules, son activité débordante.

Sacha se revoit, trente ans auparavant, sur le même bateau, serré dans sa veste militaire, sans barbe, sans cheveux blancs, avec dans sa poche *La philocalie*, « L'amour de la beauté », une anthologie de textes mystiques orthodoxes destinés à élever l'âme. Le voyage avait été un choc, une émotion immense. Il avait été changé à jamais par les shoots d'encens, la nuit, dans les églises illuminées par les cierges et l'or des icônes, mais la foi n'était pas venue. Syméon, qu'il avait rencontré alors, avait bien tenté de le guider, mais en vain. Ils s'étaient beaucoup écrit à son retour dans le monde, et puis ce lien était devenu moins régulier, peut-être moins essentiel : Sacha n'avait pas rencontré Dieu mais il avait rencontré Mina. De son côté, Syméon avait quitté son monastère pour vivre la vie des ermites. Ils avaient continué à se faire signe, pour Noël ou Pâques, et puis plus jamais. Irène était née. Syméon ne l'avait pas su.

*

Sacha s'approche de sa fille, ferme délicatement le livre de mythologie qui ne sera pas le bienvenu sur la péninsule. Ici, les anciens dieux ont été vaincus. Il n'y en a plus qu'un. Il le range dans son sac à dos, l'aide à en passer les bretelles, et jette le sien sur son épaule. Il lui prend la main, sent les petits os sous la douceur de la peau, et marche avec elle sur le pont du navire vers cette terre sacrée où elle va bientôt poser le pied.

C'est, au vu des textes, une profanation. Mais a-t-il le choix ?

« N'oublie pas que tu t'appelles Irénée.

— D'accord, papa.

— C'est très important. Les filles n'ont pas le droit d'être ici, tu te souviens ?

— Même à Syméon, on dit que je suis un garçon ?

— Même à Syméon. »

Sacha la pousse doucement devant lui sur la passerelle, pensant à ces condamnés à mort dans les films de pirates, à qui l'on demande de marcher sur une planche suspendue au-dessus des flots où les requins tournoient, guettant le grand plongeon. Leur planche à eux mène à la terre ferme. Ils y posent le pied. Rien ne se passe. Pas d'éclair dans le ciel, ni de terre qui s'ouvre, pas d'apparition divine et courroucée. Sacha respire à fond, fend avec sa fille la foule noire en arborant l'air le plus tranquille possible malgré les regards. L'enfant attire l'attention. Et peut-être la joie dans cette presqu'île où l'on ne rencontre que de vieux visages.

Quelques officiers veillent devant le bureau de la police portuaire. Sacha accélère le pas, et serre sans doute un peu trop fort la main de sa fille. « Papa, tu me fais mal », dit-elle. Il relâche la pression, respire plus lentement pour se calmer. Cela ira mieux quand Syméon sera là. Il avise les boutiques d'icônes, dont l'or joue avec les rayons du soleil. Tant de saints, tant de morts toujours vivants dans le cœur des hommes, baisés quotidiennement par les lèvres de leurs adorateurs et nourris à la fumée de l'encens qu'on brûle pour eux. Des images qui sont plus que des images : des présences.

Autour, tout est noir et masculin. Un fracas mouvant de soutanes, de barbes, d'éclats de voix. Et si Syméon ne venait pas ? Sacha ferait comme la première fois : il frapperait à la porte du premier monastère venu et demanderait l'asile. Peut-on refuser l'hospitalité à un père et à un fils qui cherchent le Saint-Esprit ?

De longues minutes s'écoulent. Le quai se dépeuple. Sacha et Irène sont, plus que jamais, au centre des regards. Il guide sa fille jusqu'à l'une des deux tavernes qui servent les pèlerins et se poste avec elle sur la terrasse. Un café. Puis deux. Son estomac gargouille. Il délaisse le marc épais resté au fond de la tasse, ne sachant pas lire ce genre de présages, et préfère regarder sa fille de profil, penchée sur la paille de son verre d'anis. Pourra-t-elle faire illusion ? Elle ressemble tant à Mina, dans une autre couleur... Il sort son téléphone. Toujours pas de réponse à son message. Son cœur s'emballe et ce n'est pas seulement la caféine. Il s'est retenu d'appeler Mina pendant la traversée, ne voulant pas la mettre en danger. Certes, ce modèle est en principe difficilement traçable, mais en est-on si sûr ? La seule certitude qu'il veut avoir, pour l'instant, et qui ne tolère aucun délai, c'est savoir si elle va bien.

Alors il appelle. Le répondeur, insupportablement anonyme, se déclenche aussitôt. Il ne laisse pas de message, se contente d'un SMS – laconique, comme ils se le sont promis :

On y est.

Une main s'abat sur son épaule.

Il sursaute.

Le sourire, franc, cisaille la barbe grise.

« Pardon pour le retard, j'ai fait au mieux. »

Syméon a vieilli, comme lui. Ou peut-être un peu plus. Ils ont quinze ans d'écart. Ils se dévisagent puis se prennent dans les bras sous le regard fasciné d'Irène. Le moine se tourne vers elle. Regard clair, et éclairé encore, semble-t-il, par ses pattes-d'oie.

« Alors voilà ton garçon ? »

Sacha s'en veut de lui mentir, mais c'est plus prudent. Il y a tellement d'années qu'ils ne se sont pas ouvert leur cœur. Il sera bien temps, plus tard, d'être transparent.

« Irénée, dit-il d'autorité.

— Salut mon bonhomme, dit le moine. J'adore ton prénom. Il y a un grand saint de notre Église qui s'appelle Irénée. Et puis il y a une grande reine de Byzance du nom d'Irène... »

La petite rougit. Elle doute. Son père la rassure d'un clin d'œil.

« J'ai même donné son nom à mon bateau... Elle a beaucoup défendu les moines, tu sais ? »

Non, elle ne sait pas. Sacha sait, lui. Irène de Byzance. C'est même à cause d'elle qu'Irène s'appelle Irène. Une idée de Mina, évidemment. Ils en avaient débattu tous les deux, trois semaines avant le terme. « Elle a quand même crevé les yeux de son fils », avait objecté Sacha. Mina avait eu cette réplique sans appel : « Tout le monde le faisait, à l'époque. »

La petite reste silencieuse, intimidée par la barbe ou la silhouette – robe noire, barrée par une ceinture dont la boucle d'argent révèle une tête de mort. Rien d'une sympathie pour le hard-rock, mais le symbole de la colline dite du Golgotha, « le petit crâne », où Jésus fut crucifié.

Syméon retente sa chance :

« Alors c'est pour toi qu'il a fallu obtenir une dérogation ? Tu ne vas pas, hélas, te faire beaucoup de copains de ton âge ici... »

Il se penche pour l'embrasser. Au contact de la barbe non taillée, la petite a un mouvement de recul comme si elle avait été caressée par de la paille de fer.

« Ce n'est pas parce que je ressemble à un ogre que je vais te manger, tu sais... »

Et il ajoute, à l'intention de Sacha.

« Quel regard ! Pas le tien. Sa mère ?

— La même, oui, en brune...
— Vous deviez être trois, non ?
— Oui.
— Tu me raconteras, allons-y. Tu n'es pas très chargé », fait remarquer le moine.

Ils traversent la place jusqu'à un parking où stationne un énorme Land Rover.

« La raison de mon retard, dit Syméon. Il a fallu que je négocie un peu pour l'emprunter au monastère. »

Sacha s'en inquiète :

« Au monastère ? Mais je croyais que tu vivais seul, dans un ermitage ?

— C'est le cas, mais je dépends quand même d'un monastère, qui a le bon goût de posséder cet engin. Je ne voulais pas vous faire prendre le bus des pèlerins. Montez. »

La petite se cale sur la banquette arrière. Son père prend la place du mort. Quand le véhicule s'ébranle, les icônes qui ornent le rétroviseur se mettent à danser. Une phrase en grec, calligraphiée à la byzantine, est affichée sur le tableau de bord. Sacha déchiffre : « Si tu veux être connu de Dieu, sois ignoré des hommes. »

Si seulement, se dit-il...

*

La Sainte Montagne a sa capitale, Karyès. Une bourgade aux rues pavées et aux maisons de pierre, d'allure balkanique, nichée au milieu de la montagne et protégée par des clochers qui dominent les vergers. Ils la traversent sans s'arrêter, longeant quelques commerces et une ou deux tavernes d'un autre temps où s'attablent ouvriers venus de l'Est, terrassiers, menuisiers, plombiers, électriciens, préposés aux tâches dont les moines ne peuvent se charger. Rien que des hommes aux yeux très sombres ou au contraire très clairs, sibériens. Ils vivent dans les dépendances des monastères, ou des ermitages abandonnés qu'ils ont retapés. Ici, on les appelle les *kosmikoï*, les « cosmiques ». Littéralement, « ceux du monde », par opposition aux moines qui l'ont quitté et n'y retourneront jamais.

Sacha se penche vers sa fille, toute sage sur la banquette, vitre ouverte, ne perdant pas une miette du spectacle.

Les routes de terre sont désormais bitumées. Sacha s'en étonne. « Oui, ça a un peu changé, depuis que tu es venu... Les 4×4 remplacent peu à peu les ânes... » De temps en temps, un panneau rouge indique, en lettres blanches, la direction d'un monastère. Autour, une toison verte, maquis et forêts, dévale les courbes du paysage, à perte de vue. Enfin, la route redevient poussière, ce qui rassure le fugitif.

Après plusieurs lacets, une tour de pierre ocre, carrée, crénelée, altière, se signale dans le pare-brise. « Karakallou, le monastère dont je dépends », annonce Syméon. La voiture le longe et Sacha peut observer les hautes murailles, au pied desquelles des jardins en terrasses se déploient. Des formes en habit noir s'y affairent, courbées, semant et labourant, ou perchées sur des échelles contre les arbres fruitiers qui s'épanouissent là en nombre. Ils roulent encore quelques minutes, s'enfonçant dans les terres, sur une route qui monte, jusqu'à ce que la toison verte soit devenue une mer d'où émerge soudain un toit de tuiles rouges qui se termine en dôme ravissant surmonté d'une croix. Puis, les murs apparaissent, de pierres claires et foncées. La voiture s'arrête, mais le moine reste assis.

Il tend à Sacha un porte-clefs orné d'une icône. Sacha l'examine, posée au fond de sa paume : un homme aux riches vêtements byzantins, tunique plissée, cape rouge, un bâton terminé par une croix dans la main droite. La tête n'est pas humaine : c'est celle d'un chien ou d'un loup.

« Descendez, et installez-vous dans la pièce de droite », dit Syméon.

Sacha s'étonne :

« Tu fermes à clef ?

— Oui. Il n'y a pas que des gens bien, ici. Reposez-vous, nourrissez-vous, douchez-vous. Je dois aller au monastère rendre la voiture. Du coup, je participerai aux offices. Je serai de retour ce soir.

— Ils savent qu'on est là ? s'inquiète encore Sacha.

— Ils savent que je reçois un vieil ami passionné par l'orthodoxie mais qui n'est pas encore entré dans la vraie foi, répond le moine, de l'amusement au fond de la voix.

— Un vieil ami et son fils ?

— Oui, un vieil ami et son fils, pour lequel j'ai obtenu une dérogation de la part de mon higoumène. »

Le supérieur du monastère. *Higoumène* : celui qui marche devant.

« Et ça se passe bien, avec lui ?

— Ça va, comme avec un Grec quand on n'est pas grec, ici. Mon ermitage fait des envieux, mais il me le laisse pour l'instant.

— Ça dépend de lui ?

— Chaque ermitage dépend d'un monastère, tu ne te souviens plus ?

— Ça va me revenir... »

Sacha n'aime pas qu'il les laisse seuls. Dieu sait quelles questions on va lui poser, là-bas.

« Tu leur en dis le moins possible, n'est-ce pas ? » lance-t-il à Syméon.

Il s'en veut aussitôt d'avoir trahi son inquiétude, voire, plus grave, son manque de confiance.

« Tu ne m'as rien dit encore, comment pourrais-je en dire trop ? Rassure-toi. Ici vous êtes en sécurité. Quel âge a le petit, déjà ? »

Sacha répond.

Le moine repart dans un nuage de poussière.

« On dirait la maison d'Hansel et Gretel », fait remarquer Irène.

L'arrondi des fenêtres, sans doute, tout byzantin. Et les murs couleur nougat.

« Sans la sorcière, espérons, répond Sacha à sa fille en lui lançant un clin d'œil. Déjà qu'on a l'ogre... »

Elle fronce les sourcils.

« Tu vas voir, il est très gentil, Syméon.

— Mais c'est juste parce que sa barbe grattait, papa ! »

Il rit et fait jouer la clef dans la serrure. La porte qui s'ouvre amène avec elle un peu de clarté dans le couloir obscur. Il entre, la petite derrière lui, le sac sur l'épaule. « La pièce de droite », a dit Syméon. Une autre porte. Et là c'est un enchantement. Tapissée d'icônes qui réverbèrent la lumière du jour, elle donne sur une fenêtre dans laquelle se découpe la haute silhouette du mont Athos. En guise de meubles, un bureau fait d'une planche posée sur des tréteaux, deux chaises et un divan recouvert d'une couverture blanche brodée de rouge. Parquetée de haut en bas comme un chalet de montagne, et dans un bois clair, elle dispense une atmosphère de douceur, de bonté, malgré les visages austères des saints sur les murs. Irène s'assoit sur le divan, tenant son sac à dos contre son ventre.

« C'est là qu'on va dormir ?

— Oui, c'est là. Jolie vue, non ? »

Sacha s'approche du bureau. On dirait un autel, couvert qu'il est de menus objets disposés dans un ordre choisi. Des icônes, encore, dont certaines en argent, d'anciennes photographies en noir et blanc représentant des moines de la Montagne, un sous-main en cuir, avec une paire de lunettes et une montre à gousset, dessous quelques feuillets couverts d'une écriture manuscrite, et un stylo plume. Il déchiffre l'écriture, parfaitement lisible, proche de la calligraphie.

Que fasse silence toute chair mortelle, qu'elle se tienne immobile, avec crainte et tremblement, et que rien de terrestre n'occupe sa pensée, car le Roi des rois, le Seigneur des seigneurs, s'avance pour être immolé et donné en nourriture aux fidèles, précédé des chœurs angéliques, avec toutes les Principautés et les Puissances des cieux.

Un travail en cours ? Un support pour la prière ? Le témoignage, en tout cas, d'une âme apaisée, ou qui travaille à l'être. Et qui n'a plus peur de rien. Cela le change du monde qu'ils ont quitté, confit, lui, dans la peur.

« Attends-moi », lance Sacha à sa fille. Il visite les autres pièces. Une salle de bains. Une cuisine avec un réchaud, une table où repose un plat avec quelques légumes, une rangée d'étagères soutenant un paquet de café, un autre de pâtes, dont les emballages détonnent dans cette atmosphère, et une fenêtre qui donne sur la forêt. Au fond, la chambre du moine, minuscule : des livres, une lampe à huile, et un simple matelas posé à même le sol. Il s'en veut soudain d'avoir ouvert la porte, comme s'il avait trahi un secret. Il referme.

Par acquit de conscience, il fait le tour de la maison. Derrière et sur les côtés, la nature, à perte de vue. Un océan vert, puis au-delà, bleu : la mer. Devant la porte, un genre de terrasse avec un potager et trois marches qui descendent vers la forêt. Entre deux arbres, sur un fil, un habit noir sèche. Les plumes de l'ange, se dit-il. Un châtaignier, aussi, qui prodigue une ombre bienvenue. Sacha sent une présence : Irène. Elle se serre contre lui.

« Je pense à maman, dit-elle d'une voix triste. Est-ce qu'on peut l'appeler ? J'ai envie de lui parler.

— Ici c'est difficile, mais je te promets qu'on va le faire.

— D'accord, papa.

— Tu as faim ?

— J'ai chaud. »

Ses joues sont brûlantes. Il pose sa main sur son front. En nage. Il n'a pas fait attention, et s'en veut. À lui aussi, pourtant, les vêtements collent contre la peau. Il songe à nouveau qu'ils n'ont aucun rechange, et s'en veut encore plus. Ils regagnent la maison et il la fait entrer dans la salle de bains. Des carreaux blancs, comme à l'école, il y a longtemps. Et deux serviettes propres sur le lavabo. Il l'aide à se déshabiller et dans cette pièce se dévoile alors l'impensable sur cette péninsule : un corps de petite fille.

Elle hurle quand il fait couler l'eau sur sa peau.

« Papa, c'est gelé ! »

Elle le regarde, scandalisée.

« Les moines vivent à la dure, tu sais... »

Il règle la pression. Réduit le débit à un filet.

« C'est parce qu'il fait chaud dehors, alors ça te surprend, mais tu vas t'habituer. »

Et elle s'habitue. Y prend plaisir. Son père la savonne, ne manque pas un centimètre carré de sa peau. Notre chef-d'œuvre, se dit-il en pensant à Mina. Un alliage savant, une horloge de chair et d'os, de muscles et de tendons, une mécanique de haute précision qu'il faut préserver de la rapacité du monde et qu'il lui incombe de maintenir intacte. Quand l'eau ruisselle sur sa tête, il pense au baptême, à sa symbolique toute simple, par lequel ni lui ni elle ne sont passés, et au fait que les religions sont au fond merveilleusement concrètes : elles subliment le vivant, elles prennent soin des corps.

« Tu as raison, ça fait du bien, papa. »

Il laisse couler encore un peu l'eau, puis l'arrête et la sèche avec la serviette.

« Je remets les mêmes vêtements ?

— Oui, mais attends. »

Avec la deuxième serviette, il lui fait une robe. Dans le lavabo, qu'il remplit, il met un peu de savon, puis y plonge les vêtements de la petite. C'est mieux que rien. Il frotte, rince, et sort les étendre au soleil, à côté de l'habit monastique. Incongrus, ce short et ce tee-shirt d'enfant à côté du grand tissu noir symbolisant le deuil de toute paternité, mais cela lui plaît bien, comme le retour de la vie dans cet endroit où, dixit un proverbe ottoman, « les hommes meurent, mais ne naissent pas ». Avec ce soleil, ils sécheront vite. Il vaut mieux. Sans eux, la petite est ici comme un bernard-l'ermite sorti de sa coquille, vulnérable au fond de l'océan.

Cette histoire de vêtements va poser problème, mais on verra bien. Il faut d'abord sauver les corps. Sacha avise un buisson de romarin et en cueille quelques brins.

« Et toi, papa, tu ne te douches pas ?

— Après. Je vais nous préparer à manger. »

Elle le suit dans la cuisine.

« Tes premiers spaghettis monastiques », lui dit-il en les plongeant dans l'eau bouillante.

Quand c'est prêt, elle lui demande, toujours enveloppée de sa serviette rose, s'ils peuvent déjeuner à l'extérieur.

« Non, Irène. On pourrait te voir.

— Voir que je ne suis pas un petit garçon ? Mais si je garde la serviette, on ne peut pas voir mes seins ?

— Tes seins ? »

Il a envie de rire.

« Allez, t'as gagné. »

Il passe la tête dehors. Le parfum de la mer se mêle à celui des arbres. Il fait si bon. Ils sont en pleine nature. Qui peut les voir ? Ils s'assoient sur les marches, devant la maison, avec leur assiette.

« C'est très bon, papa. »

Le soleil caresse leur peau et fait briller l'huile d'olive dans leur assiette.

*

Il mange, et il se sent mieux, enfin. Un peu mieux. Il aimerait que les nuages qui se sont amoncelés au-dessus de leur tête se dispersent, que tout s'éclaire, que sa femme lui envoie un message, un simple message, qui dirait « tout va bien », qui lui donnerait un indice de là où elle est, de ce qu'elle fait. Il répondrait « tout va bien pour nous aussi », et ils auraient le temps de voir venir. Mais avec une meute de chiens qui s'affole, on ne peut s'assurer de rien. Et Papa s'affole, on peut le comprendre. Si l'information que Sacha possède devait sortir, alors son monde ne s'écroulerait peut-être pas, mais ce serait beaucoup plus compliqué pour lui de continuer à être celui qu'il prétend être aux yeux de la population. Qu'est-ce qui lui a pris de mettre en danger sa femme et sa fille ? Sacha s'en veut tellement.

Ça y est, il doute, maintenant. Même de ce cahier qu'il rédige pour Irène et dont Mina n'aime pas l'idée. Ce « Miroir de la princesse » comme il l'a baptisé, en clin d'œil aux « Miroirs des princes » que les précepteurs écrivaient dans l'Antiquité, et bien après, pour leurs jeunes disciples destinés à régner. Sacha aimait l'image : un livre comme un miroir. Où regarder pour mieux se connaître. Un miroir comme un livre, aussi, pour y lire la route à suivre. Gouverner. Mais d'abord se gouverner. Des traités d'éducation, en somme, parfois présentés sous les habits de la fiction comme *Les aventures de Télémaque*, que Fénelon, précepteur du fils du Dauphin, avait rédigé pour son élève et qui, considéré comme une critique de Louis XIV, avait provoqué la disgrâce du professeur. Avant de devenir un best-seller. Les tyrans ne peuvent pas tout empêcher. Mais le « Miroir de la princesse » que Sacha compose depuis un an pour Irène n'a rien d'une préparation au pouvoir – il lui conseillerait d'ailleurs de s'en tenir éloignée. C'est plutôt une préparation à la vie, à l'usage du monde et à la meilleure manière de l'habiter. Sacha y collectionne, pêle-mêle, sous la forme d'une anthologie, avec une simple date, parfois un commentaire, quelques-unes des choses qu'il a particulièrement aimées au cours de sa vie. On y trouve, par exemple :

– Un morceau de corail rouge ramassé pour elle sur le sable à vingt mètres de profondeur, au large d'une île de l'Atlantique, pendant qu'à la garderie de l'hôtel, Irène participait à une chasse au trésor d'où elle ramènerait un sachet de crocodiles de la marque Haribo. Sacha l'a scotché sur la page – le corail, pas le sachet de crocodiles Haribo – et a inscrit cette phrase : « Ci-gît la beauté. À toi de la relever. » À côté, il a collé une photo trouvée sur internet de la Grande Barrière de corail où ils iront peut-être un jour plonger tous les deux. Eau turquoise, forêts de gorgones écarlates, madrépores arc-en-ciel.

– Une carte postale reproduisant le cliché intitulé *Lac Sevan Arménie, URSS, 1972* du grand Cartier-Bresson. Un père tenant son fils d'un an, hilare, debout dans sa main ouverte, oui, dans sa main ouverte. Dessous, Sacha a recopié le poème de Kipling, *Tu seras un homme, mon fils*, usé jusqu'à la corde mais qui fait encore son petit effet, et a ajouté cette précision entre parenthèses, à la fin : « Ça marche aussi au féminin, bien sûr. »

– Une minuscule feuille d'or achetée dans un temple sur pilotis du lac Inle, en Birmanie, bien avant qu'Irène soit née, bien avant qu'il rencontre Mina, quand il baroudait sans le sou avec son sac à dos. Une offrande destinée à Bouddha et qu'il avait gardée.

– Une phrase d'Oscar Wilde, « J'aime le théâtre, c'est tellement plus réel que la vie », avec le ticket du premier spectacle qu'ils ont vu, Mina et lui, avec Irène. *Le lac des cygnes*. Ce n'est pas à proprement parler du théâtre, mais cela a été pour elle bien plus réel que la vie.

– L'*Annonciation* de Carpaccio mentionnée par Irène, avec l'ange aux ailes arc-en-ciel.

– La recette des spaghettis *alla puttanesca,* dont il a aimé le nom avant d'en aimer le goût.

Et tout le reste ainsi, jeté librement sur les pages : l'alcool pur de ce qu'il aime, ou a aimé, et veut lui proposer d'aimer à son tour. En tout cas lui confier, et fixer ici avant que ses souvenirs s'évaporent, ou que la vie lui échappe.

*

Il regarde manger sa fille, ses petites mains tenant vaillamment la fourchette trop grande, bataillant pour enrouler les spaghettis autour des dents de l'ustensile, puis les portant à ses lèvres brillantes d'huile d'olive. Il admire le regard concentré, les gestes appliqués, le potelé des bras nus, le dessin des épaules au-dessus de la serviette, et il reprend courage. Il pourrait essayer de lui parler, comme lui a conseillé Mina. Lui parler vraiment. Elle n'a que sept ans mais elle comprendrait ce qu'elle peut comprendre.

« Je reviens », dit-il soudainement.

Il pose son assiette et entre dans la maison. Irène le voit revenir avec un miroir. Il l'a trouvé dans la salle de bains. Il le lui tend.

« Qu'est-ce que tu vois ? »

Elle observe son reflet.

« Bah moi !

— Et c'est quoi, "moi" ?

— Irène. Une fille. Qui ressemble maintenant à un garçon. Avec une serviette rose. »

Elle regarde son père, étonnée, puis un peu effrayée quand il lui semble voir des larmes apparaître dans ses yeux alors qu'il est en train de lui sourire. Elle n'ose pas l'interroger, sentant instinctivement qu'elle ne doit pas. Il se reprend, il n'a pas le droit de lui montrer ses larmes, même si l'émotion le submerge.

Elle le regarde avec inquiétude :

« Tu es bizarre, papa. »

Lui parler est moins facile que de lui écrire « pour plus tard ». Sacha essaie, néanmoins :

« Non ma fille, je ne suis pas bizarre. Je te dis ce qui me passe par le cœur. Parce que je t'aime plus que tout au monde. Avec ta maman bien sûr. Et je voudrais que tu te rendes compte que tu es vivante et que c'est comme un feu dans une lampe qu'il ne faut pas casser sinon le feu cesse. Et cette lampe c'est ton corps, alors ne l'abîme pas. Donne-lui de bonnes choses. Respecte-le. Il t'emmènera loin. »

Les yeux bleu-gris de sa fille le fixent. Concentrés, mais peut-être préoccupés. Elle est si jeune encore. Il se sent ridicule de lui parler comme ça. Il se veut empathique, il n'est qu'emphatique. Grotesquement solennel. Un silence est tombé entre eux. Il n'aime pas ça. Comme elle ne le rompt pas, il le fait, et lui parle de l'une des choses qu'il a trouvées parmi les plus belles, ici, quand il est venu la première fois alors qu'elle n'était pas née.

« Les moines, tu verras, ont ici une prière très spéciale qu'ils appellent la prière du cœur. Tu sais ce que c'est ? »

Le soulagement l'envahit quand il la voit poser sans un mot le miroir et joindre ses deux mains, comme elle l'a fait sur le bateau.

« Ça, c'est la prière normale. Avec la prière du cœur, pas besoin des mains, pas besoin de paroles. Ils se contentent de respirer, et de penser à leur dieu. Et à chaque inspiration, à chaque expiration, c'est comme s'ils lançaient un appel vers lui. »

Qu'est-ce qu'il lui raconte ? Elle le regarde sans trop comprendre. Du moins le croit-il. Jusqu'à ce qu'il la voie fermer les yeux et se mettre à respirer doucement pour essayer. La joie le traverse. Elle dit :

« Parfois je prie pour que Mamie Silex revive. Mais ça ne marche pas. Pourtant, quand je l'ai fait pour avoir une Barbie Fashion Street, ça a marché. »

Il sourit :

« Parce que c'est au père Noël que tu t'adressais... »

Sacha rentre avec les assiettes. Puis rejoint Irène avec une tasse de café pour lui, et une barre de *pasteli* pour elle.

*

Irène est fatiguée. Elle veut poser sa tête sur ses genoux. « Attends », dit son père. Il faut juste qu'il sorte, des poches de son jean, le téléphone et la clef USB qui gênent. Mais s'il trouve bien le téléphone, la clef, elle, n'est plus là. Son cœur se met à battre plus vite. Il se redresse pour glisser complètement sa main dans la poche, dont l'étroitesse fait qu'il loge toujours là, bien au fond, plaquées contre sa cuisse, les petites choses vraiment importantes. Et en guise de petite chose vraiment importante, cette foutue clef se pose là. Mais rien. Rien dans les autres poches non plus. Il jure, fouille dans son sac, sort tout ce qu'il contient. Rien non plus. Où a-t-il pu la perdre ? « Quel con je fais », jure-t-il. Certes, il a sauvegardé les documents, mais si elle tombe entre d'autres mains ?

Il se repasse le film de ces dernières heures. Pendant la traversée, il a sorti son téléphone de sa poche pour voir si Mina avait laissé un message. Puis pour appeler Syméon. Se peut-il qu'elle ait glissé à ce moment-là ? Qu'elle soit encore dans le bateau ? Si c'est ça, c'est foutu... Ensuite, ils ont fait quoi ? Pris un café au port de Dafni, et rejoint la voiture de Syméon. Elle peut aussi être tombée à l'intérieur. Autour du levier de vitesse, sous le frein à main, le siège ? Mais il faudrait aller au monastère. Et quelqu'un l'aura trouvée avant lui...

Il change de méthode : quand est-il certain de l'avoir eue avec lui ? Il remonte le temps. C'était avec Mina, à la taverne. Il se souvient du petit objet noir entre ses doigts. Et ensuite ? Il est allé chercher Irène à la demande de Mina, et il ne l'a plus revue. A-t-il récupéré la clef avant de se lever ? Il n'en est pas si sûr. Il s'est concentré sur Irène, puis sur le bateau et ils ont quitté le rivage. Il se rassoit à côté de sa fille, les jambes coupées. Irène l'interroge du regard.

« Ça va papa ?

— Oui mon petit bernard-l'ermite. »

Elle pose enfin sa tête sur ses genoux. Il n'ose plus bouger pour qu'elle puisse dormir. Il s'en veut terriblement pour cette histoire de clef. Si Mina l'a laissée au café, avant de quitter les lieux ? Si les hommes de Papa ont mis la main dessus ? Leur meilleure protection... Et pourquoi Mina ne donne-t-elle pas de nouvelles ?

La petite s'endort. Il se concentre sur la forme des grands arbres qui oscillent sous la brise. On entend des cloches, au loin. On sent la mer. Il ferme les yeux. Respire doucement, et profondément. Songe à cette prière du cœur qui semble cousine du yoga. Il a dû s'assoupir quelques instants. Comme souvent lorsque ses nerfs sont mis à rude épreuve. Une vibration le réveille. Le portable a tressailli. L'écran s'est allumé. Il le saisit, le cœur battant.

Mina. Enfin :

Tout va bien. J'ai la clef.

Et puis :

Fais-moi confiance. C'est moi qui t'appellerai.

Il n'obéit pas. Hélas, seule la voix anonyme du répondeur se fait entendre.

*

Quand le moine rentre, il fait déjà nuit. Les vêtements sont secs depuis longtemps et la petite fille est redevenue petit garçon.

« Je suis retourné à Karyès et j'ai ramené quelques courses. On ne va pas faire mourir de faim cet enfant, quand même. »

Il sort de son sac à dos diverses boîtes.

« J'ai trouvé des corn flakes, dit-il en brandissant sous les yeux de la petite une boîte de Kellogg's. Tu aimes ça, j'espère ? »

Elle acquiesce timidement, toujours impressionnée par la barbe où apparaît pourtant un sourire tendre.

« Ils ne t'ont pas posé de questions, au monastère ? demande Sacha.

— Aucune. Sois tranquille. Je vais préparer le dîner. Pommes de terre rissolées et soles, ça vous va ? On va mettre des tomates, aussi, des tomates du jardin. Et j'ai des citrons confits.

— Ce n'est pas l'idée que je me faisais d'un ermitage…

— J'ai même l'eau chaude, tu sais… »

Irène jette à son père un regard courroucé.

« Désolé », dit Sacha.

Le moine éclate de rire.

« Je vois… Sacha, je te montrerai le bouton du chauffe-eau. Tiens, ouvre ça. »

Il lui tend une bouteille de vin.

« Kormilitsa Gold Edition. Fait chez les Russes, à côté. Le vin officiel du Kremlin.

— Alors je boycotte, répond Sacha.

— Allez, c'est toujours une bouteille de moins pour l'autre dingue… »

Sacha regarde l'étiquette. Noire avec dessin doré : un monastère stylisé, les sillons d'un vignoble, et l'aigle byzantin à deux têtes. Moscou s'est baptisée « Troisième Rome » après la chute de Constantinople en 1453. Depuis, elle se prétend gardienne de la foi orthodoxe.

« Je te sers ? demande Sacha.

— Et comment ! C'est le sang du Christ. »

Ils trinquent.

« À ton retour ! » lance le moine.

Il ajoute, désignant la petite qui a ressorti son livre de mythologie, et qui quitte la pièce avec :

« Tu m'avais caché ça… ton fils… »

Sacha ne répond pas.

« Je vais vider les poissons, reprend le moine. Tu n'as qu'à peler les pommes de terre. »

Les deux hommes sont silencieux, et pas seulement parce qu'ils sont concentrés sur leur besogne. Sacha a conscience qu'il doit des explications à son vieil ami, mais ne sait pas par où commencer. Ni jusqu'où aller. Et Syméon attend, sans vouloir le brusquer. L'effet du vin – à moins que ce ne soit celui, tout aussi enivrant, du parfum de l'huile d'olive où dorent déjà les soles – lui délie la langue. Il se souvient que le poisson servait de signe de reconnaissance aux premiers chrétiens persécutés par les Romains et qu'on trouve sa forme gravée sur les murs des catacombes. Ici, pense-t-il, c'est un peu nos catacombes, avec Irène. Il pense aussi au poulpe du port, à la liberté perdue, et absorbe, pour chasser cette pensée, une nouvelle gorgée de vin. Puis il se lance, enfin, remerciant Syméon d'avoir répondu à son appel avant de lui raconter les menaces répétées, leur fuite nocturne, la maison aux oliviers, et la journée qu'ils viennent de vivre : le café, les hommes en noir, et la disparition de Mina.

« Ce n'est quand même pas elle que tu voulais faire venir ici ? »

Sacha fronce les sourcils. Le moine semble croire qu'il l'a vexé et poursuit.

« Et tu n'as pas de nouvelles ? Rien sur cette petite chose à laquelle vous êtes tous soumis dans le monde, votre téléphone intelligent, comme vous dites ?

— J'ai reçu un message, tout à l'heure. Elle va bien.

— Alors tranquillise-toi. Fais-lui confiance. »

Tu parles. Le message ne l'a pas tranquillisé du tout. Que va bien pouvoir faire Mina avec cette clef ? C'était à lui de gérer ça, seul... Il s'en veut de la lui avoir montrée. Sa foutue culpabilité qu'il croyait avoir domptée.

Il sort machinalement son téléphone de sa poche et consulte l'écran. L'homme contemporain accomplit ce geste, d'après les statistiques, deux cent vingt et une fois par jour.

Rien de nouveau pour le moment. Il le laisse sur la table. Le moine jette un regard méfiant à l'appareil. Sacha le rassure.

« Celui-là n'est pas intelligent. On a laissé les nôtres à la maison. »

Il lui raconte comment cela se passe, « dans le monde ». La mort du droit à l'oubli, à l'invisibilité. L'application de flicage.

« Tu as entendu parler de “Papa” ?

— Vaguement. La politique, c'est l'arène des vices. Je ne m'occupe, désormais, que des vertus... Enfin, je tente. Crois-moi, c'est plus reposant. Mais je vois, oui, qui est votre “Papa”. Votre plaie actuelle. Votre Hérode...

— Hérode ?

— Le roi biblique.

— Celui qui tue les enfants ? Il n'en est pas là. Enfin, j'espère...

— C'est une façon de parler. Vous en aurez d'autres, des comme lui. Des Hérode. Votre monde gavé court à sa perte. »

Le ton est devenu menaçant, croit-il percevoir. De la colère ?

« Qu'as-tu fait, au fait, pour avoir besoin de te cacher ici ?

— J'ai trop parlé. »

Le moine hoche la tête, sans un mot. Sacha comprend qu'il prend ça pour lui, alors il corrige :

« C'est une longue histoire...

— Elle t'appartient. Ici, on oublie celui qu'on a été. »

Et, désignant, du menton, le téléphone sur la table :

« Tu ferais quand même mieux de te débarrasser de ça.

— Je l'ai acheté à Ouranopolis. Un pour elle, un pour moi. De vieux modèles. Jetables. Intraçables.

— En es-tu si sûr ? »

Sacha avale sa salive.

Le moine lui raconte qu'il y a quelques années, les téléphones intelligents ont fait leur apparition sur la Sainte Montagne.

« D'abord, par les ouvriers, puis les moines s'y sont mis. On a eu toutes les peines du monde à extirper le mal. Aujourd'hui la zone est vraiment libre.

— Tu as toujours le téléphone, pourtant...

— Fixe. Pas comme un fil à la patte.

— C'est le seul fil qui me relie à elle.

— Ce n'est pas vrai. Le fil qui te relie à elle, c'est l'enfant. »

Sa petite tête apparaît dans l'encadrement de la porte.

*

« Tu n'as pas perdu la main...

— C'est parce que vous êtes là.

— Autrement ?

— Quelques olives, du pain et de l'huile. Ça me suffit. »

C'est un véritable petit festin en jaune et blanc que Syméon leur sert, relevé par le vert des herbes aromatiques, auquel le vin ajoute du rouge qui leur monte aux joues. Des agapes, pense-t-il, convoquant l'étymologie du mot. *Agapê* : l'amour.

Sacha s'adresse à sa fille, qui mange avec appétit.

« Tu sais que Syméon m'a sauvé la vie, il y a trente ans ? »

Sa fourchette, chargée d'un morceau de pomme de terre, reste en suspens.

« Ton père exagère, dit le moine, mais oui, il n'avait pas fière allure. »

Il reprend, se penchant vers l'enfant :

« Il cherchait le désert. Tout au sud, là où il n'y a que des rochers, et dans les rochers quelques ermites. Tu sais ce que c'est, un ermite ? »

Elle n'ose pas répondre, toujours impressionnée par le moine. Puis se décide, de sa voix fluette.

« Des petits animaux qui vivent dans les coquillages des autres ?

— Ça, c'est le bernard-l'ermite, corrige son père. Un ermite, c'est quelqu'un qui vit tout seul, comme Syméon. »

Ce dernier la regarde, amusé, et la rassure :

« Mais tu n'es pas si loin, tu sais, avec ton bernard-l'ermite. Cette maison ne m'appartient pas. Quelqu'un d'autre y habitait avant moi, et quelqu'un d'autre y viendra après moi... Mais moi, j'ai l'eau chaude, et je peux préparer des soles à mes invités. Alors que les ermites dont je parle, ils n'ont rien de ça. Rien que la mer et l'horizon. On dit qu'ils se désaltèrent avec de l'eau de pluie et que ce sont les oiseaux qui leur apportent à manger. Dans leur bec... »

Irène est captivée.

« Tu aurais aimé qu'on aille chez des ermites comme ça ? » interrompt son père.

Elle secoue la tête.

Syméon sourit et reprend.

« Ton père voulait les voir, quand on s'est rencontrés. Mais il a dû s'arrêter avant. Il s'était blessé. »

Un claquage. Sacha se souvient de la douleur extrême, qui lui avait cisaillé les ischiojambiers. Après quinze jours à sillonner les monastères, à observer les peintres d'icônes, à explorer les bibliothèques, à gravir la montagne jusqu'à la chapelle du sommet, où il avait dormi enroulé dans une vieille couverture pour contempler, à l'aube, le long ruban sinueux de la presqu'île et les puissants monastères réduits à des décors pour Lilliputiens, oui, il s'était mis en quête du désert. D'une expérience extrême où étancher la soif de mystère qui le tenaillait. Certes, il s'était enivré d'encens, du spectacle d'ascètes en extase, de Madones aux regards caressants et aux habits étoilés d'or, de jeûnes étourdissants et de marches interminables dans une nature grandiose, mais le désert, « *eremos* », en grec, qui avait donné « ermite », et donc « bernard-l'ermite », c'était le Graal...

L'endroit où le mont Athos plonge dans la mer, à l'extrême sud de la péninsule. Des vieillards d'hier et des jeunes gens d'aujourd'hui y renouvelaient le sacrifice des premiers pères de l'Église qui, s'enfonçant dans le désert d'Égypte, avaient affronté, disaient les textes, l'assaut de démons rendus furieux par la sainteté de ces hommes dont il fallait mordre le courage, casser la discipline, briser la foi avec toutes les armes possibles, visions charnelles, songes morbides. La tradition continuait ici, dans ce cap oublié de l'Europe. Certains ne résistaient pas à ces batailles de l'âme, et se laissaient chuter du haut des falaises. Vaincus par l'acédie – la dépression des hommes de Dieu –, une tristesse infinie, un dégoût de la prière.

D'autres gagnaient contre le diable et leur mérite ruisselait sur l'humanité tout entière. À leur mort, disait-on, leur dépouille exhalait un parfum de myrrhe. Des athlètes de la foi, nichés à flanc de falaise dans des grottes fermées par une maçonnerie rudimentaire et quelques plaques de tôles, citadelles sommaires et sublimes à la fois, suspendues entre la mer et le ciel.

Sacha voulait alors aller à leur rencontre, descendre le long des chaînes fixées dans la paroi de la montagne pour accéder à leurs tanières invisibles. Mais son corps, tourneboulé par ce monde austère et lumineux, et certainement par le jeûne auquel il n'était pas habitué, avait lâché. Il s'était blessé en chemin, n'avait plus rien à boire ni à manger, ne pouvait plus bouger et serait resté au bord de cette route peu empruntée, toute la nuit et peut-être plus encore, déshydraté, les jambes brisées, si, après quelques heures, au crépuscule, un moine n'était pas apparu dans son champ de vision, habit noir au vent, paraissant voler. Sacha s'était frotté les yeux, avant de réaliser que celui-ci était juste juché sur une carriole tirée par un tracteur rouge, apparition saugrenue mais salutaire. Il s'était arrêté au niveau du jeune homme. Ce moine accompagnait au monastère roumain, non loin de là, un groupe d'ouvriers fraîchement débarqués de Moldavie pour y faire les réparations qui s'imposaient, et avait fait monter le jeune homme à bord du véhicule.

Ensuite, Sacha ne se souvenait plus.

Il avait perdu connaissance, et s'était réveillé dans un lit au milieu des chants graves et beaux qui lui arrivaient directement de Byzance. Il était allongé dans un dortoir, non loin de l'église d'où provenaient ces airs qu'on aurait dits entonnés par des anges.

Syméon, car c'était lui, veillait sur sa convalescence. Rien de grave, mais il fallait boire beaucoup, dormir tout autant, et appliquer sur les fibres de ses muscles blessés le contenu d'une boîte à cirage dans lequel dormait visiblement depuis plusieurs années un onguent au parfum épouvantable. Mais aux effets significatifs. Quand Sacha put se lever, ils partagèrent, le soir, un verre d'ouzo en regardant la mer. C'est là qu'ils s'étaient raconté leur histoire.

Lui, Sacha : nombreux voyages sans dieu ni maître avec son fidèle sac à dos, gavé de lectures et de paysages, trop familier de certains paradis – peaux, spasmes, éruptions trop brèves – et aspirant à en connaître d'autres, moins artificiels. Au cœur, un spleen jamais cultivé mais bien planté et une terrible écharde, erreur de jeunesse, qui l'élançait, le réveillait la nuit, lui donnait le goût de l'enfer. Méfiance envers la foi : il avait grandi dans une époque où elle rimait avec meurtre et suicide. Les deux en même temps. Une époque dont le blason tragique était deux tours en feu, percutées par des avions.

Syméon : pur produit de la génération 68, comme on disait, passé de la contestation de l'ordre bourgeois à une rébellion plus radicale : contre la vie contemporaine. Nombreux voyages aussi, Inde, Tibet, Orient plus ou moins proche, puis un premier séjour sur la Sainte Montagne qui avait changé sa vie. Troc de la politique pour la mystique, de la théorie pour la pratique et adhésion au rêve d'une autre révolution. Celle qu'on accomplit sur soi-même. Passé du col Mao au Grand Habit des anges et d'une cellule à d'autres, moins dormantes.

Après des années de monastère, il avait eu le droit de solliciter l'occupation d'un ermitage, finalement obtenu, mais après de longues négociations avec les autorités d'ici. Moine, puis ordonné prêtre à la demande de son supérieur.

Sacha et Syméon avaient sympathisé. À son contact, le jeune homme avait enrichi son vocabulaire : « hésychasme », « mystagogie », « parousie », « Dieu-Homme ». Et fortifié par le repos à la lumière du chant des moines et par la nourriture saine qu'ils lui donnaient, il avait pu se remettre sur pied et participer à la vie de la communauté.

Il se souvenait avoir fabriqué des bougies en tendant des fils sur de grands cadres sur lesquels on faisait ensuite couler une cire brûlante au parfum de miel. Et d'avoir appris à dessiner le visage de saint Jean-Baptiste, patron de cette communauté, auprès d'un vieux peintre barbu entouré de chats somnolant dans son atelier. Il lui avait montré le trésor du lieu, une icône qui représentait Marie et le Christ-Enfant, « non faite de main d'homme », avait précisé le moine, lui en expliquant la genèse. C'était il y a fort longtemps. Un peintre insatisfait de son travail, désespérant même de terminer son œuvre, avait posé ses pinceaux devant l'icône, l'avait recouverte d'un tissu, et était allé prier. Le lendemain, soulevant le tissu, il avait découvert que l'icône avait été achevée, et superbement. Un miracle. Ou le joli cadeau d'un confrère soucieux de tenir cachés ses incroyables talents ?

Sacha avait passé là une semaine et, pour la première fois, il n'avait pas ressenti l'angoisse. Une pure bonté l'environnait. Il percevait quelque chose, derrière l'éblouissement : la possibilité d'un refuge. Rentré dans le monde, il n'avait pas changé de vie, mais la Sainte Montagne était là, en lui. Il désarçonnait ses petites amies après leurs chevauchées nocturnes, faisant résonner dans son minuscule studio, au petit matin, l'enregistrement du chœur puissant des moines de l'Athos, dont il avait rapporté un CD offert par Syméon. Bientôt réveillées par les voix graves, ses amies d'une nuit soulevaient alors leurs paupières au son de « Bienheureux l'homme » et le découvraient, interloquées, debout, devant la fenêtre, les fesses à l'air, et l'air absent.

Sacha avait quitté la Sainte Montagne sans avoir pu voir le désert mais en sachant que son destin en aurait peut-être été changé. Il savait aussi qu'il reviendrait. De temps en temps, il écrivait une lettre à Syméon. Et Syméon répondait.

Et puis, il y avait eu Mina... Qui, un de ces petits matins-là, après leur première nuit, alors qu'il s'adonnait au même cirque qu'avec les autres, lui avait lancé depuis le lit, reprenant en grec le refrain du chœur des moines qui retentissait dans sa chambre nichée sous les toits :

« *Απεστάλη εξ ουρανού*... Tu expies tes péchés nocturnes ? »

Il s'était senti bête.

« Tu connais ?

— L'hymnographie byzantine ? Un peu... »

Bête, heureux, et bientôt fasciné lorsque celle-ci avait ajouté, étirant ses membres engourdis avec une souplesse de chatte birmane et forçant la gravité de sa voix comme si elle était possédée par un démon : « Allez, viens mon petit ange, te perdre encore dans les profondeurs de ma chair de femelle... »

Avant d'éclater de rire, de son rire à elle, le rire

« minesque », celui du cristal qui se brise après un toast, pour que la vie continue à être la vie, et à être célébrée comme telle.

Απεστάλη εξ ουρανού veut dire : « envoyée par le ciel ».

*

« Il n'est pas mal, le vin de la Sainte Montagne...

— Cabernet sauvignon et limnio, le cépage de Lemnos. Il existe depuis l'Antiquité. À en croire Homère, l'île ravitaillait déjà en vin les guerriers grecs qui faisaient le siège de Troie... Ça va, Irénée ? »

Syméon se tourne vers la petite, toujours aussi silencieuse.

« Tu as perdu ta langue ?

— Pourvu que ça dure », dit son père en lui lançant un clin d'œil.

Elle soupire, vexée.

« Je plaisante, Irénée...

— Ça te plaît, ce que j'ai préparé ? demande le moine.

— Oui Monsieur l'ange. »

Syméon sourit :

« C'est joli "Monsieur l'ange", mais appelle-moi Syméon, ou *Patera mou*, ça veut dire "Mon père". »

Elle se tourne vers le sien et l'interroge du regard. Le moine reprend :

« Un père suffit, tu as raison... »

Elle a déjà terminé son assiette.

« Ça fait plaisir. Si tu aimes le poisson, un jour je t'emmènerai pêcher. Là je n'ai pas eu le temps, je suis allé les acheter au port, mais j'ai une petite barque et on ira, si ça te dit ? »

Elle hoche la tête.

« Tu verras, on part quand il fait encore nuit, je mets une lampe à la proue, la mer s'ouvre sous la lumière, les poissons se réveillent, croient que le jour s'est levé, et on les voit nager. C'est tellement beau que, parfois, je n'ai même plus envie de les pêcher. Alors je m'allonge au fond du bateau, il tangue, je regarde le ciel et les étoiles ont l'air elles aussi de nager. Mais dans le ciel. Tu t'y connais en étoiles ?

— Oui. Maman m'a appris. »

Un sourire illumine le visage de Sacha au souvenir des échanges à voix basse, l'été, entre la mère et la fille, leurs visages tournés vers les broderies d'argent du grand manteau de la nuit – c'est l'image que Mina a trouvée, un jour où Irène avait peur du noir – et dont elle déchiffre pour l'enfant les motifs.

« Alors on sortira les voir, tout à l'heure. Le ciel est très pur ici, pas de pollution. Tu me montreras ta constellation préférée ? »

Elle hoche la tête.

Sacha attrape son verre de vin. Il les regarde tous les deux. Il est heureux qu'Irène connaisse Syméon, et il se dit que Syméon doit être heureux de connaître Irène. Un enfant dans ce monde de vieillards... La solitude doit peser, certains jours, même avec Dieu à ses côtés.

« Et tu travailles bien à l'école ?

— Oui. Ma maîtresse dit que je suis studieuse.

— Studieux, plutôt, non ? » corrige le moine.

Ils débarrassent la table en silence. Puis Syméon les guide vers la chapelle attenante à la maison pour l'office du soir. Redevenu prêtre, il s'acquitte avec gravité de tous ces gestes qui, mis bout à bout, accomplissent ce que l'on appelle un rituel. Les mèches allumées jettent bientôt mille feux dans le fond d'or des icônes, et le lourd encensoir ouvragé agité par le moine dispense sa fumée odorante dans un bruit de grelot. Syméon ouvre un livre :

... Tu fis la lune pour marquer le temps, le soleil connaît l'heure de son coucher.

Tu poses la ténèbre, c'est la nuit, toutes les bêtes des forêts s'y remuent. Les lionceaux rugissent après la proie et réclament à Dieu leur nourriture.

Quand se lève le soleil, ils se retirent et vont à leur repaire se coucher.

Le Seigneur est entré dans son règne, Il s'est revêtu de splendeur.

Maintenant, Seigneur, Tu peux laisser ton serviteur aller en paix...

Le moine vient les rejoindre.

« J'ai fait court. Le petit doit être épuisé.

— J'en doute. »

Il a dit « le petit ». Sacha respire.

*

Irène réclame en effet d'aller voir les constellations, comme promis. Et la voici, debout sur la terrasse, qui se met à lire le ciel, désignant de son index minuscule la Grande et la Petite Ourse, les têtes d'épingle de Castor et Pollux, mais aussi la ceinture d'Orion. Elle est enfin sortie de sa réserve, et fait au moine la visite complète de la voûte céleste. Elle est redevenue Irène : inarrêtable pipelette. Derrière eux, assis sur le seuil de l'ermitage, une tasse fumante à la main, son père se délecte de les écouter. Et en profite pour se reposer, un peu, en se perdant dans la Voie lactée. La nature est si paisible.

« Si on voit Orion, on ne peut pas voir le Scorpion...

— Ah oui, pourquoi ?

— Parce que le Scorpion a été envoyé par Artémis pour tuer Orion, et donc Orion se cache quand le Scorpion est là.

— Qu'est-ce qu'il a fait pour qu'Artémis veuille le tuer ?

— Ils chassaient ensemble, et un jour Orion a essayé d'embrasser Artémis.

— Et il n'avait pas le droit ? »

Elle prend un ton réprobateur :

« On n'embrasse pas une déesse !

— D'accord, d'accord... Dis donc tu m'as amené un petit païen ! » lance-t-il à Sacha.

Ce dernier lève vers le ciel son infusion de tilleul, comme pour un toast.

« Eh bien à toi de jouer, Syméon...

— On a le temps. On a le temps. »

J'espère, songe Sacha.

*

« Et là, c'est le W de Cassiopée, s'écrie Irène. La constellation préférée de ma maman. »

Retour de la tristesse. Il pense à la hanche gauche de sa femme. Où es-tu, Mina ?

*

Dans la chambre, à la lueur des lampes à huile, Sacha aide sa fille à se déshabiller.

« J'ai pas de pyjama, papa. »

Il la rassure.

« Tu vas rester en culotte, on en trouvera un demain.

— Mais tu m'as dit qu'il n'y a pas d'enfants ici. Comment tu vas trouver un pyjama ? »

Il se sent bête. Pas à la hauteur du père qu'il devrait être. Un père qui prépare les valises et n'oublie pas le pyjama.

Et, comme si elle avait perçu son désarroi :

« Bon, c'est pas grave, je reste en culotte. »

Il la prend dans ses bras, dépose un baiser sur son front.

« Ça va, tu es contente d'être ici ?

— Oui. C'est beau. »

C'est pour des phrases comme ça qu'il est heureux d'être encore en vie.

« Et Syméon ?

— Il me faisait un peu peur, mais maintenant ça va mieux. J'aimerais bien aller pêcher, papa...

— On le fera, Irène. Ou plutôt Irénée, tu te souviens ?

— Même à lui on ne peut pas dire ?

— Pour l'instant non. »

L'enfant se glisse dans les draps. Le père le borde et le regarde s'endormir dans cette maison si calme, contre le mur tapissé d'icônes : des archanges aux ailes rouges et à l'armure d'or, tout droit arrivés du ciel et brandissant des glaives de feu, des ermites décharnés, à la barbe interminable, aux côtes saillantes et au visage ravi, des Vierge au regard doux et résolu, sûres de leur amour, et un beau Christ qui vous regarde au fond de l'âme, la bouche fermée esquissant un sourire de Joconde et déclinant son identité de sauveur des hommes d'un simple geste de la main, la position de ses doigts dessinant les lettres de son nom... Les Seigneurs du lieu. Sacha ne croit pas en eux, hélas, mais devant la façon dont ils font un écrin d'or autour de la tête de sa fille, veillant sur elle avec tant d'yeux ouverts et de corps glorieux, il décide d'y voir une forme de protection.

Lui n'a pas sommeil.

Il s'installe sur la chaise, devant le bureau, et considère, un par un, les objets qu'a disposés là son ami. Ses compagnons de solitude et de prière. Du drapeau rouge de la Révolution à l'étendard de la Résurrection : le parcours de Syméon est-il si étrange ? Ne s'agit-il pas dans les deux cas de chercher un monde meilleur ? Sacha aimerait bien un autre verre pour se laisser aller à ses rêveries. Mais il en est soudain tiré par la reproduction – une carte postale – d'un tableau que Mina aime beaucoup et qui est là, posée sur le bureau. *La fuite en Égypte*, de Carpaccio. Il approche la carte de la flamme d'une lampe à huile pour mieux la regarder. Puis il la tourne et lit, au recto, le texte qu'y a écrit Syméon :

Lève-toi, prends le petit enfant et sa mère, fuis en Égypte, et restes-y jusqu'à ce que je te parle; car Hérode cherchera le petit enfant pour le faire périr. (Matthieu, 2:20.)

Sacha reste longtemps là, à regarder l'image, happé par le bleu, le rouge, et la beauté de la scène. Dans ce tableau, un homme aidé d'un âne guide son enfant et sa femme hors du danger qui les menace. Les mains de la femme combinent deux gestes : celui, maternel, consistant à serrer son enfant contre son cœur, et celui d'une prière. L'homme a l'air confiant. Il va réussir.

Sacha, lui, a échoué à mettre sa femme et son enfant hors de danger.

Il n'a pas d'âne.

Il est un âne.

Comment a-t-il pu prendre autant de risques, après avoir réussi à garder le silence pendant tant d'années ?

« Bats-toi », lui avait dit Mina. Mais pas comme ça. Non, pas comme ça, aussi bêtement.

Alors, dans la chambre où sa fille dort, le cœur lourd, Sacha se maudit doucement. Personne ne le voit, personne d'autre que ces visages au mur, venus de la lointaine Byzance que Mina aime tant.

*

Un souvenir le traverse.

Mina et lui en excursion sur l'île de Torcello, au large de Venise. C'est leur premier voyage ensemble. Ils viennent de se rencontrer. Un mois, peut-être.

C'est l'hiver. Il n'est jamais allé à Venise, il n'a encore rien vu du palais des Doges, du Harry's bar, ou du Giorgione mythique de l'Accademia, mais c'est tout Mina, ça, il faut d'abord aller à Torcello. Le but : les mosaïques byzantines de sa cathédrale. Ils doivent prendre deux bateaux. Changer à Burano. Pas Murano, Burano, un îlot où les maisons sont de toutes les couleurs. On pourrait s'arrêter là, ça fait quand même quarante-cinq minutes qu'on navigue, mais non, il faut aller à Torcello, au fond de la lagune, et avant que la basilique ferme. Le brouillard est tombé, l'air semble fait de microscopiques gouttes d'eau, le ciel est bas, gris, l'eau verte, plus lumineuse que lui. Sacha se souvient d'un embarcadère portant l'indication San Francesco del Deserto, avec un chat noir devant. Et c'est vrai que c'est *deserto*, ici. Autour d'eux il n'y a que de l'eau, de l'eau et une île en face, longue, avec des roseaux, une sorte de mangrove, des oiseaux qui volent bas et un clocher très haut. « Santa Maria Assunta », dit Mina.

Le bateau arrive, cogne contre l'embarcadère. La corde s'enroule autour de la bitte d'amarrage, oui, c'est comme ça qu'on dit, ça grince de toute part par-dessus le bruit du moteur, ils sautent à bord, ils sont seuls avec le pilote. « On dirait la barque des Enfers, dit Sacha. — Avec un Charon en doudoune Dolce & Gabbana quand même », remarque Mina, et elle a raison, en Italie tout le monde, du garçon de café au pompiste – tatouages, boucles d'oreilles –, travaille son allure. Ils prennent place à l'intérieur, un vaporetto fin et rapide, ils remontent le temps, elle pose sa tête contre son épaule, ils se tiennent chaud, ils sont amoureux, et il y en a, cette fois, pour dix minutes à peine.

Une fois débarqués à Torcello, il y a une petite trotte à faire le long d'un canal à l'eau encore une fois d'un vert opalescent de vieux bijou barbare, les arbres s'y penchent comme pour retrouver quelque chose qu'ils y auraient perdu, deux ou trois réverbères encore éteints paraissent déplacés. Ils marchent, ils sont emmitouflés, ils ne croisent aucun des quatorze habitants, mais deux touristes néerlandais pressés de retourner à la civilisation : un spritz ou un bellini au coin du feu ou du radiateur. Mina presse le pas. Ils longent la Locanda Cipriani où Hemingway a écrit un mauvais roman à l'automne 1948. Derrière se dresse le campanile. Un parallélépipède de pierre rouge et ocre, comme celle qui habille la cathédrale.

« VIIe siècle. Merde ! dit Mina.

— Pourquoi *merde*? demande Sacha.

— Parce qu'ils sont en train de fermer. »

C'est ce que leur confirme l'employée de la billetterie qui relève le col de son manteau et leur dit gentiment qu'ils peuvent toujours rester là et admirer le trône d'Attila, parmi d'autres reliques de marbre éparpillées devant la cathédrale, en pleine nature, on dirait un terrain vague. Vague et marécageux. Mina, déçue, a les bras qui en tombent mais pas longtemps. Mina tchatche. « Voyage de noces, *luna di miele, cinque minuti* », elle dit n'importe quoi, mais la dame sourit et ils passent le portique, rejoignant un groupe de retraités qui terminent leur visite.

Il faut dire que ça en jette, Santa Maria Assunta. Dans l'abside, à droite, une Vierge immense au manteau bleu richement paré se détache sur un fond composé de milliers de petits carrés d'or au fond d'une voûte en quart de sphère. « En cul-de-four, précise Mina.

— Tu es sûre du nom ?

— Est-ce que j'inventerais “cul-de-four” » ?

À gauche, un mur, du sol au plafond, représente le Jugement dernier à la façon d'une gigantesque bande dessinée sans bulles. On y voit les crânes des envieux bouffés aux vers, et les gourmands affamés dévorer leurs propres mains au milieu des flammes. On y voit le Christ, ses apôtres et ses anges habillés à la mode des princes byzantins, jusqu'aux bijoux précieux et aux brodequins pourpres, en train de faire régurgiter des morts aux bêtes sauvages afin qu'ils ressuscitent. On dirait des dompteurs. L'un d'eux, dans un mouvement gracieux, ses ailes empruntées aux Éros antiques tournoyant au-dessus de ses épaules, enroule le ciel sur lui-même. Une scène de l'Apocalypse. Les étoiles paraissent des fleurs brodées sur une étoffe. L'ange a de grands yeux en amande et un menton joliment rond. Mina aura envie, au retour, de se faire tatouer son visage sur l'intérieur de l'avant-bras, droit ou gauche elle ne sait pas, avant d'y renoncer pour conserver sa peau entièrement vierge de tout autre dessin que ceux, invisibles, mais il espère marquants, que lui ont imprimés les baisers de Sacha dans la vieille cathédrale. Car la suite se résume à cela : des baisers. Fiévreux, et d'autant plus qu'ils ont non seulement envie de s'aimer mais de se réchauffer.

Une inscription en latin gravée à gauche du chœur nécessite qu'on franchisse les échafaudages dressés là et qu'on soulève de grandes bâches recouvrant les travaux de préservation de l'édifice. De l'autre côté de l'échafaudage il y a d'autres surprises, alors ils s'y attardent, s'enfonçant encore plus vers l'autel, lui aussi sous les bâches. Et quand la dame du guichet passe la tête dans la nef, elle ne voit personne, ni les retraités, ni les amoureux, et ferme la porte à clef. Ils sont prisonniers. Prisonniers volontaires, comprend-il en regardant Mina, un index posé sur ses lèvres pour qu'il reste silencieux. « La chance ! dit-elle tout simplement, nous avons de la chance ! » Les mosaïques pour eux seuls, jusqu'à ce que la lumière des spots s'éteigne et qu'il ne reste plus que celle des cierges pour illuminer cette merveille.

Les cierges, les deux jeunes gens les accompagnèrent dans leur extinction progressive, blottis l'un contre l'autre, assis sur le sol de marbre aux motifs psychédéliques, les yeux dans la mosaïque d'or, passant du paradis à l'enfer et de l'enfer au paradis, figuré par des fleuves bleus et l'arbre de vie, puis, bientôt, par la peau de Mina, par elle-même théâtralement mise à nu, debout devant lui toujours assis, et lançant d'une voix claire, ferme et haute : « Mon cul-de-four est à toi : cette nuit, c'est Byzance. »

Elle le baisa là, accroupie sur lui, à même le sol millénaire.

Qu'on n'aille pas voir là un péché, ou un manque de respect : il fallait bien se réchauffer.

Au milieu de la nuit, engourdie par le froid, et trouvant cela fort désagréable, Mina lui demanda : « Comment va ton arbre de vie ? — Gelé », répondit-il d'une voix endormie. Alors elle le prit en elle pour le réchauffer. Combien de fois ont-ils fait l'amour, cette nuit-là ? Ils avaient vingt-cinq ans, et découvraient un nouveau terrain de jeu. Pas besoin de compter, se disent-ils quand ils se rappellent, l'un et l'autre, ce merveilleux, et unique – du moins à ce point – festival épidermique. Faut-il les croire ? Chaque couple écrit sa légende.

*

Sacha sourit dans sa tristesse en se remémorant le rire de Mina, dans cette nuit pleine d'étoiles dont il attend patiemment la fin sans parvenir à dormir, rongé par la culpabilité et la question qu'il n'arrête pas de se poser : que veut-elle faire avec la clef ? Si seulement il pouvait lui parler...

Il sort une nouvelle fois le téléphone de sa poche et, regardant Irène paisiblement assoupie contre son mur d'icônes, les poings serrés comme quand elle était bébé, compose le numéro de Mina.

MINA

« Je roule. Ça roule... »

Et dire qu'elle allait le quitter.

« Je roule. Ça roule... »

Oui, si tout ça n'était pas arrivé, elle l'aurait quitté.

« Je roule. Ça roule... »

Pourquoi ces deux phrases stupides tournent-elles à ce point dans sa tête ? Parce qu'elles ne sont pas stupides. Parce qu'elles la calment, alors qu'au volant elle scrute la route avec attention. Ne pas faire de faute. Ne pas se faire arrêter. Calmer les battements de son cœur. La nervosité de ses jambes. Doucement avec l'accélérateur.

Mina regagne Paris. C'est la seule solution. Si leurs poursuivants sont venus jusque-là, où donc s'arrêteront-ils ? Et dire qu'ils ont cru qu'on les oublierait... Au moins Irène et Sacha sont-ils en sécurité. Mais jusqu'à quand ? Elle va régler ça. Il sera bien temps de quitter Sacha ensuite. Mais le sauver, d'abord. Sauver son homme pour sauver sa fille... Sauver son homme : l'expression l'amuse. Ça sonne guerrière, louve. « Mina ma louve », comme il dit souvent.

« Je roule. Ça roule... »

Ce n'est pas qu'elle ne l'aime plus. C'est qu'elle ne

l'aime plus comme avant. Plus assez pour vivre avec lui. Est-ce un crime ? Si c'en est un, il s'appelle la vie.

« Je roule. Ça roule. »

Il faut qu'elle se calme. Son cœur va trop fort, trop vite. Elle ne l'aime plus assez pour rester à ses côtés, mais elle reste de son côté. Ils ne seront plus mari et femme, mais ils restent alliés. Elle ne lui souhaite que du bien. Ils ont une fille à élever. La peur revient. Tranquillise-toi, se dit-elle : là où ils sont, plus personne ne peut les toucher. C'est un espace sacré. Maintenant, à toi de jouer. De réparer. Les Anglo-Saxons ont une expression qu'elle aime bien : « *to fix it* ».

Elle est partie sans rien, évitant de revenir à la maison de D. Leurs poursuivants y sont peut-être déjà. Elle a juste glissé la petite clef USB dans sa culotte. On n'ira pas fouiller là, si ?

Elle ralentit l'allure de la Volvo. Ne pas se faire arrêter, surtout. Mina imagine la scène : la voiture sur le bas-côté, entourée par les flics. « Ne vous inquiétez pas, madame, simple vérification d'identité. Commencez par ôter vos lunettes de soleil. » Et puis l'arrivée des hommes qui la cherchent, elle, parce qu'ils le cherchent, lui. Elle imagine des interrogatoires. Des choses plus graves, aussi... Une atteinte à son corps, pas énorme, mais juste histoire de casser ce que ses ennemis appellent sa « fierté », et qui n'est qu'une détermination à ne jamais baisser les yeux, à ne jamais céder, surtout devant des hommes. Parce qu'ils croient quoi ? Qu'ils ont le pouvoir sur elle ?

*

Sacha. Depuis quand est-il devenu cet autre, si loin de l'homme qu'elle a rencontré, aimé ? Elle pense à la difficulté, de plus en plus grande, qu'elle a à le remettre en selle quand il ne va pas bien. Ne serait-ce qu'à le faire sourire...

L'époque, c'est-à-dire les autres, lui a enlevé sa joie, la légèreté fringante qui l'a aimantée lorsqu'il est apparu dans sa vie, Sacha son chat, il y a si longtemps. Drôle de rencontre, un peu comme on se percute, à l'ombre des cours d'archéologie prodigués par la mère de Mina, sur les bancs de la fac. Fille de prof de fac, et maintenant prof de fac à son tour, se disait-elle parfois, tu parles d'une évolution. Projetée sur des rails à très grande vitesse, sans jamais pouvoir arrêter le train qui n'avait pas parcouru une distance folle : elle était née à Paris, enseignait à Paris, quelques arrondissements tout au plus franchis en un petit demi-siècle. Sans jamais le vouloir non plus : elle adorait son métier, se nourrissait d'Histoire comme d'un nectar qui la rendait, année après année, un peu plus immortelle, puisqu'on y devenait contemporain des hommes et des femmes de toutes les époques. Du moins le croyait-elle : c'était bien avant de prendre conscience que le temps n'épargne rien, et qu'il s'essuie les pieds sur nos illusions.

Oui, drôle de rencontre : Mina l'avait remarqué, bien sûr, ce garçon souriant, enthousiaste, pas mal certes, mais pas excitant. Du moins pas pour elle. Trop rêveur, trop sage, trop équilibré en apparence, mais habité par une sorte d'incandescence qu'elle n'identifiait pas encore. La propre mère de Mina avait fini par ne plus jurer que par cet étudiant venu de province – il adorait le dire, mieux, le revendiquait – passé par la prépa, au prénom pas banal, qui rêvait d'archéologie sous-marine et en particulier de la galerie noyée menant, à trente-sept mètres de profondeur, à la mythique grotte Cosquer et à ses parois ornées de formidables peintures exécutées il y a vingt mille ans. Elles allaient bientôt, à cause de la montée des eaux, disparaître à jamais.

Mina, par pur esprit de contradiction, avait veillé scrupuleusement à ne pas adresser la parole au nouveau chouchou de sa mère.

C'est que Mina avait quitté dès qu'elle l'avait pu le foyer familial. Son père aussi, du reste, parti depuis longtemps avec une collègue de son unité de recherche. Il enseignait, sur le campus de Saclay, la théorie de la gravitation quantique à boucles, qui permettait une refonte complète des concepts d'espace et de temps. « Depuis le temps qu'il se passionne pour les trous noirs, il fallait bien qu'il s'en trouve un nouveau », avait lancé sa mère, que rien ne semblait atteindre, hélas. Une dureté de silex. Mina avait à peu près l'âge d'Irène, et n'avait pas compris l'allusion. Ce qui ne l'avait pas empêchée de ressentir une immense tristesse : elle serait encore plus seule, avec cette mère admirée mais moins passionnée par sa fille que par, précisément, des silex. Ses chers silex taillés.

À l'époque de sa rencontre avec Sacha, Mina louait un studio sous les toits avec l'argent gagné au fil de ses séances de pose à l'École des beaux-arts, vite remplacées par des shootings plus rémunérateurs pour quelques marques de mode moyennes. Elle avait été abordée dans un parc de la capitale, alors qu'elle bronzait avec un bon livre, les bretelles de son soutien-gorge descendues sur ses biceps. Les seins quasi nus, en fait. Elle s'en foutait, Mina, elle bronzait en lisant, et montrer ses seins ne regardait qu'elle, même si tout le monde la regardait.

La Parisienne avait-elle besoin d'épater la galerie, comme toutes les petites filles à qui des parents trop occupés – sa mère à remuer le passé, son père à remuer le futur, s'éloignant donc un peu plus chaque jour l'un de l'autre – n'avaient pas eu le temps de montrer leur amour ? Même pas : les statues aussi étaient seins nus, et pas que les seins, et on n'en faisait pas tout un plat. « Êtes-vous la 107e statue du jardin du Luxembourg ? » Elle avait cru à une drague lourde de la part de ce type qui avait le regard d'un crocodile. En fait non, c'était sérieux. Le mec travaillait vraiment pour une agence. Il y avait eu de l'argent vite gagné, des shootings suivis de soirées où elle faisait semblant de s'égarer, jamais soumise à quiconque, solide, choisissant toujours, lestée par sa passion pour les études d'histoire en général et celle de Byzance en particulier.

*

Pourquoi Byzance ? Parce que Byzance avait su lui parler depuis toute petite. L'émouvoir. La fasciner. Mieux, la faire rêver. Parce que Byzance était belle, compliquée, attachante, mal connue, et qu'elle avait su se défendre, toute seule, pendant mille ans, contre tous les barbares imaginables. Parce que face à eux, dans ce monde hyperviolent, Byzance avait su, héritière du vieil Empire romain mais parlant le grec, à cheval entre l'Occident et l'Orient, à la fois combative et cultivée, chrétienne et païenne, protéger et transmettre au monde toutes les connaissances de l'Antiquité. Grâce aux Byzantins, on avait pu conserver le plus ancien manuscrit de l'*Iliade*, les pièces de Sophocle, les poèmes de Pindare et d'importants ouvrages de science et de médecine, patiemment recopiés par les moines, appris par cœur par les enfants, garçons et filles, annotés par les savants à l'abri de ses murailles légendaires. Parce que sans Byzance, en effet, pas d'Hypatie, pas de Renaissance. Oui, c'est Byzance qui avait mené Mina à l'étude de la Renaissance. C'est Byzance qui avait pris soin des grands textes antiques qui allaient éclairer la nuit du Moyen Âge. Et faire revenir le jour.

Byzance était un message.

Au départ, c'est le puissant sortilège des mosaïques aperçues, gamine, dans un livre appartenant à sa mère, qui l'avait frappée. Des petits cubes de verre, enfermant parfois une feuille d'or, qui, patiemment assemblés, dessinaient sur les murs des palais, des églises, de drôles de princesses aux épaules frêles couvertes de manteaux précieux, l'air absent sous leurs tiares de perles. Pour connaître la raison de cette absence, Mina s'était aventurée, adolescente, dans d'autres livres, découvrant le destin compliqué, labyrinthique, même, de cet empire que les Goths, Avars, Normands, Perses, Bulgares, Turcs seldjoukides, Arabes et même les Petchenègues, un peuple de la mer Noire dont les chefs aimaient boire dans le crâne de leurs ennemis pour s'approprier leur force, n'étaient pas parvenus à mettre à genoux.

Mina avait découvert, le souffle coupé, une civilisation au raffinement devenu légendaire, au point qu'on appelait ses princes les Porphyrogénètes, et ce mot l'ensorcelait. « Porphyrogénètes », c'est-à-dire « nés dans la chambre de pourpre », une vaste pièce du palais aux murs d'un marbre rouge vif où les reines donnaient la vie. Byzance, c'était une civilisation que l'Occident tenait pour décadente, noyée dans le luxe et les infinies complexités de ses rituels de cour, mais pourtant assez technologiquement avancée pour inventer une arme fatale nommée le feu grégeois, un lance-flammes capable de détruire une flotte entière et dont le secret était bien gardé.

Plus le temps passait, plus Mina plongeait dans un monde chatoyant, énigmatique, codé, bigarré, métissé, hybride, abritant, certes, à l'ombre des fontaines de sa capitale des discussions extrêmement sophistiquées sur le sexe des anges, mais aussi des meurtres cruels mêlant des reines et des princes dont on crevait les yeux dans leur sommeil, pulvérisant leurs rêves sous une douleur à rendre fou. Il y avait aussi tous ces noms qui excitaient son imaginaire. Pas seulement « porphyrogénète », mais aussi des noms de lieux – Trébizonde, Césarée, sans parler du plus beau d'entre eux, Byzance – et des noms de rois et de reines qui ne disaient plus rien à personne mais qui faisaient flamber son imagination comme Irène l'Athénienne, devenue Irène de Byzance, si belle et si pieuse, si politique aussi, pour laquelle Mina s'était passionnée. Première femme à régner sur l'Empire, elle aurait voulu unir l'Orient et l'Occident en épousant Charlemagne... Mina donnerait son nom à leur fille, des années plus tard, bien après que les murailles de Byzance étaient tombées sous les assauts des armées du sultan Mehmet II qui, dit-on, était entré dans Sainte-Sophie, c'est-à-dire Sainte-Sagesse, à cheval, pour mieux salir ce joyau édifié par les chrétiens. Mais il avait fallu mille ans pour ça.

Tout le monde s'en fichait ? Peut-être. Savoir des choses était devenu si exotique... Mais Mina, ça l'enfiévrait, cette histoire gorgée d'or et de sang dans laquelle notre monde avait plongé ses racines et tirait, qu'il le veuille ou non, une partie de ce qu'il était. Tout le monde avait oublié ? Pas elle. Et elle la ressusciterait, cette histoire. Et pour la ressusciter elle l'enseignerait. En attendant elle s'y plongeait, et s'y replongeait, comme on n'en finit pas de respirer, lentement, en fermant les yeux, le parfum capiteux qui s'échappe d'un flacon très ancien dont on vient de soulever le bouchon de cristal.

*

Donc, Mina avait quitté le foyer parental. Mais elle y revenait de temps à autre, et souvent c'était le dimanche soir, quand la mélancolie de ce jour fatal commençait à ramper dans son cœur, autour de dix-sept heures. L'envie de dîner avec sa mère, sa si brillante mère – elle n'avait pas encore pardonné à son père – et, peut-être, de regarder un film avec elle comme quand elle était enfant et que maman délaissait un peu ses silex adorés.

Elle s'était sentie seule toute l'après-midi. Une amie devait venir dîner, mais elle avait eu un empêchement. Mina se sentait triste, et même Byzance semblait ce jour-là avoir épuisé ses charmes.

Mina avait quitté un type trois mois avant en apprenant quelque chose qu'elle aurait dû ignorer et préférait désormais passer ses nuits avec les *protospathaires*, *nobellissimes* et autres *mystikoï* de la cour byzantine. Il n'empêche, on a tous besoin d'affection et la seule perspective de finir la journée seule, ce soir-là, la minait.

Et puis c'était un mardi. Le jour du film de cinéma à la télé quand elle était petite, annoncé par un type qui semblait parler avec des marshmallows dans la bouche, confortablement assis dans une salle aux fauteuils rouges. Des classiques d'Hollywood et souvent des westerns avec un John Wayne en chemise rose où les Indiens, réputés naturellement féroces, se faisaient descendre comme au tir aux pigeons, alors que dans les films d'aujourd'hui ils étaient devenus les gentils.

Mina se souvenait parfaitement de ce mardi 19 octobre 1982, la première fois qu'elle voyait « La dernière séance », c'était le nom de l'émission avec le monsieur aux marshmallows dans la bouche. Le film serait en relief, une grande première. D'autant que ce serait un film d'épouvante, *L'étrange créature du lac noir*. Tout le monde en parlait depuis des jours et son père, qui vivait encore à la maison, s'était procuré deux exemplaires du magazine partenaire de cet événement télévisuel révolutionnaire : il fournissait en exclusivité les lunettes de carton, un verre bleu, un verre rouge, sans lesquelles on ne pouvait voir le film. Le magazine offrant deux paires de lunettes par exemplaire, Mina en avait déduit qu'elle aurait le droit elle aussi de voir *L'étrange créature du lac noir* en « 3D stéréoscopique anaglyphe », comme on disait. Pas trop longtemps, pour ne pas faire de cauchemars, avait prévenu son père, et maman avait souri. Et ce soir-là, Mina jubilait, fière, assise sur le canapé dans le noir à côté du couple que formaient ses parents, le nez chaussé comme eux de ces lunettes très spéciales dont les deux couleurs, unissant leurs forces, allaient produire une image nouvelle qui sortirait de l'écran et prendrait vie.

Non seulement Mina n'avait pas fait de cauchemars, mais elle gardait de cette séance le souvenir d'un moment de bonheur familial inoubliable : ses parents, qui se disputaient si souvent, avaient communié dans l'apparition de la créature lacustre, mi-King Kong, mi-saumon. C'était un mardi. Et on était mardi. Le souvenir heureux était venu frapper à la porte de sa mélancolie. Et Mina avait eu envie d'un mardi soir avec sa maman.

*

Mais elle n'avait pas prévenu de sa visite.

Quand elle avait sonné à l'interphone, avait-elle cru percevoir une gêne dans la voix de sa mère ? Elle était montée et avait alors découvert le garçon dans son salon. Impensable. Et pour quelle raison ? Elle se souvint qu'il rêvait d'archéologie sous-marine et d'explorer une galerie noyée. En pensant « galerie noyée » et en voyant sa mère, elle eut une pensée d'ordre sexuel tout à fait désagréable. Qu'il aille en explorer d'autres... Il n'y avait rien, pourtant, de suspect. Ils étaient juste en train de prendre un verre de vin, des documents étalés sur la table basse du salon à côté d'un ordinateur portable ouvert, celui du garçon, on le devinait au sticker « *Certified badass scuba diver* » collé dessus. *Badass* mon cul. Sa mère l'invita à s'asseoir. Et comment, qu'elle allait s'asseoir, et même rester dîner. « On travaille sur le projet de Sacha », dit sa mère. Mais son projet à elle, c'était quoi, en l'occurrence ? s'était interrogée Mina, l'entendant parler du pléistocène supérieur et de la glaciation de Würm avec des yeux trop brillants, pas *glacés* du tout.

Elle avait demandé :

« Sacha ? À cause de Guitry ou de Distel ?

— À cause de rien, avait-il répondu. Ma mère aimait ce prénom. Et toi, c'est Mina ?

— Il faut demander pourquoi à ma mère. Ou à mon père, mais il ne viendra pas ce soir. Et demain non plus. »

Sa mère lui avait accordé un regard indulgent.

Après avoir terminé son verre, sentant qu'il gênait, du moins Mina – qui ne faisait aucun effort –, Sacha avait fermé le clapet de son ordinateur, remercié son enseignante pour son aide, et débarrassé le plancher. Non pas seul, mais avec Mina, qui avait déclaré à sa mère qu'elle avait d'autres plans, qu'elle était simplement venue l'embrasser. Elle avait, en effet, un autre plan : lui couper l'herbe sous le pied.

Et c'est ainsi qu'elle s'était réveillée dans le lit de Sacha, après une nuit échevelée toute consacrée à la découverte d'un nouveau corps et d'un nouvel esprit, certes passionné par la plongée archéologique sous-marine en galeries noyées, mais tout autant par les derniers restes de Byzance dans leur monde dit moderne. Sacha connaissait le mont Athos. Et ça, ça la touchait beaucoup plus. Un garçon qui, au réveil, vous faisait entendre, fesses à l'air, le livre des psaumes chanté par les moines de la Sainte Montagne ne pouvait pas être foncièrement mauvais.

*

Ils s'aimèrent.

Sacha ne plongea jamais dans la galerie noyée de la grotte Cosquer.

Meurt-on un peu de ne pas réaliser ses rêves ?

Il en eut d'autres.

Ils voyagèrent.

Irène naquit.

Ils l'avaient eue tard. Et ce n'était pas faute d'avoir essayé. Irène était née par césarienne. Mal positionnée. Mais si bien faite. Mina se souvenait du petit corps chaud et blond qu'elle avait reçu dans ses bras, tout juste sorti de ses entrailles, de sa peau incisée. Son minuscule visage pas fripé. Une réplique d'elle mais dans d'autres couleurs. Et des yeux de louve comme sa mère à elle, qui mourrait quelques années après la naissance d'Irène dans un accident impliquant un virage et un camion. Dans la carcasse de sa Fiat 500, on avait retrouvé un remarquable silex taillé. Un biface moustérien sorti du chantier de fouilles dont elle avait la charge et dont elle s'apprêtait à faire l'étude tracéologique. Il était sorti intact de l'accident, contrairement au corps de sa mère. Mina l'avait toujours sur son bureau. Il lui servait de presse-papiers.

*

« Je roule. Ça roule. »

Mina est toujours au volant. Elle a reçu les messages de Sacha : « Tout va bien ? » Elle va lui répondre, mais elle attend encore un peu, prudente, méfiante. Leurs vieux téléphones sont censés être intraçables, mais comment en être sûre ? La traversée vers le mont Athos depuis Ouranopolis dure deux heures. Elle enverra le message quand ils auront mis le pied là-bas. Mieux, quand ils auront rejoint l'ermitage de son ami Syméon. Quand elle sera à peu près sûre qu'ils sont en sécurité. Elle ne doit pas se précipiter.

Mina les imagine, tous les deux, dans le bateau. Le père et la fille. Ils s'entendent bien. Ils sont complices. Sacha adore lui apprendre des choses. Transmettre, comme il dit. Elle est parfois trop sévère avec lui. Comme à propos de ce cahier... Son « Miroir de la princesse ». Ça le rend si heureux. Elle s'en veut. Elle a confiance en lui. Il s'en occupera bien.

*

Qu'est-ce qui avait cloché, entre eux ? Les années avaient rapté le jeune homme qu'il était, et l'avaient transformé en un homme qu'elle ne reconnaissait pas. Plein de qualités, méritant, travailleur, mais trop souvent grave, triste. L'époque le minait, il se battait contre elle comme il pouvait sur les plateaux télé mais il y gâchait son talent. Sa vie. Elle aurait aimé qu'il hausse les épaules, qu'il se concentre sur elle et Irène, qu'il se soucie moins des nuages qui encombraient leur ciel. Ou qu'il souffle dessus avec un grand rire, qu'ils aillent se faire foutre, les nuages... Elle ne lui retrouvait sa fougue, son esprit, sa drôlerie, qu'en vacances, leurs rares vacances tant il travaillait... Oui, lorsqu'il parvenait enfin à se détendre, à se remettre à écrire. Lorsqu'il lui faisait l'amour, même si c'était devenu, ça aussi, assez rare. Mina était moins disponible. Le désir ne se commande pas. Et pourtant, quand cela se produisait, quand ils parvenaient à s'étourdir tous les deux dans une brusque envie de ne faire qu'un, dans une tendresse active, un pur désir pour la vie, dans la joie de sentir qu'ils avaient toujours un corps et que celui-ci avait des reliefs et des profondeurs, quand elle retrouvait, malgré l'âge, les rides, l'habitude, pour quelques instants, le goût de sa peau et la pleine conscience de la sienne, la sensation enivrante de n'être plus qu'un réseau de muscles et de nerfs électrisés par un hypothalamus ivre de lulibérine et de dopamine, quand ils parvenaient à briser la barrière invisible qui s'était établie entre eux, s'autorisaient les gestes qui se foutaient des convenances et ne se préoccupaient que du plaisir à prendre et à donner, alors elle se demandait pourquoi cela ne se reproduisait pas plus souvent, et ce qui avait bien pu leur arriver. Le temps était passé. On l'avait laissé faire. Il avait saccagé leur beau palais. Leur château intérieur. Trop courts intermèdes.

Oui, le temps avait saccagé leur beau palais comme une armée de Petchenègues. Mina était historienne, pas sa faute si elle avait en tête des images de villes fracassées, de capitales jadis superbes envahies par le sable et le vent. Elle ne connaissait que trop le romantisme des ruines dans lequel les êtres humains avaient tendance à se vautrer et qui la dégoûtait. Mais cette connaissance de l'Histoire faisait qu'elle croyait aussi en l'énergie des bâtisseurs. À ceux qui venaient après les ruines. Et qui reconstruisaient.

*

Le soleil caresse son avant-bras posé sur la portière vitre ouverte, à l'air libre. Elle a envie de le retrouver. De lui faire l'amour, comme ils l'ont refait dans le refuge de cette maison au milieu des oliviers. De lui montrer qu'il est jeune encore. Et elle aussi. Non, tout n'est pas perdu pour eux. Au fond, rien ne l'est. Elle va réparer tout cela. Ils vont regagner leur âge d'or. Et pour eux ce sera encore Byzance... Elle glisse une main entre ses cuisses pour sentir, sous l'étoffe de sa culotte, la petite bosse de la clef USB. Au fond, peut-être qu'elle ne le quittera pas.

L'ironie de ce chaos, c'est qu'elle y retrouve Sacha. Bon nageur dans les tempêtes, meilleur plongeur encore, plein d'initiatives, prêt à lutter, à entrer en résistance, en clandestinité... Bien sûr qu'elle aurait aimé partir avec eux. Voir ces monastères, respirer l'encens du « jardin de la mère de Dieu ». Elle connaît par cœur l'histoire de cette péninsule, par les textes qu'elle a étudiés et par la bouche même de Sacha. La façon dont les moines en ont arraché la jouissance à l'empereur Constantin IV, et y ont enraciné des pratiques qui perdurent jusqu'à aujourd'hui.

Elle les imagine, le père et la fille. Ils doivent être arrivés, maintenant, éloignés d'elle de quelques dizaines de kilomètres seulement, en apparence, mais en réalité entrés dans un tout autre monde. Un autre temps. Selon les différents calendriers, treize jours les séparent. Treize jours d'avance pour elle. Treize jours de sécurité ? Elle sourit et elle pleure. Tout est tellement... cocasse. Elle n'aime pas ce mot, qui sonne comme ce qu'il signifie : comique mais bizarre, un peu inquiétant, comme la démarche d'un clown.

Mina regarde sa montre. C'est bon, maintenant. Elle sait parfaitement ce qu'elle a à faire. Elle ralentit et arrête la voiture sur le bas-côté. Par la fenêtre, la chaleur s'engouffre, portée par le chant des cigales. Elle ouvre la portière, attrape son sac. La route serpente entre des collines couvertes de maquis. Pas un chat. Sacha, mon chat. Elle avance au milieu des arbustes, sort le petit appareil, note qu'il y a du réseau, se récite le numéro et pianote sur les touches :

Tout va bien. J'ai la clef.

C'est aussi clair qu'anodin.

Elle se ravise cependant. Et ajoute :

Fais-moi confiance. C'est moi qui t'appellerai.

Elle éteint l'appareil juste après.

Elle est décidée à ne courir aucun risque.

Elle a un haut-le-cœur et respire à fond. Les parfums des lentisques et des bruyères lui font du bien. Elle n'est sûre de rien alors elle emploie la manière forte. Elle sort de son logement la carte SIM et l'approche de la flamme de son briquet. Quand elle commence à se brûler les doigts, elle la jette à terre, où la rejoint bientôt le reste de l'appareil, qu'elle écrase à coups de talon contre les cailloux du chemin, jusqu'à voir ses entrailles électroniques se répandre sur le sol. Elle y met le feu. S'y reprend à plusieurs fois et ne cesse que lorsque tous les composants deviennent noirs. Toujours personne. Mina relève sa robe et s'accroupit au milieu de cette mer verte, odorante et piquante. Plaisir d'enfance, souvenirs d'été, avec sa mère à côté d'elle, accroupie comme elle, la grande et belle archéologue, lui souriant dans les herbes parfumées, en Corse où est né son père. Quand ils étaient encore ensemble. Elle arrose de son urine cette insupportable technologie. Maintenant, elle est vraiment intraçable. Elle se redresse. La terre a bu ce que le soleil n'a pas brûlé. Du pied, Mina fait glisser les débris sous un buisson de romarin et regagne le véhicule.

Elle ouvre le coffre et considère les provisions faites par Sacha, les aubergines à la chair rebondie, les raisins gorgés de sucre, les bonnes tomates juteuses. Elle ne mourra pas de faim. Elle frotte une tomate contre l'étoffe de sa robe d'été et croque dans la chair mûre. Puis sort des sacs de papier une grappe de raisin noir qu'elle mange grain par grain, assise sur le bord du coffre, regardant le soleil faire rougeoyer le paysage dans le chant des cigales. Elle porte à ses lèvres la bouteille de jus de grenade. Elle pense à Irène et à Sacha. Que font-ils à cet instant, dans l'ermitage ? De quoi parlent-ils, tous les deux, ou tous les trois ? Les deux hommes, qui se retrouvent, parviennent-ils à en placer une avec cette pipelette d'Irène ?

Elle espère rassurer Sacha par son message. Elle imagine les grands yeux d'Irène quand elle découvrira ces monastères que pour sa part elle n'a vus qu'en photo. Elle aurait aimé continuer à lui apprendre les histoires cachées dans les constellations et lui expliquer pourquoi les cigales arrêtent de chanter quand la température chute sous les 22°. Parce que c'est le seuil sous lequel les muscles qui activent leurs cymbales ne peuvent plus l'être. Elle le lui dira peut-être un jour. Elle aimerait bien. Elle termine son repas par une cigarette, histoire de ne pas s'assoupir.

Une fois revenue à la voiture, assise au volant, elle se regarde dans le rétroviseur. Les cheveux courts lui vont bien. Les pendentifs aussi. Ravenne. Avec Sacha ils y avaient vu, outre les sublimes mosaïques dessinant un ciel étoilé, bleu nuit, le tombeau de Dante. Entre le parvis de l'église du couvent San Francesco et son cloître. Elle se récite cette citation de l'*Enfer* : « *Nessun maggior dolore / che ricordarsi del tempo felice / ne la miseria.* » « Il n'est pire douleur que le souvenir du bonheur au temps de l'infortune. » Elle pense : où vont nos souvenirs quand nous mourons ? L'idée de Sacha d'un cahier à se transmettre, c'est bien, finalement. Elle n'aurait pas dû le sermonner. Elle répète à haute voix son numéro, et tourne la clef de contact. La nuit est tombée. Il lui reste une trentaine d'heures avant de rejoindre Paris.

Deuxième jour : Tu connaîtras les grands récits

> L'histoire des plus grands princes est souvent le récit des fautes des hommes.
>
> VOLTAIRE

SACHA ET IRÈNE

Irène n'est plus là et il s'inquiète. Il a fermé l'œil, finalement, et s'en veut. La lumière du jour l'a surpris au pied du lit de sa fille, en chien de fusil. Ses vêtements ne sont plus là non plus. Son cœur bat fort, à nouveau, à éclater dans sa cage thoracique déjà endolorie par la position nocturne. Il se rassure en entendant les éclats d'une voix familière qui le conduisent vers la chapelle. Il s'arrête sur le seuil, frappé par le spectacle : sa fille debout devant l'iconostase, baignée par la lumière du matin qui déverse à travers les fenêtres sa cascade de photons. La voix est celle de Syméon qui, de l'autre côté de cette cloison de bois bardée d'icônes qui sépare la nef de l'autel, et symboliquement le royaume céleste de la terre des hommes, célèbre la liturgie à l'abri des regards.

Sacha sait, à ce moment précis, qu'il n'oubliera jamais l'image de cet enfant en short et tee-shirt, auréolé de poussière de soleil en suspension, pieds nus sur les antiques dalles de cet endroit situé au-delà du monde des hommes. Ou plutôt en deçà, invisible sous sa ligne de flottaison comme le serait un continent englouti. Il pense à la femme que cet enfant deviendra et qu'il ne connaît pas encore. Mais il sait que quand il la regardera, il se souviendra de cette petite fille-là, qui le désarme.

« Ça va ma chérie ?

— Papa ! Chut ! »

Les « portes royales », celles qui cachent l'autel où l'on convoque le dieu, s'ouvrent et laissent passer un Syméon psalmodiant, encensoir à la main. Fumée. Parfum. Syméon fait quelques pas dans la pièce et retourne dans le saint des saints.

« Tu veux venir prendre ton petit déjeuner ? demande Sacha à sa fille.

— Chut, papa... »

Il sent qu'il faut la laisser là.

Il va prendre une douche. L'eau chaude l'apaise, dissout un peu la tension qui l'épuise tout en le maintenant en éveil, malgré le court répit nocturne, depuis la disparition de Mina. « Tout va bien. J'ai la clef. » Et puis : « Fais-moi confiance. C'est moi qui t'appellerai. » Cette nuit, à nouveau, elle n'a pas répondu à son appel. C'est tout juste si ça a sonné. Sacha essaie d'endiguer le flot de ses pensées, se concentrant sur celui de l'eau chaude – la Sainte Montagne a bien changé. Cela ne fait qu'une journée, après tout, se dit-il pour s'encourager. Mina va forcément donner de ses nouvelles. L'eau coule sur son corps, entraînant sa fatigue avec le savon. Il ferme les yeux. *Fais-moi confiance.*

Quand il revient, il entend le moine et sa fille en grande conversation, mais dans la cuisine cette fois, d'où provient une bonne odeur de café et de pain grillé qui met ses sens en appétit.

Il demeure un instant dans le couloir pour écouter leur conciliabule. Irène a retrouvé sa langue.

« Marie a découvert cet endroit après une tempête, et elle l'a trouvé très beau.

— Qu'est-ce qu'elle faisait avant la tempête ? »

— Elle allait voir Lazare. Tu connais ?

— Non.

— Dis donc, il faut faire toute ton éducation ! Lazare était un mort auquel le Christ a redonné la vie, et Marie, la maman du Christ, voulait aller lui rendre visite, en bateau, avec l'un de ses amis qui s'appelle Jean.

— Pour prendre des nouvelles ?

— Oui, si tu veux. Mais pendant le voyage, il y a eu une terrible tempête, donc, et ils ont dû s'arrêter ici pour se mettre à l'abri. Et quand elle a vu combien c'était beau, elle a demandé à son fils, le Christ, de lui offrir l'endroit, comme un cadeau.

— Mais il n'était pas avec elle ?

— Non, il est au ciel.

— Alors comment elle fait pour lui parler ?

— Elle pense à lui très fort.

— Et il entend ?

— Oui. Il a même répondu. Elle a entendu sa voix : "Que cet endroit soit ton jardin et ton paradis, ainsi qu'un havre de salut pour ceux qui cherchent à être sauvés." C'est pour cela qu'on appelle le mont Athos le Jardin de la mère de Dieu.

— C'est quoi un havre ? »

Depuis son couloir, Sacha est ému par la patience de Syméon, pourtant peu habitué, c'est le moins qu'on puisse dire, à la présence des enfants.

« Un havre, c'est un endroit où tu es en sécurité. Un refuge.

— Ça veut dire que tous les gens qui ne sont pas en sécurité ont le droit de venir ici ?

— En principe oui.

— Alors pourquoi Marie ne veut pas qu'il y ait des enfants, dans son jardin ? Il y a plein d'enfants qui ne sont pas en sécurité... Ceux qui vivent dans les pays où il y a des guerres, où il n'y a plus rien à manger...

— Parce que les moines n'auraient pas le temps de s'en occuper, de jouer avec eux ou de leur faire l'école...

— Ou parce que Marie n'aime pas les enfants ?

— Pas du tout ! Marie aime tout le monde... »

Irène continue, sur le même rythme. Bloc de curiosité de vingt kilos, débit de mitraillette :

« Mais alors pourquoi elle ne veut pas de femmes ici ? Papa m'a dit qu'elle était un peu jalouse...

— Ah bon, il t'a dit ça, ton père ? »

La voix du moine s'est teintée d'amusement.

« Si elle aime tout le monde, elle ne peut pas être jalouse ?

— Tu as raison.

— Alors, pourquoi ? Papa me dit que vous êtes tous ses amoureux... »

Le moine marque un temps d'arrêt, embarrassé.

« C'est une façon de voir.

— ... et donc qu'elle veut vous garder pour elle toute seule...

— Elle veut peut-être plutôt qu'on nous laisse tranquilles ?

— Entre garçons ? »

Le moine éclate de rire. Depuis le couloir, le père se mord la lèvre pour n'en pas faire autant. Hélas – s'est-elle trop détendue ? – Irène ajoute, maladroite :

« C'est vrai que nous, à l'école, on embête souvent les garçons. »

Sacha serre le poing. Il ne voit pas, mais il entend. Le silence, le lourd silence qui vient de s'installer. Irène a oublié les consignes. La pauvre. Il entre dans la pièce. Syméon lui lance un regard dur.

« Papa ! » dit la petite en se levant, manquant de renverser son bol de céréales.

Car c'est une véritable scène de petit déjeuner qu'il vient d'interrompre, un petit déjeuner surréaliste, en cet endroit du monde, entre cette petite fille qui n'arrive pas à être un petit garçon et cet ermite barbu tout de noir vêtu qui a plus de huit fois son âge. Sacha pose les yeux sur le paquet de corn flakes. On trouve décidément de tout, désormais, sur la Sainte Montagne. Il remarque aussi un livre à la couverture dorée. *Vie des saints*, dit le titre.

Irène suit des yeux ceux de son père.

« C'est Syméon qui me l'a offert.

— Ça la changera de sa mythologie », commente le moine.

Il a bien dit, et très distinctement : *la* changera.

Le ton de sa voix a changé. Sacha y perçoit de la tristesse, ou plutôt de la déception. Il prend un siège. Le moine se lève et ouvre une boîte en fer. Le parfum se répand dans la pièce.

« Tu veux un café ? »

Sacha acquiesce. Son hôte pose une antique cafetière Bialetti sur les flammes et se tourne vers lui. Il reste debout. La petite a terminé son bol et son père lui demande d'aller lire dans le bureau qui leur sert de chambre. Le moine verse le café, frémissant, dans une tasse que Sacha porte à ses lèvres. La gorgée lui pèse sur l'estomac. Le secret n'a même pas tenu vingt-quatre heures et le danger est maintenant là, devant lui. Une pensée terrible lui traverse le cerveau. Pour le bien de sa fille il ferait n'importe quoi... Aucune autre considération ne tiendrait si Syméon venait à les trahir. Et tant pis s'il est poursuivi toute sa vie par des légions d'archanges vengeurs.

Sacha est sur ses gardes. Après tout, se connaissent-ils vraiment ? Que sait-il exactement des devoirs auxquels Syméon, en tant que moine, est tenu dans cette communauté si fermée ? Sacha a piétiné l'*abaton* en y faisant entrer Irène et il a de surcroît menti à son hôte. Mais que sait-il, son hôte, de ses raisons à lui ? Est-ce qu'il n'y a pas aussi quelque chose de sacré à vouloir protéger cet enfant de la folie des adultes ?

Deux pères, face à face. Un l'est aux yeux de Dieu, l'autre aux yeux des hommes. Et c'est le premier qui surprend l'autre :

« Tu n'avais pas confiance en moi ? »

Le ton est ferme, mais dénué de reproche.

« Je n'ai plus confiance en personne, Syméon. Personne au monde.

— Mais tu n'es plus dans le monde, ici. »

Sacha considère à nouveau le paquet de céréales, son emballage moderne, incongru ici, et manque d'en sourire :

« Qu'est-ce que j'en sais ?

— Tu le sais parce que tu as choisi cet endroit pour ça. Un havre, comme je l'expliquais à ta fille. Tu sais qu'ici tout ce que tu as été auparavant ne compte plus. Tu sais qu'ici on change de nom, de vie, comme à la légion. Tu l'as vu, il y a trente ans. Tu as su qu'ici on peut recommencer, que la loi habituelle ne compte plus. Mais dis-moi : tu m'as demandé l'hospitalité, et tu ne me fais pas confiance ? Au point de me mentir ? »

Sacha soutient son regard dur. Il a ses raisons.

« Je ne savais pas comment tu allais réagir.

— Parce que tu croyais quoi ? Qu'en l'apprenant j'allais vous dénoncer ?

— Je n'ai pas dit ça.

— Tu l'as pensé.

— Je voulais aussi te préserver : si tu ne sais pas, tu ne mens pas... »

Syméon secoue la tête, agacé.

« Prends ton café et viens avec moi. »

Le moine quitte la pièce. Sacha le rejoint sur la terrasse. La mer verte des arbres, toujours. Et la bleue, la vraie, derrière, jusqu'à l'horizon.

« Tu n'as pas bien regardé nos monastères, reprend Syméon. Tu n'as pas bien regardé leurs murailles, leurs tours. Tu n'as pas bien regardé les anges armés de glaives de feu qui se tiennent, en phalanges, sur les murs de nos églises... Nous sommes en lutte, Sacha. Nuit et jour, contre le monde. Les moines, ici, ont tout affronté des plaies qu'il nous a envoyées, depuis des siècles et des siècles. Les pirates, les barbares, les Francs, les Turcs... Le vent aussi, et le sel qui ronge tout, même les volontés les plus solides. Et puis la technologie, les ordiphones, la modernité qui nous distrait de notre mission... Oui, nous sommes en lutte, Sacha, et nous luttons toutes les nuits aussi, contre des puissances dont tu n'as pas idée... Je sais que ça a l'air sympathique, cette vie au grand air, dans cette maison qui te paraît, je vois bien à tes regards, un peu trop confortable, pour un ermite... L'eau chaude dès le matin et le soir le parfum des cierges qui brûlent dans la chapelle, l'or des icônes, et même le petit coup de rouge... La bonne planque, tu dois te dire...

— Je n'ai jamais dit ça.

— Tu l'as dit, à ta façon... Mais peu importe. Que tu le dises, que tu le penses, ou pas... Tu ne sais rien de ma vie. Je ne rends de comptes à personne. Tout juste à mon higoumène. J'ai demandé à vivre seul sous le regard de Dieu. Seul avec mes péchés, seul face au Christ. »

Il s'arrête, droit dans son habit noir. Le nom qu'on lui donne revient à la mémoire de Sacha : *zostikon*. Il symbolise un linceul. Parce que celui qui le porte est mort au monde.

« Alors ? Qu'est-ce que tu vas faire ? » lui demande Sacha.

Le moine réprime un soupir :

« Toi, qu'est-ce que tu vas faire ? J'ai vu ton regard, tout à l'heure... Un regard de fou, de paumé. Le type de regard qu'on ne voit que chez vous, dans le monde... Qu'est-ce que tu vas faire, avec ta fille ? Avec ta femme ? »

Sacha plisse les yeux, piqué au vif :

« Je cherche un refuge. »

Il marque une pause et reprend :

« Pour Irène. Moi, il peut tout m'arriver, ça m'est égal. Mais elle, elle doit être à l'abri. Quant à ma femme... »

Il hésite. Et décide, à nouveau, de tout garder pour lui.

« ... On la rejoindra quand on pourra. »

Le moine désigne du bras la profusion de nature qui les entoure, les mille et un verts du feuillage de ces arbres multicentenaires qui se succèdent à n'en plus finir et qui ne connaîtront pour la plupart jamais la morsure de la hache.

« Tout ça est à elle, reprend le moine. Marie, la Vierge,

comme tu veux. On dit ici : Théotokos, la Mère de Dieu. Elle est partout. C'est son royaume, c'est son jardin. Un jardin posé sur la mer, sauvage et intouché, un vestige d'avant la Chute. C'est ce que j'expliquais à ta fille tout à l'heure. Elle est, désormais, sous son empire. Sous sa juridiction. Sous sa protection. Du moins je le crois, je l'espère, car j'ai foi en Marie. Il y a les règles, et il y a la charité : elle-même, après tout, a trouvé ici un refuge, il y a bien longtemps. Mais je sais aussi que tout le monde ne pensera pas comme moi. La presqu'île n'est pas, hélas, exempte de fourberies, de calculs. Il y a de mauvais moines. Alors tu devras faire attention, très attention... »

Syméon s'arrête un instant et reprend, vissant son regard clair dans celui de Sacha :

« Quant au mensonge, dont tu pensais me protéger... Je te renvoie à l'un de nos plus saints hommes, un père de l'Église, saint Jean Chrysostome, qu'on n'appelle pas "Bouche d'or" pour rien. Écoute bien : "Une ruse habile et qui part d'une bonne intention est quelquefois un bien si précieux que beaucoup d'hommes ont été punis pour n'en avoir pas usé." As-tu de bonnes intentions ? »

Face à l'homme qu'il a devant lui, et qu'il a à présent l'impression de voir vraiment, solide, transparent, Sacha se sent bête, d'abord, puis revigoré. Il hoche la tête.

« Alors tu peux compter sur moi. Ici, dans cet ermitage, tu es en sécurité. Toi, et elle. Et même ta femme, si tu arrives à la faire venir, au point où on en est... »

Il marque une pause.

« Je suppose que c'était pour elle, le troisième laissez-passer ? »

Sacha acquiesce. Le moine soupire et rentre dans sa maison.

*

Faire venir Mina. L'idée, maintenant, tourne dans sa tête avec obstination. Sacha imagine la scène : elle, Irène et lui, ici, à l'ombre de la montagne, invisibles au monde. Encore faudrait-il pouvoir la joindre. Il a encore essayé de l'appeler mais sans succès. Il décide de ne plus y penser pour le moment. Il termine son café. La caféine a toujours été pour lui une substance complice, d'une efficacité sans faille, qui lui rappelle qu'il a un cerveau et qu'il doit s'en servir, qui lui rappelle qu'il est en vie et qu'il a intérêt à la serrer bien fort, cette vie, s'il ne veut pas qu'elle lui file entre les doigts. Il s'étire. Inspire à fond. La journée sera belle. Il veut s'en persuader.

Marcher leur ferait du bien. Irène le rejoint, son nouveau livre sous le bras. Le moine aussi. Il leur explique comment descendre vers la mer, à travers les bois. Il y a une vieille tour, en bas, devant l'*arsana*, l'ancien port byzantin où il range sa barque et ses filets.

« On pourra faire du bateau ? demande la petite.

— Sans moi, en plein jour, c'est déconseillé.

— Pourquoi ?

— On pourrait vous voir. »

La petite baisse la tête, déçue. Et puis elle la relève :

« On pourra se baigner, au moins ?

— Hélas non, répond le moine

— Pourquoi ? Ce n'est pas Dieu qui a créé la mer ? »

Elle apprend vite, se dit son père, auquel l'absence de logique des interdits religieux a toujours posé problème. Ceux, notamment, liés au corps, au plaisir. Croire en un dieu créateur de vie n'implique-t-il pas de croire aux jouissances que nous procure cette vie ? Et de les rechercher pour mieux la célébrer ? Il est sans doute encore trop païen pour cette presqu'île...

Syméon choisit d'expliquer. À hauteur d'enfant. Sacha admire sa volonté de ne pas chercher la facilité en esquivant. Il se revoit il y a trente ans. Il n'avait fait qu'entrevoir, alors, les qualités de ce moine. Son ami ?

« On essaie de ne pas vivre comme les autres hommes. Quand tu m'as appelé Monsieur l'ange, tu n'avais pas complètement tort. Un ange, tu vois, ne va pas à la plage...

— Ça abîmerait ses ailes ? »

Il sourit.

« Oui. Tu les as vues, sur mon voile, les deux petites ailes cousues de chaque côté ? Bon, je ne te dis pas que, quand personne ne nous regarde, et qu'il fait très chaud, on ne prend pas un petit bain de temps en temps... Mais ça doit être exceptionnel. Parce que sinon, c'est comme si on pensait plus à nous qu'à Dieu... Et on doit penser toujours plus à Lui qu'à nous. »

Irène ne répond pas. Mais la phrase fait son chemin. Sacha s'avance et serre sa fille contre lui.

« Au fait, tu t'appelles comment ? l'interroge le moine.

— Irénée.

— Ton vrai prénom, ma grande ? »

Inquiète, elle interroge des yeux son père.

« Tu peux lui dire, maintenant. »

*

Syméon leur a fourni deux cannes robustes.

« Pour les serpents. J'ai oublié de te dire : quand vous reviendrez, la petite pourra se changer.

— Comment ça?

— J'ai demandé à un type, un ouvrier du monastère, qui devait aller à Ouranopolis, de m'acheter deux trois choses. »

Sacha fronce les sourcils.

« Ne t'inquiète pas. Avec lui aucun risque. Lui aussi veut se faire oublier. Je connais ses secrets. »

*

Le père et la fille s'enfoncent dans la forêt. Une cathédrale végétale, dont les piliers sont des noisetiers, des châtaigniers, des oliviers. Entre leurs branches court une vigne sauvage, qui les unit les uns aux autres. Les parfums bientôt enveloppent l'homme et l'enfant. Ceux des buissons de myrte, enivrants comme de l'alcool. Ceux de la terre chauffée par le soleil. Ceux de la mousse encore étourdie de rosée à l'ombre des arbres. Au-dessus de leur tête, les branches tamisent la lumière et la réduisent en une poussière dorée. Dorées aussi sont les taches jaunes que font les citrons dans les feuilles vertes. C'est d'une beauté puissante et toute simple, une synthèse de tout ce que la nature recèle en ces latitudes, quand l'homme la laisse tranquille. Et il n'y a rien à dire, à faire, qu'être attentif à la vie mystérieuse qui se déploie, indifférente à eux : les chants des oiseaux invisibles, les mélodies hypnotiques des cigales, le bourdonnement des abeilles, qui butinent tant qu'elles peuvent.

Ils marchent.

Parfois, le sentier quitte la forêt et ils embrassent alors du regard la totalité du paysage, depuis les fougères poussant à leurs pieds jusqu'aux cyprès qui s'élancent vers le ciel comme des torches. Sacha se sent minuscule et heureux d'être minuscule. Il tient sa fille par la main, et ça lui suffit. Sa grande main, contenant sa petite main dans ce jardin considérable où ils ont trouvé refuge, protégé par son labyrinthe naturel, oublié des cartes et des GPS. Il essaie d'imaginer ce qui peut traverser la tête de sa fille, confrontée à ce monde aussi beau qu'étrange, comme sorti des pages d'un livre de légendes.

« Et quand tu es venu, tu l'as vue, la Vierge ? »

Il rit.

« Non... Mais on la verra peut-être ensemble ?

— Et des anges, tu en as vu, des anges ? »

Lui n'a pas besoin d'ange. Il a déjà le sien, et il a sept ans.

Ça y est, on entend la mer. Et on sent son odeur. Ses narines frémissent, excitées par ce parfum qui lui redonne des forces. Ils voient du bleu entre les branches des arbres. La petite lui lâche la main et court, son sac à dos arc-en-ciel sur le dos, vers la couleur.

Le sentier crève le dernier rideau d'arbres et les laisse sur un quai désert. Du ciment coulé entre les rochers plats, en pente douce, vers la mer, avec deux rails rouillés pour haler les bateaux. Celui de Syméon est là, dans l'ombre des murs de la vieille tour byzantine à l'affût des pirates. La petite se précipite vers le bout du quai, vers l'eau. Il entre, lui, dans la tour, percuté par l'odeur de sel, d'iode, d'essence. Au sol des casiers pour la pêche, des filets qui sèchent. Et puis la barque avec son moteur, fixée par un filin au treuil bien graissé qui permet de la mettre à l'eau. Il s'approche de l'esquif. Peint en blanc, avec une bordure bleue, et en noir, près de la proue, le nom IRINI, Irène. Coïncidence. Ou signe.

Sacha sort de la tour et rejoint sa fille au bout du môle à moitié effondré, devant l'eau bleue, verte, transparente, où elle a plongé ses jambes jusqu'aux genoux, ses tennis posées à côté d'elle. Elle photographie la mer.

Il s'assoit à ses côtés, il fait comme elle. L'eau est fraîche, détend ses muscles, ses tendons. L'odeur d'algue est forte mais il a toujours aimé l'odeur des algues. Elle lui rappelle son enfance dans ce port de l'Ouest où son grand-père ouvrier construisait des paquebots sur lesquels il n'embarquerait jamais. Mais qui l'aidaient à rêver, disait-il, car ils rapprochaient de lui l'horizon. À Paris, où Sacha s'est rué par le train une fois son bac en poche, cette odeur lui a toujours manqué. À Paris, on ne voit pas l'horizon. Sacha respire à fond et ferme les yeux dans le soleil. Quand il les ouvre, Irène sort de son sac à dos un livre à la couverture dorée. Sacha reconnaît la *Vie des saints* que lui a offerte Syméon.

« Tu as laissé là-haut ta mythologie ? »

Elle hoche la tête, passionnée par le nouveau livre dont elle tourne déjà les pages.

« Pourquoi Syméon a dit que ça me changerait de la mythologie ?

— Ce sont d'autres histoires. Auxquelles des gens croient encore aujourd'hui.

— Toi aussi ?

— Non, dit-il, un peu gêné.

— Tu as l'air triste.

— Je ne le suis pas. Je réfléchis, c'est tout.

— Pourquoi on a l'air triste quand on réfléchit ?

— On n'a pas l'air triste. On est concentré. Ça donne l'air triste, mais on ne l'est pas.

— Tu aimerais y croire ?

— Peut-être. »

Ça simplifierait les choses, ajoute-t-il pour lui-même.

Irène remue ses pieds dans l'eau. Sous le rose de sa peau, on distingue les piquants des oursins accrochés à la roche. Il pense à leur chair orange, tirant sur le rouge, délicatement compartimentée, à leur goût de sel, fumé, amer, violent. Mina en raffole.

« Croire, ça veut dire quoi ? »

Sacha soupire. Là, ça va être dur... Mais comme il sait que sa fille ne lâchera pas, il réfléchit. En essayant de ne pas avoir l'air triste.

« C'est penser qu'il y a quelqu'un au-dessus de nous qui nous regarde. Et qui parfois décide de ce qui va nous arriver. C'est penser qu'on est relié à lui.

— Alors moi, je crois en Artémis, lance-t-elle.

— Ah oui ?

— Oui, je pense qu'elle me regarde. Et je lui parle parfois.

— Et tu lui dis quoi ?

— Que j'aimerais être comme elle. Pouvoir courir la nuit dans la forêt et ne pas avoir peur. Me baigner avec mes amies dans les rivières en regardant les étoiles. Caresser des biches.

— Mais elle n'existe pas, tu sais ? »

À peine a-t-il dit cela qu'il s'en veut d'être si terre à terre. Et de lui faire de la peine, peut-être. Mais la petite répond, en regardant droit devant elle.

« Bien sûr qu'elle existe, puisqu'on raconte son histoire. »

La joie l'inonde. Cette petite phrase est immense.

« C'est toi qui as raison, Irène. Et tant qu'on la raconte, elle existera. »

Peu probable quand même qu'ils la rencontrent ici, Artémis. La chasse est interdite sur la Sainte Montagne, où les bêtes doivent vivre librement et en paix, comme dans l'Arche de Noé. Elle abrite même, dit-on, de nombreux loups. Sacha n'a pas peur. Ce sont les hommes qui l'inquiètent.

« C'est quoi un saint ?

— Une sorte de héros pour ceux qui croient en Dieu. C'est l'histoire des saints que ton livre raconte.

— Tu m'en lis une ? »

Sacha s'empare du livre. La petite se colle contre lui. Il sent la chaleur de son corps, tout ce sang qui bat, et ça lui donne de la joie autant que de l'inquiétude. Cette vie, il en est désormais le seul gardien.

*

Par quel saint commencer ? Il tourne les pages. Elles sont pleines de reproductions d'icônes et de fresques, aux bleus, verts, et rouges intenses. L'or y ruisselle. Le sang aussi. On ne compte plus les têtes arrachées des épaules, qui jettent sur le papier des étincelles écarlates, les corps allongés sur des grilles où ils gigotent parmi les flammes quand ils ne sont pas perforés ou démembrés par des épées gigantesques qui ne parviennent pourtant pas à leur ôter leur sourire d'extase. Toute la martyrologie chrétienne, son obsession du supplice vécu comme une grâce, de la souffrance bénie, tourne à plein régime dans ce livre pas vraiment destiné aux enfants. Syméon n'a pas dû l'ouvrir depuis longtemps... Cela dit, pense aussitôt Sacha, sa chère mythologie gréco-romaine, avec ses cohortes de meurtres, d'incestes, de repas cannibales, ses aigles dévorant le foie de héros ligotés, est-elle faite pour les jeunes imaginations ? Irène n'a pas l'air d'être effrayée, d'ailleurs. Elle semble même fascinée.

« C'est beau, tout ce doré... »

On n'attrape pas les mouches avec du vinaigre.

Sacha ne sait que choisir et tourne à nouveau les pages lorsque sa fille l'arrête dans son mouvement :

« Là, papa. L'homme-loup... »

Sur une pleine page, un géant, vêtu d'une cuirasse recouverte d'une cape rouge et doté d'un visage bestial. Un loup, oui, ou un chien. Immense, il domine les autres personnages.

« Le même, reprend Irène, que sur le porte-clefs de la maison de Syméon. »

Sacha se souvient, évidemment.

« C'est saint Christophe, lui dit-il.

— Tu peux me le raconter ? »

Va pour saint Christophe. La tâche n'est pas aisée. Sacha doit constamment adapter la langue du texte pour qu'Irène comprenne, tout en y laissant quelques vieux termes qui éclaireront la phrase d'une lueur étrange et stimuleront sa curiosité. Comme les fossiles d'un ancien monde emprisonnés dans la craie friable du langage, et dont elle se rappellera toute sa vie. Lui-même n'a jamais oublié la « chevillette » à « tirer » et la « bobinette » qui « cherra » chez la grand-mère du Petit Chaperon rouge.

Sacha commence à lire. « Il était d'un pays qui s'appelait Canaan... »

Irène va l'interrompre. À chaque mot inconnu d'elle, elle le fera. Il s'y attend. Il l'espère. C'est le jeu des petits fossiles. L'histoire passera ainsi du père à l'enfant, se figera un instant, comme en suspens, puis repartira de plus belle, une fois les explications données. Expliquer, étymologiquement, c'est dérouler un parchemin. Le déployer. Et c'est ainsi que les histoires se transmettent, sans cesse enrichies. Schéhérazade en sait quelque chose : ça peut durer très, très longtemps... Mais puisque ça éloigne la mort...

« C'est où Canaan ? »

On n'y a donc pas coupé. Dès la première phrase.

*

L'histoire de saint Christophe est célèbre. Un géant fait traverser un fleuve à un enfant qui pèse de plus en plus lourd et se révèle être le Christ. Une image brassée par des générations d'écrivains et de peintres, qui y ont trouvé la plus belle des métaphores pour donner à voir le poids de la création sur les épaules de l'artiste. Et celui des enfants, sans doute, sur celles des parents.

Mais pour en arriver là, il y a un long chemin qu'empruntent Irène et son père. Saint Christophe, c'est mal connu, est donc un géant à tête de chien, ou de loup. Terrifiant, il se nomme à l'origine « Réprouvé » et ne souhaite qu'une chose : se mettre au service du « roi le plus puissant. » Comme il ne le trouve pas chez les hommes, il s'engage au service du « Seigneur Diable », régnant « féroce et terrible » sur une armée en garnison parmi les pierres et les scorpions. « "Je suis celui que tu cherches" », dit-il lorsque le géant se présente à lui, et à ces mots, Irène, effrayée, se serre davantage contre son père.

Mais surprenant plus tard le diable effrayé par une croix, Réprouvé comprend qu'il n'est pas le plus puissant des rois, et se met en quête de celui qui se fait reconnaître par ce signe, et qu'on appelle le Christ. Il erre pendant des années en vain, jusqu'à ce qu'il rencontre un ermite qui lui indique un fleuve aux eaux furieuses.

Celui qui le traverse meurt, le prévient l'ermite, mais « comme tu es très grand et très fort, tu pourras aider les gens à traverser et ainsi faire quelque chose d'agréable au roi Jésus-Christ. Peut-être qu'alors il se manifestera à toi ». Réprouvé s'installe, fait ce qu'on lui a dit, patiente un temps infini jusqu'au jour où un petit garçon apparaît et demande à Réprouvé de le faire traverser…

Les pieds dans l'eau, le dos doucement chauffé par les rayons du soleil matinal, sa fille tout près de lui, Sacha se sent bien, ajoutant des détails, en omettant d'autres, prenant autant de plaisir à raconter cette histoire qu'Irène à l'écouter. Il pense à Mina qu'il aimerait avoir à leurs côtés, et de peur de laisser sa voix s'étrangler sous l'émotion qui monte, il reprend la lecture.

La suite est connue. Le géant manque de se noyer sous le poids de l'enfant. Plus il avance dans les flots déchaînés, pas après pas, plus son petit passager lui écrase les épaules sous une pression extraordinaire, inhumaine, bientôt insupportable, même pour un colosse. Réprouvé ne comprend pas ce qui se passe, il risque de mourir, mais lutte pour sauver cet enfant dont le sort, croit-il, dépend de lui. Irène, captivée, ne dit plus rien. Sa bouche dessine un O. Sacha mesure toute la force dramatique, quasi hollywoodienne, du christianisme, mais aussi son sens de la récupération. Il y a en effet un passage tout à fait semblable dans la mythologie grecque lorsque Jason, avant de partir en quête de la Toison d'or, doit faire traverser un fleuve à une vieille femme qui se révèle être la déesse Héra et qui pèse, elle aussi, de plus en plus lourd. De la même manière, Prométhée supplicié à son rocher, se sacrifiant pour avoir apporté le feu aux hommes, souffrant pour eux, ressemble beaucoup au Christ pourtant arrivé bien après lui... Plagiat ? Pragmatisme, plutôt, d'une nouvelle religion qui ne s'est pas gênée pour prendre ce qu'elle voulait où elle voulait afin de supplanter les autres en racontant la meilleure histoire possible. Car c'est toujours la meilleure histoire qui gagne.

« Pourquoi il est si lourd ? l'interroge Irène.

— C'est ce que demande Réprouvé à l'enfant, une fois qu'il l'a déposé sur la berge. “Si j'avais eu le monde entier à porter, lui dit-il, cela n'aurait pas été plus lourd.” Et l'enfant répond : “Ne t'en étonne pas, Christophe, tu n'as pas eu seulement le monde à porter, mais celui qui a créé le monde : car je suis Christ ton roi, et tu m'as rendu service.”

— Il l'appelle Christophe ?

— Il vient de lui donner un nouveau nom. On appelle ça “baptiser”.

— Ah oui, comme ils ont fait à la petite sœur de ma copine Noémie. Ils l'ont plongée dans l'eau froide, à l'église, ils lui ont mis de l'eau sur la tête, et elle a hurlé.

— Exactement, mais là pas besoin de remettre de l'eau, Christophe en a eu assez... Et à partir de cet instant, plus personne ne l'appellera “Réprouvé”, mais “Christophe”, ce qui veut dire, en grec, “celui qui porte le Christ”. *Christo-phoros*... »

Il aurait fallu s'arrêter là ; et normalement on s'arrête là, dans l'histoire : le bon géant converti par l'enfant-Dieu qui a révélé l'étendue de ses pouvoirs. Mais les yeux d'Irène tombent sur une illustration terrible : le géant torturé.

Son père referme le livre.

Trop tard.

« Pourquoi ils lui font du mal ? C'est des pinces, là ? »

Sacha appréhende. Faire comprendre l'idée du martyre à une petite de sept ans, c'est compliqué. Mais encore une fois, elle ne lâchera pas. Alors il lui raconte ce qu'il ignorait, d'ailleurs : la suite de cette histoire, qu'on ne raconte jamais. La rencontre entre Christophe et le roi massacreur de chrétiens dont le géant à tête de loup est en train de convertir tous les sujets, et même ses soldats, par ses miracles : « Tu t'es donné un nom très bête en prenant celui du Christ, dit le roi. Il a été crucifié, et il ne pourra donc pas t'aider. Viens plutôt rendre hommage à nos dieux à nous. »

« C'est qui, leurs dieux ? demande la petite.

— Zeus, Héra, Apollon, Athéna, tous ceux que tu connais... Artémis aussi, sûrement, ajoute-t-il en lui lançant un clin d'œil.

— Et c'est mieux de croire dans le Christ ?

— Mieux, je ne sais pas, mais celui qui raconte l'histoire pense que oui...

— Pourtant, regarde, papa ! »

Irène pointe son index sur l'une des reproductions. On y voit Christophe allongé, sa tête posée à côté de lui, tranchée.

« Le Christ ne l'a pas bien protégé, on dirait. Athéna, elle, elle protège toujours Ulysse au moins !

— C'est un peu plus compliqué que ça... »

Sacha ne peut pas faire l'impasse sur les tortures sans changer le sens de l'histoire. Il poursuit donc, enjambant, tout de même, un passage clef qu'Irène n'a vraiment pas l'âge de se faire raconter. Il faudra qu'il le dise à Syméon... Saint Christophe est en prison et le roi lui envoie deux professionnelles pour le faire pécher. Le texte le décrit en prière tandis que « les filles le tourmentent par leurs caresses et leurs embrassements ». Sacha se figure la scène. Décidément très cinématographique, le christianisme sait aussi être excitant. Saint Christophe résiste, évidemment. Et parvient à les retourner, si l'on ose dire : elles se convertissent. Christophe subit alors d'autres supplices.

« Mais qu'est-ce qu'ils lui font, papa ? »

Irène est toute pâle. On arrive au moment vraiment trash, se dit Sacha.

« On arrête ?

— Non ! »

Comme un bon remède, une histoire ne fonctionne que si on va jusqu'au bout. Il se lance :

« "On lui mit sur la tête un casque de fer rougi au feu. On le fit asseoir sur un banc en fer, on l'y attacha, et on y alluma aussi un feu. Mais le saint resta saint et sauf."

— Il ne brûle pas ? Il a des super-pouvoirs ?

— "Le roi le fit attacher à un poteau et ordonna à quatre cents soldats de le percer de flèches. Ils tirèrent, mais leurs flèches restèrent suspendues en l'air, sans l'atteindre."

— Trop stylé ! dit Irène.

— "Quand le roi se mit à insulter Christophe, l'une des flèches qui flottaient autour de lui se retourna et partit dans la direction du roi. Elle le frappa en plein dans l'œil."

— Bien fait !

— “Christophe dit alors : ‘Tyran, demain quand je serai mort, tu feras de la boue avec mon sang, tu t’en frotteras l’œil et tu seras guéri.’” »

Irène s’écrie, incrédule :

« Mais pourquoi il sauve le méchant ?

— Parce que c’est ça, le christianisme. “Le lendemain Christophe fit sa prière. Ensuite, le roi ordonna qu’on lui tranche la tête, puis prit un peu de son sang et le mit sur son œil en disant ‘Au nom de Dieu et de saint Christophe’, et il fut aussitôt guéri.” »

Irène se penche sur le livre. Une illustration, tirée des murs bleus d’une église italienne, représente le corps du géant allongé et comme en apesanteur, les mains attachées dans le dos. Son cou tranché expulse des gouttes de sang de la taille de gros rubis. Derrière lui, le bourreau rengaine son épée avec un visage contrit, tandis que des hommes à l’allure de gnomes, les serviteurs du roi, et même le roi lui-même, minusculisés par le peintre, tendent vers la source sanglante une coupe d’or afin d’en recueillir le précieux jet. La tête tranchée du saint flotte, auréolée d’or, au milieu de la scène, les yeux ouverts, étrangement songeurs. Ce n’est plus une tête de chien, ni de loup, ni de chien-loup, mais une tête bien humaine, avec une belle barbe rousse taillée comme celle des vieux sages chinois...

« “Le roi déclara que personne ne devrait plus jamais dire du mal de Christophe et de son dieu. Et il crut.”

— Il crut ?

— En Dieu.

— Et c’est fini ?

— Oui. Ça se finit quand on croit. »

La déception se lit sur son visage.

« Mais tu m'as dit que ça se finissait bien ?
— Et ce n'est pas le cas ? »
Irène bascule sur le dos, dirigeant ses yeux vers le ciel, loin du livre et de ses supplices :
« Arrête papa ! Ça se finit bien pour le roi, mais pas pour Christophe ! Il est mort. Il a la tête coupée. Dans la mythologie, ce sont les monstres qui meurent ! »
Et les tyrans, pense Sacha, qui s'allonge à ses côtés, et savoure l'absence de nuages dans l'immensité céleste qui les surplombe.
« Il ne meurt pas vraiment, tu sais. Il est au paradis, avec son Dieu », explique-t-il sans y croire en tournant sa tête vers elle et en suivant la ligne de son profil qui découpe le bleu du ciel. « On peut se dire aussi qu'il a été récompensé et qu'enfin il sert *le roi le plus puissant.* Il a donc obtenu ce dont il rêvait. Et il est enfin heureux, là-haut. »
Il inspire profondément, s'emplit les poumons des parfums tièdes et puissants.
Elle tend le bras vers le ciel.
« Et il nous voit ?
— Je pense, oui.
— Et nous aussi il peut nous protéger des méchants ?
— Je pense, oui. »
Mais pour ça il faudrait croire un peu en lui, ajoute-t-il pour lui-même. Irène se tourne sur le côté, ramène ses jambes contre son ventre et se serre contre son père, les mains ramenées l'une contre l'autre comme si elle les joignait pour une prière. Sacha enroule son bras autour d'elle et elle change alors de position pour venir poser sa tête contre son torse, sa jambe droite par-dessus la sienne, sa main droite accrochée à son biceps

gauche, bien arrimée, et bientôt il n'entend plus que sa respiration régulière. Sous son dos la pierre est lisse, encore fraîche, les rayons du soleil caressent son visage et il ferme les yeux, se délectant des paillettes d'or qui poudroient sur l'écran noir de ses paupières. Un petit cinéma rien que pour lui, avec le clapotis de l'eau contre le quai en guise de bande-son. Il s'assoupit.

*

Jusqu'à ce qu'il perçoive un léger bruit. Léger, mais suffisant pour le tirer de son demi-sommeil. Perceptible par-delà la respiration de sa fille et celle de la mer, comme un frottement d'élytres dans l'air chaud. Il pense d'abord à un gros bourdon, et décide de se rendormir. Mais le bruit se rapproche et il ouvre les yeux.

Comme les flèches suspendues devant saint Christophe, l'objet semble flotter dans le ciel, imperturbable, parfaitement stabilisé au-dessus d'eux par ses quatre hélices. Un quadricoptère, il croit qu'on dit comme ça. Gris foncé, à peu près trois cents grammes, d'après ce qu'il a lu sur ces engins capables de résister à de forts coups de vent et d'enregistrer tout ce qui passe autour d'eux grâce à leur caméra rotative à très haute définition et aux micros dont ils sont bardés. Sacha se redresse doucement pour ne pas réveiller sa fille. Le drone prend immédiatement de la hauteur mais demeure stationnaire. Sacha peut désormais voir la lentille pivoter, faire le point sur lui comme si elle le suivait du regard, captant et transmettant en temps réel le moindre de ses gestes, et profanant par cette effraction silencieuse le sommeil sacré de son enfant.

Dans le monde dit normal, même s'il l'est de moins en moins, Sacha n'exclurait pas la coïncidence. Mais ici, où seul compte le regard de Dieu, il n'imagine pas un moine s'amuser à faire voler ce genre de jouet. Il vient donc de l'extérieur. Ils sont repérés. Sacha se souvient que ces saloperies sont pilotées avec une portée de quelques kilomètres. L'ennemi n'est donc pas loin. Sur la mer, à bord d'un bateau au large ? Ou dans leur dos, de l'autre côté de la clôture qui barre l'entrée terrestre à la Sainte Montagne ? Et s'il était même encore plus près ? Son pouls accélère. Il déteste cet insecte fait de main d'homme qui les espionne, et voudrait s'en saisir pour lui arracher les ailes, le fracasser sur les rochers et jeter sa dépouille high-tech au milieu des oursins. Mais il se souvient que certains sont armés, et qu'on s'en sert pour tuer sans avoir à se salir les mains. Ce pompon gavé de composants électroniques qui le nargue comme au manège peut donc les mettre en joue, lui et sa fille. Et quels témoins ? L'appareil s'approche. Sacha se penche pour ramasser une pierre et vise le drone. Intifada dérisoire. D'autant qu'il le rate. Le projectile finit sa brève course dans la mer. Les machines n'ont pas encore le pouvoir de ricaner, c'est heureux. Mais le frelon artificiel s'éloigne. Il en a sans doute vu assez. Le père le suit du regard jusqu'à ce qu'il disparaisse dans la lumière du soleil. Puis il réveille doucement sa fille et rassemble leurs affaires.

« On rentre », lui dit-il, sans rien montrer.

Irène proteste un peu, passe sa main dans ses cheveux, et sur son visage se lit son étonnement à les trouver si courts. Elle ne fait aucun commentaire, remet son sac sur son dos, avec son livre plein de morts et de miracles à l'intérieur, et tend la main à son père. Vaillante petite, se dit-il. Ils se remettent en chemin.

*

La forêt les absorbe dans son cocon végétal et tempère un peu son angoisse. Ici, ils ne peuvent plus être vus. L'entremêlement des branches et des feuilles qu'elles portent, des fleurs aussi, forme un vitrail naturel traversé par les rayons du soleil. Cette beauté de cathédrale le console. La lumière se colore en se décomposant. Le père et sa fille s'assoient un instant sur une souche de bouleau pour contempler le spectacle, boivent quelques gorgées d'eau, sans un mot. Après un dernier rempart de végétation, ils aperçoivent l'ermitage. Un rapace fait des ronds dans le ciel, au-dessus du toit de lauze. Les Anciens, qui vivaient là bien avant les moines, y auraient vu un présage.

Sacha regarde autour de lui, attentif au bourdonnement de tout à l'heure. Mais seuls les chants des oiseaux et celui, hypnotisant, des cigales, se font entendre. Ils s'avancent jusqu'à la porte. Sacha frappe, et n'entendant aucune réponse, tourne la clenche. Elle s'ouvre. Ils rentrent vite.

Syméon n'est pas là. Sacha fait le tour des pièces, va jusqu'à la chapelle, encore pleine des parfums d'encens. La vérification est rapide. Ils sont seuls. Sur le divan qui leur a servi de lit, il trouve un sac en plastique. Il regarde rapidement. À l'intérieur, des vêtements d'enfant. Un jean, un sweat et deux tee-shirts. Des culottes aussi. L'ouvrier a donc accompli sa mission. Syméon est-il retourné au monastère ? Ou à Karyès ? Sans doute sera-t-il de retour pour le déjeuner.

Ils l'attendent. En vain. La faim, chez la petite, se fait sentir. Ils attendent encore un peu. Il est quatorze heures. Puis quinze heures. L'absence du moine l'étonne. Puis l'inquiète. Sacha se rassure en mobilisant son imagination sur autre chose : nourrir son enfant, par exemple. Il tranche quelques tomates et mélange le jus rouge à l'huile d'olive, ajoutant quelques feuilles de romarin collantes d'une sève parfumée, et allume le réchaud pour y faire rissoler, dans une poêle, le restant de pommes de terre de la veille. Il y casse deux œufs. Lui mange à peine.

Il se prépare du café. Elle aimerait qu'il le boive dehors, assis sur les marches, avec elle, « comme hier ». Il regarde par la fenêtre. Rien de suspect. Il ouvre la porte avec prudence, vérifie encore, scrute le ciel et sort enfin, accueillant avec bonheur les rayons du soleil, qui commence à décliner. Il porte à ses lèvres la tasse fumante. Irène a envie qu'il lui raconte la vie d'autres saints, qu'elle choisit d'après les images qui la frappent le plus. Des crucifiés la tête en bas. Les seins tranchés à l'épée d'une sainte aux yeux fermés, posés sur un plateau. Sacha détourne les yeux. Trop de sang.

« Papa, il faut mourir jeune pour aller au paradis ? »

La question le terrifie.

« Pourquoi tu dis ça ?

— Parce que les saints on ne les voit jamais avec des enfants, ou une famille... Ils pourraient mourir un peu plus tard, non ? Avoir des enfants, faire des voyages, danser, et après seulement devenir vieux et puis aller au paradis, comme Mamie Silex ? »

Mamie Silex... Irène l'a si peu connue. Il repense un instant à sa belle-mère et à l'excitation intellectuelle que lui procuraient ses cours. Apprendre, c'est aussi jouir. Les anciens textes disaient : *libido sciendi*, désir de savoir. Explorer des mondes inconnus comme des corps inconnus. Le cerveau est un organe sexuel.

Et c'est pour l'éprouver encore davantage, ce désir, qu'il avait quitté son port de naissance pour gagner à dix-sept ans le brillant labyrinthe parisien, avec la bénédiction de ses parents. Sa mère avait longtemps travaillé dans un Jardiland. Elle avait toujours eu, disait-elle, « la main verte », et n'avait pas son pareil pour conseiller à ses clients le meilleur terreau. Son père œuvrait chez Hapag-Lloyd, une entreprise de containers, à un poste subalterne mais qui lui plaisait car, de son bureau, il voyait la mer. Sans être pauvres ils n'étaient pas très riches, vraiment pas, alors Paris... Sacha leur avait dit qu'il se débrouillerait. Ils lui avaient toujours fait confiance. Aujourd'hui, ils l'appelaient parfois pour lui dire qu'ils l'avaient trouvé bien à la télé. Ou qu'il avait l'air fatigué. Ils n'avaient pas voté pour Papa. Mina les appréciait. Irène avait noué avec eux une relation bien à elle, à distance. Sacha savait qu'il ne les voyait pas assez, comme tous les enfants devenus à leur tour parents, et se promettait régulièrement qu'il fallait que ça change avant qu'ils meurent. Il ne les avait pas prévenus de ses mésaventures et préférait les savoir loin de ça, sa mère à tailler ses hortensias et son père devant la mer, sur la digue nord, avec sa canne à pêche.

« Tu as raison, dit-il à sa fille. Autant aller au paradis le plus tard possible. »

Il dépose un baiser sur son front.

*

Irène a envie de dessiner et va chercher sa trousse Superlicorne. Assis, face à la mer qui scintille, Sacha pense à Mina et à tout ce qu'elle aurait pu lui raconter si elle avait été à leurs côtés. Elle lui aurait dit, par exemple, que s'ils avaient eu des yeux extraordinaires, ils auraient pu apercevoir, par-delà les îles qui semblent flotter entre la mer et le ciel, la coupole de Sainte-Sophie qui faisait la gloire de Byzance, la « deuxième Rome », aussi appelée Constantinople en hommage à l'empereur Constantin qui avait décidé de la mort des dieux et des déesses antiques, trop jouisseurs et trop humains peut-être, et permis au christianisme et à ses armées de saints de renverser le vieux monde païen.

Son monde à lui mourra bientôt aussi, Sacha en a le pressentiment. Et avec lui tout ce qu'il aime. Il sort son téléphone. Pas de nouveau message. *Fais-moi confiance.* D'accord, Mina, et après ?

Le soleil se couche sur la mer. La forêt devient noire dans le ciel orange. Irène se plaint : elle ne voit plus assez pour dessiner.

Sacha sursaute : un mouvement dans les buissons. Un sanglier, peut-être ? Un lapin échappant à un renard ? Et Syméon qui n'est toujours pas là. Sacha est en colère. Contre « Papa », qui leur fait vivre cette nouvelle vie de fugitifs, loin de Mina. Contre ce drone minable, dont il n'arrive pas à penser qu'il n'est pas ici pour lui. Est-ce qu'on ne peut pas leur foutre la paix ? Ils sont désormais vulnérables dans cette maison. Ils partiront dès demain, décide Sacha. Ils se mêleront aux autres pèlerins et on n'osera pas, alors, les toucher.

Dans la cuisine il se sert un verre de vin, regarde sa montre. Qu'est-ce que fout Syméon ? Irène montre à son père ce qu'elle a dessiné. Sur une double page, un paysage composé d'arbres de toutes les tailles, de toutes les formes, dressés au bord de la mer, comme ici. Au milieu de cette forêt, une petite fille blonde et une femme couverte d'un manteau bleu, elles se donnent la main.

« C'est toi et maman ?

— Bah non, papa ! Maman n'est pas là.

— Alors c'est qui ?

— C'est Marie. Et toi tu es là. »

Elle désigne un homme, qu'il n'a pas remarqué d'abord. Enfin, un homme... Un corps, plutôt. Allongé à l'orée de la forêt. Avec la tête coupée. Une tête de loup.

Il se force à sourire, malgré la nausée qui monte.

« Dans ton dessin, je suis saint Christophe ?

— Oui, dit-elle en souriant. Et tu es là aussi... » Elle lui montre, au milieu des nuages, un visage qui sourit, un rond jaune autour de la tête. Une auréole. « Tu es au paradis, et tu me regardes. »

Sa tête tourne. Il serre plus fort Irène contre lui, respirant le parfum de ses cheveux pour conjurer le mal au cœur. Oui, au cœur. Il ne touche pas seulement son estomac.

« Tu sais, je te regarde aussi maintenant, Irène. Je suis vivant. Et je suis juste à côté de toi. »

Elle acquiesce de la tête, sans un mot. On dirait qu'elle veut juste lui faire plaisir.

Sacha soudain ne supporte plus cet endroit. Et son instinct lui dit qu'il ne faut pas rester.

*

Irène douchée, son père vide le sac de plastique qui contient les vêtements apportés par Syméon.

Une feuille de papier s'en échappe.

Un seul mot y est écrit :

STAVRONIKITA

Sacha n'a pas besoin de davantage d'explications. Il a compris le message. Il habille sa fille avec les vêtements propres.

« Tu ne me mets pas en pyjama ? s'étonne-t-elle.

— Non », répond-il.

Il bourre son sac à dos avec les vêtements et les barres de *pasteli* – elle va avoir faim. Dans la chambre du moine, il met la main sur un grand sac à dos kaki, un pull de laine et deux couvertures bien épaisses. Un couteau pliant, qu'il glisse dans sa poche, et un Zippo. Deux tee-shirts, aussi, qu'il fourre dans le sac, avec les couvertures, une brosse à dents et un tube de dentifrice. Dans la cuisine, il déplie la carte et vérifie l'itinéraire. De retour dans la pièce où Irène se tient toujours debout, se demandant ce qui se passe, il lui fait enfiler les deux pull-overs d'adulte. L'un par-dessus l'autre. Elle ressemble à un bibendum mais la nuit peut être froide.

« Qu'est-ce qu'on fait papa ? » demande-t-elle.

Il ne répond pas tout de suite. Range les affaires de sa fille dans son sac à dos d'enfant – sauf la *Vie des saints* qu'il laisse là, volontairement.

« On y va, dit-il enfin.

— Et Syméon ? On n'ira pas pêcher, alors ?

— On le retrouvera plus tard.

— Mais il fait nuit, papa. »

Il croit qu'elle a peur.

« Ne t'inquiète pas.

— Je ne m'inquiète pas. J'adore la nuit. »

Oui, vaillante petite fille.

Il ouvre la porte. L'air parfumé lui fait du bien.

« Attends », dit-elle.

Elle disparaît et revient presque instantanément :

« Tu avais oublié ça. »

Sa *Vie des saints*. Merde. Elle glisse le livre dans son sac et le remet sur son dos. Il se charge des deux autres sacs et referme la porte derrière eux. Au-dessus de leur tête, des étoiles à profusion. Il prend sa fille dans ses bras, avant de la jucher sur ses épaules.

« Tu fais comme saint Christophe, dit-elle. Ou Finn...

— Finn ?

— Le petit garçon d'*Adventure Time*. Quand ils se déplacent, c'est toujours Jake, le chien, qui le porte. Tu crois qu'ils ont copié sur saint Christophe ?

— Qui sait ? répond-il en se mettant en marche, rassuré de ne pas avoir l'impression, à chaque pas, que sa fille pèse plus lourd.

— On va où papa ?

— Dans un château au bord de l'eau. »

MINA

À la tombée de la nuit, dans le nord de Paris, Mina sonne enfin chez Oshun. Épuisée par la conduite et la tension nerveuse, elle a fini par s'arrêter quelques heures pour se réfugier dans le sommeil, allongée sur la banquette arrière de la Volvo fermée à clef et garée à la lisière d'une forêt, invisible depuis la route. Pour l'instant, tout va bien.

Oshun met un certain temps à répondre, et c'est avec soulagement que Mina entend sa voix dans l'interphone.

« Désolée, je n'ai pas pu te prévenir », dit-elle à son élève lorsque cette dernière l'invite à entrer, après quelques secondes d'hésitation : les cheveux courts de Mina. Oshun s'excuse. Elle était sous la douche. Elle se préparait à sortir. Elle porte un tee-shirt bleu ciel, lâche, mais laissant une partie de son ventre à nu, et une sorte de short de boxe thaïe, avec un dragon sur les fesses, fendu aux cuisses.

Dans le salon du petit appartement, l'étudiante n'a pas laissé paraître son étonnement. Ni son besoin d'en savoir plus. Mina a apprécié l'élégance. Le visage concentré sous le bonnet de satin qui protège ses « BFC », comme elle dit, pour cheveux Bouclés-Frisés-Crépus, tenant son mug de thé fumant entre ses deux mains aux doigts vernis de noir, elle s'est contentée des explications lapidaires données par son ancienne prof de TD. Cette dénomination a toujours paru étrange à Mina. Travaux dirigés vers quoi? Vers ce moment, sans doute... Mina lui a juste confié qu'elle ne peut pas rentrer chez elle, qu'elle a besoin d'une journée ou deux ici et, dans l'immédiat, de se servir de sa douche et de son ordinateur. Le sien est resté dans la maison de D., mais ça, elle n'a pas à en parler. Elle tient à exposer Oshun le moins possible. « Tu restes le temps que tu veux, Mina. » Oui, elles se tutoient. Oshun lui demande si elle peut faire autre chose pour elle. Non : la voiture est garée suffisamment loin, et ce n'est pas la sienne, de toute façon, donc tout va bien. « Repose-toi », dit Oshun. Elle me trouve fatiguée, pense Mina.

La douche lui fait du bien, gommant la douleur aux épaules et dans la nuque, consécutive aux longues heures de conduite. Pourtant elle ne s'y attarde pas. La faute à ses cheveux courts qui se rappellent à elle lorsqu'elle y passe une main remplie de shampoing aux extraits de mangue et au beurre de noix, rien que ça. Qui la rappellent à l'ordre, même. Elle a à faire. Elle réalise alors qu'elle n'a rien à se mettre. Et impossible de repasser chez elle. Mina emprunte le peignoir de son élève.

Leur histoire est celle d'un coup de foudre amical et réciproque. Personne, ou presque, ne sait. Évidemment, pas Sacha. Elles ont toujours su se montrer discrètes. Avec tout le monde, les autres profs, les autres étudiants aussi. C'était la condition. *Une étudiante comme une autre.* Tout le monde s'épie désormais. À la moindre dénonciation, Mina pourrait tout perdre. Abus d'une position d'autorité. Même si c'est Oshun qui l'a abordée. L'université ne plaisante plus depuis longtemps avec les relations prof-élèves, réduites à leur plus simple expression – scolaire – par la flopée de procès retentissants qui ont été instruits ces dernières années. Des innocents sont tombés, mais c'est pour la bonne cause, dit-on.

Oshun est-elle fiable ? Mina pense que oui. Elle sait garder les secrets. Est-elle en lieu sûr ? Ils peuvent surveiller ses collègues, mais pas tous ses étudiants. Du reste, officiellement, Oshun n'est plus son élève. Elle est, ainsi, encore plus libre de l'aider. Entrouvrant le peignoir, Mina considère son corps dans la psyché en rotin, ses seins sphériques, les lignes de ses hanches et de son ventre, maintenu relativement plat par les exercices qu'elle s'inflige, et qui lui coûtent de plus en plus. Elle a son âge, après tout. Elle soupire, noue la ceinture et sort de la pièce.

« Ça te va bien, les cheveux courts », lance Oshun quand elle la voit revenir dans le salon, dans son peignoir en éponge, noir, capuche sur la tête. Elle lui désigne une tasse de café posée sur la table basse à côté du MacBook dont elle a inscrit le code sur un post-it rose avant de lui dire qu'elle la laisse tranquille. Sacrée fille, songe Mina en regardant avec admiration le sillon de son dos fin et musclé alors qu'elle quitte la pièce dans le short satiné qui fait paraître ses longues jambes encore plus longues, fixées d'un côté à ses chevilles d'une finesse extrême et de l'autre à ce cul bombé et haut placé. Une alliance de tout ce qu'on fait de mieux en ce moment et qui rend Mina à la fois admirative et jalouse.

Elle a vingt-cinq ans de moins que toi, se dit-elle pour se consoler.

Mina observe le salon-cuisine du deux-pièces, ses murs aux couleurs vives, rouges, bleus, les meubles peu nombreux, simples, mais de goût, les damiers et les chevrons de la natte de plastique à ses pieds, les bibliothèques bien remplies, l'affiche encadrée et signée d'un concert d'électro-afropop nigériane dont elle ne connaît pas le groupe et, pas loin, celle d'une exposition sur les Amazones au Kunsthistorisches Museum de Vienne.

Quand elles se sont rencontrées, Oshun travaillait sur le rapport entre ces guerrières mythiques de l'Antiquité et celles que les Français avaient appelées les Amazones du Dahomey. Un corps de combattantes d'élite créé dans ce royaume africain au XVIIIe siècle et qu'ils avaient affronté avec difficulté. Et puis, sous la direction de Mina, Oshun avait changé d'époque, plongeant avec elle dans les eaux revigorantes de la Renaissance. Elle avait choisi comme sujet de recherche la représentation des Noirs dans l'Europe du XVIe siècle, question qu'elle abordait sans le militantisme que pratiquaient à outrance certains de ses camarades. Ceux qui mettaient de la race partout, et qu'Oshun trouvait, elle, racistes. Négateurs de complexité. Destructeurs de nuances. Dangereux. « On doit reconnaître à chacun la dignité élémentaire d'être considéré comme un individu », disait Oshun, rétive à toute forme de carcan. Mina l'avait vue tranquillement en remontrer à certains de ses invités lors d'un dîner, l'un des rares auquel Mina avait assisté chez elle, au tout début, restant sur son quant-à-soi. Le débat portait sur le droit d'un écrivain blanc à publier un roman sur le lynchage d'un homme noir. Ça passait mal auprès de certains qui dénonçaient un cas d'appropriation culturelle. Oshun avait dit qu'elle ne voyait pas ce qu'il y avait de répréhensible, d'autant qu'il s'agissait d'un bon écrivain.

« Ce n'est pas du tout la question, avait tonné Wanda, l'une de ses amies, qui voulait écrire.

— Bah si, c'est la seule question, en fait.

— Ce sont nos sujets, avait répliqué Wanda, d'un ton coupant.

— Nos sujets ? Une fois le livre fait, le sujet est toujours là, non ? Il ne disparaît pas, je crois... Il ne tient qu'à toi de te mettre dessus. De faire un meilleur livre. Défie-le !

— Il n'a aucune expérience de ce qu'on vit.

— Mais il n'a pas le droit de se révolter contre ça ?

— Non. Cette douleur nous appartient.

— Et Johnny Clegg ? avait dit Oshun.

— Quoi, Johnny Clegg ?

— Le chanteur sud-africain, mort en 2019. Le Zoulou blanc. *Asimbonanga* ?

— Tu es ridicule, Oshun.

— Autant que Mandela, alors, qui était venu le rejoindre sur scène pour danser avec lui...

— On a changé d'époque.

— Et c'est bien dommage. La cause avançait bien alors. On était plus ouverts. »

Wanda l'avait accusée d'être une « traîtresse » et en guise de réponse Oshun s'était contentée de rire. Ce qui avait davantage blessé Wanda : le rire d'Oshun était une cascade de bonne humeur qui emportait tout sur son passage. Mina était restée muette et avait pris conscience de son silence avec inquiétude : Je commence à m'autocensurer, s'était-elle dit. Alors que je suis prof... Je ne suis pas censée réagir ? Apporter, au moins, quelques pierres à l'édifice de cette réflexion ? Peut-être, mais le but n'était pas d'édifier. Et encore moins une maison commune. Wanda avait quitté la table. Avec les deux autres invités. Seule Mina était restée. Les deux femmes avaient fini la bouteille. « Avec ce genre de positions, on renforce les fachos. » Et puis...

... ça ne s'était produit qu'une fois. Une envie de célébrer le mélange, sans doute. Ressentie des deux côtés.

« Je m'approprie ton corps de Blanche, avait dit Oshun d'un ton espiègle, au cœur de la nuit. Et pas seulement culturellement. »

Mina savait que cette hystérisation de l'assignation à l'identité, à la couleur de la peau, à la religion pratiquée, colportée par les extrémistes des deux camps, dont les troupes augmentaient, avait contribué à l'élection de Papa.

Ce dernier avait pu capitaliser sur les radicaux de toutes les couleurs qui avaient peu à peu accrédité dans l'opinion publique la thèse de plusieurs sociétés cloisonnées qui ne se touchaient plus, et ne devaient plus se toucher, avec l'aide des idiots utiles habituels qui ne savaient qu'asséner la phrase type : « Il faut comprendre. » Dans l'Histoire, et Mina était bien placée pour le savoir, la polarisation des extrêmes ne jouait jamais en faveur des humanistes. Du métissage. Du mélange.

Mina n'avait pas résisté. Elle s'était laissé faire, ne connaissant pas les gestes.

Ça ne s'était produit qu'une seule fois.

Elle en ressentait encore une certaine gêne, mais pas de regrets. Oshun n'était pas seulement incroyablement attirante, elle était brillante. Et libre. Elle prenait tout, là où ça lui chantait. Mina était heureuse d'avoir été choisie par Oshun. Elle aurait voulu être elle. Avoir la peau noire pour quitter enfin cette carapace d'Occidentale fatiguée et bientôt sortie de l'Histoire, pouvoir s'autoriser tous les écarts, toutes les synthèses, toutes les modes, être tout, tout le temps... Bon, il aurait peut-être fallu, aussi, avoir son âge...

Elle porte la tasse à ses lèvres. En plus son café est bon, note-t-elle. Elle la repose, s'enfonce dans le canapé de velours vert défoncé, étend les jambes sur la table basse, l'ordinateur sur ses cuisses. La chaleur de la petite machine est agréable. Comme un chat. Sans le ronronnement.

Oshun réapparaît. Au sens propre : une apparition. Ses BFC ramenés en chignon qui dégage son visage et les deux énormes créoles à ses oreilles, en plus des petites boucles qui percent de part en part ses lobes et son hélix. Elle porte un débardeur moulant noir avec un énorme collier de cauris à trois rangées, une jupe en tulle couleur champagne qui souligne l'étroitesse de ses hanches, et des baskets blanches sur lesquelles elle a écrit des mots que, de loin, Mina n'arrive pas à lire. Oshun s'autorise tout. Mina se trouve bourgeoise. Ringarde.

« J'y vais, dit Oshun. Tu te sers si tu as faim. Il y a des choses dans le frigo.

— Merci Oshun.

— Tu es tranquille ici. »

Mina veut la croire. La porte fermée, elle entre la clef dans le port USB de l'appareil. Un seul document y figure. Un PDF. Avec pour titre : « AlexandreS-texte. » Alexandre S. : mieux connu désormais sous son surnom de « Papa ». Légère accélération du pouls de Mina. Elle clique sur l'icône.

*

Une page apparaît. Écrite à la main. Un scan. Parfaitement lisible.

« *Août 1995. Sacha mon cher Sacha je confie ce texte à tes yeux et à ton cœur bienveillants. C'est mon sang, ma sueur, mon âme. J'espère que tu y retrouveras un peu du feu de notre amitié. De ce grand voyage qu'on a fait et qui doit être écrit. On dira que c'est un roman. Ton ami véritable, Alex.* »

Ton ami : premier choc. Mina sait qu'ils se sont croisés dans leur jeunesse, mais « amis » ? « On était ensemble à la fac », avait juste mentionné Sacha un jour. Lui aussi a ses secrets, semble-t-il. Août 1995 ? Sacha a vingt ans pile, calcule-t-elle. L'autre ne doit pas être beaucoup plus vieux. Elle ne se laisse pas rebuter par le lyrisme de l'entrée en matière – *Mon sang, ma sueur, mon âme* – et fait dérouler le curseur gris à la droite du document.

Une photo, maintenant. Comme une preuve. Eux deux, Sacha et « Alex », donc, bien avant que ce dernier ne devienne Papa. Ils sont debout, côte à côte. Souriants, heureux. Complices, même, observe-t-elle, et elle en frissonne désagréablement. Épaisse chevelure brune, pantalon de velours serré bleu foncé et chemise militaire au col ouvert, voilà donc Sacha cinq ans avant qu'elle le rencontre, avec un sourire conquérant qu'elle ne lui connaît pas. Et puis, les cheveux plus courts, en jean et tee-shirt blanc, sac de toile sur l'épaule, Alex, un bras terminé par un poignet cerclé de bracelets passé autour des épaules de Sacha. Lui aussi parfaitement reconnaissable et souriant, mais moins joueur, concentré, du feu dans le regard. Derrière eux, des palmiers.

Mina fait défiler le curseur. La page de garde d'un manuscrit. Un titre : *Le saut de la pyramide.* Et le nom de l'auteur : Alexandre S. Mina n'en revient pas. Elle passe son index sur ses lèvres. Son geste à elle. Émoustillée, craintive, impatiente. Comment avait dit Sacha, déjà, en lui montrant la clef USB ? Leur « assurance-vie » ? Elle commence à lire.

*

Ça se présente comme un roman. À la première personne. Une centaine de pages. Toutes manuscrites, à l'ancienne, scannées, parfaitement lisibles.

D'abord, une épigraphe : « "*Que le murmure passionné du poète enflamme de désirs les houris elles-mêmes.*" GOETHE, *Divan occidental-oriental.* »

Mina ne connaît pas ce texte de Goethe. Mais les houris, si : dans l'islam, les vierges promises par Allah aux bons croyants une fois qu'ils auront gagné le paradis.

Puis vient le texte en lui-même :

> Le Caire, juillet 1994. L'aube se lève. Moi aussi, en nage dans l'absence de climatisation. L'appel de la prière retentit, nappe toute la ville, la pénètre, avec la chaleur des premiers rayons. Je sors de la chambre. Victor dort encore. Je suis sur les toits. Je domine tout, ou presque. J'écoute ce chant qui appelle les hommes vers Dieu, et qui m'emporte, moi aussi, l'Européen.

C'est Alex qui parle, rebaptisé Oscar. Narration subjective. Sous les traits du dénommé Victor, Mina reconnaît Sacha.

Alex/Oscar
Sacha/Victor.

Le récit se déroule en pleine époque « backpackers », ces bataillons d'Européens, d'Américains et d'Israéliens qui, dans ces déjà lointaines années 90, s'élancent sac au dos sur les routes et les rails à la découverte du monde. Il est plus ouvert, plus libre. On peut le sillonner, *Lonely Planet* en poche, pour quelques centaines de dollars, de francs ou de shekels, dormir dans les ruines de Palmyre, trouver la paix dans une pagode de Rangoun ou boire du rhum avec des Indiens sur le fleuve Orénoque, parmi les cris des singes hurleurs.

Sacha lui a parlé de sa période « voyageur », même s'il n'a jamais évoqué Le Caire. Mina évoluant dans un écosystème social où le parcours était fléché vers les atmosphères ouatées, toujours prévisibles, de belles villas en bord de mer ou de chalets à la montagne, confortables voire luxueux, elle n'a jamais connu ce genre d'expériences. Et si elle avait raté quelque chose ?

Les deux amis ont décidé de ce voyage depuis la chambre de bonne de Victor, une nuit d'été, à la fin des cours. C'est une mansarde sous les toits de zinc, avec un vasistas qu'on ouvre par une tige de fer. Victor l'actionne et, montant sur la table qui sert de bureau, des bières dans un sac, il se hisse sur le toit. Oscar le suit, avançant prudemment pour ne pas glisser, jusqu'à l'immeuble voisin qui offre un sommet plat. Là, avec sous les yeux le grand océan gris sombre des toits de la capitale, percé d'innombrables cheminées qui ressemblent à des périscopes, ils écoutent *Do You Remember the First Time?* du groupe anglais Pulp et profitent de l'« incroyable skyline de tours et de clochers, de la capitale » et du « long serpent lumineux des automobiles filant sur les boulevards », écrit Alex.

Ils se délectent d'être en vie et jeunes encore. Ils parlent de filles à oublier mais surtout de lectures, d'horizons nouveaux, de contrées lointaines, d'arrêter les études « qui coupent de la vraie vie ». Il est question pour eux d'apprendre d'autres « usages du monde », d'autres langues, notamment l'arabe qui fascine Oscar – ah oui ? – et de fumer la chicha en contemplant des constellations qu'on ne voit pas d'ici. Pourquoi attendre davantage ? se demandent-ils. Ils partent.

Ils ont cassé leur tirelire. Ils sont dans l'avion, la tête dans les nuages, un verre à la main, un livre dans l'autre, souriant au hublot plein de nuages cotonneux. Au Caire, on les retrouve sur un toit à nouveau, mais la *skyline* a changé : une forêt d'immeubles couronnés de paraboles, où pointent des dizaines de minarets « comme des fusées prêtes à décoller », arrimées à leurs « dômes larges comme des seins ».

Comparaison facile, se dit Mina.

Sur le toit, il y a des constructions de béton aux murs dégueulasses, peints en rose ou vert, seul logement accessible à leur petit budget, mais qui a l'avantage de dominer la place Tahrir où des années plus tard des nervis à dos de chameaux chargeront sur des manifestants avant d'être désarçonnés et lynchés par la foule. Pas de douche digne de ce nom, mais un seau en plastique rempli d'eau avec, dedans, une boîte de conserve en guise d'écope pour la faire couler sur leurs jeunes corps impatients de s'ébrouer sous le soleil, et qui se foutent bien du confort. « "Le luxe c'est ce qu'on verra, ce qu'on sentira, ce qu'on touchera, ce qu'on foutra" », lance Victor.

Quel langage, Sacha ! Mina s'amuse de ses gasconnades et se sent bientôt dans la peau d'une archéologue découvrant les traces d'une civilisation dont elle ignorait l'existence : les vingt ans de son époux. Il lui a bien raconté quelques épisodes de la vie qu'il menait avant elle, certes, mais là elle l'a sous les yeux, ce jeune animal pressé de tout vivre.

Les garçons s'immergent dans la ville, dans ses jours et ses nuits. À la recherche du Fishawi Café que fréquentaient l'écrivain Naguib Mahfouz ou le « parolier de la diva Oum Kalthoum ». Il est niché tout au fond du souk de Khan El-Khalili, dont les parfums d'épices montent à la tête des deux garçons comme une drogue. Ils y restent des heures, sous le regard des grands miroirs patinés.

> Ici tout est chargé de paix et d'électricité. Victor lit *Le livre des morts des anciens Égyptiens.* Un recueil de textes rédigés sur des papyrus, qu'on plaçait parfois à l'intérieur des bandelettes des momies et qui raconte la renaissance dans l'au-delà. Moi j'écris la vie de maintenant sous les vieux lustres, sur une table basse, ronde, couverte d'un plateau de cuivre où fume mon karkadé. Je suis si heureux d'être ici, avec mon ami Victor, loin de cette Europe qui étouffe et nous avec. Là-bas le monde est vieux. Ici c'est la jeunesse, la vie et l'énergie. Le ciel s'est ouvert.

Cela revient sans cesse sous la plume d'Alex, cette idée de déclin de l'Europe « sans horizon pour les âmes jeunes », une Europe « sans spiritualité » face à cet Orient qui le fascine :

Aujourd'hui, nous sommes restés deux heures dans l'ombre de la cour toute blanche de la mosquée Al-Azhar. J'aime cette paix, la dévotion saine des croyants, le chant qui résonne depuis l'étrange minaret à deux tours. Je regarde le croissant qui s'élève tout en haut, avec ses deux extrémités tournées vers le ciel comme un aimant qui voudrait l'attirer. Tout ici est foi intense. On s'incline devant ce qui nous dépasse. Je me sens bien, transcendé.

Étonnant de lire ça sous la plume de celui qui parle sans cesse de « réaffirmer notre modèle de civilisation face à un ailleurs porteur de chaos ». Notamment l'islam, vu par Papa comme une religion conquérante, politique, dangereuse pour la république. Rien de bien compromettant, pourtant, dans ces pages, et Mina imagine ce qu'il pourrait répondre s'il devait être confronté à cet écrit de jeunesse. « Bien sûr que je m'intéressais à l'autre. Pour défendre sa civilisation, il faut connaître les autres. J'ai aimé cet Orient. Mais cet Orient-là n'est plus », pourrait-il dire avec le ton calme et sûr de lui qu'il a à la télévision.

Leur « assurance-vie » ? Pour l'instant, Mina ne voit rien de ça. Il faut continuer. Sacha a des défauts mais il n'est pas un abruti. S'il a pris soin de cette clef USB pendant toutes ces années, c'est qu'elle contient quelque chose de plus que les émois de deux jeunes gens découvrant l'ailleurs.

*

Un passage la glace car il fait écho à ce qu'elle vit avec Sacha et Irène. Les deux amis visitent l'une des portes de la vieille ville et Oscar fait part à Victor de la menace lancée par un sultan mamelouk à son ennemi, depuis cet endroit même, sept cents ans auparavant :

> « Tu penses que tu peux fuir où ? Par quelle route ? Nos chevaux sont les plus rapides du monde, nos flèches acérées, nos épées ont la puissance de l'éclair, nos cœurs sont durs comme la pierre et nos soldats aussi nombreux que les grains de sable du désert. Résiste et tu subiras la plus terrible des catastrophes. »

« Voilà ce que peut faire la foi ! », ajoute-t-il, visiblement fasciné. « J'ai faim », répond Victor.

Elle le reconnaît bien là, cet estomac sur pattes de Sacha, que les pains fourrés au *foul*, une purée de pois chiches dont leurs faibles moyens les obligent à se contenter, commencent à lasser. « Je veux des pigeons », dit Victor, « des pigeons farcis de Louxor ! » Elle le trouve drôle. L'autre est chiant, pompeux. Il y a des pages et des pages sur l'islam, sur le « port altier des filles voilées ». Si loin de ce que professe Papa aujourd'hui... « Je regarde leurs yeux noirs, il n'y a que cela à regarder mais cela suffit à me fasciner. Elles passent, enveloppées de pudeur. » Un vieil homme en galabeya, près du tombeau d'un imam, lui parle de la rapidité avec laquelle on peut se convertir à l'islam.

> Juste une phrase, qu'on appelle la chahada. Il me la récite. Ensuite, on entre dans la communauté de l'Oumma, la grande famille de l'islam, et on est égal à tout autre membre, égal devant Dieu. Tout le monde se doit respect, et assistance.

Une conversion ? Oscar se confie à Victor.

« J'aime ton ouverture au monde, mon ami, mais redescends sur terre », me répond Victor qu'émerveillent davantage les trésors du musée du Caire. Il ne peut pas s'empêcher de caresser les statues. Ça a sonné. On a failli se faire virer. On a bien ri.

Victor semble inarrêtable : il pousse son ami à s'enfoncer avec lui dans la Cité des morts, un vrai coupe-gorge, ou à entrer au Gezirah Sporting Club, le spot mythique de la bonne société locale, sur la presqu'île de Zamalek, parce qu'« il a envie de voir les filles du Caire bronzer près de la piscine ».

De retour à leur hôtel-toit au sommet du Caire, le Sky Hotel, ils ont le ventre vide, mais plein d'alcool dans le sang. Pas le cœur à dormir, allez, une dernière bière avec d'autres backpackers en écoutant les bruits de la ville.

*

Mina a l'impression d'espionner Sacha, de le regarder vivre par-dessus son épaule, et c'est aussi gênant qu'excitant. Un peu triste, aussi : l'aurait-elle changé ? Diminué ? Une expression revient dans le texte, brandie comme un serment entre les deux amis : « Ne jamais se ranger des voitures ». Qu'elle est laide, cette expression, mais qu'elle dit bien les choses... N'est-ce pas ce qu'il a fait, finalement ? Ce qu'elle a fait elle aussi ? N'est-ce pas ce qu'on fait tous ?

Un sentiment de mélancolie l'envahit. Il est minuit.

Oshun n'est pas rentrée. Elle se lève du canapé et s'étire. Se réchauffe un café dans le coin-cuisine en regardant les Polaroid exposés qui racontent des fêtes, des anniversaires, avec Oshun et ses amis, elle dans toutes les attitudes, tous les assemblages de vêtements possibles, arborant toutes les coupes de cheveux imaginables, nattés, tressés, perlés... Comment les appelle-t-on, déjà, ces petits chignons posés comme des oursins soyeux sur sa tête ? Des nœuds bantous, c'est ça ? Quelle chance de pouvoir sans cesse changer de tête, « se réinventer », comme le dit le mot à la mode. Mina s'y essaie, du reste, avec ses cheveux courts... Elle pense à Irène, qui elle aussi a changé de tête, et à Sacha. « Là-bas, ils sont en sécurité. » Du moins s'en persuade-t-elle. Et qu'elle l'est elle aussi. Elle n'a pas pu encore donner de ses nouvelles. Sacha doit s'inquiéter. Demain, elle ira acheter un nouveau téléphone. En attendant, il faut avancer. Et trouver ce que cache ce texte.

*

Le saut des pyramides ? Pour l'instant, c'est surtout celui de la voisine d'à côté. Une Irlandaise aux yeux verts et aux « boucles roux foncé ». Oscar les découvre en pleine imbrication en rentrant à la chambre, en fin de journée.

> Elle le chevauche cuisses serrées, en nage, passant ses mains dans ses cheveux, ramenant ses boucles en une masse de feu au-dessus de sa nuque, la bouche entrouverte. Elle pose soudain ses yeux sur moi, avec un sourire éclatant, sans honte, bien au contraire, sur

son visage de Celte triomphante. Je referme la porte. C'est une étuve.

Pauvre Oscar, lui qui est en pleine quête spirituelle...

Mina découvre le mot « sac à viande » : deux draps cousus l'un à l'autre qu'ils ont toujours avec eux et qui évitent de se glisser dans ceux, souvent douteux – quand il y en a – des hôtels déglingués dans lesquels ils descendent. Mina se compare. Les coups d'un soir elle a connu. Mais pas dans ce pittoresque, cet exotisme un peu trash.

L'Irlandaise a une compagne de voyage qui semble en pincer pour Oscar. Victor le lui signale un matin, en levant les yeux de son *Livre des morts* et en lui préparant une tasse de Misr Cafe lyophilisé. Mais Oscar préfère retourner à la mosquée Al-Azhar pendant que Victor et Shannon « font l'Europe en faisant l'amour ». La meilleure des méthodes sans doute, se dit Mina. Oscar-Alex note tristement : « Mon ami me manque. » Au bout de trois jours, Shannon repart pour sa lointaine Donegal. Oscar récupère son Victor détendu, et enfin tout à lui. Mais pas guéri pour autant de sa bougeotte.

Les pyramides sont enfin là. Les vraies, les grandes, avec leur sphinx qui les regarde en chien de faïence, son nez toujours absent cassé par Obélix ou par un tir au canon de l'armée napoléonienne, on ne sait plus trop. Trop connues pour être dignes d'intérêt ? C'est ce que se demandent les deux amis, écrasés par le cagnard mais hésitant à débourser l'argent nécessaire pour y entrer. Ça fait cher de l'ombre. Et si on montait dessus ? Tellement plus original. Et gratuit. « C'est interdit, proteste Oscar.
— Et ? » répond Victor.

« De loin on croit que c'est lisse », écrit Oscar-Alex, essayant de suivre Victor-Sacha lancé à l'assaut de la pyramide de Khéops.

Il ne faut pas s'y fier. C'est une montagne de blocs qui font presque un mètre de haut. Je n'ai pas osé parler à Victor de mon vertige. Je grimpe à sa suite, il fait une chaleur de dingue, je regarde vers le haut, surtout pas en bas. Je ne dois pas me retourner.

En une dizaine de minutes, l'ascension est faite. Cent trente-sept mètres seulement. « C'est sublime. Incroyable. Je n'arrive pas à décrire. » Il essaie quand même :

On surplombe tout et ce tout est noyé dans une poussière dorée, le ciel, le sable du désert, la ville au loin. Tout est indistinct sauf ce monstre géométrique, la pyramide de Khéphren juste là, dont le revêtement subsistant, au sommet, lui fait comme un prépuce blanc (celle de Mykérinos nous est cachée), et à nos pieds la nécropole où dorment des vizirs et des reines. On ne voit pas le ciel, tout est mélangé dans cet or aérien ou terrestre, on ne sait pas. Sur la plateforme, il y a juste une sorte de trépied en métal, un paratonnerre. Victor est debout sur les pierres disjointes, ce n'est pas complètement plat. On lit encore les noms de ceux qui ont fait l'ascension avant nous. « Tu sais que des couples grimpent ici pour y faire l'amour ? dit-il. — Je ne préfère pas, j'ai la migraine », je lui réponds. Il s'arrête un instant, surpris, puis il éclate de rire. « Très drôle ». Je ris aussi. Puis il sort son *Livre des morts* et il déclame : « J'ai la maîtrise de mon cœur, la maîtrise de mes jambes, la maîtrise de ma bouche, la maîtrise de tout mon corps. Je suis le maître de ceux qui agiraient contre moi dans l'au-delà; je maîtrise aussi ce qui pourrait être ordonné contre moi sur la terre... » On dirait bien que ça commence, pourtant. Des flics nous ont repérés. « On pourrait mourir ici, s'exclame Victor, on aurait déjà vécu plus que beaucoup de gens sur cette terre. On est combien à avoir fait ça? »

Il faut descendre vite. Les flics commencent à grimper. Si les garçons tentent de leur échapper, ça peut très mal se finir. « *OK OK, No problem, mafich mochkila!* » leur lance Victor. La descente est encore moins évidente que la montée. La pente est monstrueuse, les pierres glissantes par endroits, et le vertige saisit Oscar aux jambes. « La douleur me traverse les mollets comme des lances qui rentreraient par la plante des pieds. Je ne peux pas bouger. » Il se fige. Le vide l'attire. Il va tomber. Victor le prend alors par la main, lui murmure des paroles rassérénantes. Il lui dit de se concentrer sur ses pieds et de les faire descendre l'un après l'autre. Il se met juste devant lui au cas où il perdrait l'équilibre.

Victor est en train de me sauver la vie. Je ferme les yeux et je me laisse guider. Avec lui rien ne peut m'arriver. Enfin il me dit : « Ça y est, tu peux ouvrir les yeux, mon pote. On n'est plus très loin. Ouvre les yeux. Regarde ça. Grave-le dans ta mémoire. Tu as fait un putain de truc. » J'ouvre les yeux. Le désert est orange. On est juste à dix mètres de hauteur. Victor lève la main en direction des flics. Il me regarde. J'y vois de la tendresse.

Victor parlemente avec les policiers. Ils risquent une grosse amende, ou pire.

Victor s'est éloigné avec leur chef. Il me désigne du doigt, et puis la pyramide. Il parle, parle, la main sur son cœur, et son visage semble triste. L'autre écoute. La discussion dure. Et enfin il appelle ses hommes. J'entends Victor dire, en s'inclinant : « *Chokran. Chokran.* » Ils nous raccompagnent hors du site et ferment derrière nous.

« Tu leur as dit quoi ?

— Que tu avais un cancer. Que dans deux mois tu serais mort. Que tu voulais réaliser, avant de t'en aller, un rêve de gosse. »

Ils fêtent ça sur une felouque. C'est Victor qui régale parce qu'il tient à célébrer comme il se doit son « ami Oscar » qui a vaincu sa peur. Il a tenu à y embarquer une chicha.

Notre embarcation glisse sur le Nil. Les étoiles semblent s'y noyer. Victor, allongé à l'avant, sur les vieux coussins, tète le cordon de sa pipe à eau et souffle la fumée en tâchant de faire des ronds. Le parfum de réglisse s'évapore dans la nuit. Il me dit qu'il adore ce voyage avec moi. On dirait un jeune pacha, voguant sur l'eau et sous les étoiles.

Visiblement, il n'y a pas que les filles voilées au port altier qui l'émeuvent, se dit Mina.

Ils quittent Le Caire pour Alexandrie. Ils respirent à fond l'odeur de la mer et mangent, sur la corniche, des sardines grillées devant eux par des vendeurs ambulants. Ce qui frappe Mina, c'est la liberté qui se dégage du récit. Tout est ouvert, simple. Un objet, inséparable désormais de notre quotidien, est absent : le téléphone intelligent. Du coup, plus rien n'est interrompu. Aucune conversation non souhaitée, aucune notification ne vient interférer dans le moment, le gâcher. Pas d'obsession, non plus, de faire systématiquement une photo ou une vidéo pour que la communauté de tes « suiveurs » te dise ce qu'elle en pense et valide – ou non – ce que tu vis. Pas besoin de mendier des « *like* » pour te prouver que tu vis, comme ces autres dont tu espionnes la vie tout en sachant qu'ils trichent, que ce n'est qu'une façade. Victor et Oscar vivent et n'ont besoin de personne pour s'en rendre compte. Naïveté ? Quand on a moins d'informations, on s'ouvre davantage aux situations : on y va sans préjugés. Tout ce qu'ils vivent est nouveau. Tout ce qu'ils vivent est pour eux. Ils n'ont qu'un appareil jetable. Les photos sont comptées. L'argent aussi, hélas.

Victor essaie d'oublier qu'il n'a pas les moyens de loger au Cecil Hotel dont parle Lawrence Durrell dans *Le quatuor d'Alexandrie*, qu'il est en train de lire. Ou plutôt dans lequel il plonge. Quand il remonte à la surface, il est tout changé. On est quand même entrés dans l'hôtel pour demander les prix, et c'est beaucoup trop cher. En partant, il a tenu à voir le grand miroir où le narrateur rencontre Justine, à côté de la porte du dancing. « Il n'y avait personne dedans, me dit-il. — Dans quoi ? — Dans le miroir. De toute façon tout le monde s'en fout, maintenant. » Il traverse, déçu, le hall de marbre blanc et noir et pousse la porte à tambour, gardée par un groom en habit. Nous voici sur la place, avec ses palmiers, à contempler la façade. Le bâtiment Art déco a de l'allure, avec ses fenêtres de style mauresque dotées d'un petit balcon. « Je me serais bien vu ouvrir les fenêtres le matin et me faire éblouir par la lumière du soleil sur la mer », dit Victor.

On a trouvé un hôtel dans la petite rue derrière : on a la vue sur le Cecil Hotel et c'est mieux que rien. Peu reluisant, mais on se croirait dans les années 50 et c'est pas si mal. Le sol est en terrazzo. Il y a une vieille baignoire avec des pattes de lion, un seul grand lit que nous partagerons. J'y suis en ce moment même, à observer Victor qui a avancé une chaise devant la fenêtre aux volets entrouverts. Il s'immerge dans son Durrell, les pieds sur la rambarde, en caleçon, le torse nu zébré par le soleil de l'après-midi qui nous a obligés à nous replier à l'intérieur et qui parvient à se faufiler entre les lattes. L'appel à la prière retentit. Le bruit de la circulation se calme. De temps en temps il lève la tête en regardant par l'ouverture des volets la chambre d'en face où il ne dormira jamais. La sueur brille sur son torse et sur sa nuque malgré la rotation des pales du ventilateur : elles ne brassent que de l'air chaud. Je vais suffoquer si je reste. Je sors.

Plus loin, Oscar devient touchant :

J'aurais bien aimé pouvoir lui offrir cette chambre au Cecil. Ce n'est rien, mais je lui ai acheté un petit cadeau dans un kiosque rempli de vieux livres. Une sorte de bouquiniste. Du patron que je cherchais pour régler l'achat, je n'ai vu d'abord que les babouches avant de le découvrir, absorbé dans sa lecture, assis sur des piles de livres, les jambes remontées contre son ventre recouvert de livres, les pieds sur des livres, encore, et j'ai l'impression qu'il est voué à devenir, lui aussi, un livre.

Il ne lui offre pas son cadeau tout de suite, il veut lui faire la surprise, cherche le bon moment. La nuit, il décrit la respiration tranquille de son ami allongé près de lui dans le grand lit. Oscar n'arrive pas à dormir. Il enlève son tee-shirt. « Nous reposons là, comme deux frères », écrit-il.

Alexandrie capitale de la mémoire. Et du désir. Tant de peuples entre ses bras, dans les méandres de son delta. Tant de chaleur, de moiteur, tant d'histoires. Les deux amis rencontrent Justine et son mari le lendemain à la sortie du vieux fort mamelouk bâti sur le site de l'ancien phare. Les jeunes mariés logent au Cecil Hotel. C'est le père de Justine qui leur a réservé les nuits là-bas. Un fan du *Quatuor d'Alexandrie*.

Victor saisit l'occasion. Vante les bons goûts du père qui a offert à chacun des jeunes mariés un exemplaire de l'édition intégrale. En anglais pour Justine, qui fait des études d'anglais, et qui l'a déjà lu en français. En français pour Nicolas, qui n'arrive pas à le lire. Il l'avoue, il s'y « perd ». Justine trouve que c'est dommage, d'être ici et de ne pas « se plonger dans cette prose envoûtante ». L'expression est précieuse, mais je sens bien que Victor jubile, y voit un signe. D'ailleurs, avec l'enthousiasme sincère que je lui connais, il commence à raconter qu'il a cherché le grand miroir du dancing, la veille, et cite la phrase qu'il connaît par cœur. Il s'arrête avant la fin, à « *nervous, curious* ». Elle lui fait remarquer qu'« il y a une phrase après », mais elle ne la termine pas pour autant. Un silence passe entre eux, et c'est comme si le marié et moi étions chassés de la scène. Eux seuls la connaissent. Justine n'est même pas belle. Une grande blonde osseuse, avec les cheveux au carré, une jupe blanche et un chemisier à rayures. « Vous logez aussi là-bas ? », demande-t-elle en se tournant vers moi. Je reviens dans le paysage. J'explique qu'on reste longtemps dans le pays, et que c'est un peu hors budget pour nous. « Hors budget », répète-t-elle comme si j'avais dit quelque chose d'incongru. Rendez-vous est pris.

Mina se lève, à nouveau. Elle s'étire, remue doucement la tête pour détendre ses cervicales. Curieuse situation, quand même, que d'être là à lire les aventures de jeunesse de son homme, et à y trouver un certain plaisir, même si elle ne voit pas dans ce qu'elle a lu ce qui pourrait constituer un début de bouclier pour eux. L'engouement d'Alex, ou plutôt d'Oscar, pour l'islam ? Pas suffisant. Ses descriptions de la sueur qui perle sur la peau de Victor, torse nu dans la chambre ? Pas suffisant, même si cela surprend de la part d'un homme qui, dernièrement, interrogé sur l'annulation par le gouvernement d'une grande marche des homosexuels après des manifestations homophobes, a répondu qu'il ne fallait pas « choquer les familles, et qu'on pouvait comprendre certaines réactions ». Mina se ressert un fond de café, jette un coup d'œil par la fenêtre et considère les toits de la capitale où tout paraît calme dans la nuit, puis retourne à Alexandrie où Oscar et Victor, rentrés de la ville, se préparent pour leur dîner. Enfin, Victor seulement car Oscar rechigne. Il lui fait même une petite crise de jalousie. Ce n'est pas le voyage qu'ils avaient prévu, lui reproche-t-il.

« Mais on n'est pas mariés ! me lance Victor, cinglant.
— Elle, elle l'est.
— Et ? »

Toujours cette maudite mini-phrase qui n'appelle aucune réponse. Cette conjonction de coordination qui coordonne quoi ? Tout. Comme si tout était lié, atteignable, ouvert, et surtout sans conséquences. Comme si tout était à vivre, tout ce qui se présentait, ici et maintenant. Victor me répète sa devise : « *Memento mori.* N'oublie pas que tu vas mourir. »

Une certaine tension entre les deux garçons s'est installée.

« "Tu vas rester là à lire le Coran ?" » Oscar décrit Victor planté à poil devant lui, dans leur « chambre années 50 », et lui demandant de se préparer. Il insiste parce qu'il a besoin de sa présence au dîner pour s'occuper du mari. Il est donc nu devant son pote, la bite à l'air, amaigri par leur régime de vie – grosse dépense physique et nourriture frugale – mais musclé car il sculpte son torse par des pompes et des abdominaux. Mina connaît ce torse, et ce qu'il est devenu. Oscar est attiré, il ne se l'avoue pas mais c'est criant. Mina souffre un peu pour lui. Elle convoque l'image d'Alex aujourd'hui, et se souvient que ni la presse ni les réseaux sociaux ne connaissent de compagne au président. Pas de compagnon non plus. On ne s'interroge plus, d'ailleurs, sur la sexualité du ténor nationaliste. Ses soutiens disent qu'il n'a pas le temps, qu'il est entièrement accaparé par les affaires courantes. Et ses quelques détracteurs présument que le pouvoir suffit à le combler érotiquement.

« Les Européennes ne m'intéressent pas, Victor.
— Et c'est quoi, ce qui t'intéresse ? »

Le salaud, pense Mina. Fait-il semblant de ne pas comprendre ? Et devant le silence de son ami :

« Il ne tient qu'à toi d'en trouver d'autres...
— On est en Égypte, pourquoi aller dîner avec des Français ? insiste Oscar.
— C'est pas "dîner" qui m'intéresse.
— Mais ça rime à quoi ?
— Ça rime au fait que je serai au Cecil Hotel avec une Justine, et que la vie doit être en phase avec la littérature.
— La littérature, tu ferais mieux d'en faire.
— Il faut commencer par vivre.
— C'est l'excuse qu'on se donne pour ne jamais s'y mettre.
— C'est mieux que de ne jamais vivre. »

S'apercevant qu'il a blessé son ami, Victor, toujours à poil, pose une main sur l'épaule d'Oscar :

« Excuse-moi. Mais il y avait une chance sur cent milliards que ça se produise. J'adore quand les mots et la vie se percutent. Ça fait du feu. Je veux m'y chauffer. Et j'ai besoin de ton aide. »

Quel petit con prétentieux. Mais sexy. Se serait-elle amusée avec lui à cet âge ? Cinq ans avant qu'elle le rencontre... Elle l'aurait peut-être trouvé insupportable. Sûrement même. Elle n'a jamais lu Lawrence Durrell. Il ne lui a jamais parlé de cette passion de jeunesse. Elle fait glisser le curseur vers le bas, une nouvelle page apparaît. Elle ne contient que quelques mots.

Je l'ai aidé. Victor a réussi. Il est heureux.

À quoi ? À faire du feu avec sa Justine, sans doute. Mina réprime un soupir de frustration. De lectrice. Malgré le drôle de sentiment qui la pique, et qui n'est pas seulement de la curiosité, elle aurait aimé savoir comment ça s'est passé... Mais Alex ne s'attarde pas. Mina est songeuse : elle voit Sacha à travers un livre, ou un embryon de livre, en tout cas les mots d'un autre, et lui aussi il est un autre. On croit connaître les gens, et... on ne connaît rien, en fait. Dire qu'elle allait le quitter... Ce qu'elle découvre sème le doute en elle. Est-elle passée à côté de celui qu'il est vraiment ? Quelle est la part d'invention ? Est-ce un roman ou un journal ? Un récit, une confession ? Des souvenirs reconstitués ? Alex semble écrire ça à chaud. Le temps presse. La nuit file. Oshun n'est toujours pas rentrée.

Mina est fatiguée par la route qu'elle a faite, la route de bitume depuis Ouranopolis, la route de mots qu'elle parcourt depuis qu'elle est arrivée là, et elle ne voit rien hélas qui pourrait changer le cours des choses pour elle, pour Sacha et pour Irène. Il reste encore quelques pages. Elle décide de s'accrocher. Elle est avec les deux garçons dans un car, ils foncent maintenant vers le désert. Sur la table d'un café perdu dans ces steppes de cailloux et de sable, sous le regard de quelques locaux en galabeya qui fument des cigarettes en regardant le foot sur un poste de télé, Oscar « oublie » délibérément l'exemplaire du *Quatuor d'Alexandrie* de son ami en expliquant son geste avec cette phrase étonnante : « Un rival en moins. » Le car redémarre, les ventilateurs tournent, et la voix de Mohamed Fouad qui chante *Nehlam* dans l'autoradio ressemble de plus en plus à une plainte lointaine. Les deux garçons s'endorment, et Mina aussi.

C'est Oshun qui la réveille.

SACHA ET IRÈNE

Finalement, c'est peut-être une chance, se dit Sacha pour se donner du courage. Sur son dos, la petite dort, penchée sur lui. Elle ne pèse pas si lourd. Enfin, pas trop lourd. En revanche, le sac à dos qu'il porte sur le ventre pour équilibrer les charges le gêne.

Il faut tenir le coup. Oui, finalement, c'est peut-être une chance que d'avoir, comme ça, quelques jours à partager avec sa fille, rien qu'avec sa fille, de ne rien avoir à faire d'autre que de contempler le scintillement des rayons du soleil dans les vagues, le tronc noueux des oliviers, la forme et la couleur des feuilles et des fleurs, de respirer leur parfum et celui de l'encens venu des monastères mais qu'on sent parfois jusque dans les forêts. Quelques jours à écouter les chants des moines et à boire l'ouzo qu'ils ne manqueront pas de lui offrir en leur accordant l'hospitalité.

Sacha repense au poulpe du port, rampant de toute la force de ses tentacules sur le ciment du quai pour s'arracher à la menace des hommes et retrouver l'eau salvatrice... Lui aussi, il va les sauver. Il s'est toujours sauvé de tout. Il s'est endormi depuis quelques années, certes, mais ça y est, il se réveille. En attendant, est-ce qu'il n'est pas tombé du ciel, ce petit séjour entre père et fille, lui qui se plaint de n'avoir pas assez de temps pour la regarder grandir, occupé à gagner sa vie ou plutôt à la perdre, comme le veut l'expression qui n'a jamais sonné aussi vrai maintenant que sa vie, il lui faut la re-gagner ?

Sacha se transporte mentalement à Paris, imagine les boulevards de la capitale bondés de gens pressés, visualise les bouches de métro qui les avalent et les vomissent par les portes stridentes des wagons, perçoit ces conversations qu'on ne voudrait pas entendre parce qu'on s'en cogne mais qui flottent dans l'air souterrain, la « gastro » de la cousine, les « t'es où ? » du collègue. Il se souvient des masques dits « becs de canard » que certains continuent à porter au cas où l'épidémie reviendrait, véhiculée par un nouveau variant, et de leurs yeux éteints au-dessus. Il revoit les visages penchés, épaules voûtées, sur les écrans rétroéclairés peuplés de vidéos de chats – Kittycute, le chat à quatre oreilles aux quatre millions de « suiveurs » –, ou diffusant le dernier épisode d'*Hastings* – devrait-il en être fier ? Sacha ne s'exclut pas du lot, il est pareil. Combien de fois, dans le métro ou ailleurs, même en balade, pris par ses trucs à la con, a-t-il oublié de répondre à sa fille assise à côté de lui, parce qu'il était sollicité par un SMS, un mail, un WhatsApp, un Signal, un message vocal, tant de canaux qu'on finit par s'y noyer ? Au lieu de parler à sa fille, merde !

Oui, dans son malheur il a de la chance : on lui donne du temps, au grand air. Et il emmène à présent Irène là où il est allé il y a trente ans. Si c'est pas beau, cette transmission de père à fille... Il pense à Mina qui lui demande de lui *faire confiance.*

Ça sera fait, Mina, se dit-il. Et toi aussi, fais-moi confiance, je la garde au chaud, ne t'inquiète pas, elle porte même deux pull-overs, notre progéniture adorée. Elle dort sur mes épaules, oui, ne t'inquiète pas. Syméon me donne rendez-vous à Stavronikita, visiblement ce sera plus sûr que son ermitage. C'est un endroit magnifique, j'y ai passé quelques nuits hors du temps, jadis, on ne se connaissait pas encore, Mina, j'ai quand même fait deux, trois choses avant de te rencontrer, même si je n'ai pas eu le temps de tout te dire, ou pas l'envie, ou tout simplement parce que je ne pouvais pas.

Pourquoi Irène dort-elle sur mes épaules ? Parce qu'on est dehors, Mina, on marche sous le manteau noir de la nuit en direction de ce monastère dont les portes n'ouvrent pas avant l'aube. Oui, on les ferme durant la nuit, avec une poutre énorme, solide comme tout, car la nuit c'est le domaine des mauvais esprits, des diables, qui y grouillent, c'est le moment où ils sont le plus actifs, et il ne faudrait pas qu'ils puissent se faufiler à l'intérieur comme des bacilles et contaminent les pensées de ceux qu'elles abritent en leur filant l'acédie. Celle-ci les conduit parfois à se suicider en se jetant dans le vide depuis les murailles du monastère, leur habit aux ailes d'ange ne leur étant d'aucun secours car purement symboliques, ces ailes en tissu. À se suicider ou à se masturber, ce qui est ici presque aussi grave que de se jeter dans le vide : un déni de la pureté à laquelle ils aspirent, une chute brutale sur la terre des hommes quelconques. Oui, la nuit c'est le royaume des pensées voluptueuses, qui viennent sucer leurs sens, gonfler leur sang, les assaillir d'images toutes plus tentatrices les unes que les autres, on n'imagine pas la puissance des fantasmes d'un moine.

Car c'est aussi ça, le diable, tu sais : des pensées. Charnelles, liquides, irrésistibles qui les assaillent de même qu'elles m'assaillent quand je te regarde sortir de l'eau l'été, prenant appui sur une échelle, les gouttes salées perlant sur tes épaules, et que j'ai envie de te lécher. Ou quand tu t'apprêtes à t'habiller pour partir, tôt le matin, retrouver tes étudiants, et que tu crois que je dors alors que je contemple les rondeurs de ton cul et de tes hanches, et que j'adore les gestes de tes doigts qui promènent sur ta peau encore nue une crème onctueuse et parfumée. Désirer sa femme après autant d'années serait-il héroïque, Mina, dans une ville où deux couples sur trois se séparent ? Chaque fois, quand j'ose, tu me dis que tu es en retard mais j'ose encore et tu finis parfois par t'allonger à mes côtés ou t'accroupir sur moi. C'est si impérieux et si rapide que de toute façon tu seras à l'heure pour ton cours sur Byzance, l'odeur de l'amour sur toi, reconnaissable entre mille... Tu vois, les diables sont déjà à l'œuvre autour de moi, murmurant à mes oreilles. Mais les pensées qu'ils me donnent, moi je les transforme en une force de vie dont tu n'as pas idée et qui m'aide à trouver le courage dont j'ai besoin pour croire que nous serons à nouveau réunis tous les trois. J'ai notre petite progéniture blonde sur le dos, un chargement qui n'a pas de prix, j'en prends soin, je pourrais m'ouvrir le ventre pour lui donner mon cœur à manger si elle avait cette faim-là, je suis plus fort que tout grâce à elle et grâce à toi. Les diables, je leur ris au nez et à la barbe.

Voilà ce qu'il se dit, seul avec ses pensées, Irène en « mode avion » pour quelques heures, sur le sentier qui longe à présent la mer. Flux et reflux des vagues, comme une respiration. Et le souffle chaud de sa fille dans son cou. Tout se confond. Le donjon de Karakallou, le monastère dont dépend l'ermitage de Syméon, est déjà loin derrière eux. Il n'y a que quelques kilomètres à parcourir jusqu'à Stavronikita, mais le froid commence à tomber. Ça l'inquiète pour Irène. Le chemin descend vers une petite crique et les restes écroulés d'une maison. Pas de toit, mais des murs qui les protégeront du vent s'il venait à souffler. Le père dépose délicatement sa fille sur une couverture qu'il enroule autour d'elle. Elle se laisse faire, pantin au corps tiède, mais se réveille :

« On va dormir aux belles étoiles ? demande-t-elle d'une voix lestée par le sommeil.

— Oui, aux belles étoiles. »

C'est encore plus beau comme elle le dit.

« *Adventure time*, mon petit crabe mou ! »

Irène sourit. Pour *Adventure time* et pour « crabe mou » : Irène en a dégusté un dans un restaurant, un jour. Pêché au moment de sa mue, quand sa carapace est en train de se refaire et qu'elle est toute fondante. Servi dans un pain rond, avec les pattes qui dépassent. Un « hamburger à pattes » avait-elle dit.

Sacha fouille dans son sac et glisse le pull de laine sous la tête de sa fille. Puis il rassemble sur le sol deux poignées de brindilles et quelques morceaux d'écorce et sacrifie quelques pages encore vierges du « Miroir de la princesse », qu'il approche du Zippo. Le bruit du capot métallique qui s'ouvre, celui de la molette qui crisse déclenchent en lui une onde de plaisir.

Faire un feu, c'est tellement mieux que de regarder une vidéo de relaxation ASMR... Voir le papier se consumer sous l'assaut des langues orange qui, dans ce parfum d'essence qu'il a toujours trouvé agréable, s'attaquent ensuite à l'écorce, puis aux brindilles. Sentir la chaleur sur son visage et sur ses mains, la bonne odeur de résine se répandre autour de lui. Faire un feu... Depuis combien de temps n'a-t-il pas fait un feu ? Celui-ci a pris aussitôt, d'ailleurs, malgré l'humidité de l'air, du bois : on veille sur nous, s'amuse Sacha. Il se couvre les épaules d'une couverture et reste là, satisfait, assis, les genoux remontés contre son torse, à contempler le spectacle des flammes qui dansent sur le visage aux yeux clos d'Irène, la bouche entrouverte sur ses dents écartées. Le froid est vaincu : ils sont en sécurité. Si Mina pouvait être là, avec lui...

*

Ensemble, ils jouaient parfois au jeu du « Qu'aurait été ta vie si... ? »

— Si tu n'étais pas allé chez ma mère ce soir-là...

— Et toi, si tu n'étais pas passée à l'improviste...

— À cause d'un film d'horreur qui me rappelait un chouette souvenir d'enfance.

— Et moi à cause d'une lecture d'enfance qui m'avait fait rêver, gamin, à une grotte mystérieuse...

Sacha s'en souvenait parfaitement : un super roman emprunté à la bibliothèque municipale où ses parents l'emmenaient tous les samedis même s'ils n'étaient pas, eux, de grands lecteurs. Ils le faisaient pour lui. Les aventures d'un jeune homme et d'une jeune femme de l'âge paléolithique chassés de leur clan, et qui dans leur voyage vers la mer découvraient cette grotte et le fabuleux bestiaire peint qui cavalait sur les parois. Sans oublier de se découvrir eux aussi, et de se frotter l'un contre l'autre comme des silex sur les peaux de bête qui leur tenaient lieu de vêtement. Et, une fois ôtées et étendues sous leurs corps, de lit pour l'amour. Sacha avait douze ans. Était-ce vraiment une lecture pour les enfants ? Ses parents n'étaient pas regardants là-dessus : tout ce que contenaient les bibliothèques était frappé du sceau de la connaissance et donc de la bonté.

Bref, l'enfance. C'est leur enfance qui avait mené Sacha et Mina à se rencontrer. C'est à leur enfance qu'Irène devait la sienne.

Sacha la regarde respirer, réchauffée par les flammes. Dommage qu'ils n'aient eu qu'un enfant. Le temps est passé trop vite. Ils ne l'ont pas pris au sérieux. Surtout lui, à faire le clown dans son émission de télévision. Ou plutôt l'anti-clown parmi les clowns, grave parmi les nez rouges, encore plus pathétique. Ou à jouer la « caution » pour cette série dont il n'écrit même pas vraiment l'histoire. À présent, Sacha n'a plus d'autre ambition que d'écouter la mer et la respiration de sa fille et de sentir l'odeur de blé coupé de ses cheveux se mêler à celle des buissons de romarin qui les environnent. En attendant de retrouver Mina et de reconstituer leur trinité. Est-ce que ce n'est pas un programme suffisant ?

S'il ne meurt pas avant. Il repense au drone. Il en frissonne.

Au drone, et à Alex.

*

Après leur voyage en Égypte, ils ne s'étaient plus revus que de temps en temps. Comme s'ils étaient devenus encombrants l'un pour l'autre. Et puis Alex lui avait fait parvenir, le jour de son anniversaire, son manuscrit. Dans un geste fou d'imprudence. Une centaine de pages écrites à la main, à l'ancienne. Après l'avoir lu, Sacha avait vomi.

Il l'avait appelé :

« Tu mens. Tu travestis la réalité.

— Le mentir-vrai, c'est le propre de la littérature », avait répondu Alex d'une voix blanche, conscient devant la réaction de son ami d'avoir fait une erreur et tenant à récupérer le plus vite possible son texte.

Mû par un drôle de pressentiment, Sacha en avait photocopié toutes les pages. Mais il en avait gardé trois pour lui. Trois pages du manuscrit original qui portaient dans leur encre la trace de la folie d'Alex. Il les avait remplacées par des copies d'excellente qualité dans le tas de feuilles rendu à l'auteur. Alex l'avait forcément remarqué mais il n'avait pas insisté, à l'époque. Ces trois pages brûlantes, Sacha les avait mises à l'abri, avec quelques photos du voyage qui attestaient que celui-ci avait bien eu lieu, dans une enveloppe de papier kraft. Ces trois pages-là, comme certaines des photos, il ne les avait pas copiées sur la clef USB où il avait stocké le reste du texte d'Alex. Trois pages trop explosives. Et qui pouvaient, d'ailleurs, lui poser problème à lui aussi. Et si Alex avait voulu le mouiller ?

C'était l'année suivante que Sacha, après plusieurs voyages en solitaire, était parti pour le mont Athos.

Il cherchait, comme il l'avait dit à Irène, « quelque chose ».

Une lustration.

Une purge.

Loin de lui-même.

Cela n'avait pas été suffisant. Alors il avait cherché l'oubli au fond de l'océan, remplaçant les errances horizontales par les immersions verticales.

Et le ventre des filles par celui de la mer.

Jusqu'à sa rencontre avec Mina.

*

Il tâche de se calmer. Tout le monde a des drones, désormais. Peut-être même les moines. Pour surveiller les intrus qui s'aventurent sur leur montagne sans autorisation, qui sait ? Il se rassure en se disant que, de là-haut, si on les regardait, on ne verrait qu'un feu. Un feu près de la mer, et tout autour du vert devenu noir où pointent quelques croix d'or invisibles dans la nuit.

Faire un feu. En fixer les flammes. En écouter les craquements, les murmures... Alex le fait peut-être aussi, en ce moment même, face à l'une des cheminées de ce palais présidentiel qui en a entendu, des secrets. D'autres secrets. Sacha repense à la façon dont ils ont changé tous les deux, Alex mutant peu à peu en cet homme politique tout à sa soif de pouvoir. Et que Sacha n'aurait plus dû intéresser parce que leurs routes s'étaient éloignées à tout jamais. Aujourd'hui, elles se recroisent. Par sa faute à lui. Il a rouvert leur plaie. Leur plaie d'Égypte.

La chaleur des flammes lui lèche le visage et les mains qu'il tend vers elles. Des étincelles crépitent avant de monter vers le ciel comme pour rivaliser avec les étoiles qu'il n'arrive pas à lire, lui. Il consent à fermer les yeux. S'il s'endort, le feu s'épuisera et s'éteindra mais la fatigue, nerveuse surtout, est plus forte. Il s'allonge contre sa fille pour lui tenir chaud, l'entourant de ses bras. Il vaut bien un feu.

*

Il se réveille vite. L'aube est presque là. Rosée dans les herbes et gazouillis dans les ramures. Sacha ne veut pas perdre de temps. Il faut arriver au monastère à l'ouverture des portes. Il réveille la petite en soufflant contre sa carotide. Le chatouillis lui fait ouvrir les yeux. Au fond de ses iris bleus il y a l'égarement passager de ceux qui ne savent pas dans quel endroit ils viennent de se réveiller. Cela le fait rire.

« Ça va ma mouflone ? »

Elle se redresse et s'assoit sur la couverture. S'étire. Il en profite pour fouiller dans son sac et lui tend une barre de *pasteli*.

« Merci papa.

— Tu as bien dormi ?

— J'ai un peu mal au dos.

— Le matelas était un peu spécial. »

La petite regarde les alentours, les murs de vieilles pierres, les restes du feu, perçoit l'odeur de fumée sur ses vêtements.

« J'ai dormi là ? »

Il hoche la tête.

« Et encore tu n'as rien vu. Grimpe sur le mur. »

Elle s'exécute. Il se met derrière elle pour la tenir.

« Waouh ! » fait-elle.

Le ciel est rose au-dessus de la mer violette, encore cernée d'une brume poudrée d'or : les premiers rayons du soleil se fraient un chemin dans la nuit qui rend l'âme.

Sacha a l'impression que la nature les salue. Ne manquent que les dauphins. Et une apparition de la Vierge. Irène demande si elle peut aller sur la plage terminer son petit déjeuner. Et faire pipi. Il préparera pendant ce temps leurs affaires.

Il vient la chercher, à nouveau chargé comme une mule, au moment où la sphère rouge du soleil émerge des flots. Il pense, comme chaque fois qu'il voit l'aube, à une explosion nucléaire.

Ils marchent un peu plus d'une heure, entre mer et forêt. À un moment, le sentier s'arrêtant sur une falaise, ils doivent s'enfoncer à travers les arbres pour retrouver le chemin qui cette fois monte à l'assaut d'une colline. Tout en haut est plantée une croix de bois sommaire, aux bras taillés en pointe. Et devant eux, en contrebas, juché sur un promontoire, l'incroyable silhouette du monastère de Stavronikita, citadelle dominant la mer, ramassée autour de son donjon qui, remarque Sacha, semble toujours dépassé par l'immense cyprès à deux pointes qui lui a déjà fait forte impression trente ans auparavant.

« Stavronikita, dit-il à sa fille. Le monastère de la croix victorieuse. »

L'aqueduc de pierre, qui l'alimente en eau, enjambe de sa douzaine d'arches des bassins fleuris de nénuphars. Ils s'y penchent. La bouche d'un poisson vient en crever la surface, comme pour les rappeler à la réalité et à ses imprévisibilités. Accrochées aux murailles, les cellules des moines, suspendues au-dessus du vide par des étais de bois, lui paraissent plus soignées qu'avant. Un antique chemin dallé les conduit jusqu'à l'entrée et au cyprès que Sacha salue comme un vieil ami en posant sa main sur son écorce. Il invite sa fille à faire de même.

« Tu le connais ?

— Oui, regarde, il a deux têtes.

— Comme l'aigle sur le drapeau de la Sainte Montagne.

— Tu m'épates, mon wombat. »

La porte est ouverte. On aperçoit les murs couleur sang de l'église qui, dans la cour étroite du monastère, rappellent au visiteur le sacrifice du Christ. Un moine surgit de la muraille, fantôme noir. Irène recule instinctivement. « Ne t'inquiète pas, c'est le frère portier », lui dit Sacha, en présentant leur *diamonitirion.* Sans un mot, celui-ci les invite à l'attendre sur un banc abrité du soleil et revient avec un plateau où trônent une tasse de café, deux verres d'eau, et une assiette de loukoums qui réconforte immédiatement Irène mais pas encore son père. Ce n'est que quand le moine réapparaît et leur demande de les suivre qu'il se détend. Syméon a bien œuvré. Irène s'empare du dernier loukoum et le fait disparaître dans sa bouche ourlée de sucre glace. Sacha le lui fait comprendre d'un geste. Elle passe le dos de sa main sur ses lèvres et prend un air sérieux. Ils franchissent enfin les portes.

MINA

Elle sursaute, ouvre les yeux. Ce n'est qu'Oshun, qui pose une main douce et chaude sur son épaule. Elle ne l'a pas entendue entrer.

« Il est quelle heure ?

— Trois heures du matin. »

Oshun la regarde avec un sourire attentif. Elle porte toujours son débardeur noir et son collier de cauris. Elle sent le tabac et l'alcool fort. La vie, quoi. Elle prend place sur un fauteuil en face d'elle, et croise ses longues jambes noires. Deux pistils délicats au centre de la corolle couleur champagne que leur fait la jupe de tulle. Oshun : dans la religion yoruba, celle de l'ancien Nigéria, c'est la divinité – l'orisha – de l'eau douce et de la beauté. Tout un programme.

« Ça va ?

— Ça va.

— Tu as pu te faire à manger ?

— Pas eu le temps...

— Tu veux que je te prépare quelque chose ? »

Mina secoue la tête. Elle culpabilise de s'être endormie. Il faut reprendre la lecture. Avec douceur, son hôte prend congé :

« Je vais me coucher alors. »

Elle quitte la pièce, gracieuse, aérienne. Puis, au seuil de la chambre, se retourne et ajoute : « N'hésite pas à me rejoindre. Ce sera plus confortable... »

Je ne sais pas si c'est le mot qui convient, pense Mina.

Elle se contente de lui sourire. Oshun disparaît. Mina soupire et replonge dans le texte.

« Victor ne peut plus rien me refuser », lit-elle. Ah oui, pourquoi ? Cela doit être en lien avec leur dernière nuit « durrellienne » à Alexandrie.

Le car s'arrête à son terminus : Siwa. C'est mon idée. J'en suis heureux car c'est sublime. Une oasis perdue dans le désert. Tant pis pour Louxor et la Vallée des rois, des reines, et des je-ne-sais-quoi. On ira après. Pour l'instant, j'ai envie de désert. Du vrai désert. Il faut connaître le désert, et ce qu'en dit Saint-Exupéry : « Ce qui embellit le désert, c'est qu'il cache un puits quelque part. » On n'est pas loin de la Libye. Victor veut qu'on y aille, après. Il rêve de Leptis Magna. On verra. D'abord Siwa. Je l'ai appâté avec Alexandre le Grand. Le jeune conquérant est venu ici, à vingt-quatre ans, en 331 avant notre ère, consulter l'oracle du temple gréco-égyptien de Zeus Ammon pour se faire reconnaître comme dieu. Il reste des ruines du temple, dit mon *Lonely Planet.* Quelques lignes, pas plus. On verra bien. Victor est excité. Je me félicite. Le car se lance sur une route tendue au milieu d'un lac. Un lac, en plein désert. Un lac salé dont les cristaux brillent et colorent l'eau de teintes changeantes avec, à l'horizon, des montagnes en forme de brioches dans la lumière orange. On sort de la route, le lac est traversé, et on entre dans une nouvelle étendue, verte cette fois. La palmeraie. Quand on descend du car, l'air n'est plus brûlant mais tiède. Il y a des arbres partout, et pas que des palmiers. On respire, soudain. Quelques touristes quand même. Des backpackers, comme nous. Je ne suis pas le seul à chercher l'absolu.

« Carrément... », commente Mina.

Au-dessus, sur une colline, les ruines d'une ancienne ville réduite en dentelle nous surplombent, survolées par des aigles. C'est si calme. Pas de voitures, mais quelques tricycles et surtout des carrioles peintes de toutes les couleurs, tirées par des ânes. Dans certaines, des femmes assises, ou plutôt ce qu'on devine être des femmes. Elles sont couvertes d'un tissu bleu-gris, et un tissu noir leur cache complètement le visage. On dirait un convoi de fantômes. Les gens sont très stricts ici, dit encore le *Lonely*. Des Berbères, convertis tardivement à l'islam, mais avec, visiblement, l'enthousiasme des néophytes. Je cherche une pension, un hôtel, un toit, mais une nuée de gamins nous accostent déjà. Ils se marrent, ils ont la vie dans la bouche et dans les yeux. Ils savent ce qu'on cherche. Nos sacs finissent dans une carriole. On se laisse faire. Et on est guidés jusqu'à une pension. Au fond d'un jardin avec des palmiers aux branches lourdes de dattes. Plein de grenadiers, aussi. « Mon fruit préféré, dit Victor. Très bon pour la prostate. » Il ne peut pas s'empêcher.

La pension est tenue par une famille berbère, et l'avantage c'est que Victor, qui ne supportait plus le foul, pourra ce soir manger un couscous. C'est ce que lui annonce le propriétaire, un homme d'une cinquantaine d'années, austère, mais bienveillant, et qui parle anglais. Nous ne sommes pas, hélas, les seuls pensionnaires. Il y a deux couples qui voyagent ensemble. Des Suédois. La maison des hôtes est au fond du jardin. Toute simple, avec des murs en argile, ou en terre, je ne sais pas exactement comment on appelle ça, et pas de lits mais des sortes de divans assez bas recouverts de couvertures tissées. Une petite table de bois, avec une lampe à huile. C'est tout et c'est assez. « T'es content ? » demande Victor. Je lui souris. Il sort, en quête d'une bière à déguster en attendant le couscous. Il ne sait pas encore qu'ici l'alcool est interdit. Et que la religion à Siwa se vit sur un mode radical. Je glisse mon petit cadeau sous son matelas.

Alex/Oscar en ravi de la crèche au pays des Berbères... Qui se lance dans une explication historico-géologique sur la forteresse aujourd'hui en ruine bâtie pour résister aux razzias bédouines. Et sur la matière dont sont faits les murs et qu'on appelle, il l'apprend enfin, le karshif, un « mélange d'argile, de sel et de pierre ». Mina aurait bien envie d'aller s'étendre à côté d'Oshun mais elle sait qu'il faut continuer alors elle lit en diagonale, le couscous est succulent et le narrateur s'endort vite, à la lueur de la lampe à huile qui éclaire Victor en train de faire des pompes. Pour travailler son torse « d'ascète sculpté » ?

Le chapitre se termine, elle passe au suivant, descend le curseur, un peu trop vite sûrement, elle a passé plusieurs pages et une phrase soudain l'aiguillonne :

Elle est peut-être différente. Elle est peut-être plus libre.

Tiens, une fille ?, note Mina. Et remarquée par Oscar, pour une fois... Dans le texte, Victor se moque de lui :

« Arrête de te faire des films.

— Tu peux parler ! Je te rappelle le Cecil Hotel ?

— Ce n'était pas un film, c'était de la littérature.

— Prends-moi pour un con.

— D'ailleurs je ne retrouve pas mon livre. Mon *Quatuor*. Tu ne l'as pas vu ?

— Non. »

Le petit salaud, se dit Mina.

« Et puis n'y pense même pas, reprend Victor. Les habitants d'ici sont super stricts. Pour eux tu es et resteras un infidèle. Un mécréant. Un kafir. »

Victor se tourne vers moi, grave, comme si je l'inquiétais.

Mina a loupé quelque chose. Il lui faut revenir en arrière. Ils viennent de prendre le petit déjeuner. Du pain local, sorti du four, tout chaud, du fromage de chèvre, un thé, *chaï*. Description avantageuse du festin matinal. On peut comprendre : à sept cents kilomètres du Caire, ville elle-même à trois mille kilomètres de la capitale européenne où ils vivent, tout prend une autre saveur. Les rayons du soleil tombent sur eux, filtrés comme il faut par les branches des palmiers et des grenadiers. Victor en a cueilli l'un des fruits et l'a tranché en deux. Sur l'assiette, on dirait qu'il saigne.

« Tu sais que ce fruit est dans toutes les mythologies ? dit-il à Oscar... Chez les chrétiens, c'est le symbole de l'Église, les grains sont les croyants, réunis dans le sang du Christ. On comprend pourquoi c'est si dur à éplucher.

Chez les juifs, je ne sais pas. Chez les Grecs de l'Antiquité, c'est le fruit de l'enfer : pour avoir mangé un seul de ses grains, la jeune Perséphone devra y passer six mois par an parce que si tu manges rien qu'une fois dans les enfers, tu ne peux jamais quitter complètement les enfers. »

Mina sait tout cela, mais la dernière phrase de Victor/Sacha se grave en elle.

Elle reprend sa lecture :

« C'est drôle, tu ne trouves pas, qu'elle représente à la fois l'enfer et le paradis ? Et dans l'islam, ça dit quoi, la grenade ?

— Plutôt le paradis. Au paradis il y a toutes sortes d'arbres fruitiers, et notamment des grenadiers et des palmiers. Comme ici.

— Et des meufs aussi.

— Des houris.

— Merci, je sais comment on les appelle. Et les élus du paradis peuvent baiser nuit et jour avec elles, je sais aussi. D'ailleurs, dans ta religion, pour les femmes, on a prévu quoi, si elles ne sont pas branchées meufs ?

— Ce n'est pas "ma" religion.

— Tu n'as plus envie de te convertir ?

— Je ne me pose pas la question en termes d'envie. On dirait que tu parles d'une envie de pisser. Ça m'intéresse, c'est tout...

— OK mais dis-moi : entre nous, ça ne t'étonne pas, quand même, une religion dont la seule finalité est de baiser pour l'éternité ?

— Ça ne devrait pas te déplaire, à toi...

— Tu te trompes... j'aime baiser, mais ce que je préfère, c'est faire l'amour.

— Ah oui ? Et c'était quand la dernière fois ?
— Bah, tu sais bien...
— Parce que c'était de l'amour ?
— Sur le moment, oui.
— Et l'Irlandaise aussi ?
— Shannon ? Tout à fait. On peut aimer quelqu'un une heure, comme une vie.
— Victor, le dernier des romantiques.
— N'est-ce pas ? »

Il sourit. Je note un peu de tristesse dans les plis de sa bouche. Je suis sûr qu'au fond de lui, il aimerait s'attacher.

L'observation d'Oscar rassure Mina.

« Et aujourd'hui, qu'est-ce que tu veux faire ? Baiser ou faire l'amour ?
— Lire. J'ai trouvé ça sous mon matelas. *La vie d'Alexandre le Grand*, par Plutarque. »

Il brandit le petit livre que j'ai acheté pour lui à Alexandrie.

« Il est vraiment venu ici, tu sais...
— Oui, tu m'as dit, consulter l'oracle.
— En toute simplicité... Et l'oracle, il est même à quelques coups de pédale.
— J'adore cette phrase : l'oracle est à quelques coups de pédale.
— Alors on y va ?
— Pourquoi tu souris ?
— Pour rien.
— J'ai compris ! C'est toi qui l'as glissé sous mon matelas ! Viens là que je t'embrasse, t'es vraiment un ami... »

Il ouvre ses bras en grand. J'ajoute :

« Et juste à côté, il y a des sources chaudes : les Bains de Cléopâtre.

— Génial ! Elle sera là ?

— Qui sait ?

— T'es vraiment un super organisateur. J'adore voyager avec toi. Quelle bonne idée tu as eue avec Siwa. Viens, vraiment j'ai envie de t'embrasser. »

Il se lève, et il le fait vraiment. Je me débats, ma chaise tombe vers l'arrière, je m'étale de tout mon long dans le jardin, il éclate de rire. Je me retourne et c'est alors que je la vois. Dans la maison des propriétaires. À la fenêtre. Riant elle aussi. Les cheveux libérés, noirs, les yeux très clairs. Dans une sorte de gandoura brodée de fleurs. Quelques secondes. Et puis elle disparaît. Je demande :

« Tu as vu ?

— Quoi ?

— Qui, plutôt. La fille.

— Pas vu, non. »

Il vaut mieux, peut-être. Victor attrape une moitié de grenade et la presse contre sa bouche pour en sucer les amas de graines juteuses. Quand il l'écarte de son visage, il est barbouillé de rouge vif. Du sang plein les babines.

« Arrête, tu vas lui faire peur.

— Je ne sais pas de qui tu me parles. Allez, je me débarbouille et on y va. À la rencontre d'Alexandre ! Viens mon ami, je prends le livre que tu m'as offert. Ça me touche beaucoup, tu sais. Je te ferai la lecture, ça te dit ? »

En sortant de la pension, alors qu'ils déposent les clefs à l'entrée, les deux garçons la voient de près. Elle est là, derrière son père, et quand ils passent elle réajuste son voile. Des boucles de cheveux noirs s'en échappent. « Ses yeux ne sont pas seulement clairs, ils sont dorés », écrit-il, lyrique.

Incroyable, commente Mina. Oscar a un « crush », comme dirait Irène.

Elle les regarde enfourcher leurs vélos. Ils traversent l'océan vert de la palmeraie, grimpent jusqu'à la citadelle où ils se perdent dans les ruines, « labyrinthe couleur de miel », avant de rejoindre le Djebel al-Mawta, la « Colline des morts » et ses tombeaux couverts de fresques. Pas de guide, pas de barrière, on s'y engouffre comme ça, et on respire l'Histoire, la vie et la mort. Peinte sur un mur, Nout, la déesse du Ciel, accouche du Soleil. Aux pieds d'un dieu dont la tête est effacée, un crocodile rampe, jaune sur la roche brune. Il semble dessiné par un enfant. Il paraît que pendant la guerre, quand l'armée italienne occupait l'oasis, les Siwis se sont réfugiés dans ces tombeaux. Dehors, à leurs pieds, le lac salé étincelle. Les dunes de sable paraissent vibrer sous la chaleur et les palmiers ressemblent à de minuscules fleurs vertes.

« À l'oracle, maintenant, à l'oracle ! » lance Victor.

Mina sourit en songeant qu'il appelle comme ça, désormais, son ordiphone.

Ils pédalent vers le temple de Zeus Ammon, le dieu à tête de bélier qui a parlé à Alexandre. Du temple il ne reste plus que des vestiges. Ils y pénètrent.

Victor ouvre *La vie d'Alexandre* – c'est mieux que mon *Lonely* où il n'y a que trois lignes sur l'événement – et marche en le lisant tout haut. Il me demande d'imaginer le jeune roi et sa troupe s'avançant vers le sanctuaire après des jours de désert, guidés par des corbeaux envoyés par les dieux qui font aussi pleuvoir dans « ces plaines immenses d'un sable profond » pour les sauver de la soif. Les oiseaux les précèdent pour leur montrer le chemin et les attendent lorsqu'ils s'arrêtent. Il me décrit le sanctuaire, la statue du dieu Ammon et son prêtre vers lequel s'avance le jeune chef : « *Alexandre l'interrogea sur l'empire qui lui était destiné, et demanda si le dieu lui accorderait de régner sur tous les hommes. Le dieu lui répondit, par la bouche du prophète, qu'il le lui accordait.* »

« Et zou ! commente Victor. Quel pragmatique, cet Alexandre... Avec ça, t'es sûr que tes soldats se battront pour toi comme des lions. Ça valait le coup de traverser le désert pour venir à Siwa ! »

Victor s'éloigne. Je reste et j'avance un peu plus, dans une partie encore couverte de hiéroglyphes. Je lis dans mon guide qu'il s'agit du Saint des Saints. Est-ce vraiment là que l'oracle a parlé ?

Alexandre sur les traces d'Alexandre : et il a l'air tout chose, se dit Mina. Comme s'il avait eu là une sorte de révélation sur le pouvoir.

Les deux garçons ont chaud et trouvent enfin, dans la palmeraie, les fameux « Bains de Cléopâtre ». C'est indiqué par un panneau. *Cleopatra's Bath.* Un bassin rond, large, bordé de carrelage, avec une eau trouble. « Ça expliquerait la légende des bains de lait », lance Victor en y plongeant la tête la première. Oscar le rejoint. Ils sont tout seuls. Un homme s'approche et leur propose, discrètement, du vin de palme. Oscar rappelle à Victor que l'alcool est interdit à Siwa mais ce dernier en achète quand même deux bouteilles, vite rangées dans son sac à dos. Est-ce qu'ils font du tourisme ? Non, ils apprennent à vivre, se dit Mina. À savoir où aller pour avoir du plaisir, de l'étonnement, à éviter les chemins balisés. Ils gagnent de la confiance en soi. On ne dort pas à vingt ans au milieu du désert sans en retirer une certaine assurance. On ne mord pas dans une grenade cueillie à l'endroit même où l'un des plus grands conquérants que la terre a portés est venu se faire reconnaître comme descendant direct du Soleil, sans se dire que tout est possible. Ils apprennent à s'appartenir, à repousser les limites. Ils se baignent chez Cléopâtre, dans l'Histoire et les légendes. Mina ne peut s'empêcher de penser, à nouveau, que cet épisode n'est sans doute pas étranger à ce qu'est devenu ensuite Alex.

Mina les découvre amis. Vraiment amis. Complices. Et pourtant Sacha ne lui a jamais vraiment parlé d'Alex. D'ailleurs, il ne l'appelle jamais Alex mais toujours « Papa », comme tout le monde, comme pour le mettre à distance. Qu'est-ce qui a pu se passer ? Pour qu'ils rompent ainsi ? Elle sait maintenant que c'est écrit là. C'est forcément écrit là.

Des femmes passent sur le chemin, couvertes de leur voile bleu-gris.

« On dirait les Barbapapa, dit Victor.

— Tu pourrais être plus respectueux.

— C'est tout à fait respectueux : j'adorais ce dessin animé. »

Il marque une pause. « En tout cas, c'est vrai qu'elle est pas mal.

— Qui ?

— La fille, à la pension. »

Je le préviens :

« Celle-là, tu ne touches pas...

— T'inquiète. Et toi non plus, Oscar. Tu as vu l'ambiance pour les femmes, ici ? C'est pas la joie.

— Déjà, tu n'en sais rien. Tu raisonnes selon nos standards. »

Et à partir de là, c'est comme si les rôles s'inversaient. Victor semble en retrait. Oscar en pointe. C'est le cas de le dire. À la pension, il guette le moindre des mouvements de la fille. Il est captivé. Car il la revoit. Ou plutôt il l'observe, elle le fascine. La pension est ainsi faite, comprend Mina, qu'il y a d'abord la maison où vit la famille, et le verger au bout duquel se trouve la maison des hôtes, qu'ils occupent donc avec les autres voyageurs. Dans ce verger, il arrive que la fille aille cueillir des fruits, grimpant pieds nus sur l'échelle qu'elle pose contre les troncs. Elle porte un simple voile qui ne couvre qu'une partie de ses cheveux – « à l'iranienne », commente Oscar – visiblement pas besoin de plus, elle est chez elle, personne ne peut la voir, les maisons et le jardin sont entourés par de hauts murs de karshif.

Il décrit l'ovale de son visage, son nez droit, sa peau « cuivrée ».

Le soir, le père étale dans la cour des nattes où les garçons s'assoient. Il leur apporte du thé et le couscous et, quand ils ont terminé, il prépare une chicha pour eux. Puis il s'assoit et grille une cigarette avec ses jeunes clients.

Le ciel ne souffre pas de la pollution. L'air est tiède. Le charbon dans le narguilé rougeoie, il y a quelques lampes à huile qui grésillent quand un insecte s'approche trop près des flammes. Comme il parle un peu anglais, on le questionne sur la vie, ici, on aimerait planifier une nuit dans le désert, un de ces jours, et discuter le prix. Il faut un 4×4. Il dit qu'il va se renseigner auprès de Brahim. « La vie est dure, ici. Il n'y a pas d'argent alors ceux qui ont des véhicules en profitent. » Mais lui, il a un hôtel ? Oui mais il doit de l'argent. Il a trois filles, pas de garçons. Leyla est la dernière. Elle a dix-huit ans et elle n'est pas mariée comme les autres. Elle fait des études. À Marsa Matrouh. La première ville qu'on trouve sur la côte en partant d'ici. Elle vit chez la sœur de sa femme. Une Bédouine. Pas une Berbère. Ça a l'air de faire toute la différence. Moins conservatrice ? « Des études de quoi ? je demande. — *To be a doctor* », il dit. Il a l'air fier. Mieux, il l'appelle. Victor et moi on se regarde, sidérés. Il doit être plus ouvert que les autres.

Elle arrive. Elle a couvert sa tête d'un voile, devant lui il est bien fixé, plus du tout à l'iranienne. Elle reste debout. Son père l'interroge. On sent qu'elle en a peur, et qu'elle a un peu honte de cette exhibition. Elle hoche la tête et nous pose à sa demande des questions en anglais. Des questions purement formelles. Est-ce qu'on aime Siwa ? De quel pays on vient ? Elle est « honorée » de faire notre connaissance. Sa voix est douce, elle roule les « r », j'ai toujours aimé les accents, ça m'emporte aussitôt. Dans l'obscurité, je distingue mal ses yeux dorés, mais je les imagine. Ses bracelets luisent dans les feux de notre petit campement. Un monde nous sépare. Mieux, une galaxie. Le père a l'air satisfait. Il la renvoie. Je suis gêné encore une fois. Je ne sais pas pourquoi. « *She speaks well. My daughter.* » Victor lui dit qu'il trouve super qu'elle fasse des études. « Siwa n'a pas d'avenir à offrir à une fille, répond le père. Pour les religieux, c'est *haram*, interdit par l'islam. » Je lui dis que, s'il veut, je peux parler anglais avec elle pour l'entraîner. Victor se tourne vers moi, le regard lourd de reproches. « Ma fille est pudique », lâche le père. Un froid tombe sur notre petit campement. Il se lève, nous laissant avec un simple « bonne nuit ».

Une fois qu'il est parti, Victor éclate de colère : « Ça ne va pas la tête ? On ne joue pas au docteur, ici. Tu sais qu'une fois qu'elles sont mariées, on les coud dans le voile qu'on leur offre le jour des noces ? » Je ne réponds pas. Il reprend et me dit qu'il va falloir songer à quitter l'oasis. L'oasis... Ce mot n'avait aucun sens pour moi. Tout au plus une boisson de mon enfance vantée à la télé par une chanson ridicule. Et voilà qu'il remplit mes songes.

Le lendemain, Victor lui dit qu'il a envie de « décoller ». Mais Oscar veut rester.

« Pour ta petite Siwie ? Arrête...

— Arrête ? Je croyais qu'il fallait faire coïncider la vie avec la littérature ?

— Et tu me fais quel livre, là ? *Un thé au Sahara* ?

— C'est un beau livre.

— Ça finit mal.

— On n'est pas mariés, Victor. »

À cette phrase qu'il lui balance à son tour, Victor, excédé, rentre dans la chambre, et ferme la porte. Puis l'ouvre à nouveau et lui jette :

« Tu n'y crois même pas toi-même. Tu t'inventes un truc. Un fantasme.

— Les fantasmes, ce n'est pas toi qui disais qu'il fallait les vivre ?

— Si on en a vraiment envie. Si on y croit vraiment. Mais toi tu fais semblant. C'est sans réalité ton truc. Sans possibilité. C'est pathétique. »

Il ajoute :

« Tu n'es pas obligé tu sais.

— Obligé de quoi ?

— De prouver que... rien. »

Victor lâche quand même, avant de fermer la porte : « Sache que ça ne me gêne pas. »

« Même pas mal », écrit Alex, Oscar-Alex. Une phrase que Mina trouve ambiguë. C'est comme le commencement d'un aveu. Les deux garçons, en tout cas, se sont compris.

Victor a changé du tout au tout. Il n'accepte pas la mue de son ami. Il insiste pour partir. Quitter Siwa. C'était lui qui commandait, et le voici dépassé par les désirs d'Oscar. Ce dernier lui demande de le prendre en photo, ici, avec la fille. Un souvenir, dit-il. Mina avance. Elle a oublié Sacha, elle a oublié Alex, elle est dans un livre, elle veut connaître la suite. Elle lit de plus en plus vite, elle ne sent plus la fatigue. Victor tombe malade. Rien de grave, le ventre en feu, il prend ce qu'il faut, Spasfon et Imodium, mais il est cloué au lit. Et ça dure. Pendant ce temps, Oscar, en pleine forme, c'en est même étonnant, passe sa journée dans le jardin. À écrire, à regarder Leyla, à lui parler, même, quand son père n'est pas là. On voit peu la mère, elle demeure dans la maison. Oscar lui demande si elle aimerait aller en Europe. Elle baisse la tête mais il a cru la voir sourire. Il pourrait lui donner son numéro de téléphone, pense-t-il, avant de trouver ça ridicule, et puis de se raviser encore : « N'est-ce pas s'abîmer dans des préjugés d'Occidentaux que de se persuader qu'une fille de l'oasis est forcément encalminée dans les modes de vie de ses ancêtres ? » écrit-il.

Mina ne peut s'empêcher, à nouveau, d'être émue par Oscar. Il ne se lasse pas d'admirer les cheveux noirs de Leyla, qui dépassent du voile. Elle en change tous les jours. Sombre ou plus clair, brodé ou à rayures. Jours bénis à Siwa. Oscar-Alex a trouvé son « refuge ». Il a rouvert son Coran et relit les descriptions du paradis. « Lequel donc des bienfaits de votre Seigneur nierez-vous ? Ils contiennent des fruits, des palmiers, et des grenadiers. » Des sources, aussi. Il y en aurait 281 à Siwa. Le paradis c'est ici. Oscar lit attentivement les notes de bas de page. « Paradis » se dit en arabe « *Janna* » – de « *jan* », « abriter », « cacher », « donner de l'ombre » – le mot signifie aussi « palmeraie ». Tout coïncide. Tout est cohérent.

Oscar tombe sur une note qui va plaire à Victor : il est possible que le mot « *hûr* », qui a donné « houri », ait été mal traduit et qu'on promettrait en réalité aux élus non pas soixante-dix vierges mais soixante-dix grains de raisin. Cela semble plus conforme, en effet, à l'idée qu'on peut se faire d'un séjour éternel. Un dieu ne peut pas être un genre de patron de bordel.

Il l'écrit dans son cahier, satisfait, il écrit comme un fou, d'ailleurs, il écrit que « Leyla » veut dire « nuit » en arabe, et un soir au coucher du soleil, alors que les arbres la protègent des regards de sa famille, elle lui tend une grenade, le « fruit rouge sombre et bosselé est posé dans le creux de sa main fine, ouverte ». Il tend la sienne, il prend le fruit, il pense encore au Coran, « Il n'y a pas une grenade dans laquelle il n'y a pas un grain des grenades du paradis », il effleure sa peau, cela le met dans tous ses états. Et elle, que veut-elle ? « *Chokran* », dit-il simplement. « *Afouan* », répond-elle. « Je vous en prie. » Il ne sait pas quoi faire, il ne peut pas l'inviter à boire un verre, ni même à une promenade, il n'a pas les codes, mais « n'oublie pas que tu vas mourir », alors il faut faire quelque chose. Leyla s'attarde un peu. De longues secondes. Il interprète ça comme positif à son égard, lève les yeux sur son corps, devine les formes sous la gandoura, il ne sait pas trop quel nom on donne à ce vêtement qui lui semble plus léger qu'hier, sa poitrine se soulève doucement avec sa respiration. À quoi ressemble ce corps, sous l'étoffe ? Il n'en a pas tant connu que ça, des corps. Il aimerait « toucher sa peau nue, en suivre de la paume les rondeurs, poser ses lèvres sur les siennes », c'est peut-être ridicule mais qu'en sait-il, des rêves de Leyla ? Il note son numéro de téléphone sur son carnet, il déchire la page, il lui tend, elle est gênée, mais il insiste, elle finit par le prendre, il sent qu'elle veut dire quelque chose, mais finalement elle ne dit rien. Du temps passe encore, il semble se dilater. Elle ramène son voile sur ses cheveux et s'en va, il décrit encore la finesse de ses chevilles, les bracelets qui tintent, il est heureux et triste, coincé, électrisé, il a des frissons, des soleils dans la tête. Il pourrait laisser Victor repartir, et rester là, mais pour quoi faire, et elle ? Elle va retourner à « Marsa Matrouh, un trou » – facile, se dit Mina –, épouser un médecin comme elle. Oscar répète qu'il n'est « pas musulman », que « tout cela n'a pas de sens ». Son écriture devient fiévreuse.

Cette nuit-là après le repas, où il ne l'a pas aperçue, il n'arrive pas à fermer l'œil. C'est la pleine lune, son influence doit jouer. Ou bien les ronflements de Victor. Oscar se lève, sort dans le jardin. Il préfère demeurer là, sous les millions d'étoiles. Assis, il s'est aspergé « d'anti-moustique Cinq sur Cinq Tropic, l'odeur est citronnée, pas trop désagréable ». Et comme il n'a pas sommeil, il boit le vin de palme qu'ils ont acheté avec Victor, toujours « dans le coaltar ». Pas mauvais. Sucré. Ça passe tout seul. Il boit encore, se sent incroyablement bien dans cette ivresse qui lui donne l'impression de vivre davantage, enfin.

Soudain il repère du mouvement dans le jardin. Il se lève, il s'avance, c'est une « silhouette en voile bleu sombre ». Il lui semble qu'elle s'approche vers lui pour le voir et, l'ayant vu peut-être, elle s'arrête et fait demi-tour. Il distingue mal malgré la lueur de la lune, les arbres font écran. Et il est un peu ivre, aussi. Elle se tourne vers le mur qui entoure la propriété, y ouvre une porte, s'y glisse et disparaît.

Oscar se lève alors. Il traverse les arbres, atteint le mur, se faufile lui aussi à travers la porte. La silhouette marche rapidement mais sans un bruit, souple malgré le voile, dans la ruelle ménagée par les murs des habitations. Leyla ? Il la suit dans la nuit. Il a vingt ans, il est dans cette oasis encerclée par un désert immense, l'air est doux maintenant, il suit une silhouette inconnue dont il rêve qu'elle soit celle dont il rêve, mais il n'en sait rien, on lui a peut-être tendu un piège et on va lui sauter dessus, lui prendre un rein ou l'égorger, laisser son corps se « faire dévorer par les aigles qui tournent autour de la forteresse fantomatique, mais les aigles ne mangent pas la chair morte, n'est-ce pas ? » Il n'a même pas pris son passeport. Son corps restera non identifié, jusqu'à ce qu'on appelle Victor ? « La vie est folle », écrit Oscar. Son cœur bat bien vite. Un âne qui brait le fait sursauter. La silhouette, elle, ne s'est pas retournée. Peut-être qu'elle sait qu'il est là, et souhaite qu'il continue à être là ? Elle entre dans la palmeraie. « *Janna* », dit machinalement Oscar. « L'éclat de la lune transforme les troncs et leurs palmes dentelées en un théâtre fantastique. » Il a l'impression de se faufiler entre les « colonnes d'un temple gigantesque, coiffé d'un vélum qui ondule sous le vent chaud ». La silhouette réapparaît sous la lumière de la pleine lune, elle s'enfonce encore plus dans la palmeraie. Oscar a lu dans son guide qu'elle était immense, il ne doit pas la perdre des yeux s'il ne veut pas la perdre, se perdre.

Il n'entend que le bruit de ses pas, de la brise venue du désert dans les ramures de cette forêt baroque. Au-dessus de leur tête luisent « des millions d'étoiles. On dirait le théâtre d'un rêve ». Mina se demande, d'ailleurs, s'il ne rêve pas. Soudain un bruit, derrière lui, comme un craquement. Oscar s'arrête, se retourne. Est-il suivi lui aussi ? « Ou est-ce l'effet du vin de palme qui me fait tourner la tête ? » Il ne voit rien, continue à s'enfoncer à la suite du fantôme vivant qui le précède.

> Qu'est-ce qu'elle fait là, à cette heure ? Excursion nocturne, rituelle peut-être, enfin libre d'aller où elle veut, libre du regard pesant de la communauté ? Profiter d'un bain clandestin dans l'une des 281 sources de la palmeraie, privilège réservé aux hommes, mais qu'elle va s'octroyer ? Ou bien, vraiment, m'invite-t-elle à la suivre ?

Il repense à la phrase de Saint-Exupéry, sur le puits qui se cache quelque part. Un autre bruit derrière lui. Il se retourne encore, les palmiers forment un rideau épais. Un son plus cristallin, maintenant. De l'eau. Une source qui coule. C'est comme une « clairière au cœur de ce dédale vert. Le centre du labyrinthe. Une source où la lune se reflète ». Oscar repense aux Bains de Cléopâtre et à la question de Victor : « Elle sera là ? » La silhouette s'arrête. « Debout dans son voile bleu sombre, devant l'eau calme, fraîche, lumineuse. »

Et la scène s'arrête aussi, brutalement.

Mina appuie sur la flèche du bas pour continuer sa lecture. Mais quand une nouvelle page apparaît, c'est comme si on était bien plus tard dans la narration.

Ce sont les cris qui me réveillent. Et puis Victor, qui me secoue.

« Il se passe un truc bizarre, ici. »

J'ouvre les yeux, ensuqué par le vin et l'ivresse de la nuit.

« Quoi ?

— J'sais pas, mais habille-toi. »

On sort. On traverse le verger. Il y a un attroupement autour de la maison. Des femmes en larmes, une autre qui pousse des cris atroces, assise sur un banc, entourée par d'autres femmes, toutes voilées. Il y a des hommes, aussi, et une carriole, avec un corps. Un corps enveloppé de bleu sombre. Allongé. Inerte. Mon rythme cardiaque s'envole. Je commence à défaillir. Non, cela ne se peut pas. Victor me retient par le bras. Avec poigne. Il avise un jeune garçon. Maillot de foot, jean élimé.

Il l'interroge, en anglais, en désignant, du menton, la carriole et le corps. Le gamin bredouille quelques mots, en arabe et en anglais. Oui, c'est la jeune fille d'ici. Ils l'ont retrouvée morte dans la palmeraie. Pendue. Il fait des gestes pour se faire comprendre, et on ne comprend que trop, tant ils sont sans ambiguïté. Puis il tourne vers nous ses yeux très noirs et ajoute un mot, en arabe seulement, d'un ton méprisant : « *sharmuta* ». Ce mot-là, on le connaît. Ce mot-là, il veut dire « pute ».

Je sens un grand froid me traverser de part en part. Je sens que je vais tourner de l'œil.

Victor me pince le bras. Je me reprends.

« T'as fait quoi avec elle ? » me lance-t-il, tout bas, les lèvres pincées.

Je lui réponds que je n'ai rien fait.

Mina relit la phrase une deuxième fois : « Je lui réponds que je n'ai rien fait. »

« Faut qu'on se tire, alerte Victor. Vraiment. Viens, on va faire les sacs. »

Je ne bouge pas. Je ne peux pas. Je garde les yeux fixés sur le corps. Cela ne se peut pas. Cela ne se peut pas. Je tremble. Les Suédois sont sortis pour voir ce qui se passe. Mais eux sont déjà sur le départ. Leurs sacs sont prêts. J'ai l'impression que le père me scrute.

« Contiens-toi, bordel. »

Victor m'attrape le bras et serre plus fort.

« Tu viens, oui ou merde ? »

On traverse le jardin jusqu'à notre chambre. Sur la table, à l'extérieur, les fruits qu'elle m'a offerts se décomposent, envahis par les fourmis. Victor ferme la porte derrière nous et sort le fric qu'il lui reste.

« T'as combien sur toi ? »

Je lui tends tout ce que j'ai.

« Le bus est dans une heure. Celui qui arrive du Caire. Et qui y repart. C'est long, une heure.

— Long pour quoi ?

— Ils vont te soupçonner. »

Et comme je balbutie, il s'énerve.

« Atterris, merde ! Tu n'as pas arrêté de la mater ! Tu as dit au père que tu voulais lui donner des cours d'anglais. Tu te souviens de sa réponse ? La pudeur, tout ça ? »

Je ne dis rien. Je suis hagard, sorti de moi-même. Le vin de palme me fait encore mal à la tête. J'ai envie de vomir.

Victor reprend :

« Autour de nous, je te rappelle, c'est le désert, y a rien qu'eux, et ils font la loi. Genre la charia, tu vois, je ne suis pas spécialiste, c'est plutôt toi, alors je ne te fais pas de dessin. Ça sent mauvais, on se tire, et vite. C'est combien la nuit ? »

Je ne comprends pas.

« La chambre, bordel ! 300 livres c'est ça ? »

J'acquiesce.

« Et ça fait combien de temps qu'on est là ?

— Cinq jours. »

Il compte les billets en rageant :

« Putain, j'ai été aussi malade que ça ? Qu'est-ce que t'as foutu pendant ce temps ? »

Et, comme je ne réponds pas :

« Tu nous as mis en danger, mec. »

Il laisse sur la table une liasse de billets.

« Je préfère qu'on soit en règle avec eux. Irréprochables », dit Victor.

Je pense au numéro de téléphone que je lui ai laissé, sur la page du cahier. Je dois blêmir car il me demande si ça va. J'acquiesce.

Les sacs sont prêts en deux minutes. On n'a pas grand-chose. Victor ouvre la porte. Et se ravise.

« Merde, on va être obligé de passer devant eux...

— Il y a une porte dans le jardin. Elle donne derrière, sur une petite rue.

— Comment tu sais ça, toi ? »

Je ne réponds pas. Je tiens à peine debout.

Cachés par les arbres du verger, ils se sauvent. Arrivés sur la place, ils apprennent que le bus ne viendra pas de sitôt. Il a eu un accident à Sadat City, à cent bornes du Caire. Au-dessus des ruines déchiquetées de la forteresse, des aigles tournent. L'oracle ne semble pas très faste. Ils sont tout seuls sous le soleil et sentent qu'on les regarde avec curiosité depuis la station-service d'à côté, qui tient aussi lieu de café. Quelques locaux en tunique y sont assis à l'ombre sur des chaises en plastique, sirotant un thé. Les quatre Suédois s'y sont réfugiés aussi. Devant le café, un pick-up Toyota est garé. Victor et Oscar les rejoignent. Ils sont, comme eux, dégoûtés par l'annulation du bus, mais pas stressés. Ils ont le temps. Le pick-up, ça leur dit ? demande Victor. Ça fait long jusqu'au Caire, non ? répond l'un des garçons du groupe, qui ressemble à Stefan Edberg. Certes, mais si c'est juste jusqu'à la première ville digne de ce nom ? De là, ils pourront trouver d'autres transports. Stefan Edberg hausse les épaules. Le bus arrivera peut-être. Il n'est pas génial mais on peut au moins s'y allonger pour dormir. Victor recompte les billets qui restent et se dirige vers l'homme qu'on lui a indiqué comme étant le propriétaire du 4×4. La somme dont il dispose n'est pas suffisante pour le décider à bouger son gros cul.

Les regards sont de plus en plus insistants sur eux. Du moins est-ce l'impression d'Oscar. Ne pas montrer, surtout, leur nervosité. À peine Victor lui a-t-il dit ça qu'Oscar, pris de crampes, part se vider aux toilettes. C'est un peu mieux dit, mais c'est ce que comprend Mina. De longues minutes s'écoulent. Oscar revient. Soudain un camion surgit de leur gauche, dans un nuage de sable. Un énorme camion Renault, bleu et rouge. Victor se lève et se plante au milieu de la route, devant lui. Il lui fait signe de s'arrêter. Le camion ne ralentit pas. Victor a juste le temps de se jeter sur le côté. Il vient se rasseoir, écœuré, du sable dans la gorge, les yeux. Ce n'est que le début de la torture. Maintenant, il faut se préparer au pire. On va forcément venir les interroger. Cela fait quinze minutes qu'ils ont quitté la pension.

Derrière eux, les Suédois se mettent à discuter. « On entend *"bekväm"*, *"dygn"*, *"föreslår" ou "bästa"*. On a l'impression d'avoir été téléporté chez Ikea. » Une main attrape l'épaule de Victor. Il sursaute : c'est Stefan Edberg. Les filles en ont marre alors il est OK. Ils retournent voir le propriétaire du pick-up. Ils doublent la somme. Le type sort mollement la chicha de sa bouche et dit qu'il est d'accord pour les emmener jusqu'à Marsa Matrouh. Vendu. Il met quand même un temps fou à se lever et les garçons regardent à nouveau autour d'eux avec anxiété. Enfin, il daigne soulever sa masse de chair et leur fait signe de grimper en se dirigeant péniblement vers son véhicule.

« Marsa Matrouh », dit-il en désignant la route. Il n'y en a qu'une, de toute façon. Marsa Matrouh. Ce nom me poignarde. Je pose la main sur l'épaule de Victor. Il l'ôte aussitôt et me jette un regard qui n'est même pas chargé de colère. Juste de pitié.

Les sacs à dos sont jetés à l'arrière, où montent les deux Français. Ils s'en servent pour caler leur dos. Le véhicule s'ébranle enfin. Sous la bâche ils commencent à se sentir en sécurité et encore plus quand Siwa disparaît derrière eux comme un mirage. « La palmeraie n'est plus qu'une tache verte », note Oscar.

Le récit s'arrête là. Il y a un saut de plusieurs lignes et puis cette phrase unique :

La suite, Sacha, c'est à nous de l'écrire ensemble.

Mina la relit deux fois. Qu'est-ce que c'est que cette phrase ? Il sous-entend quoi ? Il lui promet quoi ? Elle se sent mal, complètement égarée. Elle comprend que des choses ne sont pas dites, qu'il y a un trou dans l'histoire. Et un cadavre, cette fille, Leyla, « *sharmuta* ». Sacha et Alex seraient unis par une morte ? Elle se répète la phrase qui tourne maintenant dans sa tête : « Je lui dis que je n'ai rien fait. » Elle peut vouloir dire deux choses : « je lui dis : je n'ai rien fait » ou « je lui dis que je n'ai rien fait alors que j'ai fait quelque chose. » Alex, un assassin ? Elle ne peut pas y croire. Un accident ? Une coïncidence ? Un suicide ou une vengeance qui ne les concerne pas ?

Mina reprend le texte. Très attentivement. Distingue des numéros de page écrits au crayon, à la main. Ils sont presque effacés mais elle arrive à lire. De la page 154, on passe à la page 158. Il manque donc trois pages. Celles qui racontent la suite de la nuit, jusqu'au matin où les deux amis se réveillent au milieu des cris. Mina pense : sexe, déshonneur, règlement de compte.

Elle se lève. Il fait toujours nuit. Leyla veut dire « nuit ». Et *sharmuta,* « pute ». Ça tourne de plus en plus vite dans sa tête. Que faisait cette fille la nuit dans la palmeraie ? Est-ce qu'elle y vendait ses charmes ? S'est-elle pendue, ou l'a-t-on pendue pour ça ? Qu'est-ce qui s'est passé avec Oscar ? A-t-elle été surprise avec lui ? Par qui ? La pauvre gamine. Et Victor ? Au lit pendant cinq jours. Quel est son rôle ? Elle commence à imaginer de drôles de trucs. Elle essaie de les chasser de sa tête. Qu'est-ce qui est vrai ? Qu'est-ce qui est faux ? Qu'est-ce que c'est que ce putain de texte ?

Elle retire la clef USB. C'est comme si elle lui collait aux doigts. Une brûlure visqueuse. Elle ferme l'ordinateur. Elle est épuisée et nerveuse. Elle a peur, aussi. Et elle s'en veut. Pourquoi a-t-elle pris sur elle le soin de tout régler si c'est pour échouer lamentablement devant ce texte qu'elle ne comprend pas ?

Elle se revoit au café d'Ouranopolis, se disant, au moment où elle aperçoit les hommes qui viennent sans doute les arrêter : « L'essentiel, c'est qu'Irène soit en sécurité. » Elle se revoit dire à Sacha d'aller rejoindre leur fille, partie jouer près du bateau, et mettre dans sa poche la petite clef noire avant de quitter discrètement le café pour rejoindre la voiture et la démarrer. Avec la ferme conviction qu'elle saura agir pour les sauver et que si elle ne le fait pas, ils ne seront jamais en paix.

Et la voici maintenant bloquée comme une conne.

Une conne qui flippe. Elle pense à Papa, alias Alex, aujourd'hui au sommet. Aux moyens dont il dispose pour leur nuire. Mais qu'est-ce qui le gêne, au fond ? Ce n'est qu'un roman, se dit-elle pour se rassurer. Et un roman, c'est du faux ! Allons, ma grande, plus personne ne croit à ça. Aujourd'hui tout s'appelle roman, même la réalité. « Mon sang, ma sueur, mon âme », ça sonne authentique, non ? Et « Le reste, c'est à nous de l'écrire », ça veut dire quoi ?

Mina comprend mieux pourquoi Sacha n'a jamais écrit de romans : ils contiennent trop de mémoire, trop de choses qu'il vaut mieux oublier. Et c'est pour ça qu'il ne lui a jamais parlé de l'Égypte et de son amitié avec Papa. Des années qu'ils sont ensemble, et qu'il a gardé le silence là-dessus... Est-ce qu'elle connaît vraiment le père de sa fille ?

Elle prend une respiration profonde et tente de se calmer : s'il y a eu un meurtre, pourquoi y seraient-ils pour quelque chose ? Y a-t-il eu une enquête ? Comment en retrouver la trace ? Est-ce qu'on ne règle pas ça entre soi, dans ces sociétés isolées, fermées ? Tout a dû se dissoudre comme un cristal de sel dans l'eau du lac de Siwa...

Elle vérifie quand même, rouvre l'ordinateur et se connecte à internet, pour voir... Elle tape « Siwa », tombe sur des images d'une beauté folle, la palmeraie et ses mille nuances de vert, les immenses falaises qui, c'est vrai, ressemblent à des brioches, et bordent des lacs d'un bleu de banquise où des voyageurs font la planche. Elle la voit enfin, la « Colline des morts », Djebel al-Mawta. Elle essaie des combinaisons sur le moteur de recherche – *murder* + *tourist* + *Siwa* – et échoue sur l'histoire d'un expatrié américain qui a battu sa femme égyptienne avec un marteau car « il en avait marre d'elle » (« *fed up with her* »). Mais cela s'est passé en 2020. En 2017, autre affaire : c'est cette fois un Égyptien qui poignarde sa femme, une Sud-Coréenne, la lardant de neuf coups de couteau. Elle remarque que dans les deux cas, on précise que les couples se sont « disputés ». Elle change la combinaison : *prostitute* + *Siwa* + *murder*. Des résultats, mais indiquant que le mot « Siwa » est « manquant ». Elle enlève « *murder* » : « *Siwa* + *prostitute* » la fait atterrir sur des propositions de sites de cul dans lesquels elle n'a pas du tout envie de plonger. *Siwa* + *girl* + *murder* : à nouveau, les deux faits divers matrimoniaux. Elle soupire. Elle fatigue. Il y a forcément autre chose, mais quoi ?

Elle pense à eux deux, Sacha et Papa, enfin Alex, et ne se sent pas à la hauteur, pour une fois. Sacha a probablement sauvé la vie de son ancien ami. Elle s'aperçoit qu'elle le connaît mal, que sous ses airs rêveurs il est sacrément dégourdi. Qu'elle a eu tort de ne pas lui faire confiance, elle qui a exigé de lui cette confiance. Elle se rassure en songeant que leur fille est sous sa protection, qu'il va très bien s'en occuper, savoir quoi faire. Elle se dit qu'elle est heureuse d'avoir donné vie avec lui à cet enfant. Irène. Leur Irène. Leur petite reine. Elle pense à la tendre chair de ses bras, à croquer, aux faux tatouages qu'elle adore se faire sur les biceps, à sa frange blonde qu'ils ont dû couper. Elle passe la main dans ses cheveux à elle. Ça y est, elle a envie de pleurer. Elle ne résiste pas : c'est une réaction de défense de son corps parce qu'elle panique, elle le sent bien. Elle aimerait entendre leur voix. Et que Sacha lui dise toute la vérité. Mais ne risque-t-elle pas de les mettre en difficulté ? Sont-ils vraiment en sécurité ? Si elle achète un téléphone jetable, est-ce que c'est vraiment sûr ? Mina est fatiguée de jouer les agents secrets.

Elle a peur de la suite, surtout. Elle le connaît mal, Papa, mais elle sait qu'il est capable de se déchaîner contre ses ennemis. L'histoire de son micro-parti regorge aussi de micro-histoires. Assez glauques... « La politique est un hobby de tueur », avait dit un jour le mentor de Papa, par ailleurs ministre du Développement rural, dans une interview pour la presse écrite. « Avez-vous transmis cette leçon à votre élève ? » avait demandé la journaliste. Réponse du mentor : « À votre avis ? » La journaliste avait ajouté, entre parenthèses, comme une didascalie, un « (il sourit) ». Quinze jours après, le mentor ministre démissionnait. « Nous devons être exemplaires », avait-il déclaré, un peu pâle, à la télévision, après que, sur les réseaux sociaux, des trolls avaient répandu des bruits de corruption le concernant. Papa n'avait rien eu besoin de dire. Impérial. Olympien. Loin des hommes et de leur boue. Papa n'était pas un « tueur », ni n'avait de « hobby » : il était vertueux, il avait une mission pour le pays. C'est ce qu'avaient martelé sur les ondes les autres membres du gouvernement. On n'avait plus jamais entendu parler du mentor.

Mina se souvient de la voiture noire dont Sacha lui a raconté l'irruption dans leur rue le soir de l'anniversaire d'Irène. Il avait minoré le geste de menace, criminel, que lui avait fait l'un des passagers. Elle l'avait presque engueulé.

« Tu aurais dû filmer.

— Je n'ai pas ce genre de réflexes. On est en démocratie.

— Ah oui ?

— Et puis qu'est-ce que ça aurait changé ?
— Ça sert à se défendre, Sacha. »

Il a toujours eu l'air de planer. D'être à moitié là. Elle sait que c'est pour cette raison qu'elle a pris la clef. Pour se défendre. Pour rendre les coups.

Le temps file. Elle ne pourra pas le rattraper. Il faut qu'elle revienne sur ce texte. Il faut qu'elle trouve ce qu'elle ne voit pas. Mais pour cela il faut qu'elle dorme un peu, qu'elle soit un minimum en forme, que son liquide céphalo-rachidien entre en scène pour nettoyer ses neurones et emporter leurs déchets loin de son cerveau.

Elle se redresse doucement, quitte le cocon du canapé où elle est restée trop longtemps. Le mal de dos l'élance. Elle glisse la clef dans la poche du peignoir, s'étire, le peignoir s'entrouvre comme le ciel devant l'aube qui ne va pas tarder à arriver. Elle quitte le salon, pousse la porte de la chambre et y fait entrer la lumière de la ville. Celle-ci lui révèle le corps d'Oshun, allongée sur le ventre. Mina hésite mais elle sait qu'elle dormira mieux là, sur le grand lit, et qu'il faut impérativement qu'elle récupère. Elle garde son peignoir, le resserre, s'allonge sur le dos, sent la chaleur et le parfum d'Oshun. Ça la rassure. Elle l'entend respirer, ça la rassure aussi. Son corps change de position pour se mettre sur le côté, une main glisse vers elle. Elle la repousse doucement. Cela n'a eu lieu qu'une fois. Cela n'aura lieu qu'une fois. Nos vies sont faites d'accidents corrigés par la volonté.

Mina regarde le plafond. Il y a des petites étoiles phosphorescentes collées dessus. Elle tente de reconnaître les constellations. En vain. Elles ne respectent pas le ciel qu'elle connaît. Elle pense à cette nuit à Siwa, se sent bercée par le mouvement des têtes flottantes et hirsutes des palmiers dans l'air noir et tiède. Elle ferme les yeux, mais les mots reviennent danser sous ses paupières : « Debout dans son voile bleu sombre, devant l'eau calme, fraîche, lumineuse ». « Millions d'étoiles ». « Centre du labyrinthe ». La main d'Oshun aussi. Elle semble vouloir se faufiler sous le peignoir, au niveau de son sein gauche, comme si elle cherchait à vérifier que son cœur bat comme il faut. Cette fois-ci, elle l'accepte. Elle ne fait rien de mal. Elle la laisse se poser sur elle, la recouvrir comme une coupe. C'est doux. C'est chaud. Un poids si léger qu'elle le soulève à chaque respiration, une pression qui la calme. Serrant la précieuse clef au fond de la poche du peignoir, Mina écoute Oshun respirer. Elle se cale sur son rythme. Elle parvient à s'endormir. Les deux respirations se mêlent. Deux corps de femmes qui dorment.

Troisième jour : Tu accueilleras la beauté

Ce qui est beau est bon et ce qui est bon sera bientôt beau.

SAPPHO

SACHA ET IRÈNE

Sacha pose leurs sacs et découvre la chambre, surpris et ému. C'est la même que celle où on l'a installé la première fois, dans ce monastère de Stavronikita. Une ancienne cellule suspendue au-dessus de la mer Égée. Éclairée quand le soir tombe par une lampe à huile dont il est impatient de revoir la lueur. Puisse-t-elle dégager l'horizon.

Il se revoit à l'époque : cherchant l'apaisement. À oublier, aussi. Tout est encore ouvert. Il est sur la presqu'île sainte pour découvrir un nouveau monde, silencieux, opaque, tourné vers les mystères du ciel et les rites du passé, sur lesquels il écrira peut-être un jour. Il en a assez des humains. Des humaines. Il n'aime plus personne. A-t-il d'ailleurs jamais aimé ? On dit que ce sanctuaire est plein d'amour, d'un amour plus grand que les amours humaines. Le souvenir de l'Égypte le hante. Il porte un lourd secret mais il n'en parlera pas.

Alex l'a rappelé après avoir récupéré son texte. Sacha a promis. Une sorte de pacte. Mais qu'Alex ne cherche plus jamais à le joindre. Maintenant c'est chacun pour soi, et Sacha veut oublier. Il étudie la littérature, la philosophie, les humanités, comme on dit. Il a appris à plonger, aussi, tout financé seul, *badass diver*, sans rien demander à personne. Formation hyperbare niveau 2, et tout et tout. Il commence à repenser à l'archéologie qui, enfant, le faisait rêver quand il trouvait des pointes de flèches préhistoriques dans les champs qui entouraient la maison. Il veut sauver des trésors des flots, des gisements d'amphores, explorer des grottes peintes, descendre dans les couches du temps. Pour mieux fuir le sien.

Sacha voulait vivre ? Il en a assez fait. Il a parlé d'autres langues, en a goûté certaines, suaves et rondes, ou pointues comme des feuilles de menthe. Désiré beaucoup, mais pas vraiment aimé. Il a mangé des poissons inconnus grillés par des pêcheurs sur des plages lointaines, dormi « aux belles étoiles » sur des montagnes guatémaltèques. Il a rencontré des Naxalites au Kerala et des coupeurs de cannes à Cuba. Il a bu des alcools forts, caressé des peaux douces. Il a sauté sur pas mal des occasions que lui a offertes la vie et il veut désormais lui donner forme autrement. Lui donner grâce, aussi. Il n'a pas peur du mot. Écrire permet de le faire : c'est un acte sensuel, profond, mystique. Il veut du calme, maintenant. Comment dit-on ? De la sérénité. Sacha ne veut plus seulement saisir le moment pour le tordre au feu de sa volonté avant de s'en débarrasser pour en saisir un autre, mais se consacrer à chaque seconde, et la décomposer en parcelles de temps encore plus petites, comme lorsqu'il plonge, et qu'il regarde, pendant un temps qui lui semble infini, le corps souple et musculeux d'une murène aux écailles bleues onduler entre les rochers, dragon de chair bien réel, aux yeux jaunes constellés de points noirs.

Il veut s'appartenir.

Quand il dispose devant lui, à l'époque, dans cette même pièce, sur la même table de bois calée contre la fenêtre derrière laquelle grondent les vagues, son cahier et les deux stylos à pointe fine qui ne le quittent jamais, il ne pense pas seulement aux trois écrivains qu'il révère alors, Bruce Chatwin, Lawrence Durrell et Patrick Leigh Fermor, mais d'abord à un samouraï s'adonnant à la calligraphie pour éloigner la mort. Il écrit sur ce cahier d'une écriture toute fine, il va se dépasser, se sidérer. Il a tant d'histoires à raconter. Tout ce qu'il a vécu a été unique, et mériterait une histoire. Croit-il. Il fait ses gammes sur ce carnet, mais très vite il écrira un grand roman. Il pense à un mot : « maturité ».

Trente ans après, la table est toujours là dans le monastère de Stavronikita et il n'a toujours pas écrit ce roman.

Il s'avance, passe avec émotion le plat de la main sur la surface de bois, écaillée par endroits, là où le vernis a sauté.

« Tu fais quoi, papa ? »

Irène le regarde avec curiosité.

« Je reprends contact », dit-il.

Il lui sourit.

Il ne sait pas s'il est là pour conclure sa vie ou la recommencer.

*

Il y a une serviette propre sur chaque lit. Un drap, une couverture. Il lui apprend à faire son lit.

« Les draps sentent le feu de bois, lui dit-elle.

— Non c'est toi, mon étincelle chérie. »

Le lit est fait : elle veut s'y étendre. Il lui répond qu'il faut d'abord prendre une douche.

La salle de bains est collective. Dans le couloir il croise un pèlerin. Chauve, le visage rond, rieur. Équipé de chaussures de randonnée. Un Grec. Ils se saluent d'un geste. Sacha se penche vers sa fille, lui glisse à l'oreille qu'il faut faire attention et lui rappelle que son prénom est Irénée et qu'elle n'est pas une petite fille.

« Je sais : on ne doit pas voir ma zézette. »

Il a presque envie de rire.

La douche n'a pas de rideau. Elle n'est séparée des autres que par une cloison de ciment. Sacha fait barrage de son corps, trouve un morceau de savon noir et le fait mousser sur la peau de sa fille, ses cheveux, en évitant bien les yeux, et en la tournant face au mur, même s'il n'y a personne. Puis il l'habille avec les nouveaux vêtements trouvés par Syméon. Un jean et un sweat propre. Sur ce dernier, le drapeau bleu et blanc du pays et cette inscription : « *Greece is where my story begins* ». Puisque c'est écrit...

« Tu m'attends là, Irénée. Tu ne bouges pas. »

À lui d'enlever le parfum de cendre de ses cheveux. La fatigue lui a fait une carapace que l'eau chaude et le savon arrivent à peine à entamer.

Revenus dans leur chambre, ils s'allongent. Il faut qu'elle récupère après leur nuit dehors. Et ça lui ferait du bien à lui aussi.

*

« *Kallimera !* »

Sacha sursaute. Le type, bras croisés sur son torse, lui sourit.

« Qu'est-ce qui se passe ? »

C'est le même homme que celui qu'ils ont croisé dans le couloir avant la douche. Le pèlerin chauve. Qu'est-ce qu'il fout là ?

« C'est l'heure du repas. Je suis venu vous prévenir », lui dit-il en français avec un fort accent.

Comment sait-il qu'ils sont français ? Sacha cherche sa fille du regard. Assise sur son lit, son sac à dos ouvert devant elle, sa trousse sortie, une paire de ciseaux à la main, elle découpe un morceau de carton qu'elle colle sur un autre, déjà décoré d'un rectangle de plastique bleu. Rien ne trahit leur nationalité. Sacha sent son cœur battre plus vite. D'un regard il vérifie que toutes ses affaires sont là, et en ordre. Son sac est toujours contre lui, coincé entre le mur et le lit.

Le type lui tend la main.

« Nikos », dit-il.

Sacha tend la sienne, hésite :

« Jake. »

C'est le premier nom qui lui est venu. *Adventure Time.* Le type hoche la tête et disparaît.

Irène affiche un sourire goguenard, sa paire de ciseaux en suspens.

« Pourquoi tu lui as dit que tu t'appelais "Jake" ?

— Je n'ai pas envie de lui donner mon vrai prénom.

— Et moi je n'ai pas le droit de dire que je suis une fille...

— Attention tu viens de le dire... »

Elle baisse la tête.

« On est des agents secrets ?

— Tu sais ce que c'est, un agent secret ?

— C'est quelqu'un qui fait des missions. Il a des

lunettes noires. Il cherche des personnes. Parfois il retourne des miroirs et découvre des portes qui mènent dans un labyrinthe. »

L'image nous va bien, pense-t-il.

*

« On dirait vraiment des Gargamel ! » lance Irène devant l'escouade de silhouettes noires qui sortent de l'église. Son père pose son index sur sa bouche. Un jeune moine les conduit au réfectoire, en haut d'un escalier. Il ne parle pas. Irène ne dit plus rien non plus, muette de sidération devant les longs bancs de bois et l'immense table en U. La vaisselle est en métal, la nourriture déjà servie, et surtout, autour d'eux, sur les murs, du sol au plafond, se déploient des fresques pleines de saints auréolés d'or, d'archanges aux épées de feu, et d'ermites dont les barbes coulent comme des rivières sur leurs visages creusés.

« Pourquoi il est si maigre, celui-là ? demande Irène.

— Parce qu'il vit dans le désert et qu'il n'y a pas grand-chose à manger. D'ailleurs, je te préviens, il va falloir que tu manges vite, ici, les moines ne traînent pas...

— D'accord papa, mais dis-moi, s'il vit dans le désert, pourquoi il a un slip en feuilles ? Il n'y a pas d'arbres dans le désert...

— Il y a des palmiers...

— Oui, mais ça c'est pas des feuilles de palmiers, papa ! »

L'image d'une oasis se forme dans ses pensées. Il la chasse. Ne pas se faire polluer.

« En fait, son slip en feuilles, c'est plutôt un tutu. Un tutu en feuilles », poursuit Irène, perplexe.

Son père lui plaque la main sur la bouche : le supérieur du monastère, l'higoumène, vient d'entrer, voûté, longue barbe blanche, précédé par sa canne de patriarche dont le pommeau figure deux serpents, et suivi par tout le collège des moines. Noire procession. À leur passage, les laïcs doivent rester debout et silencieux : Sacha et Irène, les ouvriers qui travaillent pour le monastère et les nouveaux pèlerins. Le chauve aux chaussures de rando est toujours là. Un son retentit : il fait penser à la sonnette d'une réception d'hôtel. Chacun prend place à table, les laïcs séparés des moines. L'un d'eux entame la lecture de la vie du saint du jour. En dehors de sa voix monotone, pas un bruit dans le réfectoire. Sacha porte le verre à ses lèvres. Du résiné dont il aime la saveur râpeuse sur la langue. Dans les assiettes, un genre de salade cuite, des épinards ou des blettes, arrosée d'huile d'olive. Une pomme complète le festin.

Irène observe tout, la fourchette en l'air. Son père, à nouveau, lui fait comprendre, d'un geste, qu'il faut aller vite. Le pèlerin chauve lui décoche un clin d'œil complice, que Sacha n'aime pas du tout. Au bout de quelques minutes, aux ordres d'un nouveau son cristallin, les moines se lèvent. C'est déjà terminé et Irène a à peine touché à son assiette. Elle va être affamée. Et il n'y a plus de *pasteli.* Sacha met de côté sa pomme pour elle. Les moines passent devant eux. Il essaie de repérer le père Ephrem, l'homme qui l'a accueilli il y a trente ans. Il est sûr qu'il le reconnaîtra quand il le verra. Sa barbe avait deux pointes, son regard était vert, intense. Il ne le distingue pas dans la procession des moines. Peut-être est-il mort.

Dans la cour, où les moines discutent au soleil du matin, l'un d'eux s'approche et tend sa main vers Irène qui recule comme une antilope effrayée. On ne peut pas lui donner d'âge tant la barbe, noire comme ses sourcils, lui mange le visage. Seuls son nez et ses yeux apparaissent nettement, et puis ses dents, très blanches, lorsqu'il se met à sourire à la réaction de l'enfant. Il lui tend à nouveau la main mais, cette fois, avec au bout une barre enveloppée de papier bleu et aluminium. A-t-il remarqué pendant le repas qu'elle n'avait pas eu le temps de se nourrir ? « *Efkharisto poli* », dit Irène en acceptant l'offrande, les yeux baissés, timide. « *Parakalo* », dit-il en ajustant son *kamilavkion,* le bonnet cylindrique des moines. Irène savoure des yeux le chocolat au lait.

« Je peux le manger ?

— Quand on sera tous les deux. Attends-moi un instant. »

Elle s'assoit sur un banc à l'ombre, avec sa confiserie.

Sacha se renseigne sur le père Ephrem. Mais on fuit ses questions. Quand il parvient à coincer un moine dans l'escalier, on lui répond qu'il n'a pas quitté sa cellule depuis des jours. Sacha retrouve Irène avec le pèlerin aux chaussures de rando. Il est en grande discussion avec elle, et même assis à ses côtés. Instinctivement, Sacha serre le couteau de Syméon, replié dans sa poche.

« Je vous dérange ?

— Je discutais avec votre fils.

— J'ai vu.

— Il est étonnant.

— N'est-ce pas ? »

Le ton froid de Sacha fait son effet. Il se lève.

« À plus tard. »

Sacha le regarde s'éloigner. Et, quand il a disparu de son champ de vision :

« Qu'est-ce qu'il te voulait ?
— Il m'a demandé mon prénom.
— Et tu lui as dit quoi ?
— Irénée. »
Sacha hoche la tête.
« C'est bien. Et quoi encore ?
— Pourquoi on était là...
— Et qu'est-ce que tu as répondu ?
— Qu'on était des agents secrets. »
Sacha pâlit. Irène s'esclaffe.
« Je blague ! Je lui ai dit que tu trouvais le mont Athos très beau et que tu voulais me montrer... »
Il respire.
« Viens, mon trésor. »
Elle se lève. Il la serre contre lui. Il sent son souffle chaud à travers le tissu de sa chemise. Il mourrait pour elle.

*

Le soleil pénètre par les ouvertures de la coupole sous le regard sévère du Christ Pantocrator. Il y trône en absolue majesté, adossé à un fond d'or. De là, la lumière ruisselle sur le *choros*, le grand lustre de cuivre ciselé à seize branches qui symbolise l'univers, maintenu en équilibre par de puissantes chaînes, et révèle en tombant sur les murs de l'église tout le peuple céleste : fresques et mosaïques, anges et archanges. Une immense bande dessinée sans bulles, pense Sacha dans un flash qui le ramène un instant dans l'île de Torcello avec Mina. Il imagine que les murs s'écartent et s'ouvrent comme un livre. Et qu'elle est là pour le déchiffrer avec eux.

« C'est trop beau, papa. »

Il est heureux d'entendre cette phrase. Elle suffirait. Mais Irène veut tout savoir, et il ne sait pas tout. Les questions s'enchaînent, il fait ce qu'il peut et n'a pas le droit de perdre patience avec elle. Il se demande si Mina serait satisfaite de la façon dont il s'occupe de leur fille. Si elle trouverait qu'il est un bon père. Il fait de son mieux. Personne ne lui a appris. Personne ne vous apprend jamais à être père. Il pense au sien. Il a fait lui aussi ce qu'il a pu.

« Et ces petits visages entourés de pétales rouges, comme des fleurs humaines ?

— Des anges à six ailes. Ce sont elles que tu prends pour des pétales. Elles sont rouges parce qu'elles sont en feu, l'amour de Dieu les brûle.

— Ça leur fait mal ?

— Non, car l'amour de Dieu ne les consume pas. »

Au contraire d'autres amours, mais elle est trop petite pour qu'il lui en parle. Il a encore essayé de joindre Mina avant d'arriver au monastère. Il s'inquiète vraiment pour elle. Cela ne sonne même plus. Une voix sans âme indique que le numéro n'existe pas. Et à présent, ici, c'est lui qui est hors réseau. La grande croix qui couronne la coupole de l'église devrait pourtant faire une bonne antenne.

« Ça veut dire quoi, *consumer* ? »

C'est compliqué de trouver les mots, mais c'est aussi sa mission de lui apprendre à bien nommer les choses. Il fournit les pièces du moteur. À elle ensuite de le faire démarrer pour aller dans la direction qu'elle aura choisie. Il la regarde, si concentrée. Si bavarde. Dans son cerveau, des millions de synapses doivent s'activer.

Devant une icône de la Vierge drapée d'un manteau rouge sang, au visage d'une infinie douceur, bouche fermée mais souriant dans une grâce de Joconde, tenant son enfant d'une seule main contre elle, Sacha apprend à Irène les différents noms qu'on lui donne, dans cette belle langue grecque qu'on parlait à Byzance. « *Glykophiloussa* » : « Au Doux Baiser ». « *Galaktotrophoussa* » : « Qui nourrit de lait. »

« Il y a aussi "Celle qui répond d'une voix terrible", mais je ne sais plus comment on dit.

— Elle peut donner de doux baisers et répondre d'une voix terrible ?

— Pas en même temps. Pas aux mêmes gens. Mais oui, elle peut être terrible. Avec ceux qui voudraient abîmer son jardin.

— Mais nous, on ne l'abîme pas ?

— Pourquoi tu dis ça, ma chérie ?

— Je suis une fille, je n'ai pas le droit d'être là... »

Sacha se retourne, anxieux qu'on ait pu l'entendre. Mais ils sont seuls.

« Ne te fais pas de souci : elle a toujours protégé ceux qui venaient trouver refuge ici. »

Irène laisse passer quelques secondes.

« Trouver refuge contre quoi, papa ? »

La question l'embarrasse. Alors il esquive.

« La laideur du monde. »

*

Sacha a besoin d'air. Il aimerait voir si, hors des murs épais, il arrive à capter un signal de l'extérieur. Il faut absolument qu'il parle à Mina. Ils franchissent la porte du monastère. Sur l'écran de son téléphone, hélas, les barres indiquant l'état du réseau sont au point mort. Il décide de prendre de la hauteur, et bientôt, ils traversent des cultures en terrasses où s'affairent des moines. L'un d'eux, en soutane, pousse devant lui un impressionnant motoculteur. Pratique-t-il la prière du cœur dans le bruit du moteur ? D'autres, perchés sur des échelles, s'affairent dans les oliviers sous un ciel de feuillage, parmi des troncs noueux cinq fois plus âgés qu'eux. Ils sont assistés par des laïcs, ces ouvriers agricoles venus d'on ne sait où s'échouer ici, après quels crimes, quelles fugues, quelles vengeances ? Certains sont jeunes. Trop jeunes, se dit-il, pour vivre dans un monde sans femmes, sans mère, sans fille.

Sacha contemple la sienne, progressant son sac sur le dos comme une carapace pleine de ressources. Toujours pas de réseau. Ils grimpent encore. Ils sont dans un verger qui domine la mer, à l'ombre des branches alourdies de citrons et de pêches. Sacha regarde le monastère, lointaine sentinelle. Il ressort le téléphone de sa poche, regarde l'écran et manque de crier de joie. Enfin ! Une minuscule petite barre. Il respire. S'accroche comme un fou à l'idée d'un appel de Mina désormais techniquement possible. Entendre sa voix et sentir son énergie. Las, la barre disparaît. Il se lève, fait quelques pas pour la retrouver, revient vers l'arbre sous lequel s'est installée Irène, tend son bras vers le ciel, l'écran tourné vers lui, et la barre réapparaît. Suivie d'une deuxième. Hourra. Il ne veut plus bouger, pose l'appareil sur une branche, en équilibre.

« Tu essaies d'appeler maman ?

— C'est elle qui va nous appeler, ma chérie. »

Mais son visage change : Irène fond en sanglots. Son père la serre contre lui. Il ne veut pas la voir perdre cette bonne humeur qui l'aide à tenir, lui aussi. La petite tremble entre ses bras. Il en a le cœur brisé.

« On rentre quand, papa ? dit-elle d'une voix plaintive.

— Bientôt, ma chérie. Je te promets, bientôt. »

Ils restent un long moment comme cela, et puis Irène se détache et le regarde, les yeux toujours embués de larmes.

« On fait un Uno ? »

Comment refuser ? Elle sort le jeu de cartes de son sac à dos. Il ne l'avait pas vu celui-là. Combien de trucs a-t-elle réussi à caser là-dedans ? Comme s'il avait un double, un triple fond.

Il n'a pas besoin de la laisser gagner. Elle maîtrise à merveille les couleurs, les numéros, les cartes spéciales qui permettent de mettre trois tours dans la vue à l'adversaire et de rejouer, rejouer, jusqu'à n'avoir plus de cartes. Et triompher.

« Tu crois que comme métier, plus tard, je pourrais faire championne de Uno ?

— Sans aucun doute », lui dit-il en se redressant pour jeter un coup d'œil au téléphone, toujours perché dans son arbre. Un citron énorme, bosselé, fuselé aux extrémités, une vraie bombe de jus sucré, courbe une branche trop fine pour lui. Sacha a l'impression de cueillir un soleil. Il le hume. Le parfum est puissant. L'écorce acide lui brûle la langue quand il la mord à pleines dents. Ça requinque.

« À ton tour. »

Irène croque l'écorce et plisse les yeux sous l'effet astringent.

« Ça réveille, pas vrai ? »

Elle recommence. Grimace moins. Le jus brille sur son menton.

Ce soir, c'est promis, il écrira dans le cahier : « Croquer dans un citron. »

Irène sort de son sac ses crayons de couleur, ses ciseaux, ses morceaux de carton et son tube de colle jaune fluo. Elle veut écrire à sa maîtresse mais, d'abord, elle a « quelque chose à finir ».

Sacha s'allonge dans l'herbe, les yeux dans les taches jaunes qui illuminent le feuillage. Il écoute le chant des cigales. Une vague qui ne reflue pas, régulière, captivante. Il songe à une chose que savait Mina et qu'il a envie de confier à sa fille. Sans mentionner sa mère pour ne pas l'attrister :

« Tu sais que les cigales ne commencent à chanter que quand il fait plus de 22° ? dit-il à Irène.

— Les humains, c'est quand il pleut, répond-elle.

— Comment ça ?

— Ils chantent sous la douche. »

Il rit. Elle marque une pause et reprend :

« Et j'aime bien quand tu chantes sous la douche, papa. »

À nouveau, il sent son cœur fondre. Surtout quand il entend ce mot magique, « papa ». Il se redresse et dépose un baiser sur sa joue.

Il se sent mieux. Après tout, c'est le jeu, d'être inaccessible, ici. Et c'est Mina qui l'a voulu. Il faut lui faire confiance. Encore. Abandonner toute volonté et lui faire confiance. Sauf qu'elle n'a malheureusement pas toutes les cartes en main. Et on ne parle pas de Uno, là.

Sacha observe une colonne de fourmis. Elle monte le long du tronc dont il essaie de lire les veines comme les lignes d'un poème très ancien. Un oiseau à bec rouge vient faire tressauter les feuilles en s'y posant, puis en reprenant son envol. Il se dit qu'il pourrait sentir les brins d'herbe pousser autour de sa tête s'il était suffisamment attentif. Et entendre battre leur cœur de chlorophylle. Chaque brin d'herbe est-il unique ? Irène chantonne une comptine :

À six heures un quart
Le petit lézard
Tout nu, tout mouillé
Voudrait bien sécher

Il tourne la tête et il lui semble en voir un s'approcher en ondulant de la queue, levant sa minuscule tête reptilienne vers la petite fille. Elle a posé ses crayons : sur son index se promène une coccinelle dont la carapace reconnaissable entre toutes, écarlate à pois noirs, s'ouvre soudain en deux pour libérer ses ailes. Sacha pense à un mot : éden.

*

Toujours pas d'Ephrem. Aucune nouvelle de Syméon. Le soir, après le repas, ils ont droit, avec les autres pèlerins, à la présentation des reliques. Disposées dans l'église sur une table recouverte d'un tissu de brocart, des boîtes comme des coffres au trésor ouvertes par un moine au visage de boxeur. Morceaux de la vraie croix et de l'arche de Noé dans des gaines serties de rubis. Sang de martyr en poudre. Une dent de saint Jean Bouche d'or. Un tibia de saint Jean-Baptiste. Sacha, qui a visité plusieurs monastères, se dit que si l'on rassemblait tout ce qu'on trouve de reliques sur l'Athos, et que l'on s'amusait – jeu d'enfant morbide – à recomposer les corps, on lèverait des armées de saints à deux têtes et cinq jambes avec des triples mâchoires. Des monstres de sainteté.

Et l'enfant ?

Fascinée.

Les pèlerins se penchent, déposent leurs lèvres sur le métal froid pour aspirer la grâce de ces divins restes.

Sacha frémit en avisant une main desséchée, tranchée au niveau du poignet. La peau est grise, presque noire. On distingue encore le sillage des veines et des tendons sous une sorte de mitaine en résille de fils d'or, qui la recouvre jusqu'aux jointures. Les doigts paraissent vivants tant ils sont bien conservés. On ne serait pas étonné de les voir empoigner le velours rouge sur lequel ils reposent.

« On n'aimerait pas qu'il vous arrive la même chose. »

Sacha se retourne. C'est le pèlerin chauve, celui qui a essayé d'interroger Irène. Et qui vient de s'adresser à lui, avec un grand sourire.

« Pardon ?

— On n'aimerait pas qu'il nous arrive la même chose. »

Non, ce n'est pas cette phrase-là qu'il a entendue. Il a dit « vous arrive », Sacha en est sûr. Le pèlerin continue à le regarder avec son sourire si exagéré qu'il en devient inquiétant.

Il rejoint sa fille et la guide hors de l'église.

« Tu n'as pas eu peur ? » lui demande-t-il une fois dans la cour.

— Pas trop. C'est stylé d'avoir les os comme des bijoux. C'est quoi ça, papa ? »

Irène est en arrêt devant une fresque, peinte à l'extérieur de l'église. Représentant une immense échelle et des moines qui, dans une lente procession, en gravissent les barreaux. Elle se met à les compter. Il y en a trente. Tout en haut, dans le coin droit, un Christ sur un nuage se penche pour les aider à monter à bord. Tout irait bien dans cette longue et patiente ascension s'il n'y avait pas aussi des diables tout noirs, menaçants, aux bras et aux jambes grêles comme des pattes de sauterelle, qui volettent autour d'eux pour les faire chuter de l'échelle en les tirant par la manche de leur habit ou en les attrapant avec des lassos. Ceux qui tombent disparaissent, tête la première, dans la gueule grande ouverte d'un monstre. Aux airs de baudroie des abysses, note Sacha avant de répondre à sa fille :

« C'est l'échelle de Climaque. Elle représente tous les efforts qu'un moine doit faire pour aller au paradis. Chaque échelon, c'est un effort. Et les diables essaient de les empêcher d'arriver tout en haut.

— Qu'est-ce que ça peut leur faire ?

— Ils veulent récupérer leur âme pour l'emmener en enfer : l'enfer, c'est la gueule du monstre.

— Et à chaque âme ils gagnent des points ? »

*

Le soleil est une boule orange qui fait flamboyer la mer. Quelques moines sont assis sur des bancs de pierre, devant les arches de l'aqueduc, sous les treilles couvertes de vigne. Leurs doigts jouent avec les grains de leurs rosaires en écoutant les pèlerins qui souhaitent leur ouvrir leur cœur. Les autres, qui n'ont peut-être rien à se reprocher, fument des cigarettes et parlent entre hommes, et peut-être de femmes.

Un moine leur propose de leur montrer l'ossuaire.

Sacha remercie poliment. Irène insiste car elle adore Halloween. « Non, Irénée », et il appuie sur le prénom masculin, ce qui a pour effet de la calmer immédiatement.

Sacha en a vu un lors de son premier voyage. Des dizaines de crânes sur des étagères, veillés par des cierges. Avec, sur le front, les dates de naissance et de mort de leurs propriétaires. Sur l'Athos, les moines sont enterrés sans cercueil. Le défunt est cousu dans son habit noir. Au bout de trois ans, les os sont sortis de terre et lavés avec du vin. Ils rejoignent ceux des autres et s'y mélangent. Seuls les crânes sont alignés. Il se rappelle une phrase en grec écrite dans la crypte qu'on avait ouverte pour lui et qu'il avait réussi à traduire : « Souvenez-vous que nous avons été comme vous. » Sur le mur, l'ombre du moine qui tenait la lampe à huile semblait immense comme cette fatalité. Sacha avait été impressionné. Fortifié, aussi. On est là. Et puis on n'est plus là. Ça passe vite et c'est bon à savoir. Mais Irène n'a que sept ans. Elle vit comme une immortelle, et c'est très bien ainsi. Assez d'os pour aujourd'hui.

*

Quelques diables se sont-ils échappés de la fresque ? Ou est-ce le souvenir de l'ossuaire ? Les mauvaises pensées commencent à assaillir Sacha alors que, revenu à la chambre pour dormir, il surveille le brossage de dents d'Irène dans la salle de bains collective, attentif à ce que personne ne vienne rôder autour d'elle. Mina n'a toujours pas appelé. Pourtant, elle doit avoir lu, maintenant, le texte d'Alex. Et se demander où sont les trois pages manquantes. Celles qu'il a gardées avec lui.

*

Une fois Irène endormie, dans le drap qui exhale la myrrhe, avec aux oreilles le bruit des vagues qui n'en finissent pas de frapper contre la muraille, tout en bas, sous leurs pieds, sous leurs corps, dans cette petite cellule suspendue par de simples poutres au-dessus du vide, à la lumière de la lampe à huile dont le parfum le ramène loin en arrière, Sacha ouvre l'enveloppe de papier kraft, et relit ces pages qui lui donnent la nausée. Il regarde les photos, aussi. Sans le texte, écrit de la main d'Alex, elles sont inoffensives. Et sans les photos, le texte l'est tout autant. C'est ensemble qu'ils prennent tout leur sens et prouvent que cela a réellement existé. Ils signent son forfait. Sacha comprend la panique de celui qui fut son ami. On le voit avec la jeune fille, dans le jardin de la guest house. Avec la gamine, plutôt. Dans son texte, il lui donne « dix-huit ans », mais elle en avait tout juste seize. Les clichés ne permettent aucune hésitation.

Sacha pense avoir trouvé la solution. Elle paraît folle, mais il faut l'envisager. À condition qu'il puisse communiquer avec Mina. Il ressort son appareil. Hélas le monastère de la croix triomphante est toujours hors couverture réseau. Les moines s'en foutent bien : Dieu n'est pas sur WhatsApp.

Une petite voix ensommeillée le tire alors de son désarroi.

Il se retourne. Irène assise sur son lit, des épis dans les cheveux. Au bout de sa main, l'objet qu'elle a patiemment – il comprend, maintenant – confectionné toute la journée. Colorié au crayon, rehaussé de paillettes (que n'a-t-elle pas dans son sac !), avec ses touches dûment numérotées et son écran de plastique bleu constellé d'applications, il ne lui manque rien, pas même la caméra figurée par une gommette et le logo à la pomme soigneusement reproduit. Un téléphone portable. En carton.

« Tu veux essayer avec le mien ? »

MINA

Oshun dort encore. Sur le ventre, dans la pénombre. Les rayons du soleil dessinent des traits obliques sur sa peau. L'effet des persiennes, dont Mina a toujours aimé la poésie visuelle. Et le nom. Persienne. De Perse. On est ailleurs. On rêve. Elle sait qu'on les appelle aussi des « jalousies ». L'une des jambes d'Oshun est tendue, la droite, l'autre a le genou replié, position qui a pour conséquence anatomique de faire remonter ses fesses étroites. Ses épaules sont arrondies, musclées mais fines, sans parler des attaches de ses chevilles et de ses poignets. Quel corps, mon Dieu quel corps, se dit Mina. Elle ne voit pas son visage car il est tourné de l'autre côté. Juste le bonnet de satin aux motifs de wax et sa nuque dont dépassent quelques mèches, humectées de sueur. Mina, sur ce lit, est assise. Elle a chaud. Elle aurait besoin de réfléchir. Pour l'instant elle ne fait que se souvenir.

Elle a été tirée du sommeil par une sensation d'urgence et les images qui lui envahissent la tête. Des images de palmiers, de clair de lune, d'oasis. Celles du visage de Papa, de Sacha. D'Irène. Elle essaie de se calmer, de respirer doucement, avec le ventre. De faire le vide. De ne plus regarder le corps d'Oshun qui dort si paisiblement sous la lumière filtrée par les jalousies. Elle est mal à l'aise d'être là. En sécurité, certes, mais dans une clandestinité qui lui pose problème. Par rapport à Sacha. Elle ne lui a jamais parlé d'Oshun. Ni à lui ni à personne. Il valait mieux, non ? Sacha après tout lui a caché tant de choses. À commencer par l'Égypte. Certes, c'était avant qu'ils se connaissent, mais quand même, il était question de Papa. Le président du pays. « On était à la fac ensemble. » Dire qu'il s'est borné à cela... Y a-t-il d'autres secrets entre eux ? De misérables petits secrets ? A-t-il lui aussi une Oshun ?

Mina n'a que des souvenirs vagues de la seule fois où elle a... peut-on dire « fait l'amour » ? N'exagérons pas. Elle avait ressenti de la tendresse pour elle. Elle l'a conservée. Une tendresse de professeure pour une élève brillante et éclatante de charme, de grâce, d'écoute, d'intelligence. Et une envie, peut-être. Un désir. Pour ce qu'elle ne connaît pas. Un désir de « femme mûre », se dit-elle. De la fierté, aussi, et même une certaine vanité à être désirée, voulue par cette beauté qu'elle n'aurait jamais dû intéresser. Vingt-cinq ans de moins. Mais désirée pour quoi, au fait ? Pour son statut de prof, l'aide qu'elle pourrait lui apporter dans son cursus ? Ou pour son esprit, ou ce qu'il reste de son corps ? Oshun lui avait dit, *après*, qu'elle l'avait trouvée « bandante », et ce mot-là dans cette bouche-là avait surpris Mina. Sans lui déplaire. Est-elle coupable ? Elle s'est fait draguer. Elle s'est laissé faire. La faute à son âge. Au besoin d'être rassurée. À sa curiosité. À l'alcool bu ce soir-là. À la peur de la mort. À Sacha aussi. Sacha aussi vieillit. Mais il vieillit bien. Les hommes vieillissent mieux, c'est un cliché et comme tous les clichés il est basé sur une vérité, et cette vérité est injuste. Sacha, lui, prend de la beauté avec l'âge. Avec lui elle ne jouit pas tout le temps. Rarement, même. Et pourtant, elle sait, elle voit qu'il la désire. Il n'a pas de problèmes, il pourrait en avoir, ne plus bander par exemple. Elle en connaît, des histoires de copines que leur mec ne désire plus. Sacha bande toujours pour elle. Elle se redit le mot « bander ». Pense à un arc et des flèches. À l'expression « tirer un coup », aussi. Ah, les mecs et leurs métaphores guerrières. Même pour l'amour...

Mina n'aurait peut-être pas dû venir ici. Mais où aller ? Elle examine la situation : cette chambre d'étudiante, ces fringues débordant de l'armoire ouverte, le fauteuil défoncé aux lignes années 50, trouvé on ne sait où, la collection impressionnante de baskets, sandales, mocassins et même de chaussures à talons avec lesquelles elle a rarement vu Oshun, elle serait immense avec. Les piles de livres, aussi, à même le parquet, dessinant des tours de Babel inflammables. Les tentures colorées, indiennes ou africaines tendues sur le mur en brique apparente... Et cette guirlande qui traverse toute la chambre, où fleurs et fruits séchés – tranches d'orange, de citron –, coquillages, lanières de tissus et feuilles de métal argentées ou dorées, fixés patiemment sur ce fil comme des trésors enfantins, ondulent sous la brise qui entre par la fenêtre ouverte et *tintinnabulent* – elle a toujours aimé ce mot appris dans une comptine. Sur la table de chevet, des livres encore, des chargeurs de téléphone, des tubes de rouge à lèvres renversés et de crème pour le corps. Ouverture au monde maximale, goût d'être libre et de vivre sans contrainte, de vivre comme on veut : toute la chambre d'Oshun dit cela jusqu'à ce matelas simplement posé sur deux palettes.

Le corps d'Oshun frémit, se retourne. Elle est sur le ventre et Mina voit maintenant son visage aux yeux clos et aux lignes rondes, ces pommettes hautes et cette bouche chaude qui aspire les parfums de la nuit. La peau est parfaitement lisse. Lisse de partout, même au creux des cuisses. C'est une statue qui dort. Est-ce que Sacha en tomberait amoureux s'il la voyait ? La désirerait-il comme elle l'a désirée, suffisamment pour se laisser entraîner ? Mina, tu dis des conneries et tu deviens lyrique, il te faut prendre une douche et un café.

Et c'est ce qu'elle fait, Mina, qui doute de sa beauté de « femme mûre », quelle connerie cette expression : de femme qui connaît son désir, plutôt. Sous l'eau qui coule avec chaleur Mina soupire et machinalement se caresse. Elle a besoin de réfléchir et cela va l'aider. Se détendre avant de se retendre. Il va falloir affronter la situation, et elle n'a rien à se mettre.

*

« Tu peux piocher dans mon dressing.

— Le placard qui déborde ?

— Oui. »

Oshun lui sort une jupe longue en soie bleu nuit avec des imprimés de soleils orange, un haut à bretelles moulant, presque un crop-top.

« Non, Oshun... »

Elle repère une veste militaire. C'est peut-être mieux : elle est en guerre.

Un pantalon en velours rose pâle, taille haute ? Mina

sait qu'elle ne rentrera pas dedans. Trop de hanches par rapport à son étudiante. On oublie donc aussi les jeans. Une robe en mousseline à imprimé floral, boutonnée de haut en bas ? N'ira pas non plus : trop de seins.

« Essaie-la pour vérifier... »

Mina se tourne vers elle, toujours dans son peignoir, et secoue la tête.

« Je vais plutôt prendre l'option jupe longue.

— Celle avec des soleils ? Avec la veste militaire ce sera top. *Jamaican style.* Dommage que tu ne portes pas de locks.

— Et je mets quoi en dessous ?

— Un tee-shirt blanc. Ou la marinière, là.

— Non, je disais, vraiment en dessous. »

Oshun fouille dans un tiroir et lui tend une culotte. Dentelle rouge, fine, une toile d'araignée textile.

« Tu crois que...

— ... ça va aller ? Oui, c'est une copine qui l'a laissée. Un peu foutue comme toi.

— Puisque tu le dis.

— J'ai l'œil... »

Oshun ne bouge pas, allongée sur le lit, sur le côté. Nue, la tête dans le creux de sa main, la regardant comme au spectacle.

« Tu me laisses m'habiller, s'il te plaît ? Tu devrais d'ailleurs en faire autant. »

Oshun sourit.

« Pourquoi ?

— Tu es infernale... »

Mina enfile la culotte et se débarrasse du peignoir. Dans cet ordre. Faut pas abuser.

« Le rouge vous va si bien, dit Oshun.

— Arrête... »

La marinière lui comprime les seins. Elle opte pour le tee-shirt. La jupe ça va, lui confirme le miroir posté en face du lit. Elle s'en souvient, du miroir... Elle a l'impression que Sacha et Irène la regardent. Elle se sent pathétique.

« Tu peux m'en dire plus, au fait ? demande Oshun.

— Non, dit Mina.

— C'est à cause de ton mari ? »

Mina ne répond pas.

« Si tu veux je peux passer chez toi prendre des affaires ?

— Surtout pas.

— Et ton mari ? Ta fille ?

— Ils sont loin. »

Un peu abrupt mais... Moins elle en sait, comme on dit...

« Je ne peux rien te dire, excuse-moi.

— Comme tu veux.

— Et tu ne dois dire à personne que je suis là.

— Tu as tué quelqu'un ?

— Non.

— Dommage. Ça m'aurait excitée. »

Mina fronce les sourcils. La cicatrice sous son œil ne sourit plus. L'enthousiasme d'Oshun est douché. Elle tente, cependant, une question de connivence, minaudant :

« Et je serais récompensée comment, en échange de mon silence ? »

Elle est toujours en position d'odalisque. La ligne de ses hanches est à tomber. Pourquoi ce corps a-t-il envie du mien ? s'étonne encore Mina.

Elle lui répond :

« Je t'aiderai à finir ta thèse. »

Oshun, déçue, se redresse, s'assoit, plie les genoux et ramène ses jambes sous elle, qu'elle entoure de ses bras. Sa chevelure épaisse, ronde, lui fait au-dessus de la tête une auréole. Mina admire la souplesse de la nouvelle posture, la différence de leurs deux corps, de leurs deux âges, de leurs deux parcours. Pourrait-elle refaire sa vie ? Elle se dit, là, à ce moment précis, que si elle réussit à obtenir ce qu'elle doit obtenir, alors elle essaiera. Sacha comprendra. Irène aussi. Elle voudrait tant ne pas leur briser le cœur.

Pour l'instant, rester irréprochable. Impeccable. Comme si céder était attirer le mauvais œil.

*

Mina mange un avocat. Elle se souvient d'une phrase d'Irène, il y a très longtemps : « Maman, le noyau de la Terre, il peut donner des feuilles ? »

Prendre des forces. Quand rien d'autre ne passe, l'avocat est l'aliment parfait, une vraie bombe de vitamines et d'antioxydants, et puis cette chair ferme, tendre, vert pâle, douce au palais. Elle est prête. Elle va sortir acheter un téléphone et appeler Sacha. Elle se répète, de mémoire, le numéro. Elle pense qu'elle peut, maintenant, les contacter, sans les mettre en danger. Si Sacha n'a pas bazardé lui aussi son téléphone ? Impossible. Elle lui a dit qu'elle l'appellerait et il attend forcément son appel. Il n'a que trop attendu. Et elle aussi. Mina sait désormais que sans lui elle ne décodera jamais ce texte. Or, il faut qu'elle sache. Et qu'elle entende aussi, de toute urgence, le son de la voix de sa fille. Elle va juste attendre le retour d'Oshun, partie faire une course. Histoire de savoir si elle doit être paranoïaque ou juste prudente. Et si Oshun ne rentrait pas ? Où se planquerait-elle ? Et si on frappait à la porte, et que ce n'était pas Oshun ? La fenêtre de la chambre donne sur une cour. En sautant, se ferait-elle mal ? Il faut se calmer. Rester à l'abri avant d'avoir eu Sacha et savoir enfin ce qu'il entendait par « bouclier » quand il lui a mis cette foutue clef USB sous les yeux.

*

En attendant, Mina retourne sur internet depuis l'ordinateur d'Oshun. Fait des sauvegardes du fichier en l'envoyant dans le grand nuage qui stocke tout. C'est tout ce qu'elle peut faire. Quand elle en saura plus alors elle s'assurera d'une complicité, au cas où il lui arriverait quelque chose, comme on fait dans les films. « Si je ne reviens pas, s'il m'arrive quelque chose, envoie ce fichier à... » À qui d'ailleurs ? Un journal d'opposition ? Il n'y en a plus guère. Un site étranger, plutôt, via un collègue de fac. Tiens, D., par exemple, qui leur a prêté la maison, à qui Mina n'a pas osé donner de nouvelles depuis leur fuite. Elle aimerait savoir si elle a été contactée. Mais tenter de le savoir, c'est déjà s'exposer. Plutôt Brian, alors, son collègue de Cambridge spécialiste de la route de la Soie ? Mais lui envoyer quoi ? Elle imagine sa réaction : « Il est sympa ton roman sur les deux mecs en Égypte... Ah, c'est votre Papa qui l'a écrit ? Joli brin de plume... Il s'est passé quoi, au fait, dans l'oasis, dans le dernier chapitre ? J'ai pas tout compris... » Non, rien à faire pour le moment.

Mina se fait un café et parcourt les sites d'information. De nouveaux incendies ravagent l'Amérique. Les pôles fondent six fois plus vite qu'il y a trente ans et les Russes affûtent leurs brise-glaces géants pour être les premiers à balayer les derniers icebergs comme de vulgaires glaçons dans un cocktail. Avant de forer jusqu'à plus soif le richissime sous-sol arctique. En Méditerranée, une microalgue toxique décime les poissons, et sur la terre ferme, Papa vient de nommer Blanche Blanchard, *alias* Génitrix, au ministère de la Cause de la femme.

L'intitulé est intéressant. Non plus les droits, mais la cause. Non plus les femmes, mais la femme. Il n'y a qu'une cause, il n'y a qu'une femme. Une vidéo retrace sa carrière fulgurante, depuis ses premières actions « coups-de-poing-seins nus » contre la Gay Pride, guirlande de lys, symbole de fécondité, dans les cheveux, ou ses appels à la fin du règne économique du lait en poudre industriel lancés en pleine neige, aréoles et mamelons violacés par le froid, en marge du forum de Davos. Jusqu'à la constitution de son mouvement SEMEN et sa mise en orbite politique. Une réussite rare, « alliant incroyable sens du marketing et sincérité à toute épreuve », énonce le journaliste, montrant la première couverture de magazine consacrée à Génitrix, croix d'or entre les montagnes de ses seins nus où perlait même une goutte de lait, voile de madone tombant sur ses épaules, sous l'objectif d'un photographe de mode disciple de Jan Saudek. « MATER MEDIATICA » avait titré le magazine en lettres énormes, renforçant ce qu'il faisait semblant de dénoncer selon les pratiques habituelles.

Sur les images suivantes, on la voit plastronner aux côtés de Papa : « La mission des femmes est de donner la vie », dit Génitrix, qui appelle toutes les Européennes à renouer avec ce rôle essentiel « face à d'autres continents où on ne l'a pas abandonnée, cette gloire que la nature nous offre : transmettre un patrimoine, une civilisation ». Sur une autre chaîne, Papa justifie son choix. « J'avais besoin à mes côtés d'une voix forte et claire. — Et blanche ? » lui demande une journaliste qu'on n'a ensuite plus beaucoup vue à l'antenne. « Je n'ai pas choisi son prénom, madame », répond-il, avant de redevenir sérieux, tranchant, même : « Blanche a ses convictions et sait les partager. Elles doivent avoir leur place dans la nouvelle société que nous allons bâtir. » Interrogé sur ce point, Papa réfute l'idée selon laquelle les femmes seraient mieux à la maison mais annonce des mesures financières pour aider celles qui voudraient le faire. « La charge mentale qui pèse sur nos concitoyennes qui doivent travailler et élever des enfants est considérable et je veux pouvoir l'alléger en leur donnant le choix de leurs priorités. Chacune de nos concitoyennes doit pouvoir décider de la façon dont elle souhaite s'épanouir, et toutes, je le sais, ne voient pas dans le travail un accomplissement. » Et les positions anti-avortement de Génitrix ? « Ce n'est pas à l'ordre du jour, naturellement... »

Naturellement. L'adverbe, qu'il utilise souvent, est vu comme un signe secret de ralliement par ses partisans les plus conservateurs : la nature contre l'artifice, l'être humain contre les robots. Pour Blanche Blanchard, « LGBT » signifie d'ailleurs « Le Grand Bouleversement Transhumaniste » et la fin de l'homme et de la femme tels qu'on les a connus. Elle n'a pas son pareil pour jouer avec les quatre lettres de l'acronyme et chauffer les foules avec ses trouvailles : « Le Giga Basculement Technocratique » « La Grande Braderie des Traditions »... À un petit malin qui lui demandait un jour : « Et vous faites comment pour QIA+ ? », elle avait répondu : « QIA+ ? Ou qui a moins ? » en soupesant ses seins pour une fois – émission à heure de grande écoute oblige – dissimulés à la vue de tous par le tissu d'une robe. Sur les plateaux, en rangs derrière elle, l'escouade de ses SEMEN les plus jeunes et les plus jolies. Blanche sait que c'est aussi comme cela aussi qu'on capte un auditoire.

Plus tard, invitée à préciser la raison pour laquelle elle a parlé de l'importance, pour « les Blancs », de faire « aussi » des enfants, Génitrix répond sans se démonter : « Il faut de la diversité. Les Blancs l'apportent aussi. » Carton plein sur Friteur, le Twitter français. Et explosion immédiate du trafic sur le hashtag #whitelivesmatter.

Mina a mal au cœur. Elle continue pourtant à regarder. Ne jamais sous-estimer l'ennemi. L'étudier pour le connaître. Le connaître pour le combattre. Dans une autre vidéo, Papa est interrogé dans son palais présidentiel : « Êtes-vous féministe ? — Naturellement... » Il a un beau sourire. Mina songe au garçon dont elle a lu les aventures égyptiennes. À celui qui plongeait dans le Coran et chantait la « dévotion saine des croyants ».

Elle visionne ses vidéos les plus récentes. Rien ne transparaît d'un quelconque souci, ennui, caillou dans la chaussure de Papa. Il rayonne. Il est confiant. Il annonce que les frontières vont se refermer à cause des nouvelles menaces migratoires nées des guerres turkmènes et dévoile la reprise des relations au plus haut niveau avec la Russie, « grand pays qu'il faut arrêter d'exclure et avec lequel nous partageons une Histoire et des valeurs et auquel nous avons trop tourné le dos ».

Il en revient, d'ailleurs. Des clichés ont été transmis à la presse où il se montre torse nu au bord de la mer Noire. Le tatouage qui orne son épaule, photographié une première fois alors qu'il faisait du jet-ski au large du fort de Brégançon, refait parler. Il représente une grenade. Mina frémit en repensant à Siwa : le fruit du paradis mais aussi de l'enfer... Dans « SpiriDuel », la nouvelle émission de l'ancien collègue de son mari, dont la vidéo est chaudement recommandée par les algorithmes de Foogle, le Google français, les commentateurs dissertent sur sa signification symbolique. Ils évoquent d'obscurs mythes grecs et mésopotamiens avant d'être démentis par Christik-tok, vingt-trois ans, cheveux longs, barbe fine, et tee-shirt vintage « *Jesus is my roommate* », la star catholique des réseaux sociaux avec 1,2 million de fidèles, qui rappelle la présence, dans les tableaux de la Renaissance, de ce fruit dans la main de la Vierge ou de l'Enfant Jésus en tant que métaphore de l'Église chrétienne.

Il est question de la spiritualité chez Papa, « jamais observée à un tel degré chez un président français ». Notamment depuis qu'il a déclaré qu'en tant que président, il était le garant de notre République laïque, mais qu'évidemment, la France était un pays ancré dans la tradition chrétienne, judéo-chrétienne si l'on voulait, mais chrétienne avant tout, ajoutant que l'islam était arrivé après, comme le bouddhisme, et qu'il ne voyait pas « en quoi c'est pécher que de le réaffirmer ».

Mina, hypnotisée par la valse des images sur ses rétines et le bourdonnement des commentaires à ses oreilles, est brutalement ramenée à son angoisse quand une chroniqueuse évoque le souhait de Papa, confié à ses proches, paraît-il, de faire prochainement une retraite au mont Athos. « À ne pas confondre avec les Météores », précise la femme de télé en lançant quelques images, et le pouls de Mina s'emballe en découvrant à l'écran l'incroyable beauté du sanctuaire où s'abritent son époux et sa fille. Cela ne peut pas être une coïncidence. La nasse se resserre.

Une nouvelle vidéo attire alors son attention. On y voit Papa en public, dans l'un des meetings qu'il affectionne parce qu'il y abolit autant que possible la distance avec ses partisans, la tribune étant placée au milieu de la foule. Loin des hologrammes utilisés par ses rivaux en politique. « Je laisse les clones à l'extrême gauche », a-t-il dit dans une émission de radio, saillie aussitôt reprise sur les réseaux sociaux, façon tapis de bombes, en « je laisse les clowns à l'extrême gauche ». Papa tient en effet à toujours être présent en chair et en os, et le plus offert possible. Un véritable casse-tête pour ses services de sécurité, surtout quand, à la fin du meeting, Papa invite qui le souhaite à venir faire un « autoportrait » avec lui, car Papa n'utilise jamais le mot « selfie ». « Nous avons une langue magnifique, pourquoi céder aux sirènes du globish ? », martèle-t-il en ajoutant souvent une phrase qu'il affectionne, « Reprenons langue ! », aussitôt saluée par des embrassades passionnées dans le public. Car Papa, il faut le reconnaître, a su réinventer le populisme pour en faire quelque chose qui parle à la jeunesse. Et sans s'aliéner pour autant la vieillesse qui adore celui qu'on surnommait avec condescendance, au tout début de sa carrière, le « gendre idéal », et qui avec les années en est venu à tenir le premier rôle dans la famille.

Chemise bleu ciel ouverte jusqu'au deuxième bouton, manches retroussées, micro mains libres fixé à son jean de la jeune marque française La Pompadour, Papa vient de réaffirmer que la « nation est forte, technologique et ancestrale à la fois », félicite la police qui fait baisser la délinquance et œuvre à « reléguer l'expression "zone de non-droit" aux livres d'histoire ». Il prend un enfant dans ses bras pendant que tout le monde scande son surnom en une vague sonore et chaude. C'est un jeune Papa, un beau Papa. Blond et bronzé, l'œil rieur, des bagues à tous les doigts, il aime les bains de foule car il s'y « régénère », avoue-t-il.

Le moment de l'autoportrait est venu. Une longue file d'attente, encadrée par des barrières Vauban, patiente jusqu'à lui. Debout sur la scène, il serre contre lui son électeur devenu en cette minute le centre du monde, et lui offre le précieux cliché que son propriétaire partagera ensuite numériquement avec tous ses « amis », qui eux aussi le partageront, et ainsi de suite, dans une ample vague visuelle et virale. Les gens sourient en attendant le grand moment. Un journaliste les interroge. Ils sont émus. Ils ont confiance. Papa a restauré l'État – protecteur, ferme, paternel – et le sens de la politique : une énergie, un espoir. « Un cap », disent-ils, souvent blancs, mais pas seulement, fiers d'avoir pris leur revanche sur les « communautaristes qui ont creusé leur propre tombe ». Mina se pince. On ne lui connaît pas de compagne, de compagnon ? Parce que Papa est à tout le monde, ne réserve pas son amour.

Une zone profonde dans le cerveau de Mina, du côté du lobe pariétal, vient de s'illuminer. Papa donne un meeting demain dans la capitale.

C'est là qu'elle le touchera.

C'est là que, devant tout le monde, elle sera intouchable.

*

Oshun rentre, ôte ses lunettes de soleil. Sur son visage, la confiance habituelle.

« Tu as bien regardé autour de toi ? » demande Mina.

Elle acquiesce.

« Comment les gens sauraient, de toute façon ?

— Sauraient quoi ?

— Pour nous deux. »

Mina est gênée par l'expression.

« Tu n'en as jamais parlé ?

— À personne. »

Elle décide elle aussi d'avoir confiance. Elle va pouvoir sortir. Oshun est contre. Acheter un téléphone à carte prépayée ? Elle peut s'en charger. Mais Mina n'en peut plus d'être enfermée. Elle a besoin d'oxygéner ses méninges.

« Regarde-moi, demande-t-elle.

— Je ne fais que ça. »

Mina se tient devant Oshun. Dans ses vêtements. Soleils sur la robe mais veste militaire. Elle lui emprunte ses lunettes et les chausse.

« Tu me reconnais ?

— Entre mille.

— Toi oui, mais les autres ?

— Je n'ai pas les yeux des autres. »

Oshun a l'air triste, à présent. Elle ne minaude plus. Elle est devenue grave.

« Tu ne m'as rien dit et je ne te demanderai rien mais... je n'aimerais pas te perdre, tu sais... »

Et pour dédramatiser elle ajoute aussitôt :

« J'ai une thèse à finir. »

Mina ne répond pas. Oshun lui tend un jeu de clefs. Le

porte-clefs est un petit Playmobil représentant un père Noël. Elle pense à sa fille. Ça l'arme de courage.

*

Mina est dans la rue. Avec ses lunettes de soleil, ses cheveux courts et ses nouvelles fringues, elle se sent une autre, donc elle est une autre. Plus jeune, moins classique. On la regarde, mais ça doit être sa dégaine. Elle a même un collier de cauris. Elle ne voulait pas mais Oshun le lui a passé elle-même autour du cou : « Il porte bonheur. »

Mina caresse de ses doigts les coquillages. La petite fente dentelée au milieu est douce sous la pulpe. Elle sourit sous son masque. Beaucoup de gens le gardent encore par peur des maladies. Mina respire à fond sous le tissu. Marcher dans les rues de Paris, dans ce quartier chatoyant, bigarré, grouillant de vie et de mélange si contraire à l'état d'esprit dans lequel le pays s'est installé sous Papa, lui fait un bien fou. Mélange, répète-t-elle. *Mets l'ange.* Elle a hâte d'entendre la voix d'Irène et de Sacha. Et d'en savoir enfin un peu plus.

Chez Delhi Telefonhi, elle achète son téléphone. Elle paie cash. Pas de questions : on a l'habitude. L'Indien l'aide à insérer la puce à l'intérieur. Autour de lui, des tas d'appareils, d'écouteurs, et des box où des inconnus se promènent sur la toile. En face il y a un café. Le Soleil, c'est son nom. À cause de la terrasse, certainement, où les clients s'offrent à ses rayons. Des couples de toutes les origines, des peaux de tous les continents, de toutes les histoires, profitant du même ciel. Mina écoute leurs langues qui viennent de très loin. Ils ne se laisseront pas faire, se dit-elle. Dans sa jupe aux grandes sphères enflammées, elle reprend peu à peu espoir. Sans oublier de bien vérifier autour d'elle que rien ne trahit une filature, même si elle n'est pas une experte. Elle traque les regards louches mais sait aussi que dans ce quartier les hommes de Papa ne viennent guère. L'idée du mélange les fait fuir, comme les gousses d'ail pour les vampires. Mina s'installe dans un coin de la terrasse, commande un café. On lui rend la monnaie. Tout va bien. Elle sort le téléphone et compose de mémoire le numéro de Sacha.

Au bout du fil, au bout des ondes, rien. Ça ne sonne même pas. Un répondeur. Une voix anonyme. Mina ne se décourage pas. Commande un autre café, savoure le jus brûlant, son amertume électrisante, et attend. Un quart d'heure. Retente. En vain. Sa bonne humeur se dissipe. Et s'il leur était arrivé quelque chose ? Et s'il avait jeté lui aussi son téléphone ? Non... Non... Il a trop besoin d'avoir de ses nouvelles. Elle l'a laissé dans le flou. Lui ferait-il payer ? Absurde. Un quart d'heure encore. Et si elle était coincée ici avec ce putain de texte inutilisable ? Mina-celle-qui-gère se sent à la ramasse. Son misérable château de cartes s'est écroulé. Elle regarde autour d'elle et commence à angoisser. Pense à la décontraction de Papa, à sa force. À la myriade de ses partisans. Un type la regarde un peu trop régulièrement. En jean et chemise blanche, pieds nus dans ses mocassins, à sa droite. Elle l'aperçoit de trois quarts. Les cheveux mi-longs, les méplats saillants, bronzé, des lunettes de soleil. Il lit un livre, ou il fait semblant. Elle n'arrive pas à voir le titre. Une page à peine, et il se tourne vers elle, à nouveau. Comme s'il la guettait. Elle croise son regard. Il lui sourit. Est-ce qu'il la drague ? Ce serait rassurant. Elle réprime un tremblement quand elle arrive, enfin, à déchiffrer le titre du livre : *Justine*, le premier tome du *Quatuor d'Alexandrie*. La paranoïa s'invite.

Mina réajuste sur son visage le masque qu'elle a baissé pour pouvoir boire. Pince le fil métallique au niveau du nez pour qu'il lui mange bien les joues. Derrière, deux lycéennes parlent, un peu trop fort, de la nouvelle application « Justice pour tous » qui permet de signaler dans le respect du plus strict anonymat un délit – voiture mal garée, frotteur dans le métro, pollution sonore – à une centaine de services, de la police municipale à la police nationale, du ministère de la Nature à l'Office de protection des animaux. Elles évoquent le slogan de l'appli – « Tu le fais aussi pour les autres » – et en débattent rapidement avant de se mettre d'accord : bien sûr que c'est un acte civique, pour le bien de toutes et tous. Mina soupire à travers son masque, puis se fige : elle est prête à jurer que cette femme d'allure sportive, juste à côté d'elle, qui a son âge, ou peut-être quelques années de moins, les cheveux remontés sur le crâne en une queue-de-cheval très haute, cette femme au profil un peu chevalin, fine et musclée, genre épéiste ou championne de moto, les yeux pâles fixés sur un écran, la regarde elle aussi un peu trop. Elle espère que c'est à cause de son accoutrement. C'est ça de vouloir jouer à la jeunette. Ça la rend voyante. Et le quartier doit être parsemé de caméras de vidéosurveillance, rebaptisées « de vidéoprotection ». 80 % de la population du pays est pour. C'est ce que dit le poste de télévision installé au-dessus du bar. Qu'est-ce que tu fous là, Mina, à prendre autant de risques? Elle laisse les pièces sur la table ronde, cerclée de métal. Resserre encore, maniaque, son masque sur son visage, et traverse la terrasse, bien obligée. Le type au livre la regarde. Elle le sent, ne se retourne pas pour autant. Ça fourmille dans son bas-ventre, Mina a brutalement le souffle court et ce n'est pas la faute du masque. La femme à la queue-de-cheval la regarde aussi et saisit son ordiphone. Mina fait des tours et des détours avant de rentrer chez Oshun, pour semer d'éventuels suiveurs, c'est déjà ça. Elle s'en veut. Elle a vraiment été imprudente de sortir. Elle se regarde dans les vitrines des magasins, et se rassure un peu. Franchement, tu es méconnaissable dans ces fringues avec ces trois rangées de cauris autour du cou, se dit-elle. Méconnaissable mais pitoyable. Une vieille jeune, ou une jeune vieille. Toute sa joie, toute sa force a disparu.

Quand elle rentre, Oshun n'est pas là. Elle est seule. Elle a peur.

Elle essaie une nouvelle fois d'appeler Sacha.

Elle n'a pas faim. Elle n'a pas sommeil. Elle retente un nombre incalculable de fois. Elle se sent nulle, vulnérable. Elle prend un livre. Mais tout la ramène à son néant. Demain, il y a le meeting de Papa.

SACHA ET IRÈNE

C'est la nuit. Sacha a le ventre vide. Sur l'Athos, le corps ne s'encombre pas de nourriture et, comme la première fois, il a l'impression de flotter. De s'ouvrir à d'autres réalités, aussi. Faut-il changer les corps pour changer les esprits ? Certains pèlerins complètent les maigres repas trop vite pris par des barres de céréales énergétiques. Lui a toujours joué le jeu à fond et continue aujourd'hui. Il prend ça comme une détox – on bouffe trop, de toute façon –, s'assurant juste qu'Irène, elle, ne manque de rien. Son corps doit s'amplifier. Le sien doit s'assécher. Il a cueilli des fruits pour elle dans le verger du monastère, même si elle est plus friande des tablettes de chocolat que les moines sont de plus en plus nombreux à lui tendre, discrètement, avec quelques mots de grec qu'elle ne comprend pas. Leur rappelle-t-elle un neveu laissé dans le monde ? Un fils, pourquoi pas ? Cinq tablettes, déjà, noir, au lait, et même avec des noisettes, sont empilées sur la petite table à côté de son lit. « *Sokolata Ygeias Pavlidou* », lit-on sur leur emballage. « Le chocolat de Pavlidis bon pour la santé ». Elle ne risque pas de manquer d'antioxydants.

Sacha n'arrive pas à dormir parce qu'il ne veut pas dormir. Il se demande ce que va pouvoir faire Mina, maintenant qu'elle a forcément lu le texte que contient la clef, mais dont il lui manque paradoxalement la clef. Il lui en veut de l'avoir laissé embarquer avec Irène et d'être partie avec le fichier, mais il s'en veut plus encore de ne pas lui avoir tout raconté avant. Sans doute aurait-elle agi autrement. Sans doute n'aurait-elle pas pensé qu'elle pouvait régler ça toute seule. Mais voilà, il ne *pouvait pas* lui en parler. Il avait promis. Et il se demande encore une fois ce qu'il lui a pris de réveiller le passé.

Le drone ne s'est pas manifesté de nouveau mais il a l'impression qu'il flotte toujours au-dessus d'eux, invisible. Et ce pèlerin bizarre qui rôde... Il est là, dormant dans le dortoir juste à côté, avec les autres. On a laissé à Sacha, seul avec son enfant, son ancienne cellule où les bruits de la mer couvrent toutes les conversations. En entrant, tout à l'heure, Sacha l'a surpris ici, le pèlerin. Fouillait-il dans leurs affaires ? Peine perdue pour le fouineur : tout ce qui peut avoir une valeur, Sacha le garde sur lui.

Où Mina dort-elle, cette nuit ? Sacha transpire, tourne sur lui-même, se persuade qu'elle sait ce qu'elle fait, sa byzantiniste de choc. Soit elle ne peut pas l'appeler, soit elle ne veut pas, et ça veut dire qu'elle a ses raisons. Sacha s'accroche à la deuxième solution. S'il lui était arrivé quelque chose, il le saurait. Les gens qui s'aiment sentent ça.

Il a dû finir par s'endormir, car un bruit le réveille. Un bruit ou plutôt un rythme, pressé mais musical, sec et clair, qu'il reconnaît tout de suite.

Toc. Toc toc toc. Toc toc. Toc toc toc toc.

« C'est quoi papa ? »

Irène aussi s'est réveillée. Dehors c'est encore la nuit noire, juste piquetée d'étoiles.

« C'est la simandre. Habille-toi. »

Des fenêtres s'éclairent, des points lumineux apparaissent, lucioles dans les ténèbres, et glissent le long des galeries de bois. L'agitation règne dans les coursives de ce grand vaisseau de pierre. On devine derrière tout un cortège d'ombres, de voiles, des mouvements d'étoffe. Et le bruit de la simandre continue, de plus en plus rapide, et presque furieux maintenant.

« J'ai peur, papa », dit Irène.

Sacha serre sa petite main dans les escaliers invisibles, guidé par le pinceau de lumière de la lampe de poche. Des silhouettes les frôlent, silencieuses, et disparaissent. Branle-bas de combat dans l'obscurité.

« Regarde », lui dit-il en désignant le moine, voilé de noir, et l'espèce de rame, arrondie aux extrémités, qu'il porte sur l'épaule et frappe à coups de maillet.

« La simandre : le réveil du mont Athos, murmure-t-il à sa fille. Elle est en bois, comme la croix de Jésus-Christ, et les moines pensent qu'à cause de cela elle éloigne les mauvais esprits.

— Ceux qui s'accrochent aux robes des moines ?

— Oui, du coup ils se décrochent. »

Et puis, comme il a l'impression de lui bourrer malgré lui la tête de superstitions, il ajoute :

« Tu sais, ce ne sont que des croyances. »

L'église est un incendie dans la nuit. Cierges au parfum de miel, lustres tous feux allumés, lampes à huile dont les mèches tremblent dans leurs corolles de verre grenat.

Sacha et Irène s'y engouffrent à la suite des moines qui se signent devant les images saintes, s'inclinent en touchant le sol de marbre, puis disparaissent, leurs manches comme des ailes, dans l'ombre des stalles, ces grands trônes de bois sculptés où l'on ne peut se tenir que debout, avec juste un appui pour les reins. L'iconostase les domine de toute sa hauteur et de tout son or, comme un décor de théâtre percé de portes et de fenêtres. À l'intérieur, des scènes christiques peintes il y a des siècles, que l'œil ne déchiffre que quand il s'habitue au jeu de l'ombre et de la lumière.

« C'est comme un calendrier de l'Avent géant... », commente Irène d'une voix encore engourdie par le sommeil.

Il va s'agir maintenant, pour les moines et leurs prêtres, de vaincre les ténèbres en les assaillant de clarté en plein cœur de la nuit. Les flots d'or n'ont rien d'un luxe : ils sont l'image du royaume de Dieu accessible à qui s'en donne la peine. L'humanité dort à poings fermés ? Ces moines, dans cette presqu'île reculée, inconnue, oubliée, les ouvrent de toutes leurs forces.

L'encensoir tinte et la fumée parfumée se répand, caressant les précieuses étoffes élimées par le temps et les pupitres en marqueterie venus de l'Orient si proche. Le prêtre s'avance dans la nef, sa chasuble blanche constellée de croix vertes, et une dramaturgie très codifiée se met en place sous l'œil du Christ peint sur la coupole. Sacha entraîne Irène dans le fond de la nef où s'alignent les stalles. Comme elle est petite, elle pourra s'y tenir assise. Elle sursaute quand tout près d'elle une main bouge. Les doigts égrènent doucement les perles d'un chapelet. On ne distingue pas le visage du moine, tête inclinée, versé en lui-même, mangé par l'ombre.

Une voix se met à psalmodier, belle et solitaire. Elle semble être un murmure venu du plus lointain des âges anciens, qu'un chant puissant recouvre bientôt, grave, chaud, d'une force incroyable, entonné par des dizaines de moines, dont les voix se répondent, se font écho, se répercutent sur les murs du *katholicon*, ce ventre de l'église où le chœur règne maintenant en maître. Il ne prononce que deux mots, mais la phrase qu'ils composent est ici le plus puissant des mantras. Et le chœur la répète, avec d'infinies modulations. Cette phrase-là, Sacha la connaît : *Kyrie Eleison.* « Mon Dieu, aie pitié. » Sauf que ce n'est pas une plainte, une supplique, une imploration. C'est tout le contraire, c'est de la confiance pure. La certitude d'être exaucé par cet amour immense. Prière des hommes devenus anges pour ceux qui ne le deviendront jamais.

Sacha regarde sa fille. Elle semble ensorcelée. Son cœur se gonfle. Les hymnes se succèdent comme des vagues. Lors de son premier séjour, sans doute n'en était-il resté qu'à la beauté de la Sainte Montagne et de ses rituels. Mais il lui semble désormais comprendre l'enjeu de ce qui s'y déroule. Superstition ? Folklore ? Plutôt fidélité à une certaine idée de l'être humain : choisir la lumière plutôt que les ténèbres. Et se sacrifier, s'il le faut, pour que la lumière gagne.

*

La faim et la fatigue doivent modifier ses perceptions. À moins que ce ne soient les flots d'encens qui agissent comme une drogue. À force de les regarder il a en effet l'impression que les fresques s'animent, que tous ces martyrs cuirassés d'argent et ces patriarches en manteau à damier se détachent du mur, leurs yeux en amande braqués sur lui, pour lui dire quelque chose. Mais leur bouche reste fermée. En grec, le mot « paix » veut aussi dire « silence ». Près de lui Irène dort, sa joue posée sur son bras. Et elle sourit en dormant.

Les moines chantent toujours, mais plus bas. Ils disent, répété à l'envi, le mot « *Amîn* », le « *Amen* » des orthodoxes. *Amîn* : qu'il en soit ainsi.

Amîn. Amîn. Amîn. Amîn.

Sacha entend, lui, autre chose :

Mina. Mina. Mina. Mina.

Oui, c'est le nom de Mina qu'il entend maintenant dans cette église. Il pense à son visage et projette son image au milieu des fresques noircies par le temps. N'est-elle pas après tout dans son univers, elle qui connaît par cœur cette civilisation byzantine dont il assiste à l'une des manifestations ?

Un grand calme se fait dans son cœur. Mina va l'appeler, il en a maintenant la conviction, et il va pouvoir enfin lui dire quoi faire, et prendre sa part du sacrifice. Comme ces moines en noir, Sacha veut combattre l'obscurité. Il va les sortir de là. C'est lui qui a fauté.

Doucement, il arrache Irène à sa stalle. Il reste encore des heures d'office et il voudrait qu'elle dorme bien. Son corps tiède dans les bras, il sort de l'église, en franchissant le seuil comme on traverse un cercle de feu. Les voilà rendus à la nuit où brillent au-dessus d'eux des millions d'étoiles, y compris celles qui dessinent sur une hanche de femme le W de Cassiopée. Ainsi soit-il, Mina.

De retour dans leur cellule il dépose délicatement sa fille sur le lit. Elle se pelotonne sous le drap, les poings serrés sous le menton, les genoux contre le ventre, les pieds joints, soupire, et bientôt dort d'un souffle régulier. Il sort de son sac le cahier. Le « Miroir de la princesse ». En parcourt les pages et tombe sur une phrase de Prévert qu'il a notée pour elle – « J'ai reconnu le bonheur au bruit qu'il a fait en partant » – suivie de son commentaire à lui : « Donne-lui toujours envie de rester. »

Il comprend alors ce qu'a voulu dire Mina. En quoi cette phrase concerne Irène, à sept ans ? Une phrase au passé, qui plus est ? Alors il change d'idée. Il se met à écrire sur elle, et pour elle seule. Une longue lettre qui la concerne vraiment. Il écrit ce qu'il voit d'elle, ici, endormie dans cette petite chambre. Ce qu'il ressent pour elle. Combien il l'aime. Combien sa mère l'aime. Combien elle peut être certaine de cet amour. Il décrit ses yeux bleus et ses mèches blondes, du vénitien au scandinave, son sourire, ses dents écartées et la grimace qu'elle fait quand elle croque dans un citron. Il lui parle d'elle, il lui raconte ce qu'ils vivent maintenant, ce voyage chez les anges noirs, et pourquoi, du plus imposant des monastères jusqu'au plus petit brin d'herbe, elle est sous le regard de la reine de ce jardin. Cette reine la protégera. Il lui dit combien il est heureux, lui, son père, d'accomplir ce voyage avec elle. Qu'il l'a fait il y a longtemps mais que c'était moins bien parce qu'il n'avait pas la chance de l'avoir à ses côtés. Que bientôt ils reverront sa mère. Qu'elle connaît plein d'autres histoires sur leur refuge, même si elle n'y est jamais venue. Il décrit Irène et ses jambes s'agitant au-dessus de l'eau fraîche et translucide, au-dessus des oursins accrochés aux rochers. Il la décrit avec Syméon, pieds nus sur les dalles de la chapelle de l'ermitage. Il imagine combien leur cœur battra quand ils reliront cela ensemble, plus tard, et quand encore plus tard elle le relira seule, pensant à lui et à sa mère qui ne seront plus là.

Son téléphone tombe au sol à cause du mouvement de sa main sur le cahier, son coude l'a fait chuter, il pourrait l'écraser du pied, il ne sert plus à rien ici, ils sont livrés à eux-mêmes, mais il le ramasse quand même, et le jette loin sur le lit, dans l'angle formé par la rencontre des deux murs blancs, sur l'oreiller où il placera sa tête quand il sera fatigué d'écrire.

Il pose le stylo. Il range le cahier. Il vérifie que les trois saloperies de pages sont toujours là dans son sac. Il ne veut pas les relire. Il préfère regarder sa fille à la lumière de la lampe à huile. Il a les larmes aux yeux. Il sourit en même temps. Il est épuisé, traversé par des courants contraires.

Et de façon inespérée, à ce moment précis, captant dans l'angle de cette pièce, enfin, un signal de l'extérieur, le téléphone sonne et vibre à la fois. Frémissement électronique incongru dans cet amas de silence médiéval. Sacha s'en empare, appuie sur le bouton vert et colle le petit objet noir contre son oreille. La joie tambourine dans son ventre quand il entend la voix de Mina :

« Pas de nom, pas de prénom », dit-elle.

Il s'en amuse. Il faut toujours qu'elle pense qu'elle est la seule à pouvoir tout maîtriser. À tout savoir. C'est ce qui fait son charme, parfois insupportable.

« Je t'aime. Ça, on peut le dire ? »

Elle rit. Mais il entend des larmes dans sa voix et imagine son œil gauche, cerné de mascara, qui s'orne, maintenant, d'une larme noire. Mina pleure en riant. Mina rit en pleurant. Il a déjà lu ça quelque part. On aime et on a peur pour ceux qu'on aime, c'est comme ça, depuis les origines, c'est ce qui fait le prix de la vie.

Irène s'est réveillée. Ses sourcils font à ses yeux des accents circonflexes sous ses cheveux blonds et courts ébouriffés comme le duvet d'un oisillon. Son lit, c'est son nid. Elle dit :

« Maman ? »

MINA

Elle non plus ne dort pas, seule sur ce grand lit, dans cet appartement qui n'est pas le sien, loin des siens, le portable à portée de main mais inutile. Elle essaie sans cesse mais tombe chaque fois sur le répondeur de Sacha. Oshun n'est pas rentrée. Vexée ? En train de la dénoncer sur l'application « Justice pour tous » ? Arrêtée ? Pas de parano. Au fait, que disent-ils, à la fac, de sa soudaine disparition ? Que disent-ils aux élèves ? Elle pense à Irène et le sommeil la fuit encore plus.

Pour essayer de ne pas trop y penser, elle se déporte mentalement vers une autre Irène, bien oubliée aujourd'hui, sauf de quelques fous comme elle, qui trouvent dans l'Histoire un refuge. Fous ? Pas plus que ceux qui mettent un casque de réalité virtuelle pour changer de vie et se propulser quelques heures dans un monde parallèle. L'Histoire est-elle un métavers ? Mina ferme les yeux pour essayer de dormir bercée par les images que son esprit, convoquant ses lectures, fait surgir sous ses paupières. Après tout, ça fonctionnait pour Sacha. Au début de leur relation, pour s'endormir, mais surtout par jeu, il lui demandait de lui raconter un épisode de l'histoire de Byzance.

« Tu ne veux pas plutôt baiser ? lui disait-elle.
— On peut le faire après ?
— Ou avant ? »

Il s'exécutait, mais sans oublier de réclamer son histoire. Un jour, elle lui parlait du couronnement de la jeune Irène d'Athènes, justement. Son avancée parmi les litanies et les cantiques, le manteau impérial de pourpre fixé à ses frêles épaules par des agrafes d'or, et sur la tête la mythique couronne dont le ruissellement de perles frappait tant les imaginations qu'elle inspirerait les souveraines de Chine. Un autre jour, Mina se concentrait sur les complots des eunuques ou sur les raffinements du palais, séquence particulièrement torride quand Mina évoquait, par exemple, ce que dit l'historien Procope des prouesses sexuelles de l'impératrice Théodora, dont le père était montreur d'ours et la mère acrobate. Parfois, elle préférait parler des automates qui animaient le trône impérial de Byzance, et de cet arbre en or, des racines aux branches, dont la ramure abritait des oiseaux de métal capables de chanter des mélodies pour les visiteurs que l'empereur voulait impressionner. Il y avait aussi les jours plus sombres, où Mina lui racontait les atrocités commises par Constantin l'iconoclaste, le « destructeur d'images », torturant sans pitié les « iconodules », ceux qui vénéraient les icônes, parce qu'il jugeait la pratique trop païenne à son goût. Oui, on mourait déjà pour le droit de représenter Dieu, et Mina en parlerait dans ses cours quand l'affaire des caricatures éclaterait en France.

Elle sait maintenant qu'elle n'arrivera pas à dormir. « Au diable les extrémistes d'hier et d'aujourd'hui ! » peste-t-elle alors qu'enfin, peu avant l'aube, après avoir appuyé peut-être cinquante fois sur la touche « appel » de son téléphone à carte prépayée, elle entend que, tout au bout, ça décroche enfin. Elle bondit.

« Pas de nom, pas de prénom ! » lance-t-elle d'une façon qui lui semble, quand même, un peu autoritaire.

Elle perçoit le soupir de soulagement de Sacha. Il soupire souvent et d'habitude, ça l'énerve Mina. Mais pas aujourd'hui. Il lui dit qu'il l'aime, ça l'inonde de joie. Et un peu plus encore quand elle entend, dans la même pièce, une petite voix familière : « Maman ? »

Mina ne résiste pas :

« Tu me la passes ?

— D'abord : toi ?

— Je suis en sécurité.

— À domicile ?

— Non.

— Tu as bien fait.

— Et vous ?

— Pareil. Mais il faut que je te dise un truc.

— Plus qu'un truc. Passe-moi juste Irène que je l'embrasse. »

Elle sèche ses larmes, mais peine à encaisser la douceur d'un nouveau « maman ».

« Tu vas bien ma chérie ?

— Tu me manques, maman.

— On va bientôt se revoir. »

Elle a du mal à dire la phrase. Les sanglots l'envahissent.

« Tu pleures ?

— Parce que je suis heureuse de t'entendre. Je t'aime tu sais.

— Moi aussi je t'aime.

— On va bientôt se revoir. »

Ce coup-ci, elle est parvenue à articuler. Elle ajoute :
« Tu n'oublies pas, hein, que je t'aime ?

— Et tu aimes papa, aussi ? »

Mina accuse le coup. Elle regarde autour d'elle. Le vrac des vêtements dans la pièce. Une petite culotte noire et le soutien-gorge assorti posés sur le dossier d'une chaise. Le parfum d'Oshun, partout. Mais elle a tenu, pas vrai ?

« Bien sûr que j'aime papa. C'est bien votre voyage ?

— C'est très beau, maman. On va... »

Mina la coupe.

« Tu me raconteras quand on se verra. »

Elle se mord la lèvre pour ne pas prononcer son prénom. À nouveau l'émotion afflue. Elle a du mal à continuer :

« Tu me repasses ton papa ? »

Ses lèvres contre l'appareil, sa fille lui envoie le bruit d'un baiser. De plusieurs baisers. Pour un peu, elle en sentirait la chaleur.

La voix de Sacha :

« Tu es partie trop vite.

— J'avais le choix ? »

Il ne répond pas. Elle trouve qu'elle a été trop sèche. Alors elle dit :

« Excuse-moi. »

Elle aimerait vraiment dire son prénom. Sacha, mon chat. Près de ce prénom, on a envie de se blottir.

« C'est moi qui m'excuse. Tu as lu ?

— Oui. Je ne vois pas en quoi ça peut nous aider.

— Parce qu'il manque trois pages.

— La dernière nuit ? »

Elle se trouve conne, à utiliser ce putain de langage crypté comme s'ils étaient des gamins à devoir se protéger de leur... Papa. Il répond :

« Oui, la dernière nuit.

— Elles sont où ?

— Ici.

— Comment ça ?

— Avec moi. »

Mina est interloquée. Ne sait pas quoi dire. Sacha rompt le silence.

« Tu es partie trop vite. De ton côté.

— Arrête ! »

Elle ne supporte pas d'être renvoyée à son erreur. Incontestable, mais s'il avait parlé, seulement ! Elle le lui fait remarquer.

« Pourquoi ne pas m'avoir dit ? Avant ?

— Je ne pouvais pas. Et est-ce qu'il faut tout se dire ? »

Touchée : elle avale sa salive. Il reprend :

« Je voulais t'en parler, au café, *l'autre jour*. Je n'ai pas eu le temps. »

Elle sent qu'il voudrait dire le nom de la ville.

« Notre dernier café », ajoute-t-il, et ça lui fait mal.

— Je suis censée faire quoi, alors ? »

C'est une question qu'elle croit n'avoir jamais posée de toute sa vie. Elle attend comme une conne, au bout du fil. Mais elle se fait la remarque : il n'y a pas de fil. Juste des ondes, invisibles, capricieuses, modifiées parfois par le cours du vent. Elle a soudain peur que ça coupe.

« Il faut qu'il vienne ici », dit Sacha, lentement. Il répète : « Il faut qu'il vienne ici s'il veut les récupérer.

— Rien que ça ? »

Elle le trouve bien naïf. Il le sent.

« J'ai ce qu'il veut. Dis-lui : tu vas voir qu'il va bouger.

— Il y a sans doute déjà pensé : il a annoncé qu'il allait venir prochainement, faire une retraite monastique. »

Un long silence les sépare un instant. Elle a peur que ça ait coupé. Et puis elle l'entend rire.

« C'est pas vrai ? Tu as entendu ça où ?

— À la télé.

— À la bonne heure. »

On dirait que Sacha est excité. Qu'il veut en découdre. Elle sent au creux de son cœur comme une piqûre de jalousie qui un instant dissipe sa peur. Des images lui reviennent. Alexandrie. Le miroir du Cecil Hotel. La grande blonde osseuse. Siwa et le sang des pépins de grenade. Leyla. *Sharmuta.* La mort d'une jeune fille.

« Toi, surtout, tu restes à l'abri. Ils doivent déjà surveiller tous tes collègues. Tes étudiants aussi. »

Elle déglutit. Une enclume sur le ventre. Sacha reprend.

« Envoie-lui juste le texte. Celui que tu as. Fais-lui comprendre que j'ai le reste et que je l'attends ici. Dis-lui aussi que c'est dans le cloud, prêt à partir... et qu'à la moindre alerte, ça partira.

— C'est le cas ?

— Oui.

— Pourquoi tu ne le fais pas partir ? J'ai fait des copies, moi aussi.

— Ce que tu as ne compte pas. Et le but n'est pas de le rendre public.

— Tu es impliqué ?

— J'ai promis.

— Envoie-les-moi.

— Non. »

Elle est interloquée.

« Tu ne me fais pas confiance ?

— Plus qu'à n'importe qui. Mais moins tu en sais... J'ai des photos, aussi. »

Elle redemande :

« Des photos ?

— Oui, c'est peut-être le plus important.

— Que s'est-il passé avec cette fille ? »

Elle n'entend que le silence au bout du fil, au bout des ondes. Elle n'insiste pas :

« Faisons comme ça, mon amour. Et la petite ?

— Elle s'est très bien acclimatée. »

L'idée l'apaise. Mina visualise une grande église illuminée par les flammes des lampes à huile, le sourire de la Vierge sur les icônes, les épées protectrices des archanges. Leur refuge. Où l'ennemi va pourtant se rendre.

« J'ai peur que ça coupe. Tu me la repasses une dernière fois ?

— Ne prononce pas ces mots, s'il te plaît. »

Elle entend à nouveau un joyeux « Maman ! » Puis Irène a cette phrase qui la fait fondre :

« Tu sais qu'ici on monte au paradis par une échelle ? »

SACHA, IRÈNE

Après le coup de fil, Irène s'est rendormie. Son père la serre contre lui, prêt à tout pour défendre face au monde entier l'intégrité de ce petit corps. Le produit de leur amour... Il ne s'endormira pas. Il s'est un peu avancé auprès de Mina sur leur sécurité. À sa femme en effet il n'a parlé ni du drone, ni du pèlerin fouineur et de ses insinuations devant les restes humains. Il n'a pas parlé non plus de l'absence de Syméon. Et il n'a pas dit, enfin, combien il est préoccupé par l'annonce officielle d'une arrivée imminente d'Alex sur la Sainte Montagne. Sacha s'attendait à ce qu'il vienne, mais pas qu'il prenne les devants, comme ça, publiquement. Vient-il pour l'arrêter ? Non, il n'aurait pas besoin de venir personnellement. Pour le rencontrer ? Négocier ? De façon anonyme, clandestine, c'était plus envisageable. Alors ? Que ferait-il s'il était Alex ? Il détruirait non seulement la preuve mais aussi les témoins. Mais comment contrôler les dizaines de copies qui pourraient se trouver dans la nature, codées et compressées dans un fichier numérique susceptible d'atterrir, en un simple mail, chez n'importe qui, blogueur, journaliste, ennemi politique ? En dehors du pays, s'il le faut ?

En instillant la peur. Voilà pourquoi Alex vient. Mais la peur, de quel côté est-elle vraiment ?

Il regarde sa fille dormir si paisiblement et l'aube s'inviter dans la pièce pour dessiner les contours d'une nouvelle journée. Il entend, sous eux, les vagues qui lèchent les fondations de ce château spirituel. Il va falloir qu'il la protège mais où aller si des drones parcourent maintenant les espaces aériens sacrés, rivalisant avec les anges et les esprits saints ? Et si l'ennemi en personne débarque en votre refuge ? « Où aller ? » vient de remplacer la vieille question « Que faire ? » L'inquiétude se ravive en lui. Il sait qu'il lui faut relire les trois pages maudites pour la dissiper. Pour se persuader qu'il a du biscuit, comme on dit. Il n'a rien à gagner, mais Alex, tout à perdre. Quand sera-t-il là ? Qu'ils en finissent, enfin.

MINA

Elle l'a entendu dire : le manque de sommeil multiplie les risques d'AVC. Or Mina a toujours bien dormi. Elle n'aime pas se lever à l'aube, contrairement à Sacha, qui le fait systématiquement, et pour quoi faire ? Écrire un roman, même pas. Préparer ses chroniques. Adapter ses chroniques en livres. « Conseiller scientifiquement » les scénaristes d'*Hastings* sur les prochains épisodes... Elle aurait dû davantage l'encourager, le pousser. Elle est persuadée qu'il a la sensibilité pour cela. L'indépendance d'esprit. La vision. Le monde intérieur. Pour devenir un grand.

Le coup de fil l'a ragaillardie. Entendre enfin la voix de la chair de sa chair, son Irène, son petit monstre doux. Mina l'imagine là-bas. Ça doit leur faire un bien fou, à ces vieux moines qui ont peur des femmes comme le sel a peur de l'eau, d'être confrontés à cette tornade de vie.

Combien de temps peut-elle veiller avant de faire un AVC ? Il faut qu'elle dorme pour affronter la bête. Car elle ne va pas se contenter d'envoyer un fichier. Il est gentil, Sacha : « envoie-lui le texte » ! À qui, comment ?

Sait-on chez qui ça tomberait ? Non, elle doit s'adresser directement à Dieu et pas à ses saints.

Sacha mon chat. Elle ressent du désir pour lui. Et c'est maintenant qu'il n'est pas là qu'elle y pense. Un peu tard, ma vieille. À moins que tu survives, et lui aussi. Et que vous ayez à nouveau l'occasion de vous retrouver pour baiser. Elle ne pense pas, là, à « faire l'amour ». Non, elle pense à baiser. À baiser avec son mari. À se sentir bien l'un dans l'autre, muqueuse contre muqueuse, lèvres contre lèvres, les pointes de ses seins contre son torse qu'il muscle sérieusement à coups de pompes et de tractions, mais où le temps a quand même mis quelques poils blancs. Le temps de jouir. Oui, elle pense qu'elle pourrait jouir. Et jouir vite. Elle sait qu'elle l'intimide, parfois. Que le temps et l'habitude éloignent étrangement les corps qui ne savent soudain plus par quel bout se prendre. Elle aimerait que ce soit simple, qu'il la traverse de part en part comme en Grèce. Dans la maison de D. Mais pour ça il faut qu'ils se battent et sortent de cette séquence. Pour ça il faut dormir. Dormir pour être forte.

Elle se lève et retourne dans la salle de bains. Elle n'aime pas l'absence d'Oshun. Elle baisse sa petite culotte, la petite culotte d'une amie d'Oshun, s'assoit sur la cuvette et pisse en pensant à ce que lui a dit Sacha sur ses collègues et ses étudiants qui doivent être surveillés. Peu de gens connaissent leurs liens, mais si quelqu'un allait parler ? Elle s'essuie, se lève, remonte sa culotte, tire la chasse d'eau, la vie moderne. Dans un tiroir, elle trouve ce qu'elle cherche. Un bon somnifère. Elle emporte tout le tube. Dans la chambre, elle s'empare d'un sac de sport. Elle y fourre quelques affaires d'Oshun – elle a essayé de trouver du noir et du blanc, bref du basique, ce qui n'est pas une mince affaire dans ce vestiaire – et lui laisse un petit mot, histoire de la rassurer. Elle fait sobre : « Je dois partir. Ne t'inquiète pas, je n'oublie pas ta thèse. »

Dans la rue, c'est l'aube encore. Le Pakistanais de la réception se contente d'empocher les quatre billets de cinquante sans rien demander de plus. Peut-être parce qu'elle en a glissé un cinquième rien que pour lui. Cinquante balles. Pas assez pour faire suspect. Mais une petite attention qui change tout. Ça fait quatre nuits ; à ce prix-là ça ne va pas être le Ritz. Elle a pris le plus miteux, de toute façon. Exprès. Une fois dans sa chambre, elle avale un verre d'eau avec un comprimé, programme l'alarme de son téléphone, et s'allonge, tout habillée, sur le dessus-de-lit orange. Le souvenir d'un séjour chez une correspondante allemande, qui avait le même, la frappe, mais pas suffisamment pour conjurer les effets soporifiques des molécules de benzodiazépine nouvelle génération, ingérées volontairement dans cette petite chambre de l'hôtel bien ou mal nommé « Au rêve ».

Quatrième jour : Tu franchiras les interdits

> Nous voulons rassembler ceux qui aspirent à un avenir humain, et non à l'apocalypse.
>
> KLAUS MANN

SACHA, IRÈNE

On frappe à la porte. Elle s'ouvre sans que Sacha ait eu le temps de répondre. La haute silhouette d'un moine, pas souriant du tout. Barbe clairsemée. Encore jeune. Maigreur d'ascète. D'un geste, sans parler, il lui fait signe de venir et laisse la porte ouverte. Sacha réveille doucement sa fille encore tout habillée. Après l'office, il l'a simplement recouverte d'une couverture. Quand ses paupières se soulèvent, le bleu clair jaillit et l'illumine de joie. Il lui enfile ses baskets. La prend dans ses bras. Elle se laisse faire. Sacha suit le moine dans les escaliers. Puis dans la cour du monastère. Sur une patère pend une robe noire. Les ailes d'une chauve-souris. Sacha pense à Batman. Il a encore sa fille dans les bras quand il franchit, toujours à la suite du moine, le seuil de pierre du monastère. Le soleil rasant au-dessus de la mer l'aveugle. Il ne voit rien, il sent. La fraîcheur de la rosée qui décuple le parfum des eucalyptus et de toute la végétation méditerranéenne qui prospère là, depuis l'écume jusqu'aux murailles de Stavronikita. Ses rétines s'habituent à la lumière. Le moine pas causant lui désigne un banc de pierre. Sacha frissonne un peu, à cause de l'air frais, mais aussi de la sensation de déjà-vu qui le saisit devant ce banc. Il s'est assis là il y a trente ans. Irène n'était pas là. Le père Ephrem oui, et il est là encore, sur ce même banc, se levant à son approche.

Sacha s'arrête, comme frappé par la foudre.

« Venez, mon garçon », dit Ephrem, comme s'il était encore ce garçon-là. Lui a à peine vieilli depuis qu'il l'a initié à certains mystères d'ici. Sa barbe fait toujours deux pointes. Et son œil est toujours aussi vert quand il s'arrête sur Irène, accrochée comme un koala au torse de son père, sa tête nichée à la jonction du cou et de l'épaule, ses jambes de chaque côté, inerte, confiante, ensommeillée.

Le moine pose sa main baguée sur la tête de Sacha. Et sur celle de sa fille. Dit quelques mots en grec. Sacha en connaît le sens : « Soyez bénis. »

Est-ce la fraîcheur de l'aube ? Le rayon de soleil qui vient frapper sa joue ? Ou l'effet de la bénédiction, de l'énergie qui passe du cœur du prêtre à ses mains ? Car Ephrem n'est pas seulement moine, il est, comme Syméon, moine et prêtre. Irène remue, s'anime – une fleur qui s'ouvre sous la lumière.

« Je te présente le père Ephrem », dit Sacha.

Le moine reste debout, austère. Sa barbe à deux pointes doit rappeler à la petite le chef des Olmèques dans *Les mystérieuses cités d'or*, une vieille série d'animation qu'il lui a montrée récemment parce qu'il l'aimait à son âge. Elle n'a pas adoré « ce truc d'à l'époque ». Irène dit « à l'époque » comme si elle parlait de l'Antiquité ou du siècle des Lumières. Par-dessus son habit noir, Ephrem porte un gilet marron qui lui aussi remonte « à l'époque », les trous en attestent. Mais la petite s'avance courageusement vers lui et prend la main du moine pour la baiser, comme elle a vu faire.

« Tu es Irénée, c'est bien cela ? »

Il a parlé en français. Elle hoche la tête. Sans faire une remarque. Son père est fier. *On est des agents secrets.*

« Et tu ne veux pas aller voir les poissons, dans les bassins, Irénée, pendant que je parle à ton père ?

Indécise, elle regarde Sacha. Il hoche la tête. Elle s'éloigne. Il n'aime pas ce rendez-vous. Qu'est-ce qu'Irène ne peut pas entendre ? Où est Syméon ? Il regarde sa fille habillée en garçon, son short de couleur vive, ses baskets chatoyantes, un vrai petit mec, atteindre les arches couvertes de lierre, et s'émeut de la voir à l'abri de ces murs qui ont cent fois son âge. Un autre moine s'approche d'elle. Forme noire, souple, qui pourrait être menaçante. Sacha est sur ses gardes mais il reconnaît le jeune à la barbe clairsemée qui a frappé à leur porte, tout à l'heure. Il soulève Irène, les poings de Sacha se serrent mais il se détend en entendant la petite voix de sa fille : « Plus haut ! » C'est elle qui a demandé. Pour mieux voir les poissons. Il prête l'oreille. Ils ne sont qu'à dix mètres. Il l'entend parler. Bagout d'enfer. Il n'est pas né celui qui la fera dévier de son chemin de paroles, de questions.

« Alors vous voilà de retour sur l'Athos, Sacha ? »

La voix d'Ephrem le ramène au présent. Au dur présent.

« Je me souviens bien de vous, reprend-il. Votre visage un peu... tourmenté. Vos questions sur l'ascétisme, la prière du cœur... Avez-vous trouvé ce que vous cherchiez ?

— Je crois. »

Il lui désigne la petite.

« Vous avez préféré fonder une famille. »

Sacha acquiesce. Il aimerait qu'Ephrem aille au but. Au lieu de cela, ce dernier lui propose un café. Il sent qu'il ne peut pas refuser.

Il suit le moine dans la loge du frère portier. Une table recouverte de toile cirée, deux icônes, dont un saint Jean-Baptiste aux cheveux hirsutes, un réchaud et au-dessus un placard dont Ephrem extrait une boîte métallique. Sacha entend l'allumette craquer, le bruit du gaz qui s'enflamme, le frémissement du mélange deux fois porté à ébullition dans cet ustensile mi-cruche, mi-casserole où se prépare le café grec. Très vite, le parfum de léger brûlé du breuvage titille ses narines. Le moine lui tend une tasse, et ils retournent à l'air libre, devant la mer qui chatoie comme un plat d'argent. Autour d'eux un silence qui n'en est pas un : la rumeur des vagues, le pépiement joyeux des oiseaux, cacophonique mais harmonieux. Une sérénité à laquelle le moine vient mettre un terme. Brutalement.

« Syméon a beaucoup plaidé votre cause » dit le moine.

Sacha le regarde, étonné du tour que vient de prendre la conversation.

« Quelle cause ? dit-il.

— Il ne m'a pas dit exactement. Mais des gens, visiblement, en défendent une autre... »

Sacha avale sa salive. Le moine poursuit.

« Nous ne nous mêlons pas de la loi des hommes. Sauf quand elle se mêle de la nôtre. Il y a eu des instructions vous concernant. »

Sacha blêmit. Le moine s'approche.

« Nous n'allons pas pouvoir vous garder ici. Au monastère. Ni vous, ni votre petit garçon... »

Leurs yeux se rencontrent. Sacha sent de la bonté dans

les yeux du moine, mais il s'en fiche pas mal. Il préférerait du courage, de la rébellion.

« Qui ? demande-t-il.

— Je l'ignore. C'est l'higoumène qui m'en a avisé. Et m'a demandé de vous prévenir.

— Les traditions d'accueil se perdent, on dirait », lance Sacha, avec un sourire ironique.

Le moine ne cille pas :

« Il faut parfois céder sur certaines choses pour que l'ensemble se maintienne. »

Mais il ajoute :

« Il y a un endroit pour vous deux. Un endroit où l'on ne se soumet pas aux diktats du monde. »

Sacha attend puis, comme le moine ne dit rien, il demande :

« Qu'est-ce que vous nous proposez ?

— Esphigmenou. »

Il a envie de rire :

« Les fous ?

— Question de point de vue.

— J'y suis allé autrefois. Je sais de quoi je parle. »

Sacha sent la colère le gagner. Aller là-bas avec Irène, c'est de la folie. Esphigmenou est un autre monastère du mont Athos, mais aux mains d'extrémistes qui ont hissé sur ses murailles un drapeau noir frappé de leur devise : « l'orthodoxie ou la mort ». En rupture totale avec les autorités de leur religion, ils méprisent la politique de rapprochement avec le reste du monde chrétien et ne digèrent toujours pas le sac de Constantinople par la quatrième croisade en 1204. Oui, ils en sont encore là. Et pas du genre à mollir. Rompus aux grèves de la faim et à la confection de cocktails Molotov, ils n'ont pas hésité à utiliser ces armes chaque fois que le gouvernement grec a essayé de les déloger de leur forteresse.

Le moine plisse les yeux dans le soleil.

« Certes, mais, là-bas, ceux qui vous en veulent ne pourront pas vous atteindre...

— Et votre devoir de charité ? » lance Sacha, pour le plaisir.

Le moine braque ses yeux verts dans les siens.

« Il faut croire qu'ici aussi ça commence par soi-même. »

La cavale continue. Jusqu'à quand ?

« Où est Syméon ? demande Sacha.

— Je n'en ai aucune idée. Mais sachez qu'il est venu intervenir il y a quelques jours pour qu'on vous accueille. »

Une voix pleine de gaieté le ramène à l'immédiate réalité :

« Papa ! »

Irène sprinte vers lui. C'est un de leurs jeux. Il doit l'attraper par les mains et la faire tournoyer avant de la reposer. Devant les deux moines, car le plus jeune vient de les rejoindre, la scène vaut le détour. Ils sourient un peu tristement, sachant ce qui vient d'être dit à ce père et à son enfant.

Irène lui glisse, dans l'oreille, en chuchotant :

« Papa, c'est quoi un drone ? »

La peur traverse Sacha. Il repose sa fille à terre.

« Pourquoi tu me demandes ça ?

— Grégoire en a vu un dans le ciel. »

Elle fait quelques pas vers le moine :

« Hein, pas vrai Grégoire qu'on a vu un drone ? Mais c'est quoi un drone ?

— Ici ? » demande Sacha au jeune moine, qui acquiesce. Ephrem baisse la tête.

« C'est comme un petit hélicoptère télécommandé, dit Sacha en regardant sa fille.

— Un jouet ?

— Un jouet pour les adultes. »

Après un moment de réflexion, elle ajoute :

« C'est pas dangereux pour les anges ? S'ils leur foncent dedans ?

— Les anges sont plus forts que les drones, répond-il avant de lui demander d'aller préparer ses affaires pour partir.

« Pourquoi papa ? C'est trop beau ici ! »

Sacha regarde Ephrem. Il semble réellement peiné.

« Et on va aller où ? reprend la petite.

— Dans un autre monastère.

— Y aura des poissons ?

— Ça, je ne sais pas... Mais je me souviens qu'il y a beaucoup de chats... »

Elle sourit. Elle a l'air d'accepter le programme.

*

Sacha n'a jamais dormi là-bas. Lors de son premier séjour, un simple café avait suffi pour lui faire comprendre qu'il fallait décamper. Le moine était gentil, pourtant. Mais complètement cintré. Il lui avait parlé de l'Union européenne comme de la Grande Prostituée annoncée par l'Apocalypse de saint Jean. Elle allait détruire l'orthodoxie sur l'autel du protestantisme des puissants pays du Nord. Pour ce moine, le pape – à l'époque, c'était Jean-Paul II – était l'antéchrist, et on pouvait lire sur les codes-barres des emballages de pain de mie le chiffre de la Bête...

Esphigmenou, en grec, signifie « ceux qui se serrent

la ceinture ». Des ultra-orthodoxes. Persuadés d'être les seuls à persévérer dans la vraie foi. Si jamais ils découvraient l'identité d'Irène, ils seraient capables du pire.

Mais Sacha a-t-il le choix ? Ils doivent impérativement se mettre à l'abri.

Le soleil commence à taper. Ils marchent le long de la mer qui étincelle de plus belle. Les criques se succèdent, semées de petits galets blancs, chauffés par les rayons. L'air salé stimule les narines, donne envie de se laisser envelopper par les flots transparents comme on entre dans un soyeux kimono.

« J'ai trop chaud papa... »

Il lui donne à boire, régulièrement. Mais cela ne suffit pas. Irène est en nage.

« J'ai envie de me baigner.

— C'est interdit, Irène.

— Mais je ne suis pas un moine, moi... »

Ils reprennent leur marche. Elle le devance de quelques pas et se met à réciter joyeusement un poème. Irène est vraiment la meilleure des compagnes de voyage. Qui, dans sa vie de tous les jours, se promène avec lui en lui récitant un poème ? Pourquoi perd-on la poésie ?

Ils sont à présent dans une forêt. La mer brille à travers les branches, le bruit des cigales est puissant, presque narcotique. Sacha se sent bien, marchant sans y penser, avec comme point fixe la silhouette adorée de sa fille qui le devance toujours de quelques pas.

Quand soudain il la voit faire un brusque mouvement de recul. Juste à droite du sentier, dans les fougères, un cadavre. Un faon, ou ce qu'il en reste. À moitié bouffé, une partie des os à l'air, environné de mouches. L'œil est intact, globe noir au milieu du pelage roux tacheté de blanc, déjà un peu terne. Le jeune animal semble les regarder avec l'air désolé de ne plus faire partie du grand cycle de la vie alors qu'il était si doué pour ça. Ses longues pattes fines en attestent, tendues, encore en position, comme s'il n'avait pas renoncé à gambader dans cet éden. Le museau est humide, la vie l'a quitté il y a très peu de temps, ou alors c'est l'effet de la pourriture.

Sacha prend la main de sa fille, interdite, et l'éloigne de la mort.

« Viens, mon Irène. »

Aucun mot ne sort plus de la bouche de sa fille. Il voit bien qu'elle est secouée. Il pose les sacs et la serre longuement dans ses bras. Il en veut au loup qui a attaqué ce faon de ne pas avoir dissimulé le corps, en bon professionnel. Mais elle lui dit :

« T'inquiète pas, papa, je le sais, que c'est la vie de mourir. »

La phrase le bouleverse. Pis, le révolte.

« C'est la vie de vivre, aussi... Le loup avait besoin de ce faon pour se nourrir.

— Je sais papa. Les animaux ne sont pas méchants. Ils font ce qu'ils doivent faire. »

Sacha découvre pourquoi il est fou de sa fille : il croyait lui transmettre des choses, c'est elle qui lui rappelle comment les choses doivent être. Elle a de la force, déjà. Il va lui donner celle qui lui reste.

Irène a chaud, à nouveau. Ses joues sont rouges. La sueur perle sur sa nuque. Si elle faisait une insolation ? Il y a une crique en contrebas. En fer à cheval, presque fermée, dissimulée par de longs blocs de schiste. Vraiment planquée. Avec une eau d'un vert profond de pierre précieuse. Il faut qu'elle puisse se rafraîchir, se dit Sacha. Et puis, il a envie de lui faire plaisir après ces émotions.

Il lui enlève son tee-shirt. Elle entre dans l'eau en culotte. Il regarde ce petit trésor de chair avancer vers l'étendue verte qui devient bleue à mesure qu'elle s'approche du ciel. Elle s'y agenouille et tend les bras, paumes ouvertes. Il comprend, bouleversé, qu'elle fait exactement comme la petite fille sur la grande photo qu'ils ont achetée avec Mina bien avant sa naissance, et qui orne toujours leur salon. Hiromi Kakimoto, c'est le nom de l'artiste. Une petite fille dont on ne voit pas le visage, car elle est de dos, et semble toucher la mer pour la première fois, dans une lumière d'aube, celle d'un monde qui s'ouvre.

Ils avaient adoré cette image et avaient décidé de se l'offrir. Leur première photo. Irène a grandi avec elle, la regardant souvent, et atteignant, peu à peu, l'âge de la petite fille sans visage. Quel âge peut-elle avoir aujourd'hui ?

Mais ce que Sacha a sous les yeux, à ce moment même, est plus puissant qu'une photo, et il est admiratif de ce qu'il a conçu avec Mina, cet enfant plein de promesses nageant dans une eau d'une clarté divine. Il en pleurerait. Elle dit : « Elle est trop bonne ! » Allons, que risquent-ils ? Va-t-on les crucifier pour un baptême ? Il ôte ses chaussures, remonte son jean au niveau de ses genoux et s'y trempe, lui aussi. Elle est fraîche puis délicieuse, elle est fraîche donc délicieuse. Il y plonge les mains, des lançons fusent devant ses doigts, il les pose contre son visage, passe ses doigts sur ses paupières fatiguées. Il respire.

Irène sort de l'eau, il doit bien y avoir une serviette au fond du sac à dos. Il la trouve, elle dit qu'elle n'en a pas besoin. Elle se sèche au soleil, elle a chaussé ses lunettes de soleil à monture bleue, et lance : « Merci papa. Merci Marie. » Pourvu qu'elle les entende.

Ils se remettent en route.

Une heure après, le monastère d'Esphigmenou apparaît avec son message lisible depuis la mer : « *Orthodoxia i thanatos* ». « L'orthodoxie ou la mort ». Sacha prend une longue inspiration.

MINA

Elle s'est éveillée reposée, cela faisait longtemps. Muscles détendus. Idées claires. Elle n'a pas rêvé. Une vraie bûche. Et les bûches donnent du feu. Elle a faim. C'est bon signe. Tout autour, la ville s'agite. Klaxons, moteurs, clameurs. Mina regarde par la fenêtre. Un marché avec des montagnes d'olives. Des vieilles à cabas le long des étals. Des jeunes à casquette et survêtement serré aux chevilles contre les murs, cherchant l'ombre. La police patrouille. Mina frémit un instant. Papa a augmenté le budget de la sécurité. Il veut que ça se voie et que ça s'entende. Plus loin, des tours frappées de logos et le périphérique où glisse le serpent métallique des voitures. Mina découvre la salle de bains. Carrelage blanc, ou plutôt crème, ou plutôt gris, avec des joints crasseux. Deux rouleaux de PQ posés sur la faïence des chiottes, et des savonnettes sur la tablette en verre qui surmonte le lavabo, juste à côté de deux gobelets emballés dans du plastique. Le rideau de douche est décoré d'étoiles de mer, c'est déjà ça. Elle l'écarte. Combien de corps sont passés là ? Elle arrose le bac de douche d'eau brûlante. Histoire d'enlever les quelques poils qui pourraient rester prisonniers de la bonde. L'eau lui fait du bien, elle la laisse couler longtemps sur son crâne, le long de ses cheveux, sur ses épaules. Jusqu'à ce que la buée envahisse tout. Mina ferme les yeux et se dit que c'est le grand jour. Le jour où elle va sauver sa famille.

Une serviette autour des hanches, elle se scrute dans le miroir. Parcourt du regard ses rides – allez, des ridules – et s'arrête pour une fois sur l'autre, celle qui se voit encore plus, sous l'œil gauche, sa « ride d'enfance », sa cicatrice. Quand son père avait quitté la maison, elle lui en avait terriblement voulu. Mais plus encore à sa mère de n'avoir rien fait pour le garder. Trop occupée par ses chers silex, trop tranchante elle-même avec cet homme peut-être pas très doué pour la plomberie, mais qui connaissait le nom des étoiles. Un dimanche après-midi, à peu près à l'âge d'Irène, alors qu'elle était encore une fois toute seule dans sa chambre, Mina y avait apporté un des silex de sa mère pour l'examiner. Un de ceux qu'on appelle « feuilles-de-laurier » parce qu'ils sont d'une finesse extrême, taillés jusqu'à la limite, juste avant de se briser. La petite Mina avait longuement contemplé chacune de ses innombrables facettes, ainsi que l'arrondi des vaguelettes minérales laissées par l'onde de choc après la percussion. Puis elle avait posé l'un des tranchants contre sa joue, appuyé, et tiré d'un coup sec. Son cri de douleur avait fait accourir la célèbre professeure. Mina avait enfin réussi à lui faire comprendre qu'elle méritait d'être étudiée avec le même soin qu'un silex.

Mina passe le doigt sur la blessure. Jamais elle ne laissera sa fille douter de son amour. Elle se maquille. Il faut que son œil, lui aussi, soit coupant.

Elle n'a absolument aucune idée de la façon dont la suite va se dérouler.

*

Le meeting a lieu à Bercy. Rebaptisé du nom d'une chaîne d'hôtels dont le propriétaire est un ami de Papa. Elle y a vu des concerts, du temps où on l'appelait encore le POPB, le Palais Omnisport Paris Bercy, mais n'est jamais allée à un meeting politique. Elle a pris avec elle sa carte d'identité, au cas où on la lui demanderait. Qu'est-ce qu'elle risque ? Au pire, elle la présente à un vigile. Et les vigiles ne la connaissent pas. Elle n'est qu'une universitaire. On va certainement, juste, la fouiller.

Le métro sillonne la ville sous le bitume et ses millions de passants. Mina porte un jean et une veste, noirs, une chemise blanche. Des lunettes de soleil, aussi. Elle se regarde dans la vitre, elle fait garçonne. Elle ne s'y habitue pas trop, à ses cheveux courts. On la regarde, mais avec des sourires. Tout va bien.

Il y a du monde. Beaucoup de monde, et ils ont l'air heureux. Papa a su leur redonner la fierté dont ils avaient besoin. Dissiper leur inquiétude. Il y a des drapeaux tricolores. Et quelques-uns aux armes des régions : Bretagne, Corse, Occitanie... Des gens de tous les âges. De tous les styles. De la vieille femme aux cheveux bleus au jeune barbu en baskets. Blancs, en revanche, plutôt blancs. Mina remarque qu'ils ont des billets d'entrée. Elle n'en a pas. Les portes s'ouvrent. Les centaines d'aficionados de Papa s'y engouffrent. Un jeune homme reste là, les cheveux noirs, en vrac. Il pourrait être l'un de ses étudiants. Il a l'air triste, triturant nerveusement les deux billets et regardant son ordiphone qui semble aux abonnés absents. Il ne reste plus grand monde dehors. Il tente une dernière fois. Numérote, véhicule l'appareil jusqu'à son oreille, attend. En vain. Ses lèvres ne bougent pas. Il soupire, range l'appareil dans son jean, hésite avant d'entrer dans la salle de spectacle. C'est ce moment que choisit Mina pour se diriger vers lui, et s'il y a quelque chose que personne n'oserait contester à Mina, c'est sa capacité de persuasion.

« Moi aussi j'ai été plantée là, dit-elle en ôtant ses lunettes. Et c'est lui qui a mon billet... »

Le garçon est surpris. Il recule un peu, même. Mina est encore une belle femme.

« Ça vous embête si je viens avec vous ? »

Elle lui sourit. Il rougit.

« Ne vous inquiétez pas je ne vous drague pas, je n'ai pas l'âge... »

Dans le visage du garçon, on peut lire qu'il n'aurait rien contre, mais qu'il faudrait prendre l'initiative. Ça tombe bien, c'est ce que fait Mina. Elle ajoute :

« ... mais je suis, comme vous, une grande fan de Papa. »

Il regarde une dernière fois son ordiphone, dont l'écran n'a pas l'air de fournir l'information qui pourrait lui faire dire non. Mina et lui pénètrent dans l'arène. C'est d'ailleurs « Arena » que s'appelle désormais la salle.

Une fois le contrôle passé, elle entre avec son nouvel ami qu'elle sème vite dans la vaste forêt bleu-blanc-rouge. Une musique d'ambiance galvanise les âmes et les corps. Le rap dit patriote d'un certain « Chien blanc » qui s'en prend à la *cancel culture*, et fait rimer Vercingétorix avec *Matrix*. Mina en a entendu parler par Oshun, qu'il dégoûte. « Je propose moi aux filles / de prendre la bonne pilule / les allogènes nous pillent : et moi je les encule », rappait à ses débuts celui qui se faisait surnommer « Orel Sale » et qui s'est bien adouci depuis que Papa a pris le pouvoir et l'a convié à l'Élysée. « Une jeunesse qu'il faut écouter, avait-il dit sur le perron. Un peu extrême peut-être, mais c'est aussi la jeunesse de France. »

Papa n'est pas encore là. La salle s'impatiente, on sent l'excitation électriser l'atmosphère. Le flow de Chien blanc est remplacé par la voix cristalline de Margaux. C'est la chanteuse folk du moment, accompagnée de sa guitare et de sa frange blonde. Son tube *Les p'tites Normandes* fait un carton, et le public connaît par cœur les paroles et les reprend en chœur ;

Elles sont de la France
La sublime espérance
On y travaille cré non
À la r'population.

Il y a cinq ans, on aurait trouvé ça kitsch. Mais avec la voix de Margaux, ses jeans larges et ses crop-tops, sa chemise ample à carreaux sur ses frêles épaules nues tatouées de motifs floraux, le patrimoine redécouvert devient tendance. Elle ne chante pas que cela, la folkeuse de Saint-Valery-en-Caux, mais aussi l'amour comme remède à la drogue (« défonce d'aimer ») et une certaine conscience écologique pas radicale mais sincère (« verte de rage »). Elle aussi Papa l'a reçue à l'Élysée, et les gens ont trouvé qu'ils feraient un beau couple. L'Élysée n'a pas cherché à faire taire les rumeurs.

Papa ne devrait pas tarder à apparaître, maintenant.

La scène, en forme de *catwalk* pour défilé de mode, moquettée de rouge, traverse la foule pour que le président soit entouré de son peuple, de toute part. Mina imagine les snipers dans la coulisse, là-haut, postés entre les projecteurs. Un écran géant descend lentement du plafond. Et diffuse un clip montrant Papa dans toutes les situations et dans tous les costumes, serrant les mains des grands de ce monde et celles des ouvriers dans une usine, visitant une classe au cœur de la forêt guyanaise ou survolant la mer sur un flyboard de combat. Mina reconnaît la musique : *Do You Remember the First Time?* de Pulp, mais sans les paroles car l'anglais serait malvenu. À l'écoute, la lecture du manuscrit lui revient. Pulp : les vingt ans de Sacha et Alex. Les images et la musique soudain s'éclipsent. L'aboyeur chauffeur de salle annonce, enfin « le président de la République ».

Les sifflets enthousiastes se déchaînent, des cornes de brume entrent en jeu. La joie inonde le palais omnisport transformé en forêt scintillante et Papa entre en scène. Démarche tranquille, frappant dans ses mains les bras dressés, en chemise blanche aux manches retroussées, bien dans son jean, cheveux blonds un brin décoiffés – le « signe de la confiance en soi », disent les commentateurs – et l'œil bleu lumineux, il lance un simple « Bonsoir les enfants ! » et la foule exulte. C'est sa nouvelle blague : surjouer le rôle du père afin de rappeler à ses détracteurs, ceux qui l'ont moqué au début de son ascension en disant qu'« on n'avait pas besoin de papa-maman », qu'il est plus que partant pour en endosser le rôle.

Il tient le micro fermement, près de sa bouche, comme une rockstar. Mais il est sérieux, très sérieux. Ce n'est pas un meeting, il n'est pas là pour emporter les suffrages puisqu'il est déjà élu. Il est là pour communier avec son public et l'aider à se projeter dans la nouvelle ère qu'il veut dessiner pour eux. « La Renaissance », dit-il. Mina s'étrangle. Elle sait que la France a basculé à droite, et même très à droite, mais elle ne savait pas à quel point. À quel point ça lui fait plaisir d'être à droite. Presque 60 % de popularité pour Papa et une opposition inaudible, prise dans les rets de ses propres extrémismes qui ne font pas envie. Même les antifas se sont découragés. Papa est tellement tranquille, sûr d'être dans la bonne direction. « Dans le bon sens. Simplement dans le bon sens », dit-il dans ses interviews.

Et ce soir, que dit-il ? Qu'il est heureux. D'être là, « en Famille ». Il remercie les organisateurs, les petites mains de l'événement. Il dit qu'il est fier de ses enfants. De ses grands enfants. Qu'il est fier de ce qu'ils sont en train de faire pour le pays. Il voudrait leur dire ce qu'il a prévu pour eux. C'est un point d'étape. Il voudrait lever aussi certaines ambiguïtés. Sur ce qu'on peut lire ici ou là sur les mesures prises. Pour les femmes, pour les étrangers, « et non pas contre ». Non, il n'est pas raciste, il ne regarde pas la couleur de peau, lui, contrairement aux autres : « Les fascistes, c'est les autres. » Il ne regarde, lui, que les façons de vivre, de vivre ensemble, le vrai vivre-ensemble, « sans que certains imposent leurs règles ». Eh oui, parfaitement, il est féministe, car les femmes doivent avoir le choix de leur vie de femme. Ça peut être une vie de mère : « Quoi, ces femmes divorcées qui ne parviennent pas à joindre les deux bouts, le travail et l'éducation des enfants, je n'allais pas les aider ? » Ça peut être, aussi, une vie d'épouse, même si lui-même, ajoute-t-il, ne l'a « hélas pas encore trouvée ». On entend des voix aiguës se manifester dans le public. Mina ne comprend pas bien mais devine grâce à la réponse du chef de l'État : « Merci madame, ou mademoiselle, si on a encore le droit de dire mademoiselle, mais mon épouse, pour le moment, c'est la France. »

Il détaille son projet. Il leur parle de la beauté du pays, de la grandeur de leurs forces de police, de leur armée, qui doit assurer leur indépendance, et dont il a augmenté les budgets car le monde est de plus en plus instable. « Dans une époque de loups, il faut être un loup. » Il leur parle de leurs professeurs, dont il a amélioré notablement les conditions de vie et de travail pour qu'ils puissent faire « le plus beau métier du monde ». À condition qu'ils appliquent le programme, commente Mina. Le ministère de la Culture ? « Une dépense inutile. Un guichet à subventions. Avec vos impôts. Pour des pièces de théâtre sans public, des films qui n'intéressent personne, et qui montrent des êtres humains, parfois du même sexe – et je n'ai rien contre les gens du même sexe qui s'aiment, j'en ai connu –, en train de "copuler". Le mot n'est pas une insulte, ça vient du latin, vérifiez donc. »

Mais déjà Papa est passé à autre chose. « On me reproche l'action des SEMEN ? Mais les SEMEN, c'est la vie qu'elles défendent. Est-ce qu'on peut être contre la vie ? » Quant à la fermeture des salles de shoot et des centres d'IVG – il met ça sur le même plan – il a fallu agir : « La France n'est pas un distributeur de mort. » Une fille à ses côtés applaudit. Mina aurait envie de lui demander pourquoi : « Qu'est-ce que ça peut te foutre, qu'une gamine, ou même pas une gamine, d'ailleurs, ne ruine pas sa vie à élever un môme qu'elle n'a pas voulu, juste parce qu'elle a fait une erreur ? » Mais elle se maîtrise. Elle admire l'art de Papa pour tout présenter sous un jour acceptable. Elle admire la façon dont certaines choses deviennent audibles quand on les explique avec pédagogie, dès lors que l'auditoire est prêt à les entendre parce qu'il n'a plus de principes et qu'on lui dit que c'est pour son bien. « Vous m'avez élu pour ça, non ? »

Les hourras fusent, encore, en une vague puissante.

Mina se sent salie par ces discours de haine dissimulée sous la bonne foi. Elle pourrait se lever, là, maintenant, et lui sortir dix affaires contrevenant à ses grands principes. Des foyers de migrants brûlés. Des professeurs destitués. Un journaliste disparu. Elle aimerait pouvoir se dresser et lire, à haute voix, quelques-unes de ses pages égyptiennes, pour faire savoir à tout le monde que celui qui plastronne sur la scène voulait se taper son mec sans oser se l'avouer...

Pendant une heure, Papa vante son action. Mina n'est pas dans la cible et se sent mal. Elle n'oublie pas qu'elle lui doit son malheur. Que s'il n'était pas au pouvoir, rien de ce qu'il leur arrive ne leur serait arrivé. Elle pense à sa fille, à Sacha, elle est heureuse qu'ils respirent un autre air. Lui revient le souvenir des petits nervis à gueule d'ange qui se sont pointés à la fac, dans son cours, pour lui intimer de « changer de logiciel », comme l'un d'eux lui a dit. Et elle regarde Alex sur son podium de diva, porté par le public qui jute de plaisir. Le fascisme sait sourire : les dents sont blanches, mais l'haleine est pourrie.

*

Il a fini. On entend à nouveau la musique. Il reste en place, bouge la tête en rythme. C'est le moment des selfies. Mina voit les gens descendre des gradins pour rejoindre la file d'attente qui commence à grandir au pied de la scène. Un escalier, du genre de ceux qui permettent aux passagers des avions d'embarquer, se dit-elle, a été calé contre la scène pour permettre aux fidèles, un par un, de rejoindre Papa pour leur photo. Mina voit la file s'allonger. Elle a peur. Elle serre dans sa main la clef, répète mentalement ce qu'elle a prévu de lui dire. Sous ses airs caressants, le type est dangereux, elle le sait. On ne fait pas irruption comme lui sur la scène politique sans force de caractère ni sans une certaine névrose. Sacha serait malade de la savoir là. Mais il faut qu'elle règle le problème. La solution de Sacha n'est pas la bonne. Il faut qu'elle le jauge, qu'elle se confronte à lui. Qu'elle le rassure, peut-être. Elle veut juste retrouver son mari et sa fille, et qu'il les laisse tranquilles. Ou alors ils lui feront très mal. Elle lui dira qu'on l'attend et que si elle ne revient pas ce soir ça deviendra compliqué pour lui.

Elle sait qu'elle n'aura que quelques secondes pour le convaincre. Car c'est toujours le même rituel : le fidèle – pourquoi dit-elle « fidèle » ? – s'avance, escorté par un gorille, vers le maître en chemise blanche. Derrière lui, son garde du corps attitré. Kevin, un Picard, ancien champion de MMA avec lequel, paraît-il, il s'entraîne. Le fan s'approche, discute avec l'idole, parfois il lui donne un petit cadeau qui rejoint les bras d'un collaborateur.

Papa écoute, concentré. Cela dure trente secondes à peine, mais au bout de la deux centième personne, on est quand même à presque deux heures. Ça les vaut, dit-il toujours. C'est grâce à ça qu'il connaît les gens, leurs problèmes, et ce n'est pas en restant dans son bureau qu'il le saura. Ensuite, c'est le temps de la photo. Et c'est toujours Papa qui la prend, empruntant le téléphone, et choisissant la meilleure pose avant d'appuyer. Vérifiant, ensuite, le résultat. Il faut qu'elle soit bien, puisqu'elle sera partagée sur les réseaux, véhiculant auprès de ses autres partisans l'envie d'avoir, eux aussi, leur photo. Mina attend, c'est interminable. À nouveau, elle répète la première phrase qu'elle va lui dire : « Je suis l'épouse de Sacha. »

*

Ça y est, c'est son tour. Enfin, ce le sera dans quelques secondes. Elle est au pied de l'escalier. Papa termine avec un enfant et sa mère. Selfie à trois. Ils repartent, ravis. Les caméras tournent. On les voit sur l'écran géant qui les surplombe. C'est maintenant. Oui, c'est maintenant. Les membres de l'équipe de sécurité, en gilet jaune, se tiennent par la main et forment une haie pour empêcher la foule de se masser contre le podium. Un type avec un micro « Madonna » lui fait signe d'avancer. Elle longe les gilets jaunes, aborde la première marche. Elle se sent au bord du vacillement. Elle pense à Marie-Antoinette montant sur l'échafaud.

Elle inspire à fond et s'élève pour franchir ce qui lui semble un précipice. Ça y est, elle est de l'autre côté, debout sur la moquette rouge. En face d'elle, Papa, souriant, debout, attendant, il ne la connaît pas, ils ne se sont jamais rencontrés. Une image attire son attention, elle tourne la tête, c'est la sienne, immense sur l'écran de LED. Elle n'est pas habituée à ça. Tout le monde peut la voir. Est-ce retransmis à la télévision ? Que vont dire ses élèves, ses collègues ? Oshun ? Ils ne regardent pas, si ? Va savoir... Mina à un meeting présidentiel ? En soutien à Papa ? Ils connaissent, pourtant, les positions de son mari. Ils vont penser qu'elle le trahit. Elle se sent à nouveau défaillir, il est toujours là, en face, dans son jean sans ceinture, ses souliers brillants, lacés impeccablement, sa chemise légèrement ouverte. Oui, juste là, avec ce sourire imperturbable de président fringant, il lui fait signe d'avancer. Elle tourne encore la tête. Sur le mur de LED, sa panique prend des proportions colossales. Elle serre la clef USB dans son poing. Elle avance. Elle n'est plus qu'à quelques mètres de lui sur ce grand plongeoir moquetté de rouge. Ça y est, elle est devant lui. Il sourit. Il dit :

« Bienvenue ! »

Bienvenue dans son monde. Le monde d'en haut. De tout en haut. Auquel il lui donne le privilège d'accéder pour quelques dizaines de secondes. Le compte à rebours est enclenché, elle se répète à nouveau la phrase – *je suis l'épouse de Sacha* – mais il la devance, le sourire toujours aux lèvres :

« Mina, n'est-ce pas ? À la bonne heure », dit-il et cette phrase percute Mina car c'est aussi une expression de Sacha. « Il va bien ? »

Elle n'avait pas songé à une telle force. À une telle absence d'émotion.

« Il va bien, oui.

— Le mont Athos, faut dire, c'est beau. Je suis content d'y aller. »

Mina a l'impression de prendre un coup dans la poitrine mais ne se démonte pas. Elle lui tend la clef USB.

« Votre œuvre. »

Là, ses traits se figent. Il s'en empare, prestement.

« Vous avez lu ?

— Pas tout, il manque trois pages. C'est lui qui les a. »

Il examine le petit objet noir dans sa paume ouverte. On dirait qu'il revit des choses. Des choses lourdes.

« Il vous les donnera. Là-bas. »

À ces mots il la dévisage, amusé. On sent que ça l'excite.

« Vous allez m'attendre. Il faut qu'on parle.

— S'il m'arrive quelque chose, mes amis publient. »

Il plante ses yeux dans les siens.

« Vous bluffez.

— À vous de voir.

— D'accord. On la fait cette photo ? Les gens vont se demander... »

Il la serre contre lui. Elle capte son parfum. Capiteux. Odeur de terre et d'agrumes.

« Votre téléphone ? »

Elle le lui tend.

« C'est quoi cette merde ? Ah oui, pour ne pas vous faire tracer... »

Il ricane, ajoute :

« Vous auriez pu choisir un hôtel moins miteux. »

Nouveau coup dans le plexus. Qu'on appelle à tort solaire. Chez elle, l'astre s'est éclipsé.

« Ne tremblez pas, la photo va être floue. Voilà, c'est fait. »

Il se penche vers elle, comme pour l'embrasser. Elle recule.

« C'est la coutume. Tout le monde nous regarde. »

Elle se laisse faire, tétanisée. Veut récupérer son portable mais voit que Papa le glisse dans la poche de son jean. Baisée. Sans l'avoir vu venir. Ses yeux comme deux morceaux de métal se vissent en elle.

« On veut régler le problème, vous et moi. Attendez-moi. Je termine la séance selfique. »

Mina reste immobile, comme une gourde. Le champion de MMA s'approche et lui demande de le suivre. Au bout du *catwalk*, un autre collaborateur prend le relais. Elle est plongée dans les entrailles du palais des sports de l'Arena. Croise une foule de gens mais son œil est incapable de s'arrêter sur leur visage. Les lumières du plafond clignotent. Elle ne se sent pas bien. On ouvre une porte. Une loge avec une table de maquillage, un miroir entouré de spots. Un vaste canapé, une table basse avec une corbeille remplie de viennoiseries et de barres chocolatées, une bouteille de champagne dans un seau et des soft. L'homme la fouille, en évitant ses seins, mais pas la poche intérieure de sa veste qu'il déleste de son portefeuille contenant un peu de cash et sa carte d'identité. Son cerveau est rempli de brouillard. Elle se laisse choir sur le canapé, désemparée. Il faudrait être forte, négocier, se sortir de là. Pas tant pour elle que pour Irène, son Irène, leur Irène aux mollets tendres et aux dents écartées. Elle dépiaute l'emballage d'un Bounty et le porte à ses lèvres. Elle a un besoin urgent de glucose. Ses yeux se ferment à mesure que son organisme le métabolise.

*

On frappe à la porte. Un officier de sécurité apparaît. Puis lui, Papa, qui pénètre dans la pièce.

« Vous nous laissez seuls. »

Mina est toujours dans le canapé. Il s'installe dans le fauteuil de maquillage en cuir noir, inclinable, et pousse un long soupir...

« Ça fait du bien quand ça s'arrête. »

Il se redresse, prend une canette de Coca-Cola sans sucres, la dégoupille et la porte à ses lèvres.

« Vous en avez pensé quoi ?

— De quoi ? Du texte ? »

Il fait un geste de la main, comme on chasse une mouche.

« Mais non, du meeting.

— À votre avis ?

— Si vous répondez par des questions, on ne va pas s'en sortir.

— Sur la forme c'est impressionnant. Sur le fond c'est détestable. »

Il laisse passer quelques instants, sans doute surpris de sa franchise. Mais reste affable néanmoins.

« Vous êtes en décalage complet, Mina. Je peux vous appeler Mina ? »

Il cabotine. Elle n'aime pas. Il ajoute quelque chose qui la glace :

« Vu qu'on va faire quand même un petit bout de chemin ensemble... »

Il la regarde, savoure les informations qu'il détient et que pour l'instant il ne lui cède pas. Et reprend :

« Vous êtes une privilégiée, Mina. Je ne dis pas que vous ne le méritez pas, mais la Sorbonne, ce n'est pas Villetaneuse, ce n'est pas Saint-Denis. Ce n'est pas la banlieue de Toulouse, ou du Havre… Vous ne vous rendez pas compte de la vie des gens. »

Elle n'a pas envie de faire un débat politique. Elle le laisse parler. Elle est fatiguée. Elle se sent stupide, impuissante, piégée. Elle aura eu tout faux, dans cette histoire.

« C'est bien, vos cours sur Byzance », lance-t-il à brûle-pourpoint.

Elle ne comprend pas qu'il s'éloigne tant de ce qui les concerne. Il continue :

« C'est vrai qu'on connaît mal, mais que c'est intéressant, Byzance… Comment tenir face aux barbares… Face à l'islam, qui menaçait déjà l'Occident, n'est-ce pas ?

— Une civilisation brillante, coupe Mina.

— Je sais… »

Il marque une pause. Touché, transporté ailleurs. Dans le jardin, à Siwa ? Elle ne peut pas en jurer, mais…

« Oui, je sais, reprend-il. Je sais aussi qu'on dit que les savants musulmans ont préservé des manuscrits de l'Antiquité que nous aurions perdus sans eux. Mais cette thèse, aujourd'hui, est contestée…

— Pas par tout le monde. »

Il sourit à nouveau et elle se sent mal. Comme le moucheron au centre de la toile. Personne ne sait qu'elle est là. Elle n'a plus de téléphone. Plus de carte d'identité. Il peut faire d'elle ce qu'il veut.

« Vous n'êtes pas très engageante, Mina. Mais j'ai tout mon temps. Vous croyez que j'ai envie de rentrer à l'Élysée ? En mon palais ? Seul, comme tout le monde sait ? C'est mon côté moine… »

Il sourit tristement.

« Vous savez que j'ai voulu appeler mon mouvement "Renaissance", au début ?

— Et vous avez choisi La Famille...

— Plus parlant. Les gens ne savent plus rien. Pas leur faute. On leur a fourré toute cette technologie dans les mains, et ils ont été happés...

— C'est bien pratique pour les contrôler.

— Pas faux... »

Il attrape un Bounty.

« Je vais me laisser tenter. Comme vous », dit-il en désignant l'emballage que Mina a laissé sur la table.

Il extrait la barre chocolatée d'une moitié de sa gangue de plastique, qu'il conserve sur sa partie basse pour pouvoir la tenir sans se salir les doigts, et croque dans la partie dénudée. Il mâche doucement, sans un mot, puis après s'être offert une rasade de Coca-Cola, il poursuit :

« Non, pas faux. Mais j'ai un projet bien plus humaniste qu'il n'y paraît. Et j'ai besoin de tous les talents. Vous seriez bien, à l'Éducation nationale. »

Mina réprime un rire. Il s'en aperçoit.

« Vous savez que des gens tueraient pour ça ?

— J'ai reçu la visite de vos envoyés dans mon cours, je vous rappelle.

— C'est vrai ? J'en suis désolé. Ils font du zèle. Ce n'était probablement pas vous, la cible. Mais lui. Et vous le savez. »

Ses sourcils se froncent.

« Ça y est, dit-elle en soupirant. On y vient enfin, Alex... Je peux vous appeler Alex ? Papa, j'ai du mal.

— Vous avez raison. Papa, c'est ridicule. Et ne parlons pas de Président. Ou PR. Ça me fait du bien, oui, qu'on m'appelle Alex. Et de parler à quelqu'un sans EDL, vous connaissez, les EDL, les éléments de langage… Sans être enregistré, aussi, ou filmé par tous ces portables constamment braqués sur moi. On vous redonnera votre téléphone, ne vous inquiétez pas. Je l'ai là, d'ailleurs. »

Il tapote de la main la bosse qui déforme sa poche, puis croise ses bras derrière sa tête, s'étirant dans le fauteuil, qui sous la pression s'incline en arrière.

« Sacha m'emmerde, Mina. »

C'est tombé comme un couperet.

« Qu'est-ce qui lui a pris, à ce con ?

— C'est mon mari, dit Mina.

— Certes. Mais votre mari est devenu mon problème. Or je suis en train de jouer gros. Je n'ai pas envie qu'on m'emmerde, en ce moment. J'ai un projet pour la France, moi. Une belle histoire à raconter. D'espoir. De redressement. De fierté. La fin du déclin. En politique, c'est toujours la meilleure histoire qui gagne. Le meilleur récit. Et mon récit à moi, il passionne les gens parce qu'ils vont en faire partie. Ils font confiance à celui qui le leur raconte. Alors les insinuations… Les vieux trucs qui reviennent, franchement, c'est chiant. Il ne pouvait pas se contenter d'écrire sa série, là ? Honnêtement, c'est réussi, *Hastings*, ça distrait les gens et, malgré certains anachronismes, ça leur donne le goût de l'Histoire… Mais non, il a fallu qu'il fasse le malin… »

Mina saisit la balle au bond :

« Ça peut se régler.

— Vous n'avez donc rien lu de ces trois pages ?

— Non. Mais tout le reste, oui. C'est pas mal écrit. Un peu lyrique parfois, mais j'y ai cru.

— J'aurais dû continuer dans la littérature, à votre avis ? »

Il ricane. Mina ne lâche pas :

« Je pense que ça aurait été mieux pour le pays. Cela dit, je ne sais pas si ces trois pages sont à la hauteur du reste... »

À elle de savourer. Sa paupière gauche tressaille. Il ne répond pas. Il a l'air ailleurs. Il fait peur. Il rentre et sort son index de la canette de Coca-Cola vide. Le bruit de frottement est désagréable.

Mina poursuit, pousse son avance :

« C'est le récit de la dernière nuit, n'est-ce pas ?... À Siwa ? »

Il écrase la canette. Le métal se recroqueville entre ses doigts. Et lentement il tourne son visage vers elle.

« Ah, reprend Mina, il a des photos, aussi. Il se propose de vous les remettre. »

Il ne dit rien. Il ressemble, à cet instant précis, à un petit garçon blessé. Mina continue :

« Et ensuite vous nous oubliez. On partira. »

Il laisse passer un long silence.

« Ne me suppliez pas. Ça ne vous va pas, la faiblesse », dit-il d'une voix doucereuse.

Puis, menaçant :

« Vous avez une fille à élever, ne l'oubliez pas. »

Il se lève. Sort de sa poche le téléphone de Mina. Appuie sur une touche.

« Je suppose que le dernier appel était pour lui ? »

Elle acquiesce. Son cœur cogne dans sa poitrine.

Il appuie à nouveau et colle l'appareil contre son oreille.

« Il n'y a personne. Je réessaierai. »

Il lui décoche un sourire carnassier et ajoute :

« On va s'occuper de vous. »

*

On la prie d'entrer dans une berline. Les boiseries et le cuir de l'habitacle étouffent tout bruit extérieur. Les vitres teintées obscurcissent le paysage. Là-bas, loin, très loin, la tour Eiffel allume le monde entier dans son costume à paillettes.

SACHA, IRÈNE

Bang. Le coup de feu l'a fait bondir. Irène aussi. L'engin tombe à une dizaine de mètres.

« C'est quoi papa ?

— Un drone. Tu voulais savoir, et bien voilà... »

Sous l'impact, les hélices se sont tordues.

Ils se penchent pour l'inspecter :

« Tu vois la petite caméra, là ? »

C'est un œil mort. La lentille s'est brisée.

Une silhouette noire surgit devant eux. Un moine au profil d'aigle sous sa barbe rousse, jeune, armé d'un fusil de chasse. Il lance quelques mots grecs que Sacha ne comprend pas et ramasse la dépouille qu'il glisse dans sa gibecière. Libérés de Big Brother, se dit Sacha.

Ils le suivent, en direction du vaste porche gardé par une icône. Une Vierge au voile bleu, sur un fond d'or. Le moine, de la main, leur intime l'ordre de rester là. Ils attendent. Sacha jette un coup d'œil. C'est moins flamboyant qu'ailleurs. Les bâtiments sont abîmés, les galeries semblent branlantes. Manque d'argent. Il sait que le monastère est sous embargo. Interdiction de leur livrer quoi que ce soit. Alors les moines se débrouillent. Par la terre. Par la mer.

Enfin quelqu'un arrive. Un autre moine, tout aussi jeune et affûté que l'autre. Mais la barbe noire, courte. Il ne leur propose ni café ni alcool de bienvenue. Il veut voir leur *diamonitirion*. Sacha s'exécute.

« *Are you orthodox*? » demande le moine en roulant les « r ».

Sacha secoue négativement la tête. Il sait qu'à Esphigmenou, on n'aime pas les orthodoxes traditionnels, considérés comme des traîtres.

« *Catholic*? »

Leurs ennemis jurés. Depuis huit siècles.

« *No.*

— *So, what*? poursuit le moine, inquisiteur.

— *Nothing. For the moment. We search. The true faith.* »

Si les yeux humains contenaient une ampoule, on pourrait dire que les siennes viennent de s'allumer. Il leur fait signe d'entrer.

*

Accroupie dans la cour, Irène est environnée de chats qui se frottent à elle, et qu'elle caresse en retour. Tout va bien. Pourvu qu'on ne lui demande pas de procéder à une vérification du sexe de son enfant.

« Nous n'avons pas beaucoup de visites », lance une voix en français, derrière lui, avec un accent d'Europe de l'Est.

Le moine, allure d'intellectuel avec ses petites lunettes rondes, grand, de la bonhomie dans le visage, le salue de la tête.

« Je suis le père Théophilos », dit-il en tendant sa main.

Sacha la porte à ses lèvres et la baise. Il faut bien en passer par là.

« Je parle français ; je l'ai étudié à Sofia, il y a bien longtemps. Qu'est-ce qui vous amène chez nous ? »

Sacha n'a pas envie de mentir.

« On cherche asile.

— Et que fuyez-vous ?

— Le passé. »

Le moine sourit avec tendresse.

« Nous, c'est le présent que nous fuyons. »

*

C'est leur nouvel ami. Théophilos propose à Irène, qu'il a vue dessiner dans la cour au milieu des chats, d'aller voir le frère Makarios qui peint les icônes. La pièce est petite, ouverte sur l'Athos qui pointe parmi les nuages, « et qui doit piquer les fesses de Dieu », s'amuse Irène, que son père fait taire aussitôt, d'un index sur les lèvres.

Ils entrent en silence. Makarios ne lève pas la tête, concentré sur son ouvrage. L'odeur de peinture et d'huile de lin est forte. Irène regarde attentivement.

« Approche-toi, mon petit », lui dit Théophilos.

La main du moine, celle qui tient le pinceau, repose sur une baguette verticale qui lui sert de support et atténue la fatigue. Il est en train de peindre un archange, mollets bandés, cuisses nues, tenant dans la main gauche la balance avec laquelle il pèse les âmes.

« Toi je suis sûr que tu es un bon petit garçon, et que tu iras au paradis », dit Théophilos.

Sacha pose ses deux mains sur les épaules de sa fille. Il sait qu'elle lutte pour ne pas dire la vérité et que ça lui coûte. Heureusement le moine passe à autre chose, une icône de la Vierge, exquise, la tête couverte d'un voile bleu orné de palmettes dorées, et dont les yeux semblent plonger en vous.

« L'icône est présence, explique Théophilos. Elle te voit, elle te parle, regarde ces lèvres qui ont l'air de s'ouvrir pour murmurer. Et même te donner un baiser. »

Irène est charmée, elle demande pourquoi les arbres, les rochers, paraissent flotter derrière elle, et pourquoi il n'y a jamais d'ombre. Sacha sourit : souvenir de ces moments où ils dessinent ensemble, le matin, dans ce café près de l'école, dix minutes rien que pour eux, avant qu'il la laisse filer cartable sur le dos à la rencontre de ce que la vie lui réserve.

« L'icône nous donne une idée du paradis, répond Théophilos, et c'est pour cela que tout a l'air léger, les rochers, la nature. Il n'y a pas d'ombre car la lumière est toujours au zénith, dans le royaume de Dieu. Regarde comme elle agrandit ses yeux, cette lumière divine, et comme elle donne à ses vêtements une couleur pure...

— On dirait qu'elle sourit, mais c'est un petit sourire...

— Parce que c'est un sourire permanent, un sourire calme, qui ne se force pas, qui transmet l'amour. Regarde-la bien et tu vas le ressentir aussi, cet amour. Et tu auras envie d'être comme elle, plein d'amour.

— Un peu comme un miroir ? Un miroir magique ? Qui nous rend plus gentils ? »

Théophilos lui sourit. En quelques phrases, sans le savoir, elle vient de formuler la théologie de l'icône, faite pour nous relier à Dieu. Irène, reine de Byzance...

Il lui raconte l'histoire de la première icône : un simple linge sur lequel le Christ a posé son visage. Et de ce qu'il arriva à un pirate qui avait frappé de son épée une icône de ce monastère : elle l'avait éclaboussé de sang, miracle qui l'avait poussé à se convertir.

« Théophilos, c'est mieux que ta boîte à histoires, non? lance Sacha.

— Carrément. »

Et comme le moine ne comprend pas et l'interroge sur cette « boîte à histoires », Irène lui lance, en haussant les épaules :

« Un truc du monde. »

Ça y est, elle a les codes, s'amuse Sacha.

Elle aimerait apprendre à peindre comme Makarios, toujours imperturbable, comme s'ils n'étaient pas là. Théophilos lui répond qu'il lui faudra, d'abord, prier et jeûner pour se purifier. Et n'utiliser que des éléments de la Création : on ne peint que sur le bois, les pinceaux sont en poils d'âne, les couleurs sont préparées à base de pigments venus de la terre ou des plantes, et parfois de coquillages... « Le blanc d'œuf sert à vernir. On utilise aussi de la cire d'abeille, ou de la bave d'escargot... »

Irène grimace, et le peintre enfin se retourne vers elle avec un sourire plein, semble-t-il à Sacha, de tendresse. Qu'a-t-il laissé dans le monde?

*

« Qu'est-ce qu'on vous reproche, exactement, à vous? » s'enquiert Sacha, qui voudrait mieux comprendre la farouche dissidence du monastère.

Ils sont au milieu de la cour, dominés par les hauts

murs surchargés de balcons, galeries de bois à l'équilibre précaire. Posées au sol, des jarres d'huile, à l'antique. Rien ne semble avoir bougé depuis des siècles. Ils se sont assis sur le parapet d'une phiale, un bénitier géant protégé par une coupole soutenue par des colonnes. Aucune eau n'y coule, mais Sacha apprécie la fraîcheur de l'endroit, parfumé par les citronniers qui poussent dans le coin gauche de la cour, et dont les racines disjoignent quelques dalles. Irène joue avec les chats.

À cette question, Théophilos ôte ses lunettes, ce qui change sa physionomie, le rajeunit, même. S'il ôtait aussi son petit bonnet et l'élastique qui maintient ses cheveux en catogan, il pourrait sans problème jouer les hipsters du côté de la Californie.

« Une certaine rigueur que nos ennemis appellent du fanatisme. Nous accepterions, à la rigueur, intégrisme.

— Pourquoi ?

— Parce qu'en latin, même si je préfère le grec, *integer* veut dire “non entamé, intact”.

— Les autres ne le sont pas, intègres ?

— Ils laissent le monde pénétrer dans l'Église. Le monde et ses princes, son argent. Russe, surtout. Le monastère est dans un sale état, cela ne vous a pas échappé. Parce que nous ne comptons que sur nous-mêmes. Et quelques donateurs discrets. Nous avons une voiture, pas plus. Pour le reste nous comptons sur nos jambes, et nos ânes. Pas d'internet, pas de borne téléphonique pour faire venir vers nous les communications des hommes. Pourquoi s'ouvrir au monde si nous avons choisi d'être moines ? De vivre hors du monde ? Et de ne communiquer qu'avec nos frères, et Dieu ?

— On vous reproche de ne pas vous soumettre à

l'autorité de votre patriarche, contrairement aux autres monastères.

— Parce qu'on refuse le calendrier grégorien ? Mais qu'on nous laisse notre temps, notre rythme ! Nous l'employons bien, croyez-moi. Parce qu'il entend rétablir les liens avec l'Église de Rome ? Mais elle est mangée par les scandales ! Ses églises sont vides. Elle veut vivre avec son temps ? La jeunesse s'en détourne. Et puis, continue le moine, ce sont les envoyés de Rome qui ont mis à sac Constantinople. Rendez-vous compte : ils ont crucifié les prêtres sur leurs iconostases, brisé les icônes. Qu'on ne nous parle pas de la grande famille chrétienne...

— C'est le passé...

— Mais nous vivons dans le passé, Sacha... Nous sommes, ici, encore à Constantinople. Ou à Byzance, si vous préférez. Là où un jour un souverain a abjuré les idoles pour embrasser la vraie foi.

— Mais ce qu'on dit sur vous : les cocktails Molotov... »

Théophilos secoue la tête. Sacha a l'impression qu'il l'a braqué. Il s'excuse.

« Ne vous excusez pas. Nous savons ce qu'on dit sur nous, pour faire peur, et convaincre qu'il faudrait nous arracher à notre terre, mais nous avons confiance. Cela vous paraîtra bien orgueilleux, mais nous savons au fond de notre cœur, au fond de nos livres, que nous sommes dans la bonne voie. C'est ce que signifie "orthodoxie", la "pensée droite". Notre devise, "*Orthodoxia i thanatos*", ne veut pas dire que nous serions prêts à tuer pour notre religion si l'on voulait nous déloger d'ici, des explosifs à la main. Même si Maxime, celui qui a abattu le drone, vient des forces spéciales... Vous l'avez vu, le drone ? »

Sacha hoche la tête.

« C'est qu'on n'aime pas trop être surveillés, ici... », poursuit le moine, précisant : « "L'orthodoxie ou la mort", cela veut dire qu'on mourrait, tout simplement, si on abandonnait ce chemin... "Nous ne changeons pas les bornes éternelles que nos pères ont placées", comme dit saint Jean de Damas. Et, en effet, pourquoi les changer ? Et évoluer selon les voies de ce monde qui fabrique des malheureux ? Des hommes déshumanisés vivant selon les lois de l'Antéchrist ? »

Sacha n'aime pas ce genre d'expression. Elle lui rappelle le dingue qu'il a rencontré là jadis. Les mauvais souvenirs reviennent. Il espère ne pas être tombé dans un piège.

« C'est un peu exagéré, non ? »

La remarque paraît attrister Théophilos.

« Restons-en là, si vous voulez, tranche-t-il.

— C'est juste que ce mot, "Antéchrist"... »

Le moine l'interrompt. Son visage est devenu dur :

« Ne faites pas l'enfant, Sacha. Ne soyez pas abusé par nos fresques avec leurs démons, leurs diables aux pieds fourchus. Ce sont des images. Pour dire l'invisible, ce qui ne veut pas dire que l'invisible n'existe pas. L'Antéchrist, ce sont ces forces à l'œuvre dans le monde qui visent à rendre l'homme incapable de s'élever loin du matériel, de ses écrans, vers la contemplation du Sublime. L'Antéchrist, c'est celui qui prétend œuvrer pour votre bonheur mais qui vous damne, en vous emprisonnant dans le divertissement permanent, la fièvre de la consommation, de la gloire, le cycle des désirs jamais assouvis complètement, à l'aide d'une technologie de plus en plus asservissante. C'est ça l'Antéchrist... »

Sacha hoche la tête. Il regarde Irène, elle chantonne au milieu de ses chats, loin de l'Antéchrist.

À six heures un quart
Le petit lézard
Tout nu, tout mouillé
Voudrait bien sécher

« Voilà mon cher Sacha, ce que l'on nous reproche, reprend-il. D'être des inadaptés sectaires, des ringards crasseux, des vestiges voués à disparaître, des erreurs dans le programme... Mais nous ne prétendons pas régenter la vie des gens dans le monde. Nous leur souhaitons d'ailleurs la paix, et nous prions pour eux. En retour, nous ne demandons pas de prières, mais un peu de cette paix. Nous voudrions être ici incognito. Comme vous, Sacha... »

Il sursaute. Sait-il des choses ?

« Vous n'êtes pas en paix, Sacha, cela se voit, cela se sent. Et pourtant, je vous ai observé avec votre fils, vous cherchez à lui transmettre quelque chose, et vous avez besoin de cette paix. Savez-vous que, dans la langue d'ici, le grec de Byzance, le mot "transmission", *paradosis*, est presque le même que *paradisos*, le paradis ? Quand on vient sur l'Athos, on ne vient pas seulement pour la beauté des paysages ou de nos monastères. On vient pour contempler l'idée d'un paradis possible. Alors puissiez-vous trouver la paix, Sacha. Pour ma part, je la cherche encore. »

Et comme Sacha est surpris de cet aveu, le moine s'explique :

« N'allez pas croire que nous sommes détachés de tout. L'*hésychia*, la paix intérieure, s'atteint par la *nepsis*, la vigilance. Beaucoup de vigilance. Elle épuise, mais elle rend plus fort. Pardonnez-moi ce cours de théologie, mais les exemples peuvent aider. “Installe-toi sur une hauteur et surveille-toi toi-même”, dit saint Jean Climaque. En grec, *monachos*, le moine, n’est pas loin de *monarchos*, le roi. Vous n’êtes pas moine, mais nos principes ne peuvent pas vous faire de mal. Essayez, vous aussi, Sacha, d’être le roi de vous-même. Oui, soyez votre roi... »

Un roi sans reine, pense tristement Sacha. Une question lui brûle les lèvres.

« Il n’y aura jamais de femmes, ici ?

— Qu’y trouveraient-elles ?

— Ce que vous y trouvez. C’est contraire à toutes les lois que de leur interdire toute approche.

— C’est un monastère, un lieu clos. Elles ont la terre entière... Ne peut-on pas nous laisser ce tout petit jardin ?

— Vous en avez peur ?

— Peur n’est pas le mot, Sacha. »

Il s’arrête, comme s’il en avait trop dit.

« Les vêpres vont commencer. Veuillez m’excuser. »

*

C’est l’office. En tant que non-orthodoxe, il n’a pas le droit, dans ce monastère radical, d’y assister. Et c’est depuis la cour, assis sur un muret avec sa fille endormie contre lui, rassasiée d’histoires, qu’il écoute les paroles des moines. Ses souvenirs de grec ancien, appris lorsqu’il n’était qu’un enfant, un peu plus âgé qu’Irène, langue magique qui, pour lui, ouvrait en deux le ciel gris de son enfance pour y faire pénétrer le soleil de la Méditerranée, lui permettent de glaner quelques mots et cette phrase toute simple, qui l'émeut au plus profond de son être :

Χαῖρε νύμφη ἀνύμφευτε
Réjouis-toi, épouse inépousée

Ils chantent une femme qu'ils n'auront jamais et qui pourtant les comble d'amour.

Sacha est bouleversé.

Il caresse les cheveux de sa fille dans les rayons du soleil qui décline.

Il se dit qu'il pourrait bien finir là, quand elle sera grande et que Mina se sera lassée de lui. Il ignore où elle est, il ignore ce qu'elle fait, c'est le jeu qu'ils ont établi, et c'est le jeu qu'il doit jouer lui aussi. Être patient. Et prêt à combattre.

Il pressent des complications.

Il ne croit pas en Dieu, mais il aimerait bien.

Cinquième jour :
Tu te laisseras porter par les événements

La vie est l'ensemble des fonctions qui résistent à la mort.

XAVIER BICHAT

SACHA, IRÈNE

Traînées de feu dans le ciel encore pâle. Ce matin l'aurore a vraiment des doigts de rose, se dit Sacha en regardant la mer. Et l'écran de son téléphone. Vide. Pas de réseau. Foutue montagne. Irène aussi est éveillée et déjà connectée, elle, à sa *Vie des saints.*

« Il est où ton livre de mythologie ? »

Il doit poser la question deux fois.

« Je l'ai oublié dans l'autre monastère, répond-elle sans lever les yeux de la couverture qui cache à son père son visage.

— Tu n'es pas triste ?

— Non, c'est pas grave, dit la petite voix derrière la couverture.

— Pas grave... C'est quand même un cadeau que je t'ai fait. »

La couverture s'abaisse et le visage de sa fille apparaît :

« Mais, tu sais, je l'ai lu, papa... Je le connais presque par cœur. On ira le rechercher si, toi, tu es triste. »

Pour les enfants, tout est toujours facile.

« Je préfère ces histoires-là, de toute façon..., reprend-elle.

— Ah oui ? Pourquoi ?

— J'sais pas... Y a des miracles, des diables, des gens percés de tellement de flèches qu'ils ressemblent à des hérissons...

— Des hérissons ?

— Oui, c'est écrit comme ça... Et puis tu vois, le paradis, tout le monde peut y aller alors que l'Olympe, c'est que pour les dieux. »

Il comprend mieux pourquoi le christianisme a gagné sur les païens. La force de la promesse.

« Et là, tu lis quoi ?

— L'Apocalypse. »

C'est d'époque, se dit-il.

« On peut appeler maman ? lance-t-elle.

— On l'a eue avant-hier. Ici il n'y a pas de réseau.

— Mais qu'est-ce qu'elle fait ? Elle est à Paris ?

— Oui.

— Et nous, on rentre quand ?

— Quand on aura terminé nos vacances. Tu t'ennuies ? »

Elle secoue la tête en souriant.

« En plus Théophilos m'a dit qu'il allait m'emmener pêcher. »

*

Délivrés des offices, ils ont tout leur temps. Sacha continue le journal qu'il tient désormais pour sa fille. Son personnage principal est sous ses yeux. Pour les dialogues, il n'y a qu'à écouter.

Pour se rendre utiles aux moines, et payer de leur personne, ils écossent des petits pois dans la cuisine en discutant mais pas trop fort car l'ambiance est recueillie, même en cuisine. Irène évoque son école, sa maîtresse et ses copines. Tout un monde de relations sociales qu'il ignore, où les trahisons et les déclarations d'amour vont bon train. Pas un mot de l'anniversaire où deux seulement de ses amis sont venus.

« Ils vont être étonnés quand tu vas leur raconter ça, tu ne crois pas ?

— Ils ne vont jamais me croire. Sarah, son père il l'a emmenée à Center Parcs.

— C'est bien, non ?

— Oui, mais ici je suis la seule fille.

— Irène ! »

Il regarde autour de lui. Personne ne semble avoir relevé. Sa fille reprend :

« Ils ne t'écoutent pas, regarde, ils parlent tout seuls. »

Il se retourne. Un moine tranche des carottes. Ses lèvres remuent sans qu'on ne perçoive aucun bruit.

« Je crois qu'ils font la prière du cœur », dit Irène.

Ça y est, sa formation est achevée.

*

Lumière de fin d'après-midi. Sur l'eau. Envie de somnoler, presque, dans cette barque dont la coque bleue dodeline sur les flots. *Metamorphosis*, qu'elle s'appelle, mais c'est lui qui se sent transfiguré : pluie de photons sur sa peau. Chose promise chose due, ils pêchent avec Théophilos. C'est ce qu'il faisait à Nessebar, au sud du cap Emine, en Bulgarie, et il fait profiter sa communauté de ses talents précieux. Quand on est un monastère sous embargo, du poisson frais c'est, si l'on ose dire, du pain bénit.

C'est tout ce qu'il révélera de sa vie d'avant. En le voyant actionner la pompe de la nourrice à essence, Sacha n'a pas pu s'empêcher de lui demander : « Qui vous ravitaille ? » Théophilos s'est contenté de sourire : « On se débrouille. Une tradition veut que les icônes les plus puissantes de l'Athos soient venues de la mer en voguant sur les flots. Qui sait si la mer ne nous envoie pas d'autres choses merveilleuses ? »

Irène crie de joie en voyant les poissons argentés remonter du filet et s'ébattre sur le fond du bateau avant de rendre l'âme, si les poissons ont une âme, il faudrait qu'il demande à Théophilos quand il sera disposé à écouter quelqu'un d'autre qu'Irène. Sacha croit comprendre pourquoi les moines d'ici ne veulent pas de visiteurs : à partir du moment où il s'attache, un ange peut-il encore voler ? Il sait qu'il n'oubliera pas la conversation de l'après-midi, et qu'ici, dans ce jardin aux dimensions d'un royaume, se joue bien plus que l'avenir d'une communauté : une certaine idée de l'être humain.

Il est là, presque heureux, à regarder sa fille déguisée en petit garçon, se disant que, peut-être, tout le monde fait ici semblant de ne pas voir...

Il est là, métamorphosé dans *Metamorphosis* qui tangue, oscille, le roule et le berce, le cœur plus pur lui semble-t-il, parfaitement attentif à la moindre sensation, à la moindre beauté qui se présente à lui, allongé à la proue effilée de cette barque qui ouvre en deux la Méditerranée, et la referme une fois passée : les poissons volants qui sautent entre les crêtes des vagues, le poudroiement de la lumière dans l'air, sa vibration même, le duvet sur les adorables bras de sa fille, son profil admirable qui lui fait deviner la jeune femme qu'elle sera, les gouttes de sang grenat qui scintillent sur le fond du bateau, répandues comme une offrande par les sardines aux écailles resplendissantes...

Et soudain, Irène qui crie :

« Là, là, Théophilos, ça bouge ! »

Et lui, le moine, la main en visière, se dressant de toute sa soutane noire, brûlée de sel et de soleil.

Et lui, Sacha, s'accrochant au bastingage pour se relever mais trop tard et entendre le moine dire :

« Des dauphins, Irénée, c'étaient des dauphins... »

Et le regard bleu, triomphant, de sa fille, braqué vers lui et comme éclairé de l'intérieur :

« Tu vois papa, on les a vus. On les a vus, finalement les dauphins ! »

Mais la beauté du moment est confisquée par un bruit qu'il n'entend plus beaucoup parce que les communications des hommes étaient arrêtées par le vol des anges. Une imitation de mélodie, associée à une vibration désagréable, au fond de sa poche. Son portable.

Le numéro de Mina qui s'affiche, ses battements cardiaques qui augmentent en intensité, mais une voix qui, lorsqu'il approche l'appareil du creux de son oreille, n'est pas celle de son épouse adorée, mais une autre, qu'il reconnaît, qu'il ne reconnaît que trop, et qui le frappe avec violence en son être le plus intime :

« Sacha ? »

La voix répète :

« Sacha ? »

Il avale sa salive.

« Oui Alex, dit-il enfin.

— Demain, grotte de Saint-Athanase. »

MINA

Ce sera un voyage sans journalistes. Une « retraite », il a dit. Quelques jours à peine mais dont il a besoin. « Et la séparation entre l'Église et l'État ? » lui objecte un journaliste. « Je crois que je me suis déjà exprimé là-dessus, non ? Qu'est-ce qui m'empêche de m'intéresser, personnellement, à la spiritualité chrétienne, qui a fondé tant de choses dans notre pays ? »

C'est juste après le meeting. Mina est impressionnée par le gigantesque buisson de micros et de caméras qui le cerne et qui avance à son rythme.

« Pourquoi le mont Athos ?

— C'est une capsule temporelle, un voyage dans le temps. Vers l'origine du christianisme. Une époque où des hommes cherchaient le tête-à-tête avec Dieu dans la solitude et le dénuement le plus extrême...

— C'est ce que vous cherchez ?

— Le dénuement le plus extrême ? »

Les journalistes rient.

« Avez-vous la foi ?

— On cherche tous quelque chose, non ? Pour reprendre la question qui vient de m'être posée, le dénuement, pas forcément, je ne sais pas si j'en serais capable, mais le tête-à-tête avec Dieu, je ne dis pas non. Qu'est-ce que j'aurais comme choses à lui demander ! »

Les journalistes rient encore. C'est gênant, mais c'est vrai qu'il est bon.

Une femme avance son micro. Elle travaille dans une radio étiquetée à gauche.

« C'est quand même un endroit interdit aux femmes ?

— Ça ne vous gêne pas pourtant, quand vos amies organisent des réunions interdites aux hommes... »

Les caméras des chaînes d'infos se régalent. Elles ont leur phrase de la journée. Mina se décourage mais continue à regarder. Elle n'a rien à faire d'autre, dans cette chambre. Elle zappe et tombe sur « SpiriDuel ». « Le pays reprend de la hauteur. Et je dirais même plus, de l'élévation », commente Christik-tok dans l'émission. Mina éteint.

On frappe à sa porte. Un inconnu lui apporte un plateau-repas comme si elle était en quarantaine. Des légumes grillés : artichauts, tomates et courgettes. Au moins c'est diététique.

Elle n'a pas bougé de là depuis que la berline l'y a déposée après le meeting. Pas loin du Bourget – elle a vu un panneau – une chambre d'hôtel confortable mais qu'elle n'a pas encore eu la possibilité de quitter. Porte fermée. Angoissant. Elle mange. Prendre des forces. Le soir tombe. Mauve dans la chambre qu'elle a laissée dans l'obscurité. Sous la porte, un trait jaune. Elle soupire, s'allonge pour dormir un peu. Elle n'y arrive pas. Pourvu qu'ils ne soient pas remontés jusqu'à Oshun. Pas de raison. Mais comment Papa savait-il, pour l'hôtel ? C'est le propriétaire qui a dû la signaler. Non, Oshun n'a rien à craindre. Et puis elle ne sait rien, Mina a bien veillé à ça. Aurait-elle dû la mettre dans la confidence ? Non. Elle a vingt-cinq ans, la vie devant elle et peut-être, un jour, une France plus respirable. Il lui fallait préserver cette jeunesse dont elle a cru pouvoir prendre une petite part. La belle Oshun, son dressing plein de soleils et son désir intact. Et qui doit se demander ce que fait Mina. Elle la rappellera si tout cela se termine bien. Pour lui dire merci, et l'aider, comme promis, à terminer sa thèse. Pour le reste, il faudra que ça cesse. Mina n'a plus rien à lui donner de ce genre. Et trop à perdre. Le mur du réel est venu s'interposer devant toutes ces chimères. Son amour pour Sacha, aussi, redécouvert dans la tourmente. Ce qui est sûr, c'est qu'elle ne rendra pas à Oshun ses fringues de sitôt.

En parlant de ça, elle aimerait bien se changer. Elle a pris une douche, mais a dû remettre ce qu'elle portait. Ça la dégoûte. Elle s'évade par la pensée en pensant à sa fille et à ses drôles de phrases : « Qui crée la forme des nuages ? » Ou ce qu'elle lui avait dit en Grèce, avant de la quitter : « Si tu mourais, je penserais à ton sourire et à ta façon de marcher, et tu serais encore là. »

Elle pleure.

On frappe à la porte.

« Préparez-vous. »

Bien obligée d'allumer. Et de se passer de l'eau sur le visage. Elle ne peut même pas se maquiller. Elle est cernée. Elle a des excuses, non ?

À nouveau elle se dit : quelle présomptueuse tu fais, ma fille. Et aussitôt : mais assume, maintenant. Assume. Et sors-toi de là. Sors-les tous de là.

La berline est en bas. Kevin, le champion de MMA, est à la place du mort.

On lui dit de monter, alors elle monte.

Sur la route elle les revoit, les panneaux bleus « Le Bourget ». Ils quittent l'autoroute, traversent une zone de hangars, passent des check-points, très rapidement. Longent des silhouettes d'avions, tous feux éteints sur le tarmac. Sauf l'un d'eux, petit, effilé, visiblement prêt pour le décollage. On la « prie » de « bien vouloir » monter à bord, par l'escalier intégré dans le fuselage. Les sièges sont gris clair, immenses, le bois a l'air précieux, mais c'est étroit, on se croirait dans un sous-marin. Kevin reste en tête de l'avion. L'hôtesse installe Mina tout au fond. Sur le siège en face d'elle est posé un sac de voyage, fermé.

« Voulez-vous boire quelque chose ? »

Elle attend. Cinq minutes, peut-être sept.

Elle aimerait bien récupérer son téléphone pour avoir quelque chose à faire.

Une autre voiture s'avance. Elle l'observe par le hublot. Une silhouette qu'elle identifie tout de suite en sort. C'est Papa. Alex. Alex Papa. Et deux autres qu'elle ne connaît pas. À peine à bord, Alex se dirige vers elle. Il saisit le sac de voyage et le pose sur la tablette.

« On vous a prévu des habits de rechange. J'espère que ça ira.

— Vous m'emmenez où ?

— Vous allez être contente : à Byzance. Enfin, ce qu'il en reste. »

Il sourit. Un peu trop mécaniquement. Elle y surprend – se trompe-t-elle ? – un peu de mélancolie. Un souffle puissant se fait entendre, le bruit du moteur, puis l'appareil s'ébranle. Elle se cale dans son siège et, bientôt, elle peut contempler la ville redevenue lilliputienne, et même deviner l'appartement où ils vivaient, et où elle aimerait retourner un jour, là, au pied de cette butte couronnée par une église en forme de religieuse au café. Elle a presque réussi. Elle va revoir Sacha. Elle va revoir Irène. Elle sourit et, dans son sourire à elle, il n'y a pas de mélancolie.

Sixième jour : Tu affronteras l'ennemi sans peur

Celui qui combat peut perdre, mais celui qui ne combat pas a déjà perdu.

BERTOLT BRECHT

SACHA

La croix est solidement plantée. Dans la terre et dans la roche. Elle est haute, mais toute simple, en bois, avec ces quatre mots gravés : Σπήλαιο Αγίου Αθανασίου Αθωνίτου. Grotte de saint Athanase l'Athonite. Mina a réussi, se dit Sacha en descendant prudemment les marches taillées dans la pierre. C'est drôle quand même, ce tour que lui joue la vie : c'est ici même qu'il avait prévu de venir la première fois, s'il ne s'était pas blessé. Il a toujours voulu les voir de ses yeux, les ermites, et se rendre à l'endroit où l'histoire du mont Athos a commencé. Là où précisément, aujourd'hui, Alex lui donne rendez-vous.

Athanase l'Athonite ? Un jeune homme de l'aristocratie de Trébizonde, dernier confetti de l'Empire byzantin, au bord de la mer Noire, au xe siècle de notre ère. Et qui, un jour, décide de tout abandonner et de renoncer à la richesse familiale pour se consacrer à ce qui seul parle vraiment à son cœur : Dieu. Pour tout le monde il disparaît. En réalité il s'établit ici, incognito dans une grotte de cette montagne battue par les flots et les vents, pour y apprendre à résister à tout ce qui pourrait émousser sa foi. Seul son meilleur ami est au courant de ses projets. Il a promis de le rejoindre dans cette ascèse mais il ne tiendra pas sa promesse : il s'appelle Nicéphore Phocas et deviendra empereur de Byzance.

Sacha imagine le jeune Athanase livrant bataille dans ce désert de pierres contre le vent, le sel et l'acédie, attendant le renfort de son ami et apprenant, un jour, car tout finit par s'apprendre, même au fond d'une grotte, que celui-ci a préféré la terre au ciel, et qu'il ne viendra plus.

L'histoire de cet endroit est donc aussi l'histoire d'une amitié bafouée, se dit Sacha.

Faire gaffe. Surtout faire gaffe. Ne pas se casser le cou avant le dénouement. Mina a réussi, puisque Alex est là. Ils vont pouvoir solder leurs comptes, Alex aller vers son destin et lui, Sacha, reprendre sa vie, loin de cette France où son vieil ami est en train d'éteindre les lumières. Ce sera bientôt fini.

Alex aurait pu lui donner rendez-vous au monastère de la Grande Laure, fondé par saint Athanase en l'an 963 après ses années d'ermitage. Le premier monastère de l'Athos. Cela aurait été tout aussi seyant pour leur remontée vers les origines. Mais le décor n'aurait pas eu ce caractère grandiose, ces marches taillées dans la falaise qui se jette dans le vide de toute sa masse, trois cents mètres plus bas, dans l'eau qui bouillonne, parée de tous les bleus possibles, et de tous les verts, selon sa profondeur et la nature de ce qui tapisse ses entrailles.

Oui, c'est le lieu idéal pour installer cette solitude propice à une explication de cœur à cœur. Bon choix, Alex. Dans son sac, les trois pages. Brûlantes. Gluantes. Sanglantes. Il va les lui restituer, et on oubliera tout. On tâchera d'oublier.

Si un drone s'avisait de le filmer, il ne verrait qu'un point mouvant, se déplaçant doucement sur le flanc de cette masse de gypse et de granit, semée d'arbustes courbés par le vent.

Il y est. Un renfoncement dans la falaise où l'on a eu l'audace de bâtir une chapelle. Et un ermitage. Devant, une minuscule terrasse, bordée par un muret. Il s'en approche, y pose les coudes, contemple l'immensité de la mer Égée et découvre, doublant le cap, un voilier aux lignes pures équipé pour la course. Il s'ancre au pied de la falaise dont personne n'a en principe le droit de s'approcher... Alex. Forcément Alex.

Sacha espère qu'Irène est en sécurité.

*

Il a dû la laisser et il n'aime pas cela.

« Je m'occupe d'elle », l'a rassuré Syméon.

Car la veille, Syméon est revenu.

C'était après la pêche, la petite encore tout excitée par les prises du jour, le soleil et l'air du large – « Papa, c'était génial ! » Lui, tous les sens en alerte après cet appel qui a duré seulement dix secondes, mais parmi les plus longues de sa vie : « Papa », ou plutôt Alex, lui donne rendez-vous.

Et puis Syméon à la porte du monastère, les attendant. Irène qui lui saute dans les bras. Et lui qui s'explique sur son absence. D'abord, les questions de l'ouvrier qu'il avait chargé d'acheter les vêtements destinés à Irène.

« D'habitude, on n'interroge pas. Tellement de choses qui rentrent en douce, ici... Ensuite ce truc dans le ciel, une fois revenu à l'ermitage. Du jamais vu ici.

— Le drone ?

— Oui. J'ai préféré vous envoyer ailleurs. Et veiller sur vous, de loin. »

Sait-il qui a demandé qu'ils quittent Stavronikita ? Il n'en a aucune idée mais Ephrem lui a confirmé qu'il y a eu un ordre de l'higoumène. Et visiblement des pressions de l'extérieur. Syméon n'a pas pu en savoir davantage. Pour les jours qui viennent, il a arrangé leur séjour au monastère roumain de Prodromou.

« Là où on s'est rencontrés ?

— Oui. Ça te rappellera des souvenirs. Et c'est plus sûr qu'Esphigmenou.

— Ils ont été accueillants. Et ils ont abattu le drone.

— Je me méfie des zélotes », insiste Syméon.

Prodromou est plus au sud. Vers la Grande Laure, justement. C'est bien là, ou pas loin, qu'est la grotte de Saint-Athanase ? Syméon le lui confirme. Alors c'est parfait, explique-t-il au moine. Il a une dernière chose à faire. Pourra-t-il garder Irène le temps nécessaire ? Syméon acquiesce.

« Il y a là tout ce dont tu pourrais avoir besoin au cas où je ne reviendrais pas », lui dit Sacha en lui tendant une feuille pliée en quatre – le numéro de ses parents, le nom d'un fichier stocké dans le cloud – que le moine dissimule aussitôt dans les plis de son habit noir. Son visage est blême, mais il ne pose pas de questions, et Sacha lui en sait gré. Ce serait malvenu, de la part d'un de ces hommes pour qui le silence est la règle. Mieux, une vocation. Et même une grâce.

« Tu peux partir tranquille », dit Syméon, ajoutant : « Tu peux aussi revenir. »

*

On dirait bien que je suis le premier, songe Sacha en poussant la porte de la chapelle encastrée dans la falaise. Une puissante odeur d'encens envahit ses narines. D'encens, et d'humidité. Cela fait trois mètres sur trois, tout au plus. Le sol est dallé, impeccable, l'iconostase éclairée par des lampes à huile qui brûlent encore. Dans un coin, presque émouvant ici, un balai. On est à flanc de falaise, exposé au vent et à la pluie, mais on prend soin. Le saint révéré en ce haut lieu est là, peint sur une icône. Les traits émaciés, les épaules couvertes d'un simple manteau vert olive, il tient contre son torse la croix byzantine à trois barres, l'une pour clouer les mains, l'autre pour clouer les pieds, et la troisième en mémoire de la pancarte où Ponce Pilate avait fait écrire « Jésus de Nazareth, roi des Juifs ». Un grand soleil orange nimbe sa sainte tête où luit un regard concentré, bienveillant.

C'est donc ici qu'il a vécu. Seul.

Il sort. Des marches qu'il n'avait pas vues, à droite de la chapelle, montent vers son toit. Tout au fond, une cavité étroite, profonde. La grotte d'Athanase. Un substitut à la chair : minéral, inerte et froid. Il s'avance encore un peu. Pose son front contre la roche. Rien. Même pas un courant d'air froid sur son visage. Il pense à une autre grotte, Cosquer, dont il n'aura jamais vu les peintures d'animaux et de mains de femmes, car ce sont, paraît-il, des mains de femmes qui furent plaquées sur la paroi. Explorer la grotte Cosquer, écrire un roman, aller voir les icebergs... Il y a tant de choses dont il a rêvé et qu'il n'a pas accomplies, mais il s'en fout. Il a Mina, il a Irène. D'une certaine manière, il s'est fait son monde. Et c'est ce monde, désormais, qu'il veut retrouver.

Il revient sur ses pas. Vers un âge qu'il aurait préféré oublier. Au pied des marches, devant la chapelle, les coudes sur le muret, la tête dans les mains, il surveille la mer et le voilier blanc, immobile. Il ferme quelques instants les yeux dans le soleil.

Et quand il les rouvre, il le voit, Alex, monter vers lui depuis la mer.

MINA

Assise sur le pont du voilier, Mina considère avec effroi et admiration le panorama dantesque qui les écrase. Scintillant par endroits – les cristaux de gypse, sans doute – la falaise de granit s'incurve comme un amphithéâtre sculpté par la nature et le temps, plongeant à pic dans la mer.

L'avion a atterri à Thessalonique et, après le ballet bien réglé de nouvelles voitures sur le tarmac, ils ont filé vers le port et grimpé sur ce bolide des mers fuselé comme un doigt, bijou d'innovation et d'écologie équipé pour la course au large, au bois clair et aux voiles blanches. Au cas où l'on paparazzerait Papa, il faut qu'il soit impeccable. Bateau propre, âme propre... Et cela ne coûte rien au contribuable : c'est un ami armateur grec qui le lui prête le temps de cette retraite à la Sainte Montagne. À bord, l'entourage de Papa est réduit à sa plus simple expression : un service d'ordre et un vague chef de cabinet. Une simplicité raccord avec ce déplacement mû par l'humilité. Et le fait qu'il doit y avoir, se dit Mina, le moins de témoins possibles.

Depuis son entrée dans l'avion, il ne lui a plus parlé. Il se fiche d'elle, maintenant qu'il sait qu'elle n'a rien de suffisant pour le faire trébucher dans sa quête. Elle se sent bien bête, Mina, d'avoir sous-estimé son mari et ses zones d'ombre. Capable d'avoir gardé le secret pendant si longtemps.

Dans son fauteuil, sur le pont si lisse de bois si clair – ne manque plus qu'un cocktail, se dit-elle, pathétique –, Mina lève la tête vers les deux taches brillantes qui se détachent de la falaise. Les toits d'un ermitage, ou ce qui ressemble à ça. Un nid d'aigle, plutôt. Ça lui va bien, à Papa, et à son entreprise de redressement national... Il a débarqué tout à l'heure, elle a suivi des yeux sa silhouette progressant sur la paroi au sommet de laquelle se dresse une croix monumentale. Au-dessus encore, la dent de géant du mont Athos, dont la masse bientôt les couvrira de son ombre, et son sommet invisible parmi les nuées blanches. Comme des queues de vache, pense-t-elle en songeant à son petit amour d'Irène, qui appelle comme ça les nuages qui annoncent la pluie.

Sauf qu'ici il ne pleuvra pas. Rien que le soleil, le soleil qui tape, qui met les peaux et les cuirs à vif, qui brûle les désirs, ou les déchaîne. Où Sacha a-t-il mis à l'abri Irène ? Dans laquelle de ces forteresses spirituelles ? Elle se dit, pauvre conne, si tu étais partie avec eux dès le départ, si seulement tu étais partie avec eux. Une folie moins folle que celle qu'ils sont en train de vivre.

Car elle ne sait rien. Rien de ces fameuses pages que Sacha va sans doute restituer à son ancien ami. Mina est devenue passive. Vague otage d'un jeu trop complexe pour qu'elle y joue. Elle aimerait être une petite souris pour assister à leur échange. Une souris armée pour pouvoir intervenir si ça dégénérait. Elle s'attend à tout.

SACHA

Pour l'instant, ils ne se disent rien. Aucun d'entre eux ne sait comment commencer. Cela fait tant de temps qu'ils ne se voient plus, même s'ils se voient encore : dans les écrans de leur télé et de leur ordiphone. Enfin, Sacha voit Alex, ou plutôt ce qu'il est devenu, mais il n'est pas sûr que la réciproque soit vraie. Sa dégaine cool mise à part, sweat-shirt à capuche et jean, Alex est pareil aux images pixellisées que Sacha connaît de lui. Le regard intense comme il l'a toujours eu. Intense et affamé. Pas tant de pouvoir que de confiance en soi. Il la possède, désormais, incontestablement. Il flotte autour d'eux une électricité mêlée de tristesse. Celle qui vient toujours quand on s'aperçoit qu'on n'a plus rien à dire à celui qui fut votre ami. Tout simplement parce que n'étant plus le même, il ne peut plus être votre ami.

Sacha reste silencieux. Il ne commencera pas. C'est Alex qui se lance, direct, après un moment qui a semblé interminable.

« Tu as les pages ? »

Sacha hoche la tête.

« Les pages... et les photos, cela va de soi, ajoute Alex.

— Où est Mina ?

— À bord. »

D'un mouvement du menton, il lui désigne le bateau à l'ancre, tout en bas.

Sacha sent les battements de son cœur accélérer. C'est presque terminé.

« Tu la débarques, et je te donne le tout.

— Ça peut être une bonne façon de procéder.

— Tu n'auras pas les pages avant. Et s'il nous arrive quelque chose, tout sort. »

Alex ne sourit pas. Pas du tout. Un pli mauvais barre son visage.

« Et si tu bluffais ?

— Et si je ne bluffais pas ?

— Va au diable, Sacha. Va au diable.

— Ici, j'en suis protégé. »

Alex s'éloigne, fait quelques pas. Sacha essaie, plissant les yeux, d'apercevoir quelque chose sur le pont du bateau. Trop loin. Alex revient.

« J'ai quelles garanties, alors, que ça ne sorte pas ?

— Tu n'en as aucune. C'est ma parole. Et ce sera ta parole aussi. Je n'ai aucune garantie que tu ne tenteras plus rien contre nous. »

Alex hoche la tête, les lèvres pincées :

« C'est vrai. Tu as une petite fille. Une petite fille qui est au monastère roumain, et que je peux faire chercher quand je veux. »

Sacha ne blêmit pas. Il s'attend à tout ça. Il a aussi son argumentaire.

« Oui, mais sans contrordre de ma part, d'ici une semaine tout est publié. Mina a dû te le dire. Et ça pourrait être moche, pour la suite de ta carrière. Alors que là, je te donne les photos originales et les trois pages manuscrites. Elles prouvent que toute l'histoire est vraie, qu'il s'agit bien de toi. Que ce n'est pas une falsification, un *fake*, comme on dit... »

Alex se penche sur le parapet. Regarde l'horizon. Il tergiverse. Sacha insiste :

« Appelle tes gars. Débarque-la, et c'est terminé. »

Alex se tourne vers lui.

« Je voudrais quand même comprendre, Sacha : qu'est-ce qui t'a pris, ce jour-là, à la télé ? De péter un plomb, comme ça ? Tu avais promis... »

Sacha braque ses yeux dans les siens.

« Quelque chose, au fond de moi, a dû se rebeller...

— Comme c'est chevaleresque ! Et contre quoi, je te prie ?

— Contre ce que tu proposes à ce pays.

— La grandeur, la fierté retrouvée... C'est mieux que la survie, non ?

— La nostalgie, plutôt, le ressentiment, les passions tristes.

— Le fascisme, pendant que tu y es...

— C'est toi qui le dis...

— Les grands mots... T'es devenu gauchiste ?

— Pas besoin. Ta détestation des artistes, des intellectuels, des homos. Enfin, je ne sais pas si tu les détestes... Mais tu laisses prospérer la haine. Tu sais qu'elle te sert. »

Alex se mord la lèvre et émet un petit bruit de langue.

« Tu analyses mal, Sacha : je formulerais les choses différemment... C'est une spiritualité que je propose. Une foi, même. Dans le pays, dans l'avenir, à condition de cesser d'avoir honte de nos rites, de notre Histoire. La reconstitution d'une communauté, en somme, face à la dilution programmée. Les Français le sentent, ils attendent un signal.

— D'extrême droite ?

— Les grands mots, à nouveau... "Extrême droite", c'est tellement 2022... Un truc de journaliste indigné. Ça veut plus rien dire, extrême droite...

— Je ne trouve pas, moi.

— Mon projet dépasse ce genre de terminologie. Je propose un recentrage. Sur la famille, une culture commune, ce qu'on connaît, ce qu'on aime. Le monde est devenu trop vaste, trop complexe. Les gens sont perdus. Ce signal, je le donne. Certains pays l'ont déjà donné, en Europe. J'y ai des partenaires. Mes ennemis se fourvoient : ce projet dépasse le nationalisme.

— L'Europe chrétienne.

— Oui. L'Europe chrétienne. Et ce n'est pas toi qui vas me dire que tu es contre, toi qui t'es réfugié ici !

— Les moines n'ont pas de projet politique, Alex. Ils sont en dehors du monde. »

En bas la mer poudroie, de moins en moins bleue. Le jour décline, il va tomber. Des mouettes crient. Sacha est fatigué. Il a envie de retrouver Irène. Et Mina. De les serrer dans ses bras. De recommencer à vivre.

« Tu as entendu parler du point Nemo ? » demande Alex.

Sacha secoue la tête. Soupire.

« Non ? C'est comme ça qu'on appelle l'endroit de l'océan le plus éloigné de la terre. Généralement, on le place dans l'océan Pacifique. Entre l'Antarctique, la Nouvelle-Zélande et le Chili. Et tu sais quoi ? Parce que c'est inaccessible, désert, c'est là qu'on fait chuter, à leur retour de mission, tous les engins spatiaux. Les satellites, les stations orbitales, les capsules en tout genre s'y abîment. C'est devenu le cimetière de l'espace. Moi j'ai l'impression que c'est ici, pour nous, le point Nemo.

— Notre cimetière ?

— Oui, d'une certaine manière. Dès que tu m'auras donné ces pages et ces photos, alors on n'entendra plus jamais parler de ce qu'on a été avant, toi et moi.

— Et qu'est-ce qu'on a été ?

— Pour toi, je ne vais pas me permettre de répondre. Pas envie de te vexer, ou de te faire plaisir, qui sait ? Mais j'adorerais t'entendre... Pour moi, oui, je peux répondre : un rêveur pathétique, qui ne savait pas très bien où étaient ses désirs et, disons-le, sa mission.

— Sa mission, carrément ?

— Oui, carrément, comme tu dis. J'ai une mission pour ce pays. Pour ce continent, peut-être, et tu ne m'en feras pas dévier. Ni toi, ni le passé. »

Sacha secoue la tête.

« Hélas, Alex... Tu vois, c'est peut-être aussi contre ça que je me suis rebellé : ce que tu proposes, c'est quelque chose de si contraire à celui que tu as été. Pas un rêveur pathétique, non... Un rêveur peut-être, mais ouvert au monde, aux autres religions. L'islam te passionnait. Aujourd'hui tu l'as désigné comme ton ennemi personnel. Tu étais timide, peut-être un peu mal dans ta peau, qui ne l'est pas ? Qui ne se cherche pas ? Mais tellement touchant. Tu étais fou de littérature. Comme moi. On y croyait. À la beauté, au style, tu voulais écrire... Et surtout, tu étais mon ami. »

Un instant, les yeux d'Alex se perdent dans le vide. Ce n'est plus l'homme politique que Sacha a devant lui, mais le jeune homme d'avant, celui qui écrivait passionnément sur son cahier sous les grands miroirs patinés du café Fischawi pendant que lui-même lisait son *Livre des morts* devant une boisson à l'hibiscus. Mais c'est de courte durée. Il comprend que ce jeune homme, « Papa » ne veut pas se le rappeler.

« Cet Alexandre-là est mort, Sacha. Cette nuit-là, à Siwa. »

Sacha le regarde, le trouve pathétique.

« Arrête. Quelqu'un est vraiment mort, cette nuit-là. Une gamine.

— Elle m'aimait. »

Sacha sent la colère l'envahir.

« Elle avait seize ans, merde ! Même si tu lui en donnes deux de plus. Même si tu en fais une étudiante, alors qu'elle rêvait d'étudier. Et elle avait la chance d'avoir un père qui était d'accord, et fier d'elle. À cause de toi elle s'est pendue. Qu'est-ce que tu lui as fait ?

— Tu as lu le texte, non ? »

Sacha secoue la tête, la rage au ventre. Il essaie de rester calme.

« Quand quelqu'un se pend après, c'est que ce n'était pas de l'amour. Tu l'as suivie dans la palmeraie, comme un prédateur...

— Elle m'y a invité.

— Tu parles. Elle respirait un peu, loin de la maison. Comme une adolescente qui réclame un tout petit peu de liberté.

— Je te le concède : de la liberté. Et ça manquait, pour les filles, à Siwa. Ce n'est peut-être pas elle qui s'est pendue. Va savoir, avec leurs mœurs de barbares... Le gamin l'avait traitée de pute, tu te souviens ? *Sharmuta...* »

Bien sûr qu'il se souvient.

Alex continue :
« Et j'ai entendu des bruits derrière moi, cette nuit-là.
— J'ai lu, tu étais ivre.
— N'exagérons rien. Je me souviens de chaque minute. Je ne devais pas être le premier avec elle. Je m'en serais aperçu, du reste, si ça avait été le cas. »
Sacha est écœuré.
« Comment tu peux... »
Mais Alex ne se démonte pas :
« Toi-même tu la convoitais...
— Tu nages en plein délire. Plusieurs fois j'ai essayé de te faire atterrir. Sur son âge, ta passion subite... J'ai lu tes pages, elles sont dégueulasses. Ce que tu dis sur ses "jeunes seins", ses cuisses "qui se refusent avant de s'offrir", les gestes qu'elle a et qui montrent qu'elle ne consent pas, et toi qui y vois une invitation ! Ce que tu décris comme des halètements de plaisir, alors qu'elle suffoque et qu'elle n'a plus de voix parce qu'elle a peur, parce qu'elle est sidérée... »
Alex hurle :
« Qu'est-ce que tu en sais ? Qu'est-ce que tu en sais, putain ! Ce n'est pas écrit, ça !
— Alors pourquoi tu veux récupérer ces pages ? Pourquoi ? »
Son visage est devenu un bloc de haine.
« Parce que je ne veux laisser aucune place au doute. Parce que je ne veux pas de tache.
— Et ton tatouage ? Cette grenade que tu exhibes ?
— Je ne veux pas non plus oublier. Mais ça me regarde moi. Moi seul.
— Alors pourquoi tu m'as fait lire ?
— Une erreur. J'allais mal. Tu me crois ou non, mais

je n'ai pas compris ce qui s'est passé cette nuit-là. Je cherchais ta compréhension. Ton réconfort. Ce qu'on demande à un ami... »

Sa voix s'étrangle. Il est au bord des larmes. Sacha, sur le coup, en est presque ébranlé. L'Alex de ces années-là vient de ressurgir. Celui auquel il tenait la main pour redescendre du sommet de la pyramide. Leurs éclats de rire après. Leurs dîners de sardines grillées à Alexandrie, leur gourbi sur les toits du Caire, leurs rêves adolescents formulés tout haut sous les étoiles. Pour un peu, il lui accorderait le bénéfice du doute. Mais il se souvient aussi de Leyla, la si jeune Leyla de cette oasis, si peu préparée au monde et si timide. Belle oui, comme une très jeune femme est belle, c'est-à-dire aussi belle qu'intouchable. On ne salit pas ça. Il sait aussi combien celui qui lui fait face est manipulateur.

« Elle avait seize ans, Alex... Et tout à ton délire exotique, tu l'as violée, et elle s'est pendue. Elle s'est pendue parce qu'elle avait honte, dans la palmeraie même où tu as pris ce qu'elle ne voulait pas te donner : son honneur. Tu connaissais, pourtant, leurs traditions. Et tu l'as tuée. »

Alex bondit :

« Je t'interdis de prononcer ses mots. Tu n'étais pas là. Tu ne sais pas ce qui s'est passé. »

Sacha est plus fort, il le prend à son tour par le col et le retourne, le coince contre le muret. Il suffirait qu'il pousse un peu.

« Vas-y, fais-toi plaisir... »

Se pourrait-il qu'il l'implore ? Sacha ferme les yeux et serre les poings. Il pourrait l'écrabouiller, jouir du spectacle de son corps qui bascule de l'autre côté et qui se disloque sur les rochers avant d'aller nourrir les poissons. Mais il y a Mina, en bas. Que se passerait-il alors pour elle ? Mina, c'est tout ce qui compte pour lui. Mina et Irène. Être tous les trois, loin de cette boue. Sacha relâche son étreinte. Et s'éloigne d'Alex, dégoûté par lui.

« Et dire que je me suis senti complice...

— Tu l'étais un peu, dit l'autre en rajustant son sweat-shirt.

— Pardon ?

— Tu ne donnais pas l'exemple, dans l'exotisme ? Sacha l'intoxiqué à Lawrence Durrell, qui sous couvert de littérature voulait juste fourrer tout ce qu'il pouvait...

— C'est moi qui t'ai incité, c'est ça ? »

Le pire, c'est que longtemps il a cru ça. Qu'il avait peut-être provoqué son ami. Mais c'est fini maintenant. Tout ce qu'il veut, c'est voir sa femme, voir sa fille. Le monde est sale. Il faudra s'en rebâtir un nouveau.

« Peut-être. En refusant de voir que j'allais mal. En te faisant lire, je t'ai fait confiance. Et cette confiance, tu me l'as jetée à la gueule...

— Tu voulais me mouiller, c'est tout. Pour mieux diluer ta responsabilité. "La suite, c'est à nous de l'écrire ensemble." Ça voulait dire quoi, ça ?

— À ton avis ? »

Sacha le regarde. Trop de détresse, trop d'abîme. Certains êtres humains sont des gouffres, des trous noirs. Ils vous absorbent. Sacha lance :

« Appelle ton bateau. Fais-la descendre. Si tu veux tes pages, et tes photos, fais-la descendre. Maintenant. »

Là encore, pense Sacha, il lui suffirait d'une simple poussée pour qu'Alex aille s'écraser, avec tout son projet politique et son crime, sur les rochers de ce bout du monde. Pour que justice soit faite ? Leyla dort depuis si longtemps, désormais, dans les sables de Siwa et Sacha n'est pas Dieu pour réveiller les morts et tuer les vivants.

Il se demande à nouveau : aurait-il pu empêcher cela ? Il sait désormais que la réponse est non, et qu'il n'est pas le complice de cet homme dont il ne voit plus que le dos, cet homme qui descend prudemment le long du sentier que les cailloux rendent glissant, avec sous lui l'abîme de la mer immense et en lui sans doute un abîme plus immense encore. *Le saut de la pyramide...* Sacha se souvient du vertige qui paralysait celui qui a été son ami. Il tâtonne encore, mais il avance. Sacha le suit. Aucun officier de sécurité, de ceux qu'on appelle en République les « précurseurs » parce qu'ils vous ouvrent le chemin. Alex est venu seul : peur d'un témoin ou suprême orgueil né de la certitude qu'il est invulnérable ? Il détient un otage, recette de guerre aussi vieille et éprouvée que le monde, et qui ne finira que quand le monde finira. Et en effet, c'est une autre silhouette qui accapare à présent toute l'attention de Sacha et commande l'accélération de son rythme cardiaque. Celle qu'il reconnaîtrait entre mille, et même entre des millions, et qui vient d'apparaître dans son champ de vision, à bord du Zodiac d'annexe qui se dirige vers le rivage, un sillage d'écume la reliant encore au grand voilier blanc dont elle s'échappe enfin. Mina, vers laquelle il descend pour l'accueillir et qu'il va pouvoir bientôt tenir entre ses bras, ici, dans ce lieu où elle avait, bien avant lui, imaginé qu'ils pourraient trouver refuge. Si toutefois elle arrive jusqu'à lui.

Alors il ne la donnera pas, cette simple poussée.

Un renoncement ? Non. Un choix. Il se souvient du dessin que sa fille a fait chez Syméon : au milieu des nuages, un visage qui sourit, un rond jaune autour de la tête. Et cette phrase : « Tu es au paradis, et tu me regardes. » Non, il ne sera pas un martyr. Un sacrifié. Et c'est paradoxalement ici qu'il en a acquis la certitude. Être un homme plutôt qu'un ange.

Quant à son pays... On ne sauve pas un pays qui a choisi de se damner... Cela suffirait-il, que le corps du nouveau prince s'écrase sur les rochers ? S'ils veulent y aller, ils iront, avec lui ou un autre. Alors qu'ils y aillent. Mais sans lui. Le monde peut brûler, il a désormais beaucoup mieux à faire que de regarder l'incendie : protéger les siens des flammes.

Le Zodiac atteint les rochers. Ça y est, Mina pose le pied sur la Sainte Montagne. Et rien. Aucune épée de feu pour la punir. Mina est admise au paradis. Elle lève la tête, et monte vers lui. Il sent déjà son parfum et ses hanches rondes sous ses paumes. Les moines disent que les icônes les plus précieuses viennent de la mer, portées par les flots. Il n'y a pas que les icônes, pense Sacha.

Alex s'arrête, et se retourne.

« Tu vois, j'ai tenu parole. »

Alors Sacha ouvre son sac, sent sous ses doigts le cahier pour sa fille et juste à côté l'enveloppe de papier kraft. Il la lui tend. Alexandre en sort les documents, les considère un instant, moins pour les lire que pour vérifier que tout y est. Rien ne trahit l'émotion sur son visage. Il déchire tout, méthodiquement. Page après page, photo après photo. Les miettes du passé s'envolent, emportées par le vent.

« Ceci n'a pas eu lieu », dit Alex.

Sans le regarder, comme s'il parlait pour lui.

Il reprend sa descente. Il va croiser Mina. Sacha retient son souffle. Ils ne se regardent pas, chacun poursuit son chemin. Pour Alex, vers le bas.

Ça y est, Sacha serre sa femme contre lui, et tente d'empêcher ce corps chéri, agité de sanglots, de trembler. Il lui dit simplement : « Pardon. »

Mina se dégage de son étreinte et encadre de ses mains le visage de Sacha, comme s'il était quelque chose de vraiment précieux.

*

Ils ont rejoint l'ermitage. Comme le soleil est tombé, qu'ils sont en altitude et qu'il commence à faire un peu froid, Mina a remonté sur ses cheveux le foulard qu'elle portait autour du cou. « Tu fais couleur locale, comme ça », dit Sacha. Elle lui sourit.

Il regarde sa femme. Il n'oubliera jamais ce moment.

Les rides au coin des yeux vert sombre, plus clairs sur les bords de l'iris. Un jour peut-être, elle lui dira d'où vient cette cicatrice. Quelle était la blessure... Bientôt la nuit sera pleine d'étoiles, la Voie lactée déploiera sa giclée de galaxies, et Sacha pensera à l'autre Cassiopée que la nature a semée sur la hanche de Mina. Il aimerait bien renouer avec cette astronomie-là, mais s'en voudrait d'importuner le saint. Ils ont toute la vie pour cela. Ou presque toute la vie. Celle qui commence, maintenant.

Tu travailleras six jours, et tu te reposeras le septième.

Ils vont aller chercher leur fille. Et, sans doute, se faire expulser du mont Athos. Ils ne savent pas encore où ils vivront. Mina peut enseigner à peu près n'importe où. Quant à lui, il pourra proposer ses services à un centre de plongée. Descendre dans les profondeurs, du monde et de sa vie. Et ensuite remonter avec ce qu'il y aura découvert pour se mettre, enfin, à écrire.

Le poulpe a retrouvé son océan.

REMERCIEMENTS

Ce livre ne serait pas là sans toutes celles et tous ceux qui ont veillé sur lui, de très près ou de très loin, mais dont j'ai constamment senti la présence. Merci à Alina Gurdiel, à mes deux enfants, à Pater Iacobos au mont Athos, à Olivia de Dieuleveult, à Capucine Ruat, à Anne de la Baume, à Bruno Racine, à Marie-Françoise Leclère (†), et à toutes les équipes de Gallimard. Merci aux lectures qui l'ont nourri, sur la spiritualité orthodoxe et Byzance, à l'*Alexiade* d'Anne Comnène et aux précieux travaux d'Hélène Ahrweiler, de Dominique Barbe (sur Irène), de Louis Bréhier et de Michel Kaplan. Merci à toutes celles et tous ceux qui m'ont aidé, parfois, à trouver refuge moi aussi. Sur le mont Athos et ailleurs.

Composition : PCA
Achevé d'imprimer sur Roto-Page
par l'Imprimerie Floch
à Mayenne, en juin 2022.
Dépôt légal : août 2022.
Numéro d'imprimeur : 100648

ISBN : 978-2-07-288569-3 / Imprimé en France.

363327